HANNAH GRACE es una autora británica de lo que ella misma llama «libros reconfortantes y blanditos». Escribe sobre todo novelas románticas contemporáneas y *new adult* desde su casa, en Manchester. Cuando no está describiendo los ojos de todo el mundo diez mil veces por capítulo, dando accidentalmente el mismo nombre a varios personajes o utilizando expresiones inglesas que nadie entiende en sus libros ambientados en Estados Unidos, se la puede encontrar saliendo con su marido y sus dos perros, Pig y Bear.

Síguela en redes:

hannahgraceauthor

Papel certificado por el Forest Stewardship Council®

Título original: *Icebreaker*

Primera edición en B de Bolsillo: enero de 2026

Printed in Spain – Impreso en España

ISBN: 978-84-1314-949-3
Depósito legal: B-19.547-2025

Compuesto en Llibresimes
Impreso en Black Print CPI Ibérica
Sant Andreu de la Barca (Barcelona)

BB 4 9 4 9 3

Romper el hielo

HANNAH GRACE

Traducción de Julia Viejo Sánchez

Para Erin, Kiley y Rebecca.
Gracias por creer en mí.
Este libro es para vosotras.

Playlist

CRUEL SUMMER | TAYLOR SWIFT	02:58
KISS ME MORE (FEAT. SZA) | DOJA CAT	03:29
TALKING BODY | TOVE LO	03:58
SHUT UP | ARIANA GRANDE	02:38
IDGAF | DUA LIPA	03:38
ENERGY | TYLA JANE	03:20
MOTIVATION | NORMANI	03:14
ONE KISS (WITH DUA LIPA) | CALVIN HARRIS	03:35
DANCE FOR YOU | BEYONCÉ	06:17
NEEDY | ARIANA GRANDE	02:52
WHO'S | JACQUEES	03:06
LOSE YOU TO LOVE ME | SELENA GOMEZ	03:26
KISS ME | SIXPENCE NONE THE RICHER	03:29
BOYFRIEND (WITH SOCIAL HOUSE) | ARIANA GRANDE	03:06
RUMORS (FEAT. ZAYN) | SABRINA CLAUDIO	03:46
MORE THAN ENOUGH | ALINA BARAZ	02:31
YOU SHOULD SEE ME IN A CROWN | BILLIE EILISH	03:01
I'M FAKIN | SABRINA CARPENTER	02:55
MAKE ME FEEL | JANELLE MONÁE	03:14
CAN I | KEHLANI	02:48

El patinaje era el recipiente donde derramar
mi corazón y mi alma.

Peggy Fleming

1

Anastasia

—¡A primera, Anastasia!

Como vuelva a oír las palabras «a primera» y «Anastasia» juntas en una misma frase una sola vez más, puede que colapse definitivamente.

En realidad, llevo al borde del colapso desde que me levanté esta mañana con una resaca salida del mismísimo fondo del infierno, así que lo último que necesito ahora es darle más pena a la entrenadora Aubrey Brady.

Me concentro en contener el cabreo, como siempre hago cuando se empeña en llevarme al límite en los entrenamientos. Esa dedicación es la que le ha hecho ganarse el prestigio que tiene como entrenadora; que yo le tire los patines a la cara es algo que solo puede ocurrir en mi imaginación.

—¡Hoy estás flojita, Stas! —grita mientras pasamos a su lado a toda velocidad—. ¡Y las flojitas no se llevan las medallas!

¿Qué he dicho de no tirarle los patines a la cara?

—Vamos, Anastasia. Dale un poquito de caña, por una vez en tu vida —se burla Aaron, y me saca la lengua cuando lo fulmino con la mirada.

Aaron Carlisle es el mejor patinador de la Universidad de California, Maple Hills. Cuando conseguí la plaza en la UCMH y mi compañero de patinaje no, descubrí que Aaron estaba igual que yo, así que nos emparejamos. Este es el tercer año que patinamos juntos y el tercer año que nos comemos una mierda en los campeonatos.

Tengo la teoría de que Aubrey es una espía soviética. No tengo ninguna prueba, y no he desarrollado mucho esta hipótesis. De hecho, no la he desarrollado nada. Pero a veces, cuando me grita para que enderece la espalda o para que levante la barbilla, juraría que se le escapa un ligero acento ruso.

Algo bastante raro, teniendo en cuenta que es de Philipsburg, Montana.

La camarada Brady era una estrella del patinaje en sus buenos tiempos. Incluso ahora hace unos movimientos tan delicados y precisos, y se mueve con tanta elegancia que cuesta creer que sea capaz de pegar semejantes gritos.

Siempre lleva el pelo canoso recogido en un moño apretado que le destaca los pómulos, y siempre va enfundada en un abrigo negro de piel sintética de marca, donde, según Aaron, guarda todos sus secretos.

Corre el rumor de que hace años se preparó para ir a los Juegos Olímpicos con su compañero, Wyatt. Pero resulta que Wyatt y Aubrey dieron algunas piruetas más de lo debido y al final acabó con un bebé en los brazos, en lugar de una medalla de oro.

Por eso lleva de mala hostia desde que empezó a dar clase hace veinticinco años.

La melodía de *Clair de Lune* se va apagando mientras Aaron y yo terminamos la rutina frente a frente, jadeando uno contra el otro mientras intentamos recuperar el aliento. Cuando al fin oímos una palmada, nos separamos y nos deslizamos hacia lo que sin duda será mi próximo dolor de cabeza.

No he llegado todavía cuando me clava sus ojos verdes con mirada inquisitiva.

—¿Cuándo vas a cerrar bien el lutz? Si no vas a hacerlo bien, hay que sacarlo del programa largo.

Además de la propia Brady, hacer bien un cuádruple lutz y no aterrizar de culo es la cruz de mi existencia. Llevo practicando desde tiempos inmemoriales, pero no consigo clavarlo.

A Aaron le sale sin esfuerzo, y por eso convencí a la coreógrafa de que lo metiera en la rutina.

El orgullo es una estupidez. Sobre todo en el patinaje artístico, porque cuando cometes un error puedes acabar con la cara estampada en el hielo. Pero, aun así, lo prefiero antes que ver la cara de falsa decepción que pone Aaron cada vez que sugerimos quitarlo.

—Está a punto de salirme, entrenadora —digo, fingiendo todo el entusiasmo que puedo—. Ya lo tengo; todavía no está perfecto, pero seguiré practicando.

Es una mentira piadosa, no hace daño a nadie. Es verdad que ya casi lo tengo. Si olvidamos el pequeño detalle de que solo me sale fuera del hielo, sobre todo cuando me ayudo de accesorios técnicos para lograrlo.

—Ya casi lo tiene —miente Aaron, mientras me pasa un brazo por los hombros—. Solo necesita unos días más, A. B.

Menos mal que Aaron me apoya para hacer piña frente a la camarada Aubrey de la KGB. Aunque luego, en privado, me dice que para que me salga solo me queda doparme y construir una máquina del tiempo para recuperar mi cuerpo sin desarrollar.

Ella masculla algo inaudible y nos despacha con un aspaviento.

—Os veo mañana, y si podéis venir sin resaca, sería genial. Me atrevería a decir que poneros como cerdos en el Kenny's justo antes de entrenar no va a ayudar a que ninguno de los dos entréis en el equipo olímpico. ¿Entendido?

«Mierda».

—Sí, entrenadora —decimos al unísono.

Cuando por fin salgo del vestuario de chicas, Aaron me está esperando en la entrada, mirando el teléfono.

—Te dije que se iba a dar cuenta —gruño, mientras le estampo la mochila en el estómago—. ¡Y eso que yo ni siquiera he comido nada, joder!

Hace un gesto de dolor al recibir el impacto y se la cuelga del hombro.

—Esta mujer tiene olfato de detective.

Como casi todo en la vida, el patinaje es mucho más fácil

cuando eres un tío, porque nadie te agarra y te lanza por los aires dos veces al día.

En primero gané un montón de peso. Bueno, en realidad fueron solo dos o tres kilos, pero Aaron me dijo que pesaba demasiado para que pudiera cogerme, así que no he aumentado ni un solo gramo desde entonces.

Intento ceñirme a mi dieta escrupulosamente, a excepción de alguna fiesta muy de vez en cuando, para no perder la cordura. Anoche mi mejor amiga cumplió veintiún años y la celebración fue la oportunidad perfecta para relajarme un poco, incluso aunque eso significara tener que aguantar a Brady con resaca al día siguiente.

Nos subimos al Mercedes todoterreno de Aaron, el último regalo de su padre —adúltero pero rico—, y nos vamos a casa. Al terminar el primer curso, Aaron y yo decidimos que molaría compartir piso junto con mi mejor amiga, Lola. Tenemos horarios similares y nuestras vidas giran en torno al patinaje, así que tenía su lógica.

Aaron dobla por Maple Avenue y me mira de reojo mientras rebusco en el bolso mi posesión más preciada.

—¿Qué plan tienes apuntado en la agenda para esta noche?

Lo miro con exasperación, ignorando su tono de burla.

—Sexo.

—Puaj —dice, y arruga la nariz con un gesto de repelús—. Ya me parece fuerte que apuntes la hora de dormir y la hora de comer, pero ¿también tienes que apuntar la hora de follar?

Es verdad lo de organizar el sueño y las comidas; tengo cada minuto de mi vida meticulosamente anotado en la agenda, algo que a mis amigos les parece entre gracioso y ridículo. No diría que soy una psicópata controladora, pero sí que necesito tenerlo todo controlado.

Hay una diferencia *clara*.

Me encojo de hombros y me muerdo la lengua para no replicar que al menos yo follo, no como él.

—Ryan es un chico muy ocupado y yo, una chica muy ocupada. Quiero quedar con él todo lo que pueda antes de que arranque la temporada de baloncesto.

Casi dos metros de pura perfección atlética, eso es Ryan Rothwell. Como base y capitán del equipo de la UCMH, se toma tan en serio su disciplina como yo la mía, lo cual facilita una perfecta relación sin ataduras. El beneficio extra es que Ry es un encanto de chico, así que nos hemos hecho muy amigos gracias a nuestro acuerdo de beneficio mutuo.

—No me creo que todavía estés liada con él. Es como el doble de grande que tú, no sé cómo no te destroza. Bueno, da igual. No quiero saberlo.

—Ya lo sé —me río, mientras le pellizco las mejillas hasta que me aparta—. Esa es la gracia.

Casi todo el mundo da por hecho que Aaron y yo somos algo más que compañeros, pero más bien somos como hermanos. No es que no sea guapo, es solo que nunca hemos sentido ningún interés romántico el uno por el otro.

Aaron es mucho más alto que yo, con cuerpo de bailarín esbelto, esculpido y atlético. Tiene el pelo negro y corto y juraría que lleva rímel, porque sus ojos azules están enmarcados en unas pestañas oscurísimas de infarto que contrastan con la palidez de su piel.

—Oficialmente tengo demasiada información de tu vida sexual, Anastasia.

Aaron todavía no tiene claro si Ryan le cae bien o no. A veces es simpático con él, y entonces Ryan consigue ver al Aaron que yo veo, el divertido. El resto del tiempo, da la impresión de que Ryan le ha hecho algo personal a Aaron. A veces Aaron es tan borde y tan cortante que me da vergüenza ajena. Es impredecible, pero Ryan lo ignora y me dice que no le dé importancia.

—Te prometo no volver a mencionarla en lo que queda de viaje si tú me prometes llevarme luego a casa de Ryan.

Me mira durante un minuto.

—Venga, vale.

Lola levanta la vista de la ensalada que acaba de apuñalar con el tenedor y resopla.

—Yo solo me pregunto, ¿a quién se la está chupando Olivia

Abbott para que le den el papel protagonista por tercer año consecutivo?

Soy incapaz de contener un escalofrío al oír esa frase, aunque sé que no la dice en serio. Esta mañana ya se ha levantado con mal pie después de la cantidad ingente de alcohol que anoche nos metimos entre pecho y espalda por su cumpleaños, así que hoy quizá no era el mejor día para enterarse de que no ha conseguido el papel que ella quería.

He ido a ver sus obras de los dos últimos años; Lola sabe tan bien como yo que Olivia es una actriz buenísima.

—¿No será que tiene talento y punto? ¿Por qué tiene que chupársela a alguien?

—Anastasia, ¿me puedes dejar ser malvada durante cinco minutos y hacer como que no sé que es mejor que yo?

Aaron se deja caer en la silla que hay a mi lado y se estira para coger un palito de zanahoria de mi plato.

—¿Con quién hay que ser malvado?

—Con Olivia Abbott —respondemos Lola y yo al unísono, aunque ella con un tono de asco bastante más evidente.

—Está buena. Diría que es la que está más buena de todo el campus —dice él con indiferencia, sin prestar atención a la expresión de asombro de Lola—. ¿Tiene novio?

—¿Y yo qué coño sé? No habla con nadie. Aparece por allí, se queda con el papel que yo quiero y sigue con su vida como si nada.

Lola estudia Artes escénicas, y debe de haber una ley no escrita que dicta que en tal caso tienes que tener una personalidad como un castillo, porque todo el mundo que estudia eso es igual que ella. Es gente que está de manera permanente tratando de ser el centro de atención, algo agotador incluso para los que lo vemos desde fuera, pero Olivia es bastante reservada y, por alguna razón, eso parece fastidiar mucho a los demás.

—Lo siento, Lols. Otra vez será —le digo. Las dos sabemos que no significa nada, pero igualmente ella me lanza un beso—. Si te sirve de consuelo, yo sigo sin poder cerrar bien el lutz. Creo que Aubrey lo va a solucionar desterrándome a Siberia.

—Ay, no. Oficialmente eres una fracasada, ¿cómo podrás volver a pisar una pista de hielo? —Sonríe, y le brillan los ojos mientras arrugo el gesto—. Te va a salir, cariño. Te lo estás currando muchísimo. —Desvía la vista hacia Aaron, que teclea en su móvil, sin interés alguno por nuestra conversación—. ¡Eh, Princesita! ¿Me echas una mano o qué?

—¿Qué? Perdón. Eh... Tú también estás buena, Lo.

Me sorprende que a Lola no le salga humo por las orejas mientras le riñe a gritos por pasar de ella.

Me retiro sigilosamente a mi cuarto, intentando no llamar la atención y acabar en mitad del fuego cruzado. Compartir piso con Aaron y Lola es como vivir con dos hermanos que siempre han querido ser hijos únicos.

De hecho, Aaron es hijo único, como yo. El hijo milagro de una madre y un padre mayores de una ciudad del Medio Oeste del país, desesperados por resucitar su matrimonio. Compartir piso después de haber sido el niño mimado de sus padres durante dieciocho años fue una transición bastante drástica, tanto para él como para nosotras, que somos las que tenemos que aguantar sus cambios de humor.

Ahora ya no está en Chicago, el matrimonio de sus padres no va bien y siempre nos enteramos de cuándo tienen una crisis de especial gravedad, porque de pronto le hacen un regalo absurdamente caro e innecesario.

Como un Mercedes todoterreno.

En contraste con nosotros dos, Lola viene de una familia numerosa. Ser la más pequeña y la única chica le garantizó un puesto privilegiado en su casa, así que no tiene problema en poner a Aaron en su sitio.

Sigo escondida en mi habitación cuando me vibra el teléfono, y en la pantalla aparece el nombre de Ryan.

RYAN

Estos quieren montar una fiesta esta noche.

Quedamos mejor en tu casa?

Dijeron que iban a un evento o no sé qué mierdas, pero ahora dicen que se quedan

Pero quiero estar a solas contigo

Claro, lo único es que están aquí mis compañeros de piso

No podemos hacer ruido

Jajaja

Aplícate el cuento entonces

Estás libre ahora?

Sí, vente

Pues ahora voy! Llevo algo de picar

—¿Ya estáis tranquilos? —pregunto con cautela mientras voy de mi cuarto al salón. Los dos están absortos viendo una reposición de *Mentes criminales* en la tele, pero me parece oír un leve «Sí» como respuesta, que me indica que puedo acercarme sin peligro.

Me estiro para coger un puñado de palomitas del bol que tienen delante, mientras me recuerdo mentalmente que luego debo apuntarlo en la agenda.

—Resulta que el equipo de baloncesto va a hacer una fiesta, y os iba a preguntar...

—¿Si queremos ir contigo? —interrumpe Aaron, con un atisbo de esperanza.

—No.

Lola se vuelve hacia mí, los rizos rojos le caen sobre los hombros y se le llena la mirada de picardía.

—¿Si nos importa que Ryan venga aquí?

—Sí. ¿Cómo...?

—Afloja la pasta, Carlisle —dice entre risas, extendiendo la mano. Él le pone unos billetes de veinte en la palma y masculla algo entre dientes mientras ella los cuenta—. Nos hemos enterado de lo de la fiesta, y supuse que no querrías que te empotraran mientras oyes a varios novatos borrachos montándoselo al otro lado de la puerta. Nosotros iremos andando.

Nuestra casa es uno de los mejores regalos del padre de Aaron. Se los hace para que lo perdone. No recuerdo si vino cuando se lio con su secretaria o cuando empezó a acostarse con aquella diseñadora de interiores. Maple Tower es un bloque de pisos muy bonito a las afueras del campus, y nuestro apartamento tiene unas vistas increíbles y un montón de luz.

El edificio no es exclusivo de estudiantes, así que es un sitio tranquilo para vivir, pero está lo bastante cerca de todo como para que sea fácil volver a casa a pie después de las fiestas.

Aaron y yo no tenemos permitido ir a fiestas, pero mientras no se entere Aubrey, todo bien.

Ya he visto a Lola probarse diez modelitos diferentes cuando Ryan me escribe para decirme que está de camino, y me da una excusa para librarme de ella y de sus diez vestidos negros casi idénticos.

Al principio era un poco raro sentir mariposas en el estómago cuando llamaban a la puerta y sabía que era Ryan, pero ahora me gusta.

Su cuerpo abarca casi todo el umbral cuando le abro. Tiene el pelo rubio despeinado y todavía un poco húmedo, y huele muy fuerte a naranja y algo más que no acierto a distinguir, pero que me resulta extrañamente reconfortante. Inclina la cabeza hacia mí y me planta un beso en la mejilla.

—Hola, preciosa.

Me extiende una bolsa de patatas; siempre insiste en traer una, porque dice que no como lo suficiente y que nunca tengo nada cuando él viene a casa. Ryan come más que cualquier otra persona que conozca, y su definición de buena comida contiene toneladas de azúcar.

Por algún motivo, Aaron y Lola se nos han quedado mirando desde el salón como si nunca hubieran visto a un ser humano. Ryan se ríe al verlos; por suerte ya está acostumbrado a sus tonterías y les dice «hola» en voz baja mientras nos dirigimos a mi habitación.

—¡Oye, Rothwell! —grita Lola antes de que cerremos la puerta.

Él me suelta la mano y se da la vuelta.

—¿Qué?

Ella se apoya en el respaldo del sofá, y por su mirada traviesa sospecho que no me va a gustar lo que está a punto de decir.

—Teniendo en cuenta que mi cuarto está pegado al de Stassie y que voy a tener que escuchar tus gemidos y el ruido de tus pelotas toda la noche… —Abro los ojos de par en par detrás de él—. ¿Me das el código de tu habitación, para que al menos no tenga que pegarme por el baño de tu casa en la fiesta?

Los apartamentos del campus tienen cerraduras electrónicas en todas las puertas de los dormitorios, por seguridad. El cuarto de Ryan tiene baño propio, por lo que no es mala idea lo que pide Lola, ya que la cola del baño suele hacerse cada vez más infinita a medida que la gente bebe.

Lo que tendría que mejorar es su forma de expresarse.

—Claro, ahora te lo mando en un mensaje. Y no me cotillees la habitación, Mitchell. Me voy a dar cuenta de si lo haces.

Ella le hace un gesto con la mano.

—Palabrita de scout. Que disfrutéis del polvo.

—Hostia, Lols —gruño en alto para que me oiga, mientras arrastro a Ryan a mi cuarto, lejos de ella—. Lo siento mucho.

—Me cae bien. Es graciosa. —Se ríe y me rodea la cara con las manos, elevando ligeramente mi cabeza para besarme.

Al principio es suave, pero enseguida se vuelve más urgente mientras enrosca su lengua en la mía. Desliza las manos por mi cuerpo con delicadeza hasta llegar a mis muslos, y entonces me levanta con un movimiento rápido. Le rodeo la cintura con las piernas; después de haber hecho esto tantas veces, conozco bien su cuerpo.

Oigo unos golpes fuera, que *supongo* que son mis compañeros de piso marchándose, pero a cada beso que Ryan me da en el cuello me desconcentro un poco más. Debería comprobar que se han ido, pero pierdo por completo el interés cuando me deposita en la cama y se tumba encima de mí.

—¿Qué tal el día?

Siempre lo hace. Me besa increíblemente bien, se coloca entre mis piernas y ejerce la suficiente presión como para que me retuerza, me revuelve todos los pensamientos y *justo* en ese momento me pregunta una gilipollez, como qué tal el día.

Estoy a punto de contestarle, cuando desliza los dedos por debajo de la camiseta y me roza la mandíbula con la nariz. Me vibra cada centímetro de la piel, y eso que todavía no ha hecho nada.

—Pues... A ver... He estado... Mmm... Patinando...

Su cuerpo se endurece cuando se ríe.

—¿Así que has estado «mmm patinando»? Qué interesante. Cuéntame más, Allen.

Lo odio. Lo odio a muerte.

Murmuro algo ininteligible acerca del patinaje sobre hielo y las rusas mientras él se encarga de quitarnos la ropa hasta que nos quedamos solo con la interior. El cuerpo de Ryan haría llorar a un dios griego: piel bronceada de veranear en Miami, y un torso con más abdominales de los que soy capaz de contar.

Qué digo un dios griego; me hace llorar *a mí*.

Me agarra de las bragas por ambos lados de las caderas y espera a que asienta con la cabeza antes de bajármelas por las piernas, tirarlas al suelo y abrirme las rodillas.

—Stas.

—¿Sí?

Arruga la frente.

—¿De verdad Lola oye el ruido de mis pelotas?

2

Nathan

Hay una mano junto a mi polla y no es mía.

Está dormida, roncando a pleno pulmón con la mano apoyada en mi cintura, metida dentro de la goma de mis calzoncillos. La retiro con cuidado y la examino: uñas de gel, anillos de Cartier y un Rolex en la esbelta muñeca.

«¿Y esta quién coño es?».

Incluso después de la noche de locura y vete tú a saber qué más, sigue oliendo a perfume caro, y está tumbada detrás de mí con la melena rubio platino esparcida sobre mi hombro.

No debería haber ido a la fiesta anoche, pero Benji Harding y el resto de los chicos del equipo de baloncesto son unos cabrones muy persuasivos. Por mucho que me guste hacer de anfitrión de las fiestas, no hay nada mejor que ir a casa de otro y luego volver a la tuya y que no haya ningún caos.

A menos que estés hablando de este tipo de caos. El caos de encontrar a una mujer en tu cama y no poder recordar quién narices es.

La parte sensata de mi cerebro me dice que me dé la vuelta para mirarla, pero la parte que conoce bien todas las movidas en las que me he metido se empeña en recordarme que el Nate borracho es un gilipollas.

A *esa* parte de mi cerebro le preocupa seriamente que sea la hermana de alguien o, lo que es peor, la madre de alguien.

—¿Te puedes estar quieto? ¡Qué obsesión tenéis los putos deportistas con madrugar!

Esa voz. Esa era la voz que no quería identificar.

«Me cago en todo».

Me doy la vuelta despacio para poder confirmar mi mayor miedo: que anoche me acosté con Kitty Vincent.

Efectivamente.

Parece tranquila mientras intenta volverse a dormir; tiene las facciones suaves y delicadas, los labios sonrosados y fruncidos. Está tan calmada que nadie diría que es una absoluta zo...

—¿Por qué me miras fijamente, Nate? —Abre los ojos de pronto y me desintegra con una sola mirada, como la bestia que es.

Kitty Vincent es el peor ejemplo de niña rica con la tarjeta de crédito de papá siempre disponible, una subespecie de mujer de la UCMH en la que me he hecho experto. Experiencia que he obtenido a base de acostarme con casi todas.

Salvo con esta.

No debería haberme acostado con esta.

No tiene nada de malo físicamente. La verdad es que es un pibón. Pero como ser humano es absolutamente terrible.

—¿Estás bien? —pregunto con cautela—. ¿Necesitas algo?

—Necesito que dejes de mirarme como si nunca hubieras visto una tía en bolas en tu cama —suelta mientras se incorpora para apoyarse en el cabecero—. Los dos sabemos que ya has visto a unas cuantas, y me estás dando mal rollo.

—Es que estoy flipando, Kit. Eh... No me acuerdo de lo que pasó...

Recuerdo estar en la fiesta e intentar que Summer Castillo-West me diera su número, y que por desgracia me rechazara por cuarto año consecutivo. También recuerdo que perdí al *beer pong* contra Danny Adeleke, cosa que preferiría no recordar, pero sigo sin saber muy bien cómo ocurrió *esto*.

—Joder. Un momento, ¿tú no estabas saliendo con Danny?

Ella me mira con cara de hartazgo, se estira para coger el bolso que hay al lado de la cama y suelta una maldición cuando se da cuenta de que se le ha quedado el móvil sin batería. Se aparta el pelo de la cara y por fin me mira. Jamás había visto a una mujer tan cabreada en toda mi existencia.

—Hemos roto.

—Vale, vale. Qué putada, lo siento. ¿Qué ha pasado?

Intento ser cordial, un buen anfitrión, podría decirse, pero ella levanta una de sus cejas perfectamente delineadas y frunce el ceño.

—¿Y a ti qué más te da?

Me froto la mandíbula con la palma de la mano, inquieto, mientras intento pensar en un motivo que ofrecerle. Tiene razón, me da igual. Lo que pasa es que odio a la gente que le pone los cuernos a su pareja y me ha entrado el pánico, pero si rompieron no tengo nada de lo que preocuparme.

—Solo intentaba ser majo.

Me dedica la sonrisa más falsa que he visto en mi vida, saca las piernas de la cama y se pavonea con el culo al aire hasta mi cuarto de baño. Me cuesta concentrarme en lo buena que está porque enseguida me dirige una última mirada de pocos amigos por encima del hombro.

—Si quieres ser majo, pídeme un Uber.

«Gracias a Dios».

—Claro.

—Y que sea Premium, Nate. Ya tengo bastante con que me vean salir de aquí. No me hagas sufrir más y estírate.

Cuando cierra el baño de un portazo y oigo la ducha, solo me sale ahogar un grito en la almohada.

Estoy en la puerta de entrada mirando cómo Kitty se sube al Uber, Premium, obviamente, para evitar el potencial escándalo.

Me paso la mano por el pelo intentando entender cómo he acabado así después de jurar que este año iba a ser distinto.

Me acuerdo perfectamente de decirle a Robbie, mi mejor amigo, mientras volvíamos a California desde Colorado, que mi último año de carrera iba a ser distinto. Debí de repetirlo unas veinte veces durante aquellos dos días de viaje a base de café.

Duré tres semanas.

A mi espalda unos murmullos me sacan rápidamente del pozo de autocompasión al que estoy a punto de arrojarme. Robbie y mis otros dos compañeros de piso, JJ y Henry, están sentados en nuestro salón sorbiendo de sus tazas de café como los tertulianos de un programa de cotilleos.

—Bueno, bueno, bueno —dice Robbie con sorna—. ¿Qué ha pasado aquí, putilla?

Robbie lleva metiéndose conmigo desde que teníamos cinco años. Su padre, al que sigo llamando «señor H.» dieciséis años después, era el entrenador de nuestro equipo de hockey sobre hielo en Eagle County cuando éramos pequeños. Ahí es donde nos hicimos amigos, y lleva tocándome las narices desde entonces.

Lo ignoro y voy directo a la cocina, me sirvo una taza de café y le hago un corte de mangas en lugar de darle la satisfacción de una respuesta.

Me bebo el café en dos segundos y todavía siento sus miradas fijas en mí. Esto es lo peor de vivir con tus compañeros de equipo: no hay secretos.

JJ, Robbie y yo estamos en el último año de universidad y llevamos compartiendo piso desde primero, pero Henry todavía está en segundo. Es buenísimo al hockey, pero no le gusta nada la presión social que conlleva formar parte de un equipo deportivo. Odiaba vivir en residencias y le costaba hacer amigos de fuera del equipo, así que le ofrecimos mudarse aquí.

Siempre hemos tenido un dormitorio libre porque convertimos el garaje en una habitación accesible para la silla de ruedas de Robbie, y Henry nos agradeció mucho la oferta.

A pesar de que solo han pasado tres semanas, se nota claramente que ya está más cómodo, y por eso no tiene problema en ayudar a JJ y Robbie a meterse conmigo.

—¿Por qué te has acostado con Kitty Vincent? —pregunta Henry, cuyos ojos asoman por encima del borde de su taza de café—. No es muy simpática.

Pues sí, y además no tiene *ningún* filtro.

—Voy a fingir que no ha ocurrido, tío. Ella tampoco estaba muy entusiasmada, y no me acuerdo absolutamente de nada, así que no cuenta. —Me encojo de hombros, voy al salón y me tiro en una butaca—. ¿Cómo coño me habéis dejado hacerlo?

¿Soy lo bastante mayorcito como para no escaquearme de mis propios errores? Sí. ¿Eso me va a impedir intentarlo? No.

—Colega, yo intenté pararte cuando te estabas yendo con ella —miente JJ descaradamente, levantando las manos a la defensiva—. Pero dijiste que olía muy bien y que tenía muy buen culo. ¿Quién soy yo para interponerme entre tu amor verdadero y tú?

Replico con un sonoro gruñido y siento un martilleo en la cabeza por el esfuerzo. Si Jaiden dice que intentó que no me fuera, es que probablemente fue él quien pidió el Uber y me metió dentro con Kitty.

JJ es hijo único y se crio en Nebraska en mitad de la nada, así que durante su infancia lo único que podía hacer era meterse con la gente.

Sus padres siempre vienen a verlo en junio para ir al Orgullo de Los Ángeles con nosotros y con JJ, encantados de ser aliados de su hijo y así lucir sus chapas con la bandera pansexual. Las veces que se han alojado en casa con nosotros he podido conocerlos bien, y por eso sé que JJ es exactamente igual que su padre, hasta el punto de que no entiendo cómo su madre ha podido aguantar tanto tiempo a los dos en casa.

La señora Johal es una mujer increíble con la paciencia de una santa. Siempre se asegura de llenarnos el frigorífico de varios tipos de curry con diferentes guarniciones antes de irse, y tiene un gusto excelente en películas de terror; creo que por eso me cae tan bien.

Puede que ella sea la única razón por la que todavía no he asesinado a Jaiden.

Robbie maniobra a mi lado y me ofrece lo que parece un abrazo compasivo.

—Tu concentración en los estudios y el hockey ha durado mucho más de lo que esperaba. Ahora espabila. Nos tienes que llevar a clase.

Cuando me aceptaron en Maple Hills no tenía ni idea de qué quería estudiar. En menos de un año me gradúo y todavía no tengo claro si estudiar Medicina deportiva ha sido buena idea.

Al terminar el instituto me ficharon los Vipers de Vancouver y me costó priorizar mi educación, y más teniendo en cuenta que la NHL había sido mi sueño desde pequeño. Lo único que quería era jugar, pero sé que en el hockey todo se puede ir a la mierda en un momento; una lesión grave o un accidente inevitable puede acabar con tu carrera.

Incluso aunque tenga asegurado un puesto en el equipo de mis sueños en cuanto me gradúe, me gustaría que *algo* de lo que he aprendido en los últimos tres años se quedara en mi cerebro para que mi plan B merezca la pena.

Mi padre no fue muy fan de que me fuera a una universidad en otro estado, y le gustó menos todavía que me fichara un equipo de hockey, y mucho menos uno de Canadá. Quería que «aprendiera el negocio familiar» y gestionara los resorts de esquí hasta que fuera un viejo canoso como él. La simple idea de acabar convertido en mi padre siempre ha sido suficiente estímulo para mover el culo e ir a por todas con mis propios objetivos.

Me costaría menos analizar las estructuras celulares si no estuviera siempre tan cansado de los entrenamientos, por no hablar de cuando me toca sacar de algún apuro a mis compañeros de equipo. Cuando Greg Lewinski se graduó y me pasó el testigo como capitán del equipo, no me dijo que también tendría que hacer de canguro de los jugadores para ponerles las pilas.

Robbie me echa una mano, ya que es el ayudante del entrenador Faulkner. Después de un accidente de esquí el primer año de instituto, Robbie no recuperó la movilidad de las piernas y desde entonces va en silla de ruedas. Su habilidad para gritarme se traspasó de la pista de hielo al banquillo de la pista de hielo.

Nada le gusta más que agitar la carpeta en mi dirección y gritarme que espabile. A los chicos del equipo les encanta que me lleve la peor parte de las reprimendas de Robbie, porque así ellos se llevan menos.

Hoy sería un ejemplo perfecto. Los viernes, JJ y yo tenemos clase en la facultad de Ciencias, por lo que cuando vamos a entrenar después, siempre pasamos de camino por un Dunkin y nos comemos un dónut preentrenamiento. Es un secreto, pero JJ sabe que aunque nos pillen, toda la culpa me la echarán a mí, así que no le importa arriesgarse. La última clase de los viernes es la que más odio, por lo que tampoco me importa correr el riesgo.

Ojeo las redes sociales, distraído, mientras espero a que JJ salga del laboratorio, cuando oigo cómo se acerca su voz animada.

—¿Listo para un entrenamiento infernal de resaca?

—Nada que no pueda arreglarse con unas virutas arcoíris. De todas formas, sudar siempre viene bien para expulsar el alcohol. Así estoy fresco para esta noche.

Frunce el ceño.

—¿De qué hablas? ¿No has visto el chat grupal?

Lo último que he visto es que Robbie ha propuesto dar una fiesta por la noche. Aún quedan dos semanas para nuestro primer partido y es tradición abrir la temporada con alguna que otra fiesta.

En cuanto saco el móvil veo los mensajes que tenía sin leer.

CONEJITAS

Bobby Hughes

Me quiero morir

Kris Hudson

Ánimo, colega

Robbie Hamlet

Esta noche tomamos algo en nuestra casa?

Bobby Hughes

Como dijo Michael Scott: estoy listo para volver a sufrir

Joe Carter
Me puedo llevar la ruleta de tequila

Henry Turner
Email de Faulkner, dice que vayamos al salón de premios, no a la pista

Jaiden Johal
QUÉ COJONES?

Henry Turner
Lo ha mandado hace una hora

El salón de premios es un salón de actos que hay dentro del polideportivo. La mayoría no pasamos mucho tiempo allí, a menos que tengamos algún problema; es donde trabajan los entrenadores cuando no están con los equipos o en partidos. Ahí se celebran las ceremonias de fin de curso. Si nos convocan allí probablemente significa que alguien la ha cagado estrepitosamente, y espero no haber sido yo.

—No sé qué está pasando —dice JJ mientras nos subimos a mi coche—. ¿Sabéis quién es Josh Mooney, uno de mi clase que juega al béisbol? Me ha dicho que también le han cancelado su entrenamiento. Tienen que ir también al salón de premios, pero media hora después que nosotros. Qué mal rollo, tío.

Solo llevamos tres semanas de curso, ¿en qué movida nos hemos metido?

En una movida bien gorda.

Cuando entramos por la puerta, el entrenador ni siquiera nos mira. La mitad del equipo ya está sentado delante de él, todos con la misma mirada de terror. La conozco bien. JJ se sienta al lado de Henry y me mira como diciendo: «Entérate, capitán».

Neil Faulkner no es un hombre que nadie quiera tener como enemigo. Fue tres veces campeón de la Copa Stanley antes de que un conductor borracho lo sacara de la carretera y le destrozara los brazos y las piernas, acabando así con su carrera en la NHL. He visto infinidad de veces los vídeos de sus partidos antiguos, y era —no, todavía sigue siendo— un cabrón intimidante.

Así que el hecho de verlo sentado en una silla enfrente del equipo, con cara de estar a punto de estallar pero sin decir nada, me ha puesto en alerta roja. Pero mi equipo me necesita, así que trato de aproximarme a la bestia con cautela.

—Entrenador, nos gustaría...

—A la silla, Hawkins.

—Per...

—No te lo voy a repetir.

Vuelvo al grupo con el rabo entre las piernas. Mis compañeros tienen un aspecto aún peor que hace un minuto. Me devano los sesos intentando pensar qué habremos hecho, porque es imposible que esté así de furioso por la fiesta de anoche.

Aparte de Henry, la mayoría de los menores de veintiuno no fueron. No tienen edad para beber, así que no los invitamos a nuestras fiestas. Eso no quiere decir que no se emborrachen igualmente en alguna fraternidad, pero al menos no soy yo el que les da las cervezas, teniendo en cuenta que, como líder del equipo, son mi responsabilidad.

Cuando Joe y Bobby llegan y se sientan, el entrenador por fin hace algo. Bueno, solo resopla, pero algo es algo.

—En los quince años que llevo entrenando, nunca había sentido tanta vergüenza como esta mañana.

«Joder».

—Antes de que siga, ¿alguien tiene algo que decir?

Nos mira uno por uno como si estuviera esperando a que alguien se levante y confiese algo, pero sinceramente, no tengo ni idea de qué hay que confesar. Desde que entré en el equipo me han dado mil veces la charla de «Nunca había sentido tanta vergüenza» —es la especialidad de Faulkner—, pero jamás lo había visto tan furioso.

Se cruza de brazos, se reclina en la silla y niega con la cabeza.

—Esta mañana, cuando he llegado a la pista me la he encontrado destrozada. ¿Quién ha sido?

Los equipos universitarios tienen muchas tradiciones. Algunas buenas, otras malas, pero tradiciones al fin y al cabo. Maple Hills no es muy diferente, y cada deporte tiene sus propias peculiaridades y supersticiones que se transmiten de curso en curso.

Las nuestras son las bromas. Bromas pesadas e infantiles. Bromas entre nosotros, a otros equipos, incluso a equipos de otras disciplinas. Me he tragado suficientes charlas de Faulkner a lo largo de los años como para saber que no iba a permitirlo mientras yo fuera capitán del equipo. Solían ser un puñado de ególatras que competían para superarse unos a otros, hasta el punto de que la universidad siempre se veía obligada a intervenir.

Así que, si habían destrozado nuestra pista, significaba que alguien no me había hecho ni caso.

Me doy la vuelta con sigilo para observar mejor a mis compañeros, y tardo alrededor de dos décimas de segundo en fijarme en Russ, un alumno de segundo que lleva todo el año vacilándonos, y que tiene cara de haber visto a un fantasma.

Faulkner levanta la voz hasta que retumba por toda la sala.

—¡El director está furioso! ¡El decano está furioso! ¡Y yo estoy furioso, hostia! ¡Pensaba que ya se habían acabado las bromas de los cojones! ¡Se supone que ya sois hombres, no niños!

Quiero decir algo, pero tengo la boca seca. Carraspeo un poco, y aunque no ayuda, sí que capta su atención. Bebo un trago de agua y por fin soy capaz de hablar.

—Y ya se han acabado, entrenador. No hemos hecho nada.

—Ah, ¿entonces es que a alguien se le ha ocurrido destrozar el generador y el sistema de refrigeración porque sí? Ahora mismo mi pista de hielo se está transformando en una piscina, ¿y esperáis que me crea que vosotros no habéis tenido nada que ver, payasos?

Esto va muy mal.

—El director se reunirá con cada uno de vosotros en cinco minutos. Abróchense los cinturones, señores. Espero que ninguno quiera dedicarse al hockey profesionalmente.

¿Ya he dicho que *me cago en todo*?

3

Anastasia

Mi agenda es un caos total y absoluto, y estoy de mala leche.

Esto es justo lo contrario a la sensación de viernes que a la gente le gusta tanto. Hoy tenía que ser un día libre de problemas; me he despertado con un tío guapísimo, y el resto del día estaba planeado a la perfección: gimnasio, clases, entrenamiento con Aaron, cena y después bailar hasta que me dolieran los pies en la fiesta con mejor pinta.

Incluso tenía la opción de volver a ver a Ryan para aliviarnos la tensión mutuamente si tenía un rato libre.

Pero según el email pasivo-agresivo que acabo de recibir, a David Skinner, el director deportivo de Maple Hills, le trae al pairo mi agenda o mi horario de entrenamientos, por no hablar de mi vida sexual.

¿O si no por qué ha cancelado los entrenamientos y ha convocado a todos los alumnos en el peor rincón del campus?

En este edificio es donde todos los entrenadores se esconden para conspirar sobre cómo jodernos la vida. Cuando esta mañana he subido una foto que decía «Disfruta del momento presente», no tenía ni idea de que acabaría en una cola infinita de alumnos intentando acceder al salón de premios.

Estoy sumida en pensamientos furiosos y casi asesinos cuando dos brazos musculados envuelven mi cintura desde atrás y noto cómo unos labios me presionan la coronilla. Reconozco a Ryan al instante, me acomodo en su abrazo y levanto la cabeza para mirarlo. Se inclina para darme un beso en la frente y, por supuesto, me siento mejor.

—Hola, preciosa.

—Me estoy estresando —gruño, mirando al frente para ver si avanza la cola—. Y tú te estás colando descaradamente. Te la vas a cargar.

Me agarra de los hombros y me da la vuelta para colocarme frente a él. Me pone un largo dedo debajo de la barbilla para que alce la cabeza y lo mire a los ojos. Cuando pienso que no puede ser más mono, me retira el pelo de la cara y me sonríe.

—Tú controlas la agenda, Stas. No la agenda a ti.

—Aun así, te estás colando.

Se ríe y se encoge de hombros.

—Me estabas guardando el sitio. Eso es lo que le he dicho a todo el mundo. Venga, ¿qué frase motivacional has subido hoy? ¿O me tengo que meter para recordártela?

Ryan y yo empezamos a salir el año pasado cuando nos conocimos en una fiesta y nos tocó de pareja en el *beer pong*. Obviamente ganamos, porque somos los más cabezotas y competitivos de Maple Hills o cualquier sitio a cien kilómetros a la redonda. Al día siguiente apareció en mi bandeja de MDs, con la broma de que no esperaba encontrar que una aficionada a los juegos de beber tan agresiva tuviera las redes sociales llenas de mensajes motivacionales de buen rollo.

Desde entonces, cuando estoy cansada o de mal humor, me recuerda que debería ser un rayito de sol.

«Idiota».

—¿Y bien? —pregunta mientras nos vamos acercando a la puerta de entrada.

—Era algo sobre disfrutar el momento presente.

Sonríe ampliamente al darse cuenta de que me ha pillado.

—Bueno, me vale. Es una putada que hayan suspendido los entrenamientos, *pero* si disfrutas del momento presente, ahora estás conmigo y yo soy genial.

Me cruzo de brazos y me esfuerzo por contener la sonrisa

que está a punto de escapar de mis labios, en un intento de fingir que no tiene ninguna influencia en mi estado de ánimo.

—Ajá.

—Madre mía, qué público más duro. En cuanto salgamos de aquí, te llevo a comer algo, y después podemos ir a un partido de hockey para ayudarte a liberar todo ese estrés que tienes.

—¿Y qué más? —Dejo que me dé la vuelta ahora que casi estamos llegando a la puerta del salón, y me apoya las manos en los hombros.

—¿Te llevo a casa y dejo que descargues en mi cuerpo cualquier resto de estrés que te quede?

—¿Con un bate?

Me hunde los dedos en los músculos tensos, amasando rítmicamente todos los nudos mientras muevo la cabeza de un lado a otro.

—Serás pervertida. ¿Te vas a disfrazar de Harley Quinn?

Se le escapa un gruñido de dolor cuando le hundo el codo en las costillas, un gesto ridículo y dramático, porque me ha dolido más a mí que a él.

Después de lo que parece una eternidad, por fin llegamos a la entrada del salón de premios. En lugar de las mesas redondas habituales, hay varias hileras de sillas mirando al escenario.

«¿Qué coño pasa?».

Ignorando mi preocupación inmediata, Ryan insiste en que disfrute del momento, lo cual se traduce en que me veo obligada a sentarme junto al equipo de baloncesto. Así que ahora estoy entre Ryan y Mason Wright, su compañero, que hace que mi cuerpo de un metro sesenta y dos parezca el de un bebé crecidito.

—¿Una patata?

Intento no mirar la bolsa de Lays que me acaba de poner debajo de la nariz, pero huelen a barbacoa, y Ryan sabe que es mi sabor favorito.

—No, gracias.

Se inclina para rebuscar algo en la bolsa que tiene a sus pies, que cruje en mitad del silencio, sin importarle lo más mínimo que la gente nos mire. Se deja caer en la silla con un resoplido y me tiende otro paquete.

—¿Una galleta?

—No, gracias. No tengo hambre. —Intento no llamar la atención, pero me cuesta ignorar su mirada de decepción—. No me mires así. El campeonato regional está a la vuelta de la esquina; no puedo coger peso.

Ryan se agacha para poner su cabeza a mi altura y se inclina para mayor privacidad. Su aliento me roza la piel cuando posa los labios junto a mi oreja y me eriza la piel de todo el cuerpo.

—Como alguien que te levanta bastante a menudo, creo que estoy cualificado para decir esto: si ese imbécil no es capaz de soportar que tu peso fluctúe un par de kilos arriba o abajo, algo perfectamente lógico, por cierto, es que no debería ser tu pareja artística.

—No vamos a tener esta conversación otra vez, Ryan.

—Sta... —empieza a decir, pero se corta cuando el director Skinner sube al escenario, con los ojos entrecerrados por los focos. Ryan se endereza, me pone la mano en el muslo y la aprieta con suavidad—. A lo mejor sí que necesitamos un bate luego.

El chirrido del micrófono retumba por todas las paredes de la sala y todos pegamos un pequeño bote en los asientos. Skinner ha tomado posición detrás del atril, pero todavía no ha sonreído ni una sola vez.

Ha envejecido mucho durante el tiempo que llevo en la UCMH. Antes parecía simpático y entusiasta, pero ahora, con el desdén grabado en las profundas líneas de su frente, parece de todo menos eso.

—Buenas tardes a todos. Gracias por venir pese a haber avisado con tan poca antelación. Seguramente os estaréis preguntando qué hacéis aquí.

No sé por qué finge que en el email no estaba escrita la palabra «obligatorio» en negrita y mayúsculas.

Skinner se quita la chaqueta, la cuelga en la silla que tiene detrás y suspira mientras se da la vuelta para situarse de nuevo frente a nosotros. Se pasa la mano por el pelo fino y encanecido, que juraría que era grueso y negro cuando yo iba a primero.

—Todos sabemos que los universitarios pueden traer problemas. Es de suponer que cuando empiezan sus vidas adultas lejos de casa se produzca un cierto nivel de caos. —Vuelve a suspirar, visiblemente exhausto—. Cuando además añadimos deportes de competición a la mezcla, el equilibrio se altera al intentar desarrollar las habilidades físicas al mismo tiempo que la experiencia universitaria.

Eso es un poco condescendiente. Parece que le haya pedido a su secretaria que le escribiera el discursito, y tiene pinta de haberlo ensayado varias veces frente al espejo. Si Lola estuviera aquí, le sacaría unas cuantas pegas a esta interpretación.

—Algunos de vosotros os habéis pasado de la raya disfrutando de la experiencia universitaria.

«Ahí viene».

—En los cinco años que llevo como director deportivo, he tenido que lidiar con innumerables situaciones evitables: fiestas descontroladas, gastos médicos derivados de un comportamiento irresponsable de alumnos en el campus, más bromas de las que soy capaz de recordar, embarazos no planificados, un...

El chirrido de la silla de Michael Fletcher suena mientras se levanta de un salto.

—Señor Fletcher, por favor, siéntese.

Fletcher lo ignora y se levanta para coger la mochila del suelo. Se dirige a la salida, abre las puertas de un empujón y abandona la sala.

Yo no sé mucho de fútbol americano, pero todo el mundo dice que Fletch es el mejor defensa que ha tenido nunca esta universidad, y tiene prácticamente garantizada una plaza en la NFL cuando se gradúe. Y lo más importante, es un padre increíble de una niña, Diya, que tuvo con su novia, Prishi, el año pasado.

Prishi estaba en el equipo de patinaje conmigo antes de quedarse embarazada sin querer al empezar primero. Cuando le pregunté si iba a volver, me dijo que su vejiga había dejado de ser lo que era después de expulsar a un bebé de dos kilos y medio, y no le apetecía hacerse pis en el hielo delante del público.

Comparten piso con algunos amigos, y todo el mundo hace de canguro del bebé por turnos para que Fletch y Prishi puedan ir a clase. Skinner se ha pasado tres pueblos al ponerlos como ejemplo de delincuencia del alumnado.

Llevamos veinte minutos y ahí sigue, dale que te pego con la charla. Apoyo la cabeza en el hombro de Ryan y cierro los ojos, aceptando la galleta que me pone en la palma de la mano.

—... resumiendo.

«Por fin».

—De ahora en adelante, se aplicará una política de tolerancia cero a todo aquel que se pase de listo en este campus.

Siento como si me faltara una pieza importante del puzle, porque a pesar del larguísimo discurso, que aún no ha terminado, no tengo ni idea de qué es lo que ha provocado esta interrupción de mi horario.

—Y a los alumnos de último curso que pretendan acceder a algún equipo profesional al acabar la carrera: más os vale tomar nota del mensaje.

A mi lado oigo cómo a Ryan se le escapa una carcajada mientras se mete otra galleta en la boca. Cuando estoy a punto de preguntarle qué le hace tanta gracia, me cuela una entre los labios y sonríe como un tonto porque no tengo más remedio que comérmela.

Por fin, Skinner se queda sin energía. Se apoya en el atril con los hombros hundidos.

—Me da igual el potencial que tengáis. Como no espabiléis, os mandaremos al banquillo. Y ahora quiero que se queden solamente los equipos de patinaje y hockey, los demás podéis marcharos.

Ryan coge la mochila del suelo y se levanta desperezándose y bostezando de manera exagerada.

—¿Te espero fuera y nos vamos a comer?

Asiento y me pongo de puntillas para limpiarle con el pulgar las migas de galleta que se le han quedado en la comisura de la boca.

—Espero que no tarde mucho.

Todo el mundo abandona la sala, excepto nosotros cincuenta y tantos. Irónicamente, los demás tardan unas cinco veces menos en salir que en entrar.

Brady y Faulkner, el entrenador del equipo de hockey, suben al escenario con el director Skinner.

—Acercaos aquí. Estoy cansado del micrófono.

Mientras nos dirigimos a las primeras filas, distingo la mirada disgustada de Aaron entre la multitud y me siento a su lado.

—¿Estás bien? —le pregunto en voz baja mientras tomamos asiento.

—Sí.

No hace falta ser un genio para saber que no está del mejor humor, pero parece como si estuviera enfadado conmigo, no con Skinner.

—¿Seguro?

Aprieta los labios y sigue sin mirarme a los ojos.

—Sí.

Skinner se retira del atril y se mete las manos en los bolsillos del pantalón del traje, escrutándonos con los ojos cansados y hundidos.

—Seré breve. Después de lo que solo puede calificarse como un espectáculo lamentable, la pista dos quedará cerrada a partir de este momento.

«Ay, Dios».

—Está en marcha una investigación para averiguar cómo se produjeron los cuantiosos daños, pero me han dicho que las reparaciones llevarán bastante tiempo, debido a la escasez de materiales específicos.

La noticia no me impacta, me mata. El equipo de hockey es conocido por meterse en líos con los equipos rivales e incluso entre ellos mismos. En esta universidad se lleva mucho lo de que los niñatos ricos se metan en el equipo de hockey, y me apuesto lo que sea a que el culpable ha sido alguno de ellos.

—Lo que significa —continúa Skinner— que tendréis que compartir la pista de hielo hasta que terminen las reparaciones, así que espero que todos pongáis de vuestra parte en esta situación.

A sabiendas de que lo vamos a bombardear con preguntas,

Skinner demuestra que no le importamos lo más mínimo y se retira de inmediato. Todavía no se ha bajado del escenario cuando corro hacia la entrenadora Brady.

—Pero ¡tenemos el campeonato regional en *cinco* semanas!

—Soy muy consciente del calendario de competiciones, Anastasia —dice Brady, apartando a los alumnos de primero que se agolpan a mi alrededor mientras estoy a punto de que me dé un ataque—. No nos queda otra, así que no merece la pena disgustarse por eso.

«¿Lo dice en serio?».

—¿Cómo vamos a clasificarnos si no podemos ni entrenar?

A pocos metros, el equipo del entrenador Faulkner también lo ha rodeado, me imagino que acosándolo con las mismas preguntas. No es que me importe, son ellos los que han provocado todo esto, y ahora somos nosotros los que vamos a sufrir las consecuencias.

Intento no ser catastrofista, no sacar las cosas de quicio. Me concentro en respirar profundamente y en no echarme a llorar de forma incontrolable delante de un montón de desconocidos, mientras escucho las voces de mis compañeros de equipo, con las mismas preocupaciones que yo. Hay un chico hablando con Faulkner, y creo que ha notado que lo estaba mirando, porque hemos cruzado miradas durante un momento. Me observa con una expresión muy rara, como de lástima.

Sinceramente, se puede meter la falsa compasión por el culo.

—Ya hablaremos de esto en los entrenamientos, Stassie —dice Brady, con una sonrisa rara que parece casi amable—. Para una vez que tienes la tarde del viernes libre, disfrútala. Nos vemos el lunes.

Después de otra queja, por fin le hago caso a Brady, la dejo en paz y me dirijo a la salida. Voy detrás de Aaron arrastrando los pies, mientras me autocompadezco, y entonces escucho un «hola» y siento que una mano me toca el brazo.

Es el señor Compasión, y sí, todavía mantiene el gesto de lástima.

—Oye, lo siento. Sé que es una putada para todos. Voy a hacer cuanto pueda para que esto resulte lo más fácil posible.

Me suelta el brazo y retrocede un paso, dándome la oportunidad de mirarlo de cerca por primera vez. Me saca una cabeza por lo menos, tiene los hombros anchos y lleva una camiseta con botones en el cuello. Debajo de la barba incipiente se le marca la mandíbula. Intento averiguar si lo conozco de algo, cuando vuelve a hablar.

—Supongo que estarás bastante estresada, pero esta noche tenemos una fiesta, por si quieres venir…

—¿Y tú eres? —pregunto, intentando no perder la calma. No puedo contener una punzada de satisfacción cuando levanta las cejas una fracción de segundo.

Intenta recuperar la compostura igual de rápido, con un destello de diversión en los ojos, de un castaño oscuro.

—Nate Hawkins. Soy el capitán del equipo de hockey.

Me tiende la mano para estrechármela, pero yo me quedo mirándola, luego levanto la vista hasta su cara y me cruzo de brazos.

—¿No has oído lo que ha dicho Skinner? Se acabaron las fiestas.

Se encoge de hombros y se frota la nuca con torpeza.

—De cualquier forma, la gente va a ir, aunque intente impedirlo. Mira, vente y si quieres tráete a tus amigos o lo que quieras. Es mejor que nos llevemos todos bien, y te juro que el tequila que tenemos es bueno. ¿Tienes nombre?

Me niego a dejarme engatusar por una simple cara bonita. Ni siquiera una con hoyuelos y pómulos marcados. Esta situación sigue siendo una mierda.

—¿Conoces a mucha gente sin nombre?

Para mi sorpresa, se echa a reír. Con una risa sonora que hace que se me sonrojen las mejillas.

—Vale, ahí me has pillado.

Sus ojos se posan detrás de mí y siento cómo un brazo me rodea los hombros. Levanto la mirada, esperando encontrar a Ryan, pero en su lugar está Aaron. Me libero de su brazo, porque estos gestos son los que hacen que la gente se piense que estamos saliendo, y la verdad es que preferiría comerme mis propios patines antes que eso.

—¿Vienes? —dice.

Asiento y miro por última vez a mi nuevo *amigo* de pista. No se molesta en presentarse a Aaron, sino que en lugar de eso me susurra: «Acuérdate de la fiesta».

Dios, a Lola le va a encantar todo este drama.

4

Nathan

Todo el equipo de hockey entra por la puerta y se encamina directamente al mueble bar.

Espero hasta que Russ pasa por delante de mí para agarrarle del brazo, deteniéndolo en seco.

—A mi habitación. Tres, nueve, nueve, tres.

Pone cara de vergüenza y se le escapa una risita nerviosa.

—No eres mi tipo, capi.

Le aprieto más fuerte cuando intenta escabullirse con el resto de los jugadores, que se están repartiendo las cervezas en el salón.

—Ha sido un día largo de cojones. No me obligues a hacer esto delante de todo el equipo.

Se le hunden los hombros en señal de derrota, y empieza a subir las escaleras como un colegial castigado, con la cabeza gacha. En realidad, ahora mismo es literalmente un colegial castigado.

Compartir la pista de hielo antes del comienzo de la temporada es una puta pesadilla logística, por no hablar de cuando nos toque jugar partidos en casa. «Mierda». Siento las primeras señales de una migraña y ni siquiera hemos organizado los horarios todavía.

La patinadora morena parecía furiosa. Me sorprende que no se le haya saltado una vena de la frente cuando su entrenadora le ha dicho que no se preocupara. He intentado poner la oreja, lo que no ha sido muy difícil porque la mujer no hacía más que pegar gritos. A mí me dan ganas de hacer lo mismo cuando pienso en «no preocuparme», así que al menos tenemos algo en común. Su novio parecía totalmente impasible; quizá pueda ayudarla a tranquilizarse, o quizá no, teniendo en cuenta cómo le ha apartado el brazo.

Es bastante graciosa. Enseguida se ha puesto a vacilarme, con la cabeza alta, pero *creo* que le he caído bien. Unos minutos antes parecía claramente al borde del llanto. Espero que acepte la oferta y venga a tomar algo para poder entablar algún tipo de amistad. Creo que facilitará la situación.

Decido dejar a Russ solo durante veinte minutos para ver si le corroe la culpa, y que así no me cueste sonsacarle lo que ha pasado. Estará arriba escuchando las risas y las bromas de los demás, sin darse cuenta de que precisamente se están riendo por la mierda de temporada que tenemos por delante.

Me dan bastante lástima. Tanta que ni siquiera voy a echar a los novatos mientras ahogan sus penas en alcohol. Me siento en la obligación de dar un discurso motivacional o algo así, para animarlos, pero primero necesito saber exactamente cómo ha pasado todo esto.

Russ está sentado en la silla de mi escritorio, dando vueltas, cuando al fin subo a la habitación. Espero que haga algún comentario sarcástico, que se queje por haber tenido que esperarme tanto —algo que yo habría hecho cuando era un creído de mierda—, pero no dice nada. Se queda en silencio, sentado, a la espera de que yo mueva ficha primero.

—¿Por qué lo has hecho? —Él se frota las manos y apoya los codos en las rodillas. Está incómodo. Tiene la cara pálida y parece más enfermo que otra cosa—. Tío, no puedo ayudarte si no me dices cómo.

—Yo no he hecho nada.

Me paso la mano por la cara, intentando no perder la paciencia.

—Sé que has hecho algo, y no puedo arreglarlo si no me lo cuentas.

Cuando empecé a jugar al hockey en Maple Hills, nuestro capitán era un gilipollas y todo el mundo lo odiaba. Nunca me había imaginado que acabaría siendo capitán, pero siempre supe que si ocurría, no sería como él. Russ procede de un entorno familiar de mierda, y sé que no se ha partido el lomo durante varios años para luego llegar aquí y que lo traten igual.

Quizá no tendría esta paciencia con los demás miembros del equipo, pero ser un buen líder significa saber cómo comportarse con cada uno de tus chicos.

Me siento en la cama frente a él y veo cómo le pasan por la cara una decena de emociones distintas al mismo tiempo.

—No era una broma, lo juro.

—Vale, continúa.

—Hay una chica en la UCLA. La conocí en una fiesta hace un par de semanas. Empezamos a tontear y me la encontraba en todas las fiestas. Creía que no tenía novio, pero... —Se mira las manos y se frota las durezas de las palmas.

—¿Pero?

—Pero tiene. Él se enteró y me mandó un mensaje diciendo que me iba a arrepentir del momento en que le puse el ojo encima. Y luego pasó esto, así que debe de ser eso, ¿no?

—¿Sigues hablando con ella?

Sacude la cabeza.

—La bloqueé de todo en cuanto me enteré de que tenía novio.

—No se lo cuentes a nadie, ¿vale? O te echarán del equipo —afirmo, muy serio—. Lo digo de verdad, chaval. Cuando te pregunten qué hacías aquí arriba, diles que tienes una movida familiar o algo así, y que querías hablarlo conmigo.

—Vale, capi.

Señalo la puerta con un gesto.

—Ve a tomarte una cerveza.

Espero hasta que sale de la habitación y baja las escaleras para gritar con todas mis fuerzas contra mi almohada, por segunda vez en el día.

Unas horas después de mi intento de ser un capitán responsable, la casa está llena de gente, botellas vacías y vasos rojos. Una parte de mí teme que David Skinner aparezca por la puerta, o lo que es peor, Faulkner.

Dudo que al entrenador le hiciera mucha gracia que hayamos decidido terminar el peor día del mundo justo como nos acababan de prohibir. Normalmente las fiestas de los viernes están llenas de deportistas cansados, doloridos por culpa de los partidos o de los entrenamientos de los viernes, que buscan relajarse o ver cómo los demás toman decisiones cuestionables. Pero esta noche hay algo distinto en el aire. Es como si el sermón nos hubiera vuelto locos.

Veo a Briar, la compañera de piso de Summer, sirviéndose una copa en la encimera de la cocina, lo cual me hace sentir algo mejor al instante. Son inseparables, así que, si B ha venido, Summer también debe de estar por aquí. No puede rechazarme dos veces en la misma semana, ¿no?

Summer bromea diciendo que la única razón por la que voy detrás de ella es porque ella no está interesada en mí, y es la única mujer que me ha rechazado. Oírla decir que no está interesada me hace desearla aún más, así que, si lo piensas, tiene su lógica, y tal vez tenga razón. Por mucho que quiera que me dé una oportunidad, somos buenos amigos, lo que hace que su rechazo escueza un poco menos.

Me abro paso entre la multitud y pongo mi mejor cara de «Quiero casarme con tu mejor amiga». Briar está tan absorta en la mezcla de bebidas que ni siquiera se percata de que estoy ahí cuando me inclino en la encimera a su lado.

—Por la pinta que tiene esa copa, me huelo que la vas a acabar potando en mi césped dentro de un rato, Beckett.

Levanta la cabeza y agita la larga melena rubia al verme.

—Pues menos mal que no voy a beber sola, ¿no? —murmura con su extraño acento, mezcla de británico y estadounidense.

Tiene los ojos verdes vidriosos y pone una sonrisa que más bien parece una mueca entre perezosa y ebria mientras me guiña un ojo y levanta la copa en mi dirección, para enseguida coger otra más.

—He oído que has tenido un día de mierda. Yo también, podemos emborracharnos juntos.

Espero a que se haya preparado otro brebaje asqueroso antes de chocar mi vaso contra el suyo.

—Por los imbéciles de segundo.

Resopla.

—Por las exnovias imbéciles.

Le doy un sorbo a la copa; quema de la hostia.

—¡Dios santo! —Me atraganto mientras el líquido me abrasa la garganta—. ¿Quién coño te ha enseñado a mezclar bebidas?

—Mi tío James. Lo llama el cóctel mágico. ¿Estás buscando a Summer? —Hace una mueca cuando asiento con la cabeza—. Está jugando al *beer pong* con Cami en la sala de estar.

—Recordaré este bello momento en el discurso de mi boda con Summer. —Me bebo de un trago el resto del veneno, intentando en vano que no me den arcadas.

—¡No creo! —me grita—. ¡Sabe que anoche te follaste a Kitty!

«Mierda».

Summer está inclinada sobre la mesa, colocando un vaso de chupito, cuando me abro paso entre la gente hasta llegar a su lado. Está jugando con su mejor amiga, Cami, contra Ryan y CJ del equipo de baloncesto.

—¿Vais ganando?

—Vete, Nathan —dice entre risas, sin molestarse siquiera en mirarme—. Me vas a distraer.

—Qué maleducada. ¿Y si te doy buena suer...? —Me corto a mitad de frase porque acaba de tirar la bola al otro lado de la habitación sin querer.

Por fin me mira, con unos ojos tan amenazadores que me parecen hasta atractivos. Carraspeo.

—Te animaré desde aquí.

Pone cara de exasperación y murmura algo entre dientes convencida de que no la oigo:

—Tienes suerte de ser guapo.

Echo un vistazo a la habitación para ver quién ha venido, e inmediatamente veo a la señorita Sin Nombre. Parece bastante más relajada que hace un rato, los mechones de pelo rizado y castaño le caen por la cara cuando vuelve la cabeza y se ríe de algo que acaba de decir su amiga. Tiene las mejillas sonrosadas y los ojos de un azul océano brillante; parece contenta.

Me gusta.

Me ve antes de que llegue hasta ella, y quizá son imaginaciones mías, pero juraría que me está dando un repaso.

—¡Has venido! —digo alegremente, aunque ella no reacciona. Entonces me vuelvo a su amiga, que me mira intrigada—. Soy Nate.

—Lola. —Nos señala con el dedo alternativamente, entornando los ojos—. ¿Os conocéis?

—Nos hemos conocido esta tarde —confirmo, al ver que ignora mis intentos por atraer su atención. Entonces da un sorbo a lo que parece un vaso vacío, por lo que veo desde mi altura aventajada—. Aunque me temo que no me has dicho cómo te llamas.

Deja de fingir que bebe y por fin me mira a la cara. Ahora parece que quiera golpearme con un palo de hockey, lo cual es una gran mejora respecto a hace un rato.

—Anastasia. O Stassie. Da igual.

—¿Os traigo algo de beber? —pregunto.

—Lo puedo traer yo, gracias.

Lola resopla, le hace un gesto a su amiga y me sonríe.

—No le hagas caso, no sabe tratar bien a los demás. Es lo que tienen los hijos únicos.

—Madre mía. Vale, pues te ayudo —dice Anastasia, dirigiéndose a la cocina y arrastrando a su amiga con ella con la mano que le queda libre. Salgo corriendo detrás y le quito el vaso vacío de la mano—. Una copa no va a hacer que se me pase el cabreo por lo de la pista de hielo, ¿sabes?

Me lo creo. Nada en esta chica me indica que vaya a ser fácil, y eso hace que toda esta movida de la pista se vuelva más interesante.

—Ni siquiera has visto lo encantador que puedo llegar a ser —digo en tono burlón, sonriendo de oreja a oreja cuando noto que se le escapa una pequeña sonrisa—. Te sorprenderías.

Me coge los vasos de las manos y los pone en la encimera para preparar las dos copas.

—Soy inmune al encanto de los jugadores de hockey.

Robbie se acerca en la silla y me atropella mientras murmura «¿Qué coño pasa?» a espaldas de las chicas, con los ojos abiertos de par en par. Se aclara la garganta y las dos lo miran.

—¿Y al encanto de los ayudantes de entrenadores de hockey?

—Ah, también es muy inmune a eso, pero yo no. Qué tal, soy Lola.

—Robbie.

Lola le da un codazo a Stassie, que murmura un saludo.

—Esta es Stassie. Finge que es una gruñona, pero en realidad es muy maja.

—Gracias por venir a mi fiesta —dice, sin quitarle los ojos de encima a Lola. No sé si morirme de vergüenza o de admiración cuando ella empieza a mover las pestañas y se le escapa una risita.

«Increíble».

A Anastasia se le nota la misma mezcla de confusión y risa en la cara mientras mira a nuestros amigos.

—Lols, voy a ponerme en la cola para el baño. ¿Vienes? —Lola la mira, luego vuelve la vista a Robbie y niega con la cabeza—. Vale, pues ahora nos vemos.

Le tiendo la mano para guiarla hacia las escaleras.

—Venga, te dejo usar mi baño. —Me mira la mano y entorna los ojos con suspicacia—. Tengo la puerta cerrada con contraseña y dentro hay baño privado. O puedes ponerte a la cola si no —digo, señalando a los borrachos agolpados en la escalera.

Suspira en señal de derrota y me agarra de la mano, entrelazando sus dedos con los míos.

—Esto no significa que te perdone.

—Obviamente.

Nos adentramos en la multitud; acerca mucho su cuerpo al mío y me agarra de la cintura con la mano libre hasta que llegamos a la escalera. Me rodea para subir primero, y de inmediato me doy cuenta de que dejarla avanzar por delante de mí ha sido un error, porque en cuando sube algunos peldaños, su culo entra en mi campo de visión, bamboleándose a cada impulso.

La hago pasar a mi cuarto y le señalo el cuarto de baño, con una sensación de *déjà vu* después de la movida de esta mañana. Al menos lleva ropa. Espera, ¿por qué lo digo como si fuera algo bueno?

Después de un par de minutos sale del baño y se detiene en seco cuando me ve esperándola en la cama. Levanto las manos a la defensiva.

—No quería que te perdieras.

—Tranquilo. —Se cruza de brazos e inclina la cabeza hacia un lado de forma casi juguetona—. Qué decepción, iba a cotillear.

Me gusta que me muestre una cara diferente de sí misma después de la que he conocido esta tarde. No es que haya nada de malo en que exprese sus emociones, pero prefiero verla más relajada.

Por primera vez, me fijo en su ropa. Pantalones ajustados de cuero que parecen pintados sobre su piel, y un corsé de encaje negro que le marca cada curva del cuerpo de una forma que no sé ni cómo describir. Lo que quiero decir es que está buenísima, y que quizá conocerla un poco más no estaría nada mal.

—No dejes que mi presencia te impida cotillear —bromeo—. Te espero aquí.

El sonido de sus tacones resuena por la habitación mientras se acerca despacio a mi escritorio, sin quitarme los ojos de encima. Recorre con los dedos la pila de libros de biología que hay esparcidos por la mesa.

—¿Qué estudias?

—Medicina deportiva, ¿y tú?

—Empresariales. —Coge una foto del escritorio y la examina con detenimiento antes de mirarme—. ¿Eres de la Costa Oeste?

—No, de las montañas.

—¿Wyoming? —pregunta, dejando la fotografía en su sitio y cogiendo otra.

—Casi. —Me levanto y me acerco, quitándole la foto de las

manos y sustituyéndola por una con Robbie en nuestro primer partido de hockey, con cinco años—. Colorado, Eagle County. ¿Y tú?

—De Seattle. Eso es Vail, ¿no? Una estrella del hockey criado como un niño rico de Eagle County... Un poco predecible, ¿no? —Me siento en el escritorio para estar a su altura y me cruzo de brazos para emular su gesto—. ¿No te parece muy típico?

No puedo contener una sonrisa burlona mientras sus ojos azules se clavan en los míos.

—¿Crees que soy una estrella?

Se da la vuelta rápidamente, atraviesa la habitación mientras se ríe y se sienta en mi cama. Quiero seguirla como un cachorrito, pero me obligo a quedarme quieto, mirando cómo se coloca las manos detrás de la espalda y se reclina, dejando que la sedosa melena castaña le caiga sobre los hombros.

—Nunca te he visto jugar —dice, más animada de lo que me gustaría—. No me gusta *nada* el hockey.

—Me ofendes, Anastasia. Voy a tener que conseguirte entradas para el próximo partido que juguemos en casa.

—No necesito entradas para un partido en mi propio recinto. Además, eso será si no la cagáis antes y os eliminan.

Percibo un tono demasiado alegre en sus palabras. Es como si Campanilla me estuviera haciendo bullying.

—¿A quién habéis cabreado tanto como para merecer que os destrocen la pista?

Esta no va a ser la última vez que me hagan esta pregunta, así que tendré que acostumbrarme, aunque odie mentir. Es una mentira piadosa, pero no me gusta mucho empezar una amistad con una negativa.

—No hemos hecho nada, así que no lo sé. —Entorna los ojos porque es obvio que no me cree, con lo que me pongo nervioso—. Te lo juro, Anastasia.

Suaviza el gesto y de inmediato me siento como el culo. «¿Para qué coño lo he jurado?».

—¿Volvemos abajo?

—Vale. Probablemente Robbie ya le está quitando los pantalones a tu amiga con su encanto.

Se le escapa una risita y me da vergüenza lo feliz que me hace oírla reírse por fin.

—Te aseguro que Lola está encantada de que un tío bueno le quite los pantalones.

Esta vez reacciono rápido y bajo las escaleras por delante de ella, cogiéndola de la mano sobre mi hombro para ayudarla a mantener el equilibrio. Solo cuando he llegado al último peldaño de abajo es cuando me doy cuenta de que su novio —de cuya existencia me había olvidado— está ahí, mirándome como si estuvieran a punto de abrirse las puertas del infierno.

5

Anastasia

Nate se para en seco delante de mí, y por poco me caigo por las escaleras.

—¿Qué haces? —pregunto con confusión cuando noto que por poco me arranca la mano. Da un paso a un lado, y en cuanto su cuerpo gigante se aparta, veo lo que acaba de ver él.

—Creo que tu novio quiere matarme.

—Eso es un poco raro —musito, descendiendo hasta situarme en el mismo escalón que él—. No tengo novio.

Pero tiene razón: Aaron parece a punto de asesinar a alguien. Y no cambia la expresión mientras se nos acerca a mí y a Nate cuando bajamos el último peldaño.

—Hola —digo—. Pensaba que te ibas a quedar en casa esta noche.

Aaron sigue mirando a Nate, incluso cuando le pongo la mano en el hombro y la aprieto suavemente. Por fin Aaron me mira, con las cejas levantadas.

—¿Qué hacías arriba con él?

Siento la presencia de Nate a mi lado, el fantasma de su tacto rondando la parte baja de mi espalda. Decido mantener la calma en lugar de montarle un pollo a Aaron por ser tan maleducado delante de desconocidos, como realmente me gustaría.

—Aaron, este es Nate. Nate, este es Aaron, mi pareja de patinaje.

La testosterona que rezuman casi puede palparse mientras se dan la mano. Se les ponen blancas como si intentaran romperse los huesos el uno al otro. «Patético». Cuando por fin se sueltan y recuperan el flujo sanguíneo, me vuelvo hacia Aaron y fuerzo una sonrisa, aunque no se la merece.

—¿Estás bien? ¿Dónde estabas?

—Yo te he preguntado primero.

—Estaba meando, ¿te parece motivo suficiente? —replico, perdiendo la compostura por fin.

Ha sido un día largo de narices y ya he tenido que aguantar las gilipolleces de Aaron antes, cuando ha decidido que Ryan era el enemigo público número uno después de la reunión.

Ryan quería llevarme a comer algo, una actividad perfectamente normal entre amigos. Aaron ha hecho un gesto de desagrado mientras me recordaba que tenía que caber en el traje del campeonato regional. Como si se me fuera a olvidar, en especial teniendo en cuenta que vivo con él. Ryan se ha cabreado y le ha dicho a Aaron que si no puede levantarme es que tiene que esforzarse más en el gimnasio.

Por supuesto, a Aaron no le ha hecho ninguna gracia, así que ha contraatacado, y al final estaba tan cansada del drama que le he pedido a Ryan que me llevara a casa. Por desgracia, mi ensalada de pollo no me ha sabido muy bien, porque no paraba de pensar en la hamburguesa que probablemente me habría comido con Ryan.

Así que ahora estoy cabreada y hambrienta, y un poco borracha, y otra vez tengo que ver cómo Aaron se comporta como un imbécil y me pone en evidencia.

Frunce el ceño; no se cree que estuviera en el baño.

—Pensaba que estabas coleccionando capitanes de equipos como Pokémon. ¿Dónde está Rothwell? Normalmente es el que está siempre detrás de ti.

Sus palabras se me clavan en el pecho, justo como era su intención, y no puedo evitar que se me forme un nudo en la garganta. Las manos de Nate se posan en mi espalda mientras da un paso hacia él.

—Si vas a ponerte así de gilipollas mejor vete, colega. La gente está intentando pasárselo bien.

—Esta es una conversación privada, *colega* —responde Aaron, cortante.

—Estás en mi casa y estás siendo muy desagradable con mi invitada. O te relajas de una puta vez o te vas.

Nate es muy alto, mucho más que Aaron. Le saca una cabeza, además de superarlo en músculos y envergadura. Por no mencionar que es un puto jugador de hockey. Aaron tiene complexión de bailarín de ballet, también muy fuerte, pero delgado. Además, nunca se ha metido en una pelea en su vida acomodada y llena de privilegios, por eso me sorprende tanto que se atreva con alguien que sí.

—Lo siento, Stas —dice, arrastrando ligeramente las palabras—. Supongo que me cabrea mucho ahora que sé cómo ha pasado lo de la pista.

—Nadie sabe lo que ha pasado —se apresura a decir Nate.

«Demasiado rápido».

Aaron se ríe sin ganas.

—Yo sí. Un novato no ha sido capaz de guardarse la polla en su sitio. Le ha hecho un bombo a la hermana pequeña de un tío. Y luego la ha dejado tirada. —Se vuelve hacia mí, con una expresión de falso asombro—. ¿Qué te parece, Stas? ¿Dejar tirada a una chica a la que dejas preñada? Y ahora nos toca a *nosotros* sufrir las consecuencias.

—Eso no es lo que ha pasado —dice Nate con frialdad.

Dios, me siento estúpida. No debería haberlo creído: por supuesto que lo sabe. Se me tensa todo el cuerpo al tacto de Nate, y él retira la mano deprisa para darme espacio.

—Bueno, me lo he pasado muy bien —digo sin ningún atisbo de emoción, para alegría de Aaron—. Me voy a casa.

—Vale, nos vamos juntos. Voy a buscar a Lo.

En cuestión de minutos parece una persona diferente. A veces me siento como si fuera amiga de Jekyll y Hyde, sobre todo cuando saca a relucir su lado desagradable. Es decepcionante, porque la mayor parte del tiempo es un chico genial, pero se le da muy bien esconder su lado amable.

Nate se pellizca la nariz con los dedos y deja escapar un suspiro de frustración mientras vemos cómo Aaron desaparece entre la multitud.

—No quería mentirte.

Pongo algo de distancia entre nosotros y me vuelvo para mirarlo. Parece que lleve todo el peso del mundo a sus espaldas en ese momento. Pero yo también tengo mis objetivos. Me encanta mi deporte y mi tiempo en la pista de hielo es tan valioso como el suyo.

Se pasa la mano por la cara y me dirige una sonrisa forzada.

—No quiero que esto afecte a nuestra amistad. Bueno, o a la amistad que podríamos tener.

—¿Crees que una buena amistad puede empezar con mentiras?

—A ver, no —balbucea—. No quería mentirte. Pero ni siquiera lo sabe mi equipo, y, te lo juro, no es eso lo que ha pasado. Tu amigo también está mintiendo.

Ojalá no hubiera venido a esta fiesta.

—Genial, así que todo el mundo me miente. Fantástico —digo con sarcasmo—. Olvídalo, da igual. El equipo de hockey puede cuidar de sí mismo, y al resto, pues no sé, que nos den por culo.

Dudo que el doctor Andrews, mi sufrido terapeuta, se sorprendiera conmigo en este momento. «La comunicación es la clave» es la frase que más me ha repetido en las sesiones durante una década. Técnicamente me estoy comunicando, no muy bien, pero aun así cuenta. No sé cómo hacerle entender a Nate lo estresante que me resulta toda esta situación sin ponerme dramática. Tal vez no me estoy esforzando lo suficiente para no reaccionar como Aaron esperaba, pero creo que es cosa del alcohol y de la falta de comida decente.

Nate me coge del brazo cuando me doy la vuelta para marcharme. Veo cómo suaviza la expresión.

—Te lo prometo, solo se lio con ella. Tiene novio y él no lo sabía. No hay ningún embarazo de por medio.

Parece que está diciendo la verdad, aunque también me lo parecía hace un rato. Al darme la vuelta para ponerme frente a él, doy un paso atrás para mantener las distancias, pero él sigue con la mano agarrada a mi brazo.

—No te ofendas, pero tus promesas no valen una mierda. No tienes ni idea de la presión que tengo encima, los sacrificios que he tenido que hacer. No entiendes lo que significa que todo penda de un hilo porque un crío no sabe cómo guardarse la polla.

Frunce el ceño, confuso.

—¿Que todo penda de un hilo? Estás sacando las cosas de quicio. Si no exageramos y trabajamos junt...

Siento como si me estuviera hirviendo toda la sangre. Está claro que no tiene ni idea de las consecuencias de los errores de su equipo. Él tiene un equipo entero que lo ayudará a ganar, pero nosotros solo somos dos: Aaron y yo. Si no entrenamos lo suficiente, no ganaremos. Si no ganamos, no iremos a los Juegos Olímpicos. Si no vamos a los Juegos Olímpicos, ¿qué puto sentido tiene todo esto?

Por algo Maple Hills tiene dos pistas de hielo. Por algo salen de aquí los mejores atletas del país. Y es porque la universidad se asegura de que tengamos espacio suficiente para dedicarle todo el tiempo que necesitemos a ser los mejores.

—¿Crees que estoy exagerando? ¿Sabes qué, Nate? —le digo en tono cortante, liberándome de su mano—. Olvídalo. Apártate de mi camino y yo me apartaré del tuyo.

—¡Stassie! —grita detrás de mí mientras me adentro en la multitud.

Pero lo ignoro por primera vez en lo que será mucho tiempo ignorándolo.

Al final de lo que probablemente haya sido el peor día del mundo, mi nivel de irritación sigue subiendo porque buscar a Lola en esta casa es como buscar a Wally.

Tampoco encuentro a Aaron por ninguna parte, aunque no tengo claro si esto es bueno o malo después del numerito que me acaba de montar.

Enseguida localizo a Ryan; no es difícil, ya que sigue en la sala de estar con sus compañeros de baloncesto. Sin embargo, no esperaba encontrármelo en el sofá, susurrándole algo al oído a Olivia Abbott.

Curiosamente, lo primero que pienso es si Lola sabrá que su *archienemiga* está aquí, pero después de liberarme de ese pensamiento, me quedo en estado de shock.

No creo que nunca antes haya visto a Olivia en una fiesta. En persona es todavía más guapa de lo que parece en el escenario: melena larga y dorada, peinada como una estrella de Hollywood, con un delineado de ojos que yo tardaría tres días en pintarme, y unos labios rojos perfectos. Parece que se haya arreglado para ir a una alfombra roja en vez de a una fiesta universitaria.

—¡Hola! Perdón por interrumpir —digo mientras me acerco. Ryan deja de susurrar y me mira—. ¿Habéis visto a Lola?

Ryan parece preocupado de inmediato, aunque no debería estarlo. Bueno, a menos que esta noche me dé por asesinar a Aaron y tenga que ayudarme a esconder el cuerpo.

—¿Todo bien? —pregunta él con cautela.

—Aaron y sus cosas de Aaron. Nos vamos a casa.

—La he visto yéndose con Robbie a su habitación hace un buen rato —dice Olivia en voz baja—. Puedo asegurarme de que luego llega bien a casa, si queréis iros ya. Yo no estoy bebiendo y tengo el coche fuera.

—¿Necesitas que te ayude con Aaron? —pregunta Ryan.

—Olivia, si me haces ese favor te querré para siempre —le digo, dejando escapar un suspiro de alivio al saber que se encargará de Lola—. Aaron estará bien ahora que ya ha sacado toda su mala leche. Siento no haber tenido oportunidad de hablar contigo esta noche. Estás guapísima. A la próxima nos conoceremos mejor. Me está esperando el Uber, así que me tengo que ir.

Me dirige una sonrisa tímida.

—Eso sería genial. Hasta otra.

—Escríbeme cuando llegues a casa, ¿vale? —me grita Ryan mientras me alejo—. En serio, Stas. Que no se te olvide.

Sé que puede ser raro pensar en que el chico con el que te

acuestas esporádicamente y la falsa archienemiga de tu mejor amiga estén juntos, pero una relación Abbott + Rothwell sería tan perfecta que haría llorar a cualquier adolescente.

Ryan y yo funcionamos muy bien porque yo no quiero tener una relación, y a él le da igual. Si encuentra a alguien con quien salir, no me voy a interponer. Se merece que lo quieran de esa forma y se merece ser feliz, porque es un tío genial.

Sería el mayor apoyo de Olivia y quizá la sacaría un poco de su caparazón. Todavía no la conozco bien, pero incluso aunque le den los papeles que quiere Lola, mi amiga no puede negar que parece una buena chica.

Me muero por saber adónde lleva esto.

Empecé a trabajar en la pista de Simone en primero, cuando Rosie, la amiga de una amiga, me dijo que su madre estaba buscando contratar a nuevas profesoras.

El precio de los libros de texto se estaba disparando, y no quería pedirles dinero a mis padres, ya que me estaban costeando todo el equipo de patinaje. Simone, la dueña, me pagó un curso de formación para poder dar clase los sábados a un grupo de niños menores de diez años.

—¿Todo bien? —pregunta Simone al entrar en la sala de descanso donde estoy sentada, pensando en qué comer.

—Sí, genial. Creo que voy a comer algo antes de la siguiente clase.

—Hay un hombre muy guapo en recepción preguntando por ti —me dice guiñando un ojo—. Parece que trae comida.

Me asomo al mostrador de recepción y veo que Simone tiene razón: hay un hombre muy guapo.

Ryan parece totalmente fuera de lugar, rodeado de varios niños de seis años pegando gritos. Nada más verme se le suaviza la mirada y sonríe levemente. Levanta las bolsas de papel que lleva en cada mano.

—¿Me concedes esta comida?

—Tengo clase a la una, ¿puedes comerte todo eso en media hora?

—Puedo hacer de todo en media hora, Anastasia; como si no lo supieras.

Nos sentamos en una mesa en un rincón tranquilo junto a un puesto de comida y se dispone a abrir las bolsas.

—Antes de que me grites, te he traído una ensalada Cobb... Pero también unas patatas fritas con beicon y queso y unos nuggets, porque he visto tu post de esta mañana sobre la importancia del equilibrio.

Pongo cara de exasperación, porque no sé quién de los dos es más predecible.

—El equilibrio es importante, ¡deja de reírte de mí! Pero bueno, gracias. No tenías por qué traerme la comida, o mejor dicho, dos comidas, pero te lo agradezco. ¿Dónde acabaste anoche?

Ryan le da un mordisco a su hamburguesa, se mete en la boca un puñado de patatas fritas y emite un gemido de felicidad.

—En el Honeypot de West Hollywood. Me pasé un poco.

—¿Con Olivia?

Juraría que se ha sonrojado un poco.

—No, Liv se fue a su casa, por desgracia. Deja de mirarme así.

—¡Así que ahora es «Liv»! Qué ilusión. Tengo derecho a ilusionarme, así que no intentes impedírmelo. Llevas un montón de tiempo sin salir con nadie, y parece buena chica, por lo poco que la conozco.

—No estoy saliendo con ella, exagerada. Solo nos hemos dado los números.

—El primer paso de cualquier matrimonio.

Resopla, se encoge de hombros y se limpia las manos en una servilleta.

—Ya veremos. ¿Por qué no te casas tú conmigo, Allen?

—¿Te saltas el noviazgo y vas directo al matrimonio?

—¿Para qué vamos a salir si ya somos mejores amigos? Tener novia da miedo. ¿Sexo alucinante con alguien que no se raya con mis horarios? Dime dónde hay que firmar y me caso ya. ¿Aceptas un aro de cebolla en vez de un diamante?

—Yo no me rayo con tus horarios porque estoy demasiado hasta arriba como para darme cuenta de que tú también estás hasta arriba —digo, incorporándome para darle un codazo en el brazo—. Olivia es maja, Ry. Invítala a salir y a ver qué tal va. En el peor de los casos, puedes contarles a tus hijos que una vez tuviste una cita con una estrella de Hollywood o de Broadway, lo que acabe siendo.

—¿Crees que es buena idea que tú me des consejos? ¿La más compromisofóbica del lugar? —Ahí no le falta razón—. Le pediré salir, pero si luego es un desastre la culpa será tuya, Anastasia.

—Me parece justo.

—¿Quieres contarme qué pasó con Aaron? —Percibo en su tono de voz que está esforzando por parecer tranquilo y desinteresado. En realidad, por la docena de mensajes que me ha enviado en varios momentos de la noche, sé que está muy interesado.

—Me preguntó si estaba coleccionando capitanes de equipos como Pokémon —digo mientras abro los nuggets y me meto uno en la boca—. Me vio bajando las escaleras con Nate Hawkins y dio por hecho que me lo había follado.

—¿Qué coño le pasa a ese tío? —murmura Ryan, hundiendo con ímpetu una patata en el kétchup—. No sé por qué pasas tanto tiempo con él. Incluso aunque te hubieras liado con Hawkins, no es asunto de nadie más. Estás soltera y puedes hacer lo que te dé la gana.

—Ya, ya. Pero luego Aaron me dijo que sabía qué había pasado con la pista de hielo, y Nate me había jurado un rato antes que no lo sabía, así que hubo una especie de pelea.

—Aaron es imbécil, Stassie. No mola que Hawkins mintiera, pero es normal que mire por su equipo primero. No es como si yo te miento, todavía no tenéis confianza. ¿No lo entiendes?

—Claro que sí, pero cuando intenté explicarle lo mucho que me afecta la situación, me dijo que estaba siendo una exagerada. Y da igual si lo soy o no lo soy. ¿Cómo vamos a estar al mismo nivel si él ni siquiera intenta entender mi punto de vista?

—Ser capitán es duro, créeme. Tienes que pensar en el bien

de veintitantas personas además de en ti mismo. Todos quieren que les guardes las espaldas, sin importar las movidas en las que se hayan metido. A veces es una putada. Pero Hawkins es un buen tío, no se lo tengas en cuenta.

Mantengo la mirada clavada en los nuggets porque no puedo mirar a Ryan a la cara mientras me suelta todas esas verdades.

Se ríe, inclinándose sobre la mesa para llamar mi atención.

—Se lo vas a echar en cara, ¿no?

—Por supuesto. No tengo ninguna duda. Para siempre. Incluso más allá de siempre si puedo. Han lanzado una bola curva y pienso mantenerme lo más lejos posible.

Se parte de risa.

—Sabes que las curvas son de béisbol, no de hockey, ¿no?

6

Nathan

Las últimas tres semanas han sido las más estresantes de mi vida.

Aaron Carlisle —vaya, hasta tiene nombre de cretino— se desahogó con todo el que quiso escucharlo. Incluyendo su entrenadora, que se lo dijo a nuestro entrenador, que a su vez nos amenazó con empezar a arrancarnos miembros si no le explicábamos lo que había ocurrido.

Últimamente en el equipo hemos pasado más tiempo recibiendo broncas que jugando al hockey. Los que destrozaron la pista de hielo eran del equipo de hockey de la UCLA, nuestro mayor rival. Aaron no mentía: la chica estaba embarazada, pero no tiene nada que ver con Russ.

El pobre chaval no sabía nada; solo creía que había estado tonteando con la novia de alguno de ellos. Cuando el hermano de ella se enteró, ella tenía tanto miedo que le echó la culpa a Russ. Supongo que era más fácil culpar a un desconocido, y dudo que se imaginara que iba a venir hasta aquí a jodernos las instalaciones.

Russ ha envejecido diez años desde que todo esto empezó. Cuando le contamos la verdad, puso una cara de alivio increíble. Faulkner y yo tuvimos una reunión con el entrenador y el capitán del equipo de la UCLA y por fin nos contaron la historia completa. Conozco al capitán, Cory O'Neill, desde hace años, y estaba tan cabreado como yo.

Me sentía cómo si estuviera dando los resultados de una prueba de paternidad en un programa de la tele. Se podría decir que estábamos en el punto de mira de Faulkner. Dijo que el siguiente que hiciera una tontería similar se quedaría toda la temporada en el banquillo. Y que le daban igual nuestros planes futuros, que perdería todos los partidos hasta que aprendiéramos a comportarnos.

Yo pienso portarme lo mejor posible el resto del curso, porque no estoy seguro de que el Vancouver siga queriéndome en el caso de que me expulsen o me descalifiquen, y ni de coña pienso volver a Colorado una vez acabe la carrera.

¿Es un cliché crecer con un montón de privilegios y al mismo tiempo tener problemas con tu padre? Sí. Pero en mi defensa diré que mi padre es un gilipollas integral. Estoy bastante seguro de que no lo abrazaron lo suficiente de pequeño y ahora mi hermana y yo tenemos que pagar las consecuencias.

Por suerte, logré mudarme a mil seiscientos kilómetros, pero la pobre Sasha sigue atrapada con él, ya que aún tiene dieciséis años. Ni siquiera creo que la deje marcharse cuando cumpla dieciocho. Está condenada a ser un prodigio del esquí sobreentrenado e infravalorado.

Papá está dispuesto a pagar una pasta a todos los entrenadores del hemisferio norte con tal de que Sash se convierta en la próxima Lindsey Vonn. Lo ideal sería sin lesiones; pero no estoy seguro de que lo preocupe mucho su seguridad, solo quiere que gane.

Gracias a Dios, odia el hockey. Dice que «es un deporte violento y peligroso para gente caótica y sin disciplina». Fue mamá la que me apuntó al equipo del señor H. hace un montón de años. En ese momento estaba embarazada de Sasha y necesitaba algo que agotara la energía de su hijo de cinco años.

No me aficioné al esquí, como le habría gustado a mi padre, y puedo decir con orgullo que llevo decepcionándolo sin parar desde entonces. Ni siquiera se sorprendería si le contara lo que ha pasado últimamente, pero para eso tendría que contestarle a las llamadas, cosa que no suelo hacer.

Además, seguro que se las apañaría para echarme la culpa.

La intensidad de la mirada de Robbie me arde en la piel y me distrae de mis pensamientos.

Me encanta tocarle las narices, y me hace darme cuenta de por qué a JJ le gusta tanto ser un gilipollas. Robbie empieza a tirar cosas al suelo, deja caer el móvil contra el mando de la tele para hacer más ruido, y después de unos diez minutos sin respuesta, se pone a toser con fuerza.

Mantengo la vista fija en la tele y me aguanto las ganas de sonreír. En *Suits*, Mike Ross está a punto de clavar otro caso cuando Henry me da un codazo en las costillas.

—Robbie está intentando llamar tu atención. ¿Lo estás ignorando aposta?

—Buena pregunta, Henry, gracias —grita Robbie con dramatismo—. ¿Me estás ignorando a propósito, Nathan?

Cuando por fin lo miro, fija la vista en mí como una madre cabreada.

—Perdona, tío. ¿Querías algo?

Robbie masculla alguna cosa y, a continuación, suelta un resoplido.

—¿Me has organizado una fiesta de cumpleaños?

—¿Te refieres a una fiesta sorpresa? ¿Esa de la que no querías que te contara nada, según tú mismo me dijiste *específicamente*, para que fuera una *sorpresa* de verdad?

Hace seis semanas, Robbie me dijo que quería una fiesta sorpresa por su cumpleaños, porque organizar fiestas es muy estresante y lleva mucho tiempo. No quería tener que ocuparse de problemas de ese tipo en su propio cumpleaños, así que me pidió que lo hiciera yo. Le dije que si le molestaba tanto, que dejara de organizar nuestras fiestas también. Me dijo que era imbécil y que madurara.

—Si la sorpresa es que no hay sorpresa, entonces no quiero saber nada.

Henry se levanta de un salto, nos mira a Robbie y a mí alternativamente y corre hacia las escaleras. Robbie lo sigue con los ojos entornados antes de volver a mirarme. Me encojo de hombros, actuando como si no supiera que Henry lleva semanas preocupado por arruinar la sorpresa. El chaval no sabe mentir y está convencido de que va a cagarla en el último momento.

—Relájate, Robert —digo, a sabiendas de que decir su nombre completo le altera aún más—. No es bueno ponerse nervioso a ciertas edades.

Creo haber finiquitado el tema, pero se rasca la mandíbula y emite un ruidito. No es habitual que al señor Confianza no le salgan las palabras, así que ahora sí que ha captado mi atención como quería.

—¿Has...? ¿Has invitado a Lola?

«Vaya, vaya».

—¿A quién?

Esquivo por los pelos el cojín que me lanza.

—No seas gilipollas, *Nathaniel.* Ya sabes quién es.

Hace tres semanas, cuando yo la cagué monumentalmente con Stassie, Robbie estuvo conociendo a su mejor amiga. No quiso contarme lo que había pasado, dijo que era un caballero, pero era fácil sacar conclusiones cuando ella salió de casa el sábado por la tarde con una de sus camisetas.

Llevo sin verla desde entonces, así que pensé que había sido cosa de una noche, pero a juzgar por su mirada nerviosa, quizá no.

—¿Quieres que venga? ¿En el caso hipotético de que haya una fiesta?

—Sí, lo hemos hablado. Hipotéticamente.

Robbie no tiene problemas con las mujeres, pero no puedo fingir que no salta de una en otra cuando se aburre. El hecho de que hable con ella y no solo se enrollen es una buena señal.

—Tomo nota. ¿Listo para el entrenamiento? —le pregunto, cambiando de tema antes de que se me escape algo de la fiesta.

—Sí, deja que coja la sudadera.

«Mierda». Ahora tengo que conseguir que Lola venga.

JJ corre por nuestra calle mientras subo la silla de Robbie al maletero del coche. Le doy al botón para bajar las puertas de alas de gaviota, me subo al asiento del conductor y meto la marcha atrás, cerrando automáticamente todas las puertas.

Empieza a dar golpes a la ventanilla, jadeando y balbuciendo algo inaudible. Bajo el cristal un poco para poder oírlo mejor.

—¡No te vayas sin mí, capullo!

—¡Venga! —grito, mirando cómo corre hacia la puerta principal a la desesperada para coger sus cosas. Me daría pena si no fuera porque sé que anoche se lio con una de las animadoras de fútbol.

Toda esta situación de compartir la pista de hielo supone que cada día tenemos que entrenar a una hora distinta. Como técnicamente es su pista, la entrenadora Brady exigió que nos adaptáramos nosotros al horario de los patinadores. Muchos de ellos tienen competiciones a la vuelta de la esquina y dijo que cualquier otro acuerdo que no fuera ese no le valía.

Aubrey Brady es una mujer aterradora de narices, y tiene a Faulkner cogido por los huevos. En cuanto se enteró del motivo del destrozo de nuestra pista, lo utilizó para que Skinner se inclinara ante todas sus exigencias, y ahora estamos a su merced.

No la culpo, solo cuida de sus deportistas, pero ya me estaba hartando de cruzarme en el hielo con Stassie todos los días. De ver lo bien que le queda la ropa de patinaje. De verla bromear con el imbécil de su compañero.

Me estaba hartando *bastante*.

La mayor parte del tiempo me mira como si quisiera prenderme fuego, o bien no me dirige ni una mirada. Desde luego, sabe cómo guardar rencor, con todo el mundo excepto con Henry, por lo que parece.

La semana pasada, Henry se encontró a Anastasia estudiando sola en la biblioteca. La invitó a un café, le explicó la situación de Russ, se disculpó de todas las maneras posibles y ahora es el único que le ha caído en gracia.

—¿Por qué siempre te gustan las chicas que pasan de ti? —me preguntó Henry una tarde cuando ella pasó por delante y le dirigió una sonrisa—. Summer, Kitty, Anastasia... ¿Por qué?

—Joder, Henry —soltó JJ, atragantándose con el agua—. Dale también una patada mientras se desangra, ¿no?

—Yo qué sé, tío —confesé, rodeándolo con el brazo mientras se ruborizaba y los demás se reían—. Encuéntrame tú una chica que me corresponda y lo intentaré.

JJ se rio.

—Ni que este supiera hacer milagros, Hawkins.

Robbie afirma que él también podría caerle bien si quisiera, y Jaiden dice que, de cualquier forma, prefiere ser el chico malo misterioso. En cuanto a mí, podría postrarme a sus pies para disculparme, pero creo que lo tomaría como excusa para darme una patada en la cabeza.

Aparco el coche, les digo que los veo dentro de la pista y salgo corriendo hacia la puerta. Nada más entrar veo que ella se está guardando los patines en la mochila; levanta la vista al oír el ruido, pero al darse cuenta de que soy yo pone cara de asco.

«Es un encanto».

Me siento en el banco y carraspeo.

—¿Anastasia?

Me clava la mirada y en sus labios carnosos se dibuja otro gesto de desagrado.

—¿Qué quieres?

—Necesito un favor.

—No.

—Pero si ni siquiera sabes lo que es.

—Ni falta que hace. La respuesta es no.

—¿Y si te digo que es muy importante para la felicidad de nuestros mejores amigos?

Pone los brazos en jarra y suspira; ya me estoy acostumbrando a ese sonido.

—Cuidado, que muerdo. Pero dime.

—El sábado Robbie cumple veintiún años y le estoy organizando una fiesta sorpresa. Le gustaría que Lola fuera, ¿podrías decírselo? Y tú también estás invitada, obviamente.

—Vale.

Creo que ha funcionado.

—Genial, gracias. La temática es Las Vegas, así que hay que ir de etiqueta. Habrá barra libre, mesas de póquer, cosas divertidas. Espero que vengáis; le haría muy feliz a Robbie.

—Vale. —Se aleja hacia la puerta, mientras entran los chicos al mismo tiempo. Le toca el brazo a Henry y murmura un «hola» al pasar, haciendo que se ruborice.

Cuando ya no puede oírnos, JJ me agarra de la cabeza y se ríe mientras me resisto.

—Estás perdiendo facultades, Hawkins. ¡El chaval te adelanta por la derecha!

—No pretendo salir con ella —se apresura a decir Henry, rascándose la mandíbula con nerviosismo—. Solo quiero ser majo, no sé, para ver si se calman las cosas. De todas maneras, tiene novio.

—Es su compañero de patinaje, no su novio. No tiene novio, me lo dijo ella misma.

Henry niega con la cabeza.

—No me refiero a ese, sino a Ryan Rothwell. La semana pasada los vi abrazados.

—Abrazar a alguien no quiere decir absolutamente nada, Hen. Kris y Mattie estarían saliendo con la mitad del campus si eso fuera así —dice Robbie.

—Se estaban liando y él le estaba agarrando el culo —añade Henry.

«Genial».

Aaron sigue haciendo el imbécil en el hielo cuando estamos listos para empezar el entrenamiento. Es un cretino con pintas y la verdad es que no lo soporto. No tiene nada que ver con Stassie, sino que me transmite una energía horrible, y eso es suficiente para que lo odie. Obviamente, no ayuda que nos haya jodido a todos por bocazas.

Ya sé que acabo de decir que no tiene nada que ver con Stassie, pero una cosa que no me gusta de él es la manera que tiene de hablar a Anastasia cuando están patinando. En la fiesta le di el beneficio de la duda porque estaba borracho, pero debido a sus horarios de clases, la mayor parte de las veces su entrenamiento es justo antes o después del nuestro.

Cuando llegamos pronto o cuando estamos terminando lo oigo decirle que se ponga las pilas en el entrenamiento, o que un día de estos seguro que le sale, con el tono más condescendiente del mundo.

Es una mierda, pero no es asunto mío. No es la clase de chica que necesite que la defiendan, y como se me ocurra intentarlo probablemente me meta de por vida en su lista negra.

Cuando nos oye llegar, por fin sale de la pista. Me dirige una sonrisa de superioridad nada más verme. Ya ha llevado mi paciencia al límite, y eso que ni siquiera ha abierto la boca. Estoy seguro de que si le diera un puñetazo, me sentiría mejor. Pero me acuerdo de lo que nos dijo Faulkner y respiro profundamente. ¿Ves? Puedo comportarme como un adulto.

—No te la vas a follar. Estás perdiendo el tiempo.

—¿Perdona?

«No le pegues. No le pegues. No le pegues».

—Ya me has oído. —Se sienta en el banco y empieza a desatarse los cordones de los patines, sin molestarse en mirarme a la cara.

Los chicos están arrastrando las porterías al hielo y Robbie está hablando con Faulkner, de lo contrario necesitaría que me confirmaran si he oído bien al cretino este.

—A lo mejor te piensas que se está haciendo la dura, pero no. Es la persona más fría que conozco, y te arrastrará igual que hace con Rothwell, así que ahórrate el esfuerzo.

«Lo mato».

—Eres un cretino, ¿lo sabías? —le digo sin rodeos.

Tira un patín a la mochila, se inclina sobre el otro y me mira con una sonrisa.

—La verdad duele, amigo.

—No soy tu puto amigo. —Aprieto el puño, intentando mantener la compostura por todos los medios—. Y como vuelvas a hablar así de ella, vas a tener que recoger tus dientes de la pista uno a uno.

Me dedica una sonrisa dulce que me pone enfermo. Me crujen los dedos de tanto apretar el puño, pero él no se inmuta y al pasar a mi lado se choca con mi hombro. Mientras llega a la salida, se da la vuelta una última vez.

—Me lo voy a pasar en grande viendo cómo te convierte en un bobo tontito y luego te deja, como hace con todos. Que patinéis muy bien.

7

Anastasia

«Espíritu de grupo».

Tres palabras. Quince letras. Dos horas de infierno.

—Vamos a hacer algunas actividades para romper el hielo —nos anuncia Brady.

Parece tan entusiasmada como yo; sé que no quiere hacer esto porque lleva todo el camino quejándose. El entrenador Faulkner está a su lado, y por su cara creo que también preferiría estar en cualquier otro sitio.

David Skinner —que ya me está tocando lo que viene siendo el coño— quiere ver una mejora en la *dinámica* entre nuestros dos grupos. Brady me contó que Skinner apareció por allí mientras Ruhi, una de las patinadoras más jóvenes, que patina en solitario, discutía con uno de los jugadores de hockey por interrumpir su entrenamiento. Skinner fue testigo de la desbordante creatividad de Ruhi para los insultos.

Así que ahora quieren fomentar el «espíritu de grupo».

Qué gran uso del tiempo que podría aprovechar para hacer *cualquier otra cosa*. Estoy por tirar mi agenda a la basura, ya que a nadie parecen importarle una mierda mis horarios.

Faulkner se aclara la garganta y mira a Brady. Parece fuera de lugar en cualquier sitio que no sea una pista de hielo, y si no me diera tanta rabia estar otra vez metida en el salón de premios, me haría gracia.

—Seguramente todos habéis oído hablar de las citas rápidas —dice Brady—. Mis patinadores os vais a sentar cada uno en una mesa. Y los miembros del equipo de hockey os moveréis de mesa en mesa cada cinco minutos.

—Os recuerdo que no son citas de verdad —interviene Faulkner, por fin—. El objetivo solo es conoceros mejor. Hablad de vuestras aspiraciones, de vuestras aficiones, del nombre de vuestro perro; me la suda, pero hacedlo con respeto. Hughes, Hudson, Carter y Johal, por si no os ha quedado claro, lo digo por vosotros.

Los cuatro ponen cara de sorpresa y todos sus compañeros se ríen.

—¿Estáis de coña? —gruñe Aaron—. No somos niños.

Por mucho que me joda estar de acuerdo con Aaron, lo estoy. En las últimas tres semanas ha estado muy tranquilo, y ha sido un sueño entrenar con él. Incluso nos invitó a cenar a Lola y a mí en Aiko, un japonés muy bueno que yo sola no me puedo permitir.

Me da la impresión de que le ha dado la vuelta a la tortilla, y me alegro. No he visto mucho a Ryan porque está quedando bastante con Olivia, pero cuando viene, Aaron se porta bien con él.

Intento ver el lado positivo para que Aaron no se ponga de mala leche.

—Será divertido. Algunos son majos.

Siento *debilidad* por Henry Turner, un chico de segundo del equipo de hockey. La semana pasada estaba estresada con un trabajo sobre identidad social corporativa cuando se acercó a mí con cara de preocupación. Se presentó y me dijo que estaba en el equipo y que se había enterado de lo que había pasado. Dijo que no me podía decir mucho, pero que quería explicarse.

Y entonces procedió a contarme todo sobre todo el mundo.

Henry empezó aclarándome que Nathan puso fin a la tradición de gastar bromas en cuanto ascendió a capitán. Me prometió que nadie, ni siquiera Nathan, podría haber previsto este desastre.

Russ, el embarazador —o al final no, por lo que parece—, viene de un entorno familiar difícil, del cual ha logrado escapar gracias a que se ha esforzado mucho para conseguir una beca. Nathan sabía que si los demás se enteraban, Russ podría perder la beca, y teniendo en cuenta que sus padres no pueden pagarle la matrícula, no le quedaría más remedio que volver a la vida de la que tanto empeño ha puesto por salir. Nathan ni siquiera le había pasado esa información a su propio equipo para proteger a Russ a toda costa, a pesar de sus indiscreciones.

Henry quería que supiera que Russ no es un niñato que se dedica a chupar del bote, sino que es un chico tranquilo que intenta no meterse en líos, y Henry se ve identificado con él porque es igual.

Henry no hizo ningún amigo en primero; y a pesar de ser de Maple Hills, le costó mucho adaptarse a la universidad. Odiaba las residencias, pero sin amigos con los que compartir piso, iba a tener que quedarse en la residencia o volverse con sus padres. Entonces Nathan le ofreció una habitación en su casa, aunque es rarísimo que los de segundo compartan piso con los alumnos mayores. Se basó en eso para explicarme que su capitán era buen tío y que, aunque estuviera enfadada, debería darle una oportunidad.

Después de contarme los cotilleos de todos los jugadores del equipo que no conozco, terminó diciéndome que era la mejor patinadora que había visto en su vida. Rápidamente añadió que no se refería a mi aspecto, sino a mi técnica, y que cuando no aterrizo de culo o hago gestos de jirafa bebé, mi actuación resulta excepcional.

Y por si no me hubiera enamorado de él lo suficiente, me invitó a un café y me ayudó a estudiar.

Brady da una palmada para que nos pongamos en movimiento. Me siento en el lado de la sala opuesto a Aaron. Por muy simpático que estuviera siendo esos días, no quiero que escuche mis conversaciones.

Soy capaz de mantener charlas de cinco minutos, ¿no? Eso

son solo dos minutos y medio por persona. Puedo hablar de mí misma en ese tiempo. Todo irá bien. «Creo».

Mi primera «cita» se sienta delante de mí, y al ver su enorme sonrisa me relajo inmediatamente. Lleva el pelo rubio decolorado y los brazos cubiertos de intrincados tatuajes negros, que veo porque nada más sentarse se ha arremangado y me ha guiñado un ojo. Tiene la mandíbula cubierta de una barba incipiente y lleva un pequeño aro plateado en la nariz. Parece el tipo de hombre con el que podrías meterte en un montón de problemas, pero en el buen sentido.

Me tiende la mano para estrechársela, un gesto excesivamente formal.

—Soy Jaiden Johal, pero me puedes llamar JJ.

Esto es un poco raro, pero me lanzo igualmente.

—Anastasia Allen. También puedes llamarme Stassie.

—No, si ya sé de sobra quién eres. Es mi misión conocer a cualquier mujer que sepa poner en su sitio a Nate Hawkins. Soy fan.

Me pongo roja, *genial.*

—Gracias, supongo... Háblame de ti. Tenemos que llenar cinco minutos.

La sala está repleta de gente hablando, lo cual es buena señal. JJ estira las piernas y se recoloca en su asiento para estar más cómodo.

—Tengo veintiún años. Soy Escorpio en sol, luna y ascendente. Soy de Nebraska, y si has estado alguna vez en Nebraska ya sabrás que no hay absolutamente nada que hacer. —Se frota la cara con la mano y hace una pausa para pensar en qué va a decir—. Juego como defensa, voy a ir a los San Jose Marlins cuando me gradúe, odio los pepinillos. Faulkner ha dicho que no se puede hablar de nada sexual, así que no sé qué más decir.

Miro el reloj del teléfono, llevamos noventa segundos.

—Yo tengo veintiún años. Soy de Seattle, hija única, trabajo en la pista de Simone. Llevo haciendo patinaje artístico desde que era pequeña, siempre en pareja, y llevo patinando con Aaron desde primero. —Me remuevo en la silla, incómoda, deseando que JJ siguiera hablando de sí mismo—. Nuestro objetivo es entrar en el equipo nacional, queremos ir a los próximos Juegos Olímpicos. —«¿Por qué me cuesta tanto?»—. Estudio Empresariales. ¿Quieres saber mis tres signos?

Asiente, entusiasmado.

—Obviamente.

—Sol y ascendente en Virgo y luna en Cáncer. —Él resopla y sacude la cabeza inmediatamente—. ¿Qué?

—Luna en Cáncer: alerta roja.

—¿Me lo está diciendo un triple Escorpio?

Jaiden levanta las manos a la defensiva, abriendo de par en par sus ojos color avellana.

—Tengo que decir que somos seres absolutamente incomprendidos.

Vuelvo a mirar el reloj, queda un minuto.

—Sesenta segundos. ¿Algo más?

Se frota las manos de una forma que me hace inquietarme por lo que está a punto de preguntar.

—¿Preferirías... tener cabeza de pez con tu cuerpo o preferirías mantener tu cabeza, pero con cuerpo de pez?

Pasan al menos treinta segundos en los que me quedo mirándolo, incapaz de formular una respuesta. Se toca el reloj de la muñeca.

—Tic tac, Stassie. Ya casi se acaba el tiempo.

—No sé.

—Diez, nueve, ocho, siete...

—Cabeza de pez con mi cuerpo. Creo. Dios, me da asco solo pensarlo.

—Buena elección —dice, satisfecho con mi respuesta. Brady toca el silbato para indicar que nos cambiemos de sitio. De nuevo me guiña el ojo y de nuevo me sonrojo—. Espero volver a verte pronto.

El tiempo vuela mientras todos los chicos pasan por mi mesa y se van. Tres de primero me han pedido mi número, un chico llamado Bobby ha estado los cinco minutos hablando de una chica en lugar de hablar de sí mismo, y cuando otro llamado Mattie se ha dado cuenta de que compartimos una asignatura, se ha pasado cinco minutos preguntándome dudas sobre un trabajo de clase y escribiendo mis respuestas en el móvil.

Robbie se acerca a mi mesa cuando suena el silbato, y me hace ilusión ver a alguien al que ya conozco más o menos.

—Anastasia.

—Robbie. Qué alegría verte.

Lola y Robbie tienen algo, aunque no estoy segura de qué. Ni siquiera ella lo sabe. En cuanto se enteró de que íbamos a fomentar «espíritu de grupo» juntos, me dio instrucciones precisas para que lo averiguara.

—¿Cómo estás?

—Bien. Espero que pases los siguientes cuatro minutos y —mira el reloj— veintiocho segundos hablando de tu compañera de piso.

A Lola le va a dar algo cuando vuelva a casa. Son los cuatro minutos más fáciles de mi vida; Lola es un libro abierto, lo que hay es lo que ves. Hablar de alguien así es muy fácil, porque le gusta todo y es la amiga más cariñosa y generosa del mundo.

Me avergüenza decir que Joe y Kris son muy graciosos y por su culpa por poco me ahogo de la risa; una pena, porque no tenía ninguna intención de perdonar a ningún otro jugador de hockey.

Solo a Henry, claro.

Los diez minutos de risas me han sentado muy bien, y cuando Russ se sienta en mi mesa estoy de buen humor.

Llegados a este punto no tiene sentido seguir describiendo a los jugadores de hockey, porque la palabra que me viene todo el rato a la cabeza es «grandes». Russ no es distinto en este sentido, pero lo que lo diferencia de sus amigos es su cara de niño. No tiene barba incipiente y sus ojos son enormes y mansos, como los de un cachorrito.

Nunca me había fijado, pero es que nunca lo había visto tan de cerca. Parece nerviosísimo, y pienso en lo que Henry me dijo sobre que es un chico muy tranquilo.

—Soy Stassie. Tú eres Russ, ¿no?

Asiente y se le ponen las orejas rojas.

—Sí. Encantado. ¿Quieres hablar de ti o de otra cosa? Yo no tengo nada interesante que contar.

«Ay, Russ, ¿por qué tienes que ser un animalillo asustado cuando necesito cabrearme contigo?».

Le suelto la misma perorata que a todos los demás; él me hace preguntas para que siga hablando y cuando suena el silbato y se cambia de mesa, sigo sin saber nada de él.

—Encantado de conocerte —dice educadamente antes de irse.

Estamos a punto de terminar la actividad, y me molesta bastante que haya surtido el efecto deseado, en cierto modo. Cuesta mucho reprocharles a los chicos que tengamos que compartir pista después de conocer todas sus aspiraciones y motivaciones.

Cuesta mucho pero no es imposible.

Por eliminación, doy por hecho que solo me quedan dos personas. Ya se me está agotando la batería social, pero intento hacer un último esfuerzo porque sé que vale la pena cuando Henry se sienta delante de mí.

—Esto no es necesario, ¿no? —masculla, poniendo los codos sobre la mesa y la cabeza apoyada en las manos—. ¿De qué me sirve saber cómo se llamaba la mascota de la gente o cuándo es su cumpleaños? La única persona a la que puede importarle esa información es a un hacker, y a mí ni siquiera me gusta la informática.

Estoy flipando.

En las pocas veces que nos hemos visto, Henry estaba tan tranquilo que parecía a punto de dormirse. Pero por lo que parece, Skinner ha encontrado la forma de sacarlo de quicio: obligarlo a socializar.

—Por favor, no me hables de tus mascotas, Anastasia —ruega, mientras se pasa la mano por los rizos castaños y suspira—. Ya no tengo energía para fingir que me importa.

—¿Quieres que nos quedemos en silencio? Solo te queda una persona después de mí. Puedes descansar un momento antes del último empujón.

—Buena idea, gracias.

Henry cierra los ojos y no me queda otra que quedarme mirando cómo se echa una microsiesta. Me siento como una psicópata, pero ¿qué hago si no? Podría ser modelo si el hockey no se le da bien. Tiene la cara simétrica, la piel suave, brillante y oscura, y los pómulos más definidos que he visto nunca. Es guapísimo.

—Puedo sentir que me estás mirando fijamente. ¿Puedes parar?

Me alegro de que tenga los ojos cerrados y que no pueda ver lo roja que me acabo de poner. Suena el silbato de Brady y Henry desaparece sin apenas mirarme.

Solo me falta una persona, y es justamente quien me temía. Tarda una eternidad —o lo que parece una eternidad— en sentarse. Lleva una camiseta de los Titans de Maple Hills y pantalón de chándal gris, y odio ser la típica mujer que se queda embobada con un tío en chándal. «Mierda». No, nada de embobarse.

—Hola —dice en tono alegre—. Soy Nathan Hawkins.

—¿Qué pretendes?

Me ignora y levanta una ceja.

—¿Y tú eres...?

—Nathan, ¿qué haces? —pregunto mientras me cruzo de brazos y me recuesto sobre el respaldo. Él me imita, cruzándose de brazos también. Si alguien nos viera desde fuera se pensaría que somos los que menos se soportan de la sala, y probablemente sea así.

—Vamos a volver a empezar. A todo el mundo le gusta empezar de cero, ¿no? Pues venga. No puedes estar enfadada el resto de tu vida.

—Pensaba estar enfadada mucho más que el resto de mi vida, creo que me subestimas. —Se ríe y yo no sé qué hacer, porque también me cuesta contener la sonrisa.

«Maldita sea».

—Tu compromiso con la causa es admirable, Allen —dice en broma—. Ya sé que eres patinadora artística, que estudias Empresariales y que eres de Seattle. Y he descubierto que das mucho miedo, pero que al mismo tiempo puedes ser un encanto. —Levanto las cejas de pronto, confusa, así que aclara—: Con Henry, no conmigo.

—Henry ha sido muy amable conmigo.

Se le ensombrece un poco la expresión, como si se le resbalara la fachada de simpatía.

—Yo quiero ser amable contigo. Mira, siento mucho haberte mentido. No me quedó otra, y Russ era mi prioridad. De verdad, quiero ser tu amigo, Anastasia.

—Ya lo sé, lo pillo. No me conoces, no puedes confiar en mí, bla-bla-bla, no pasa nada. Lo entiendo, pero yo intenté ser sincera con mis sentimientos para que comprendieras mi punto de vista, e inmediatamente me dijiste que era una exagerada.

Esto es un poco naíf, pero he hecho suficiente terapia en mi vida como para saber que es importante expresar los sentimientos. Bueno, eso cuando no me sale mi lado cruel. La gente no para de decirme que Nathan es un buen tío, así que le voy a dar la oportunidad de serlo.

—Ya veo por qué eso te hace huir de mí. —Se pasa la mano por el pelo, como si tirara de una especie de enfado consigo mismo—. Lo siento, no debí hacerlo. ¿Podemos empezar de cero?

Brady toca el silbato por última vez, pero él no se mueve. Está esperando a que le conteste, con los ojos castaños prácticamente clavados en lo más profundo de mi alma.

—Te pongo en periodo de prueba —suspiro.

Recupero el calor en las mejillas cuando me dedica la sonrisa más radiante del mundo.

—Lo voy a bordar.

—Más te vale.

«Mierda, mierda, mierda».

8

Nathan

Robbie tenía razón: organizar una fiesta es difícil.

Sin embargo, lo más difícil de hoy ha sido aguantarlo a él. Había llegado a un acuerdo con Joe y Mattie para que lo distrajeran durante todo el día mientras los demás preparábamos y organizábamos todo.

Era un plan perfecto.

Hasta que Robbie decidió que tenía que quedarse en casa para esperar a que le entregaran un paquete que había pedido. Que yo me quedara no era suficiente, tenía que quedarse él mismo.

Después de Joe, Robbie es el tipo más listo que conozco, así que estoy seguro al cien por cien de que lo hacía por joder. Por fin conseguimos que se fuera con los otros, y treinta segundos más tarde llegó el repartidor con las mesas de la fiesta. La entrega que se supone que Robbie estaba esperando nunca llegó.

«Capullo».

Cada vez que pienso que ya lo sé todo de mis amigos, hacemos algo nuevo, como convertir la casa en un casino, y me doy cuenta de lo idiotas que son.

La casa ha quedado genial. No he escatimado en gastos y no me arrepiento lo más mínimo. Por mucho que me saque de quicio, Robbie se lo merece.

La decisión más inteligente que tomé fue contratar un bar totalmente abastecido y con empleados. Lo han instalado en la terraza, junto a la cristalera de la cocina, y queda genial. Bobby y Kris se lo han pasado en grande poniéndoles nombre a los cócteles, y creo que cuando Robbie oiga a la gente pedir un «Se vienen cositas» o un «A por el bote», se va a partir el culo.

Eso sí, nos hemos puesto de acuerdo para no aclarar el origen del «A por el bote». Es más divertido que la gente lo adivine, pero la respuesta real es que cuando Robbie estuvo en el hospital después de su accidente, se pasó varias semanas viendo *La ruleta de la suerte*.

Ahora, cuando está de resaca, se tumba en el sofá del salón a ver su programa favorito. Está prohibido que nadie diga una palabra mientras lo ve, y nadie se ha atrevido nunca a romper esa norma.

Henry no se dio cuenta de lo que pasaba hasta que se mudó con nosotros, y no estoy seguro de que todavía lo sepa, pero sabe que ese rato tiene que callarse, como todos.

—Estamos tremendos —dice JJ, mirándonos a cada uno con nuestro esmoquin. Los chicos deberían haber vuelto antes de que empiece la fiesta, así que tendrán tiempo para darse una ducha y ponerse los trajes. Queremos estar listos para que esto sea Las Vegas cuando Robbie entre.

—¿Crees que Lola y Anastasia vendrán? —pregunta Henry, retocándose la pajarita.

—Espero que sí, tío. Robbie espera que Lola venga, y no quiero decepcionarlo en su propio cumpleaños.

—Nada que ver con que quieras liarte con Stas para hacer las paces, ¿no? —se ríe Bobby.

Levanto la ceja.

—¿Desde cuándo la llamas «Stas»?

—Somos amigos. El ejercicio ese de romper el hielo funcionó; me cae bien.

«Ah, pues genial».

Por suerte los chicos vuelven y poco después la fiesta está a pleno rendimiento, así que no me da tiempo a analizar por qué todos mis amigos ahora son tan *amiguitos* de Anastasia.

Hacer la fiesta exclusiva para invitados fue una de mis mejores ideas. En primer lugar, en este campus no se puede mencionar la frase «barra libre» a menos que quieras arruinarte.

Y en segundo lugar, se me ocurrió colocar en la puerta a Tim, uno de los novatos, para que controlara la lista de invitados. Así no tengo por qué preocuparme de que una manada de bestias lo destroce todo.

El talento de Tim como portero depende en gran medida de que permanezca junto a la puerta principal, así que el hecho de que ahora esté paseándose por la sala de estar con su carpeta no me da muchas esperanzas en cuanto a la seguridad.

—¿Qué pasa?

—Nada, capi. O casi nada. Que ya han llegado las chicas que me dijiste. Lola Mitchell y Anastasia Allen.

«Gracias a Dios».

—Vale, ¿y cuál es el problema?

—Pues que les he dicho que vinieran a buscarte, como me dijiste, y...

—Arranca, Tim.

—Bueno, que Lola me ha dicho que si quieres darle órdenes, que la metas en el puto equipo.

—Recibido. ¿Dónde están?

—En la barra, capi.

Mando a Tim de vuelta a su puesto y vigilo las puertas del patio trasero mientras continúo con mi partida de póquer.

La casa está llena de gente agrupada en torno a varios juegos de mesa, bebiendo y riéndose. Me he esforzado para que no hubiera nada demasiado hortera, y eso que JJ intentó convencerme de que contratara a un actor vestido de Elvis para que oficiara bodas. Pero acabar casado con JJ sin querer me parecía demasiado arriesgado, así que me negué en redondo.

No los he visto volver dentro y ya ha pasado más de una hora. Cuando por fin llego a la barra, Henry, Robbie y Jaiden ya han encontrado a las chicas antes que yo.

—Estás muy guapa. No pareces una jirafa bebé —oigo a Henry decirle a Stassie mientras me acerco a los cinco. JJ hace amago de atragantarse, pero a ella no parece importarle que la compare con un animal gigante y torpe.

—¿Estás más tranquilo ahora que ya no puedes arruinarle la sorpresa? —pregunta, mirándome de reojo cuando me coloco a su lado. Enseguida vuelve la vista hacia Henry. Me da la impresión de que todos, excepto Robbie, saben lo mal que lo ha pasado Henry y le quieren dar apoyo.

—Mucho más tranquilo, gracias.

Ahora que estoy tan cerca, me doy cuenta de lo impresionante que está. Por la espalda le caen unos rizos perfectos, lleva un vestido de seda azul marino escotado por el pecho y la espalda, con una raja que le llega hasta el muslo. Pero sobre todo: sonríe de oreja a oreja. Prácticamente irradia felicidad mientras charla con mis amigos.

No puedo evitar mirarla con una sonrisa bobalicona, y debe de haberse dado cuenta, porque cada dos por tres su mirada se cruza con la mía, pero tengo demasiado miedo como para decir nada y estropear este momento.

Mirarla me hace desear ser el tío más divertido de la habitación, para poder ser yo quien la haga reír. Pero por ahora voy a tener que conformarme con que no me frunza el ceño.

Todo esto era para que Lola viniera a la fiesta de Robbie, y lo he conseguido. Se ha sentado a su lado y no paran de susurrarse al oído, metidos en su propio mundo. Me alegro mucho por él, aunque me da un poco de envidia.

Anastasia se frota las manos en los brazos y enseguida me doy cuenta de que aquí fuera hace un poco de frío como para ir así vestida.

—Toma —le digo, quitándome la chaqueta del esmoquin—. Ponte esto.

Abre la boca y reconozco su mirada: está a punto de reñirme. Pero para mi sorpresa la cierra y acepta mi oferta. Se la echa sobre los hombros y se la cierra por delante.

—Gracias, Nathan.

—Vamos a por otra copa, Hen —dice JJ, dándole una palmada en la espalda.

—Pero yo ya tengo una y tú también.

JJ suspira y arrastra a Henry a la barra más cercana, murmurando algo sobre ser discretos.

Nunca me he puesto tan nervioso por hablar con una mujer. Sé que tengo que esforzarme con Anastasia si quiero ser amigo suyo. No podría soportar más semanas o meses con esta tensión tan extraña entre nosotros. Y más ahora que todos mis compañeros están haciendo progresos con ella.

Además ha dicho que estoy a prueba, así que tengo que intentar algo.

—Estás muy guapa. —«Arranque flojo, Hawkins»—. ¿Te lo estás pasando bien?

—Sí. Qué pena que hayas organizado tú la fiesta. Reconocerte el mérito es lo único que me fastidia.

Sus palabras suenan más duras de lo que son realmente. Son desafiantes, pero no logran ocultar lo mucho que le brillan los ojos, ni cómo se muerde los labios mientras espera a que responda.

«Menos mal».

—Creía que estábamos en una tregua. Me tienes en periodo de prueba, así que se supone que tienes que portarte bien conmigo —digo al ver cómo contiene la risa.

—¡Me estoy portando bien!

—¿Esto te parece portarte bien? Pues te sale como el culo, Allen.

—He dicho que tú estabas en periodo de prueba, no yo.

—Ya te enseñaré a portarte bien —le digo en tono travieso.

—Estoy convencida de que hay *mil* cosas que puedes enseñarme, Nathan, pero portarme bien no es una de ellas. Soy un encanto.

—Mmm. Creo que eso es pasarse un poco. —Sonríe, y la sonrisa le ilumina la cara, y por fin siento que estoy llegando a algún lado—. ¿Qué quieres que te enseñe?

Señala la casa con la cabeza.

—¿Qué tal si empezamos por el póquer?

Antes de que pueda responder, Henry vuelve con una copa en cada mano.

—Me apunto al póquer.

—Genial. —Fuerzo una sonrisa, intentando que no se me note el fastidio por la interrupción—. Vamos a preparar una mesa.

Nos sentamos en una mesa de la sala de estar y reparten las cartas. El cumpleañero tarda solo veinte minutos —tiempo récord— en abandonarnos para irse a solas con Lola un rato.

Se lo agradezco, porque eso significa que se pierde cómo Anastasia me estafa doscientos pavos. «Que le enseñe a jugar al póquer, mis cojones». Añadiré la interpretación a su lista de talentos, porque la he creído de verdad cuando ha dicho que no había jugado nunca. Dijo que el trébol era una hojita, ¡por favor!; y fue muy convincente. Hasta que reveló sus cartas y me humilló públicamente.

—¿Adónde vas? —le pregunto a Stassie cuando se levanta de la mesa.

—Al baño. Ahora vuelvo.

Me levanto también y le doy mis fichas a Bobby.

—Va a haber un montón de cola. Puedes ir al mío, venga.

Acepta mi mano sin dudar, y siento que ya he vivido este momento. Espero que acabemos la noche siendo amigos, en lugar de como terminamos la última vez.

Parece que sigo sin aprender la lección, y mientras subimos la escalera vuelvo a tener el culo de Anastasia a dos centímetros de mi cara. Los tacones de aguja con los que no sé cómo logra caminar son altísimos, así que me ha agarrado las manos y las ha llevado a sus caderas para que la ayude a subir los peldaños sin tropezarse.

Debajo de los dedos siento el tacto sedoso de su vestido, el calor de su cuerpo. A cada paso que da, su melena se balancea delante de mí y me invade el intenso olor de su champú de miel y fresas.

Hay cosas peores.

Al llegar por fin a mi habitación, introduzco el código y la guío a través de la puerta. En cierto modo, me gusta estar a solas con ella para poder hablar. Mis amigos estaban como cachorritos de golden retriever, compitiendo por acaparar su atención.

Debe de ser agotador para ella. Solo verlo ya es un coñazo, además lo odio porque para ella soy el último mono de aquí.

Al salir del baño, se detiene en seco y cuando me ve sentado en la cama, pone los brazos en jarra.

—No iba a cotillear.

—Creía que querías un momento de paz y tranquilidad lejos de tus fans.

Relaja los hombros y el cuerpo.

—Me caen todos bien, pero a veces los ambientes sociales me agotan.

—Ya. Es demasiado. Aunque al final te acostumbras, y si no, siempre te puedo ayudar a escapar.

—¿Y si intento escapar de ti?

—No necesitas mi ayuda. Ya estás en el nivel experto.

Se ríe, y me muero por su risa. Nunca había disfrutado tanto haciendo reír a alguien como lo hago con ella. Quizá porque me obliga a esforzarme por cada carcajada y cada sonrisa, y mi lado competitivo se vuelve loco cuando lo consigo. Se sienta en mi escritorio y me habla de los espectáculos que hacía cuando era pequeña, y lo mucho que la agotaba estar rodeada de cientos de niños sobreexcitados.

Me siento y la escucho, asintiendo y riéndome, totalmente obnubilado por su seguridad y su compromiso, por su manera de ver y explicar las cosas.

Cuando termina, incluso ella parece confusa por la deriva de la situación. Se concentra en las cosas que tengo encima del escritorio y se pone a hojear un libro sobre vete tú a saber qué.

—No me importa que cotillees, ¿sabes? La última vez no viste todo.

—No necesito cotillear. Ya sé todo lo que necesito saber sobre ti.

No puedo contener un suspiro cuando se levanta de la silla y se dirige a la puerta del dormitorio. Acerca la mano al pomo y, como por instinto, yo me levanto y la agarro del brazo con firmeza.

Se gira para mirarme, con la espalda contra la puerta.

—¿Alguna vez me vas a perdonar? —pregunto con ansia.

—Te lo dije, estás en periodo de prueba.

Me paso una mano por el pelo y se me escapa un gruñido de frustración.

—Eso no es un sí. ¿Es que tengo que suplicártelo de rodillas, Anastasia? ¿Es eso lo que quieres?

Niega con la cabeza y se ríe.

—Solo me interesa que un hombre se arrodille ante mí, Nate, si es para poner la cara entre mis piernas. Así que no, no quiero que me supliques.

«Joder».

Me levanto de la cama e inmediatamente noto un cambio en ella. Su respiración se hace más profunda, aprieta los muslos y se humedece los labios con la lengua. No puedo contener una sonrisa porque me acabo de dar cuenta de que tal vez la atracción no era tan unilateral como creía.

—No me odias tanto como finges, ¿verdad? Si quieres que me ponga de rodillas, Anastasia, puedo ponerme de rodillas.

Presiono la puerta con las manos a ambos lados de su cabeza; me inclino para ponerme a la altura de sus ojos azules, que se han vuelto oscuros. Por su modo de tragar, sospecho que si le presionara el cuello con la boca, sentiría el martilleo frenético de su pulso contra mis labios.

—No finjo.

—Sí que finges. —Ver cómo lucha contra sí misma me pone muchísimo; puede decir lo que quiera, que yo me iré feliz de esta habitación. Me inclino un poco para acercar la boca a su oreja y le hago cosquillas en el cuello con mi aliento—. Pídemelo amablemente. Déjame mostrarte lo mucho que me gusta que te portes bien conmigo.

—¿Por qué iba a hacer eso, si no me caes bien? —Aunque sus palabras sean duras, una voz tensa y débil la delata.

—No tengo que caerte bien para que grites mi nombre, Anastasia.

Le rozo la mandíbula con la nariz, disfrutando de su respiración entrecortada.

—No conseguirías excitarme ni aunque te diera un mapa de mi punto G, Hawkins.

—No necesito un mapa.

—Sí.

Tengo la boca a escasos milímetros de la suya y no pienso

hacer el primer movimiento. No lo necesito; si me desea, está a punto de demostrármelo.

La idea de necesitar un mapa para excitarla me hace gracia. Que piense que no voy a dedicar cada instante que pueda a aprenderme su cuerpo mejor que el mío propio también me hace gracia.

Lo que me gusta de ella es que es muy competitiva, pero yo también; siempre lo he sido. Por eso siempre se me ha dado bien ganar, y ahora mismo estamos compitiendo por ver quién es capaz de aguantar más.

Convierto mi voz en un susurro y le doy una última oportunidad:

—¿Por qué no ponemos a prueba esa teoría?

9

Anastasia

Hay una posibilidad real de que mi cuerpo estalle en llamas en cualquier momento.

La voz de Nate es apenas un susurro cuando sugiere poner a prueba su teoría, pero cada sílaba que pronuncia se impregna en mi piel y me provoca un escalofrío que me baja por el cuello y el pecho. Mi cuerpo lleva traicionándome desde que ha colocado las manos a ambos lados de mi cabeza y se ha inclinado sobre mí.

Apenas me ha tocado y aun así estoy a punto de convertirme en un charco a sus pies.

No sé si es la proximidad, la adrenalina o el tequila, pero todos los pensamientos racionales se esfuman, y hundo mi boca en la suya.

Al momento, él entierra la mano en el pelo de mi nuca y me agarra con fuerza. Su mano libre se desliza por todo mi cuerpo y me toca el culo, provocándome un gemido en mitad del beso.

Nate está en todas partes a la vez; lo único que puedo hacer es sujetarme a él y aceptarlo, y cuando desliza la boca por mi cuello, lamiéndolo y arañándolo con los dientes, mi respiración es prácticamente un jadeo.

No me imaginaba que esto fuera a ocurrir cuando lo seguí hasta aquí, lo juro. Pero le queda muy bien el esmoquin y verlo nervioso toda la noche comprobando que la fiesta iba bien me ha parecido bastante adorable. Y está buenísimo, ¿lo he dicho ya? Pelo oscuro, ojos oscuros y músculos sobre músculos, sobre músculos.

Se arrodilla delante de mí, se afloja la pajarita y se desabrocha el botón de arriba de la camisa. Con el pelo revuelto por mis manos y las mejillas sonrosadas, me mira. Desliza las manos desde mi tobillo hasta mi rodilla, suben, bajan y se acercan peligrosamente al territorio derretido.

—¿Estás segura?

—¿Quieres papel y boli para que te dibuje el mapa?

«Estoy haciendo chistes. ¿Qué hago haciendo chistes? ¿Por qué me hace tanta gracia que esté tan tranquilo en una situación así? ¿Y por qué es tan sexy?».

—Yo no bromeo con el consentimiento, Anastasia —dice con suavidad, acercándose para besar la parte interna de mi rodilla.

—Estoy segura. —No sé por qué estoy segura. Estoy segura de que no debería estar segura. No debería gustarme esa mirada que tiene mientras me coloca la pierna sobre su hombro. Estoy segurísima de que no debería gustarme que recorra con la lengua toda la cara interna de mi muslo.

Aparta a un lado la tela del vestido. Cuando me lo puse hace unas horas no me imaginaba que la noche acabaría así. Oigo un gruñido de satisfacción cuando acerca la boca al vértice de mis muslos y se da cuenta de que no llevo bragas.

El deseo me está matando. Sé que lo hace a propósito, acercarse tan despacio sin hacer nada todavía.

Estoy a punto de abrir la boca para decirle que se dé prisa, cuando desliza la lengua por mis pliegues, rodeando lentamente mi clítoris. Un gemido fuerte y desesperado resuena por toda la habitación. Ni siquiera me doy cuenta de que el ruido ha salido de mí hasta que siento cómo se mueven sus hombros cuando el idiota se echa a reír.

Sus dedos me hacen cosquillas mientras suben por mis muslos hasta que ya no pueden ir más lejos. Hunde sus manos enormes en mi culo y me lo aprieta al mismo tiempo que succiona mi clítoris con la boca de un modo que me hace flotar.

He perdido la compostura. No paro de gemir, temblar y retorcerme. «Joder». Ni siquiera necesito mirarlo a la cara para darme cuenta de sus aires de arrogancia, aunque tampoco es que le vea la cara: la tiene enterrada entre mis muslos.

Le hundo las manos en el pelo en busca de algo a lo que agarrarme, y deja escapar un gemido gutural de satisfacción mientras se multiplican las mariposas de mi estómago.

Quiero decir algo inteligente, burlarme de él de alguna forma. No darle el gusto de saber que me ha hecho perder la compostura en cuestión de minutos.

Una de sus manos se retira de mis glúteos y cuando bajo la mirada, veo un par de ojos castaños que me la devuelven. Mantiene la mirada fija, vigilándome de cerca mientras hace resbalar dos dedos dentro de mí, que localizan mi punto G en cero coma.

«Game over».

Aumenta el ritmo mientras mete y saca los dedos, perfectamente coordinados con su lengua, y si no me estuviera sosteniendo entera con la boca, ya me habría desplomado.

El placer cada vez es más y más intenso, y le tiro del pelo con fuerza mientras grito, y le clavo el tacón en los músculos de la espalda en un intento desesperado de cabalgar sobre sus dedos.

—Nathan... —susurro. Estoy tan tensa que no puedo respirar—. Nathan... Voy a co...

Ni siquiera me sale la palabra cuando empiezo a sentir espasmos por todo el cuerpo y grito, y todo palpita y se estremece mientras me aprieto contra él, retorciéndome y convulsionándome de placer, con el calor subiendo y bajando por todo mi cuerpo.

Retira los dedos y la boca y se aparta para poder mirarme bien, con la expresión más arrogante que he visto en mi vida mientras se mete los dedos en la boca sin romper el contacto visual.

«Joder».

Hace varios días de la fiesta y cada día que pasa aprendo algo nuevo de mí misma.

Eso es lo que provoca una catástrofe.

Lo primero que aprendí fue que se me da bien correr en tacones; lo descubrí cuando salí corriendo de la habitación de Nate. También descubrí que no se me da tan bien pasar desapercibida, ni siquiera cuando intento evitar a alguien deliberadamente. Y también que sería una delincuente terrible; porque siempre me acaban pillando. Soy demasiado nerviosa y paranoica, y por eso mi instinto me lleva a entrar en pánico en cuanto me despiertan unos fuertes golpes en la puerta de mi dormitorio.

Ryan me rodea la cintura con el brazo, entierra la cabeza en mi cuello y siento vibrar contra mi piel un profundo gruñido de fastidio.

—Dile que pare.

Solo hay una persona en esta casa con el morro suficiente para aporrear la puerta de los demás a primera hora de la mañana.

—¿Qué quieres, Lola?

—¿Estáis follando o puedo entrar?

Ryan y yo ni siquiera nos liamos anoche, solo vimos una peli y nos quedamos dormidos. Acordamos que la parte física de nuestra relación se tenía que acabar, ahora que está intentando que Olivia salga con él de manera exclusiva. No me afecta porque siempre he sabido que algún día se terminaría. Me alegro de haber sacado un mejor amigo de una relación bastante increíble.

Ryan desenreda su cuerpo del mío y se tumba boca arriba con un suspiro.

—Si estuviéramos follando, ya nos habrías jodido el polvo.

—Vale, ¡voy a entrar! ¡Guárdate la polla, Rothwell!

Con dos cajas apoyadas en la cadera, Lola irrumpe por la puerta y se tira en la cama. Cuando ve el pecho descubierto de Ryan se tapa los ojos con dramatismo.

Ryan me mira con incredulidad y tira del edredón para cubrirse. Aunque no estuviéramos liados, si pudiera pegaría en la pared una foto de cuerpo entero de Ryan. Lola es una ridícula.

—¿Qué tal se ha despertado esta mañana mi no-pareja favorita? —pregunta alegremente mientras me lanza una de las cajas—. ¡Tenemos regalitos!

Ryan bosteza y se despereza, asegurándose de que no se le resbale el edredón.

—Estaría mejor si me hubieras despertado con el desayuno en vez de con un dolor de cabeza.

Que Lola le haga el desayuno es lo que más le gusta de quedarse aquí. ¿No es adorable?

Lola protesta.

—Eres una *drama queen*, Rothwell.

—¿De quién son los regalos? —pregunto, mirando mi apellido escrito en la caja con letras grandes.

—De Nate. —Toca el teléfono y empieza a sonar el típico sonido de comienzo de una videollamada—. Tenemos que abrirlos en la videollamada.

«¿Cómo que videollamada?».

—Lola, esper...

—Buenos días —dice Robbie—. Qué guapa estás.

—¡No estáis solos! —gruño antes de que aquello parezca una línea erótica.

—Yo tampoco —contesta. Lola se gira y coloca el teléfono para que quepamos los tres en la pantalla.

Robbie hace lo mismo y nos muestra a Nate y JJ a ambos lados, comiendo lo que parecen boles de cereales. JJ levanta la cabeza, mira a la pantalla y se atraganta. Nathan también mira con una expresión indescifrable. Robbie lo ignora y habla por encima del ruido.

—Abrid los regalos ya.

—Toma, Rothwell —dice Lola, girándose para darle a Ryan el teléfono—. Haz algo útil y grábanos.

Por fin, después de lo que parece una eternidad desde que Lola entró en mi cuarto, rasgo el papel de la caja. Me siento rara abriendo un regalo de Nathan mientras estoy en la cama con Ryan. No tengo motivos, pero así es.

Un momento. Tal vez sea porque llevo evitando a Nate desde que me hizo la mejor comida que he probado en mi vida hace cinco días y es la primera vez que lo veo desde entonces. Puede que sea por eso.

Meto las manos en la caja y saco lo que hay dentro: una camiseta de hockey de los Titans.

Lola chilla de entusiasmo y levanta la suya. En la espalda pone MITCHELL, y cuando le doy la vuelta a la mía, veo que lleva escrito ALLEN en letras grandes y blancas.

—¡Gracias, Nate!

—Me dijeron que hacía falta esto para que me escucharais. Bienvenidas al equipo.

El pobre novato que estaba en la puerta de la fiesta de Robbie debió de darle a Nathan el mensaje de Lola.

—Ponéoslas —dice Ryan tras la cámara—. No me creo que esté en la cama con dos estrellas del hockey, ¡qué suerte!

—Podrían haber sido tres si me hubieras avisado —resopla JJ.

—Cállate, imbécil, que es mi chica.

Lola me guiña un ojo antes de ponerse la camiseta. Las dos hemos leído suficientes novelas románticas y hemos visto suficientes películas ñoñas como para que nos encanten los tíos que saben cuándo marcar territorio.

—Me encanta.

—Tenemos que ir a entrenar. Luego hablamos, ¿vale?

—Claro, adiós.

—Adiós, chicos —decimos Ryan y yo.

Justo antes de que Ryan cuelgue, se oye a Henry decir:

—¿Esa es Anastasia? Creía que te estaba ignorando, Nathan.

Intento no reaccionar a las palabras de Henry más que con un largo grito interno, pero ni eso hace que me olvide de esa mirada penetrante. Lola y Ryan se me quedan mirando, y aunque al principio me hace gracia, después de dos minutos es un poco siniestro.

—Hay algo que no me estás contando —dice Lola con voz seria.

Se supone que *lo que pasa en Las Vegas se queda en Las Vegas*. Y aunque solo fuera una fiesta de Maple Hills con temática de Las Vegas, debería aplicarse la misma norma. Debería poder ser un poco irresponsable y un poco putón sin tener que contárselo después a mis amigas. Pero por desgracia, la norma no se aplica a Lola.

—Cuéntanoslo o lo vuelvo a llamar para preguntárselo a él.

Me hundo en la cama y me cubro la cabeza con el edredón para no tener que mirar a nadie a la cara.

—MecomióelcoñoenelcumpleañosdeRobbieyyosalícorriendo.

—¿Qué? —dicen al unísono.

Resoplo y me agarro al edredón mientras Ryan intenta quitármelo. Es más fuerte que yo, así que al final me rindo.

—Me comió el coño en el cumpleaños de Robbie, bla-bla-bla. —Ignoro sus gritos ahogados, el genuino de Lola y el fingido de Ryan, que le sigue el juego del dramatismo—. Fue un accidente, un momento de debilidad, y llevo evitándolo desde entonces.

—¿Cómo que bla-bla-bla? ¡Ha pasado casi una semana! —chilla, agitando los brazos con dramatismo. Se vuelve hacia Ryan—: ¿Tú sabías algo de esto?

—No, yo quedé con Liv el sábado, así que no fui a la fiesta —dice, sin darse cuenta del gesto de Lola cuando menciona a Olivia—. Pero me interesa eso de que el sexo oral puede ocurrir por accidente, Stas. Comparte esa teoría con el grupo.

—Imbécil —gruño, estampándole una almohada en el pecho—. Fui a su baño. Intentó que admitiera que quería ser su amiga, y me preguntó si quería que me suplicara de rodillas.

—Un clásico —dice Lola con exasperación.

—Dijo que yo estaba fingiendo que lo odiaba.

—Vale, esto ya suena más como el inicio de algo calenturiento —dice con sarcasmo, poniendo un gesto de fastidio—. Ve al grano con la parte interesante.

—Bueno, cuando me preguntó si hacía falta que se arrodillara, fui sincera. Le dije que solo me interesaba que un hombre se arrodillara ante mí si era para poner la cara entre mis piernas.

Lola se queda sin aire de las carcajadas, y Ryan está casi igual. Me sorprende que Aaron no haya aparecido, porque ya sería *la hostia*.

—Sois idiotas —murmuro mientras vuelvo a sacudirles a los dos con la almohada—. En fin, que se lo tomó como una invitación. Me lo pidió amablemente, me dijo «Yo no bromeo con el consentimiento, Anastasia», supersexy y superserio, y sí, casi me quedo afónica de tanto gritar.

—¿Cómo que se lo tomó como una invitación? —repite Ryan, con la mandíbula desencajada—. Stas, te faltó decirle que querías montarte en su cara.

—¡Qué dices! —Ni de coña. Solamente dije que no me gustaba que un hombre me suplicara de rodillas. No estoy segura de cómo la conversación acabó derivando en lo otro.

En todo caso, Ryan es quien tiene la culpa de esa situación. Si hubiera estado ahí cuando Lola desapareció con Robbie, yo habría tenido a alguien evitando que hiciera cualquier tontería con cualquier jugador de hockey buenorro.

—Anastasia. —Me aprisiona la cara con las dos manos y me gira la cabeza para que lo mire solo a él, no a Lola, que aún se está secando las lágrimas—. Si una mujer me dice que solo le interesa que un hombre se arrodille ante ella si es para ponerle la cara entre las piernas, con todos los respetos, pero yo actúo. Yo también te habría besado.

—Bueno, técnicamente —mascullo, sacudiendo la cabeza—, si nos ponemos específicos, fui yo la que lo besó.

—Menudo pendón —dice Lola, encantada de la vida—. ¡No me puedo creer que no quisieras contárnoslo! —Vuelve los ojos a Ryan y arruga la nariz otra vez—. Mejor dicho, contármelo, porque vosotros sois bastante raritos. No sé qué os contáis y qué no, pero ¡no me puedo creer que no quisieras contármelo!

—No se volverá a repetir, Lols, así que tú tranquila.

Ryan resopla a mi lado y se pasa la mano por la cara.

—Stas, sabes que te quiero, pero joder, tienes que dejar de ser tan cabezota. Hawkins es un buen tío. Fóllatelo, o no te lo folles, pero ¿desde cuándo evitas a la gente con la que te lías?

—Deberías follártelo, sin duda —dice Lola, con mucho más entusiasmo del que me gustaría.

—Estoy de acuerdo. Al menos prueba una vez, Stas. Por la ciencia.

La estudiante de Artes escénicas y el de Literatura inglesa, las dos personas menos científicas que conozco, me miran fijamente, asienten a la vez y dicen:

—Por la ciencia.

10

Nathan

¿Alguna vez has visto a una mujer corriendo con tacones de aguja? Yo sí.

La semana pasada. Ni siquiera me había levantado todavía cuando Anastasia ya estaba bajándose el vestido y abalanzándose al pomo de la puerta. Me miró por última vez, con el rubor del orgasmo todavía en las mejillas, y salió por patas como si fuera el Correcaminos.

Se fue tan rápido que me sorprendió que no estallara una bomba de humo detrás de ella. Lo único que pude hacer fue mirar cómo se marchaba, más que nada porque la alternativa era salir con una erección gigante por una casa hasta los topes de gente.

¿Sabía lo que iba a pasar cuando subí al piso de arriba con ella? No. Creía que, en el mejor de los casos, ella sabría que me preocupaba por ella y tal vez aceptaría ser mi amiga. ¿Me imaginaba que había alguna posibilidad de que acabara gritando mi nombre, y yo chupándome su sabor de los dedos? Dudo mucho que ningún hombre normal pudiera imaginarse eso, dadas las circunstancias.

¿Me viene a la cabeza ese recuerdo en bucle cada vez que me masturbo? Obviamente.

Está claro que se arrepiente, porque cada vez que me ve, sale pitando en dirección contraria. Al principio pensé que era por vergüenza, pero después de verla ayer en la cama con Rothwell, he vuelto a convencerme de que el interés es solo unilateral.

Creía que quizá estaba saliendo con Rothwell, como dice Henry. Puede que fuera un error, un momento de debilidad, pero tuve que parar porque me estaba poniendo enfermo. Odio a la gente que pone los cuernos, y mi instinto me decía que ese no era su caso. Me sentí mejor automáticamente cuando vi la cercanía de Ryan con Liv Abbott.

No sé qué tipo de relación tienen Stas y Ryan, pero sea la que sea, está claro que no tienen exclusividad.

He decidido que hoy tenemos que hablar. A ella se le da muy bien expresar sus sentimientos, lo ha demostrado varias veces. Lo que no se le da tan bien, al parecer, es enfrentarse a los hombres en cuya cara se ha corrido.

El plan es pillarla justo después del entrenamiento, ya que los viernes le toca entrenar con el Cretino justo antes de nosotros. JJ se ha puesto furioso por que no hayamos pasado por el Dunkin, y ha dicho no sé qué de que es un derecho constitucional. Pero le he prometido que la semana que viene lo invitaré a dos dónuts y parece que con eso se ha tranquilizado. Le encanta la idea de tenderle una emboscada —lo ha dicho él, no yo— a Stassie conmigo y ver cómo salgo perdiendo.

Es bastante atrevido asumir que voy a salir perdiendo, como si tuviera algo que perder.

Centrarme en cómo ganarme a Anastasia ha sido suficiente distracción como para no preguntarme por qué mi padre lleva tres días friéndome a llamadas, y de momento no da señales de parar.

De todas formas, como doy por hecho que me llama porque ha visto cómo se ha desplomado el saldo de mi cuenta bancaria después de pagar la fiesta de Robbie, no quiero hablar con él. Estoy seguro de que un tío con un padre normal asumiría que es una llamada para desearme buena suerte, ya que mañana es el primer partido de la temporada. Pero, por desgracia, mi padre no es normal.

El señor H. ha hecho más de padre en mi vida que mi propio padre. Ha sido genial que los Hamlet hayan venido para el cumpleaños de Robbie. Genial para mí, quizá no tan genial para Lola, que se encontró con ellos sin previo aviso el domingo por la mañana cuando solo llevaba encima la camiseta de Robbie.

La señora H. parecía a punto de estallar de felicidad, y el señor H. le hizo un gesto con los pulgares. Lola parecía un cervatillo delante de los faros de un coche y Robbie tampoco estaba mejor.

JJ puso una cara que no le había visto nunca. Parecía el mejor momento de su vida, y la situación no hizo más que mejorar cuando Henry le preguntó a Lola en voz alta si se arrepentía de no haberse puesto pantalones.

La visita de los Hamlet me trae recuerdos de casa, pero recuerdos buenos, los de antes de que mamá muriera. Hablar de estrategias con ellos me hace recordar por qué me gusta el hockey, y ahora estoy deseando que empiece la temporada.

Ya sé que siempre lo digo, pero esta vez lo digo en serio: este año va a ser diferente.

Siempre sé que algo va mal cuando me empieza a vibrar el móvil como loco. Ignoro el aburridísimo resumen del profesor Jones sobre el metabolismo de los macronutrientes y saco el teléfono del bolsillo.

CONEJITAS

Robbie Hamlet
Estoy muerto

Bobby Hughes
Es una manera rara de anunciarlo pero bueno

Kris Hudson
Me puedo quedar con tu cuarto?

Joe Carter
Me das el número de Lola?

Robbie Hamlet
A mamarla, Carter

Nate Hawkins
DEP

Robbie Hamlet
Aquí está el hombre del año!

Nate Hawkins
Qué dices?

Robbie Hamlet
Sabías que Stassie, Summer y Kitty
viven en el mismo edificio?

Nate Hawkins
Estás de coña

Jaiden Johal
En Maple Tower? Hostia. Pues me mudo

Henry Turner
No pillo cuál es el problema

Kris Hudson
Que son vecinas, Hen

Henry Turner
Vale... Pero ninguna se lo quiere follar,
así que cuál es el problema?
Tampoco es que lo vayan a invitar

Mattie Liu
Boom

Kris Hudson
Solo sé que Hawkins está cansadísimo en este momento

Joe Carter
Cansadísimo de esperar que Turner diga que era una broma XDDDD

Jaiden Johal
Creo que lo estoy oyendo lloriquear

Nate Hawkins
Me cambio al equipo de baloncesto
Panda de gilipollas

Henry Turner
A lo mejor así tienes más posibilidades con Stassie

Nate Hawkins
Por??

Henry Turner
Se está follando a Ryan Rothwell, fijo
A lo mejor le van los jugadores de basket

Nate Hawkins
Y tú qué sabes

Henry Turner
Lo sé porque me lo dijo

Nate Hawkins
Y por qué coño te dijo eso a ti?

Henry Turner
A lo mejor porque se lo pregunté??

Jaiden Johal
No es por tocar más los cojones, capi... Pero Rothwell también se ha follado a Summer

Nate Hawkins ha salido de CONEJITAS
Joe Carter ha añadido a Nate Hawkins a CONEJITAS
Nate Hawkins ha salido de CONEJITAS
Mattie Liu ha añadido a Nate Hawkins a CONEJITAS

Nate Hawkins
Gilipollas

Siempre me ha caído bien Ryan Rothwell, hasta ahora.

Tomo la decisión estratégica pero fácil de guardarme el móvil en el bolsillo e intentar volver a concentrarme en aprender algo, o al menos algo que no sea sobre Ryan Rothwell y dónde mete la po… En fin.

De hecho, concentrarme hace que la clase se me pase más rápido, pero en cuanto veo a JJ deseo haber tardado un rato más en salir. Se pasa toda la tarde riéndose de mí, desde el momento en que me lo cruzo en la salida de su laboratorio hasta que salgo de la pista.

Por suerte, decide dejar que fracase yo solo y me dice que me espera en el coche hasta que lleguen todos los demás.

Cuando atravieso la doble puerta, oigo cómo retumba *Clair de Lune* por los altavoces del recinto. Hay algunos patinadores aquí y allá, pero solo una pareja en el hielo, lo que significa que he llegado a tiempo. Dejo la bolsa de hockey en los bancos y me acerco a la pista de hielo, saludando a Brady con cortesía cuando me mira con cara de malas pulgas.

Nunca había visto patinar a Anastasia. Normalmente nos cruzamos cuando el otro se está yendo, así que nunca llego a verla en el entrenamiento, pero hoy he aparecido veinte minutos antes.

Joder, es absolutamente hipnótica. Llevo entrenando en el hielo desde que tengo uso de razón, y nunca jamás me he movido como se está moviendo ella en este momento. Ni siquiera parece que esté patinando, sino más bien que está flotando; no puedo dejar de mirarla.

Extiende los brazos hacia el Cretino. No se miran, pero aun así conectan perfectamente. Antes de entender lo que están haciendo, ella ya se encuentra en el aire, sostenida por la mano de él, dando vueltas, agarrando la cuchilla del patín para subirse la pierna por encima de la cabeza.

A medida que él la mueve parece que está a punto de dejarla caer, pero no sé cómo, sigue girando por el aire, dando tal cantidad de vueltas que hasta yo me mareo. Me seco el sudor de la frente cuando sus patines vuelven a posarse sobre el hielo y libero la respiración que ni siquiera era consciente de que estaba conteniendo.

La pareja coge velocidad y surca toda la pista sin problemas. Me doy cuenta de que algo está a punto de ocurrir por la forma en que Brady cambia la postura; se aferra con fuerza a las barras y contiene el aliento.

Stas y Aaron se mueven a un ritmo perfecto, ambos girados para patinar de espaldas. Golpean la punta de la bota contra el hielo, girando a tal velocidad que mi cerebro ni siquiera puede procesar el movimiento. No entiendo muy bien lo que está pasando cuando Aaron aterriza, con la pierna levantada con elegancia al finalizar el movimiento, mientras que el cuerpo de Anastasia sale disparado en el hielo y se estrella con violencia contra las barras del otro extremo de la pista.

«Hostia».

Yo me he estampado contra las barras más veces de las que soy capaz de recordar, pero siempre vestido de pies a cabeza con la equipación de hockey. Ella solo lleva unas mallas y un crop top deportivo de manga larga que no la protegen absolutamente nada, ni siquiera aunque no hubiera caído con fuerza.

La música se apaga de forma abrupta mientras Aaron tira de ella para ponerla en pie, revisando frenéticamente cada centímetro de su cuerpo y la coronilla de su cabeza cuando ella se la frota. Al principio, cuando él intenta levantarla, ella lo rechaza, pero luego acepta su mano y se deja guiar mientras patinan hacia donde estamos Brady y yo.

Tengo la impresión de que debería largarme de aquí, pero

siento que se me va a salir el corazón por la boca. Necesito oírla decir que está bien, aunque no sea a mí.

Su recorrido a través del hielo se me hace eterno. Por fin llegan al lateral, y ella me mira, pero parece como si no se diera cuenta de que soy yo, porque mantiene una expresión vacía de cualquier emoción. Ni siquiera muestra asco.

Debe de estar hecha polvo si ni siquiera la molesta mi existencia. «Joder».

Brady le agarra la cara; tiene un instinto de protección parecido al de una madre, y le mueve la cabeza hacia todos los lados hasta que se queda satisfecha.

—Lo vamos a quitar, Anastasia. Harás el triple.

—¿Qué? —grita ella, genuinamente confusa—. ¡Estoy bien! Dame un minuto y volvemos a hacerlo. Lo cerraré. Sabes que soy capaz de cerrarlo.

—¡Anastasia, acabo de ver cómo te estampabas contra una estructura de la pista! No hay más que hablar.

Stassie mira a Aaron con la mandíbula desencajada y los ojos llenos de lágrimas. Él le pasa el brazo por encima del hombro y la abraza mientras ella empieza a sollozar.

—El triple sigue siendo muy difícil, Stas. No hay que avergonzarse por no hacer el cuádruple: mucha gente ni siquiera es capaz de hacer el triple, y a ti te sale perfecto.

Le tiembla todo el cuerpo mientras se lleva las manos a los ojos para secarse las lágrimas y levanta el brazo izquierdo, el lado del cuerpo que recibió el impacto.

—Pero puedo hacer el cuádruple. Llevo mucho tiempo esforzándome para conseguirlo. Tengo que volver a hacerlo; no he arrancado bien. Puedo arreglarlo.

Su mirada vuelve a posarse en mí mientras se seca las lágrimas con la manga. Intento dirigirle una sonrisa de consuelo, pero mi gesto se convierte en un gesto de horror cuando veo que en la frente le brota un hilo de sangre roja oscura que le resbala por la sien.

Creo que nos hemos dado cuenta los tres a la vez. Todos nos abalanzamos hacia ella, que pone cara de confusión mientras la examinamos.

—Entrenadora, tengo formación en primeros auxilios —me apresuro a decir—. Tiene que ir al hospital, pero primero hay que limpiar y cubrir la herida antes de trasladarla a ninguna parte.

Brady aprieta los labios con preocupación, pero asiente con la cabeza.

—Stas —digo con suavidad—, voy a cogerte en brazos para llevarte a la enfermería, ¿vale?

—¿Por qué me hablas como si tuviera cinco años?

A Aaron se le escapa una carcajada y se pasa la mano por la cara, mirando al techo con una mezcla de diversión y desesperación. El chaval es un capullo, pero no puedo negar que se interesa de verdad por ella. Parece muy preocupado, y ni siquiera se opone a que yo la examine.

—Me alegro de que el golpe en la cabeza no haya afectado esa encantadora personalidad —digo con sorna—. Voy a cogerte en brazos porque no llevas los protectores de cuchillas. Además, tengo miedo de que si vas andando y te desplomas, cuando te recoja te haga daño en ese moratón gigante que te has hecho. ¿Puedo levantarte?

Refunfuña en voz baja y me hace un gesto poco entusiasta con la cabeza, acompañado de una mirada de soslayo.

—Peso mucho —murmura mientras le paso los brazos por debajo de las piernas y alrededor de la cintura.

Dejamos atrás a Brady y al Cretino y me dirijo a los vestuarios, donde está la enfermería.

—Cállate, Anastasia. No pesas ni la mitad de lo que levanto en el gimnasio.

Se revuelve entre mis brazos y me doy cuenta de que intenta darme un codazo en las costillas. Estoy demasiado ocupado tratando de abrir la puerta con el culo como para agobiarme por que se enfade. La deposito en la camilla, doy un paso atrás y, en cuanto nuestros cuerpos se separan, me pega un puñetazo en el brazo.

—No puedes decirme que me calle, estoy lesionada.

—Yo sí que estoy lesionado —gimo, agarrándome el bíceps—. Dios santo, ¿quién te ha enseñado a pegar así?

—El padre de Lola. Es entrenador de boxeo.

Saco del armario todo lo que necesito —suero fisiológico, gasas y una bolsa de hielo—, que será suficiente hasta que acuda al hospital. Me lavo bien las manos, me las seco y cojo unos guantes.

—No eres alérgica al látex, ¿verdad?

Entorna los ojos y tensa los labios.

—No, Nathan. No soy alérgica al látex.

Reprimo un bufido y le quito importancia a las connotaciones obvias del látex, que hace que me fulmine con la mirada.

—Me alegra oírlo. No queremos añadir una cara hinchada a tu lista de lesiones.

Me ha parecido que sonreía, pero quizá me lo he imaginado.

Empiezo con la sangre reseca que tiene en la cara, limpiando la zona a fondo, mientras me acerco al punto de la frente donde tiene la herida. Debo de haber llegado hasta el corte, porque da un respingo y su mano sale disparada para agarrarme la sudadera.

—Lo siento —susurro, intentando hacerlo con la mayor rapidez y suavidad posibles.

La sangre le empapa el pelo y cuanto más froto la gasa, más absorbe. Sigue agarrada a mí y mueve el pie en el aire; está claro que no le gusta estar en esta posición.

Necesito distraerla, pero no se me ocurre nada que decir que no le haga recordar que me está evitando.

—Eres una patinadora increíble, Stas. No podía dejar de mirarte.

—¿Te refieres hasta que salí volando por la pista e intenté derribar una barrera con mi propio cuerpo?

Levanta la cabeza y nos miramos, y esta vez sí que tiene una sonrisa en la cara; cien por cien confirmado, no me la he imaginado.

—Sí, hasta que te has puesto a jugar a los bolos humanos, era fascinante.

—Gracias —murmura, mirándose las manos—. ¿Qué hacías ahí tan pronto?

Retiro las gasas usadas, ahora que tiene la herida más limpia, y las tiro al contenedor de residuos médicos. No sé cómo responder a su pregunta sin fastidiar este momento bonito y seminormal que estamos viviendo.

—Quería verte. Como me has estado evitando, quería comprobar que estabas bien. ¿Puedes levantar el brazo, por favor? Aquí es donde te has dado el golpe, ¿no?

—Sí —afirma, ignorando todo lo demás que he dicho. Hace un pequeño gesto de dolor, pero por lo demás parece que puede moverlo sin problema, no tiene pinta de haberse roto nada. Le pongo la bolsa de hielo en el hombro, donde tiene la mayor parte de la inflamación, y le echo un último vistazo.

—No te dejes el hielo más de diez minutos seguidos, ¿vale? ¿Estás mareada? —Niega con la cabeza—. ¿Tienes náuseas? ¿Dolor de la cabeza? ¿Estás aturdida o confusa? —Vuelve a negar, esta vez levantando la ceja con un gesto escéptico.

Me agacho para desabrocharle los cordones de los patines, se los quito y los pongo a su lado.

—Quiero que vayas al hospital. Tienen que hacerte un chequeo para estar seguros y debes descansar este fin de semana.

Ella suelta un sonoro resoplido que enseguida sofoca con la mano.

—Lo siento, eso ha sido un poco maleducado. Es que mañana compito, no puedo descansar.

—Anastasia...

—No pasa nada. ¿Ya hemos terminado, doctor Hawkins? —dice, soltándome e intentando saltar de la camilla. Por instinto, la agarro de las caderas con las manos para mantenerla en su sitio, pero la suelto rápidamente como si quemara. Sus ojos se encuentran con los míos y percibo una cierta duda en ellos.

—Nate...

La puerta se abre detrás de nosotros y el Cretino entra con una mochila de deporte rosa. Como si no tuviera ya bastantes razones para querer estrangularlo. Deja la mochila a su lado, le da unas zapatillas y ella se las pone. Le examina la cabeza como si tuviera alguna idea de lo que está haciendo.

«Imbécil». Creo que estudia Historia o algo así.

Por el bien de Stassie, dejo a un lado nuestras diferencias e intento ser cortés.

—¿Puedes llevarla al hospital? —Asiente y murmura un «ajá» sin molestarse siquiera en mirarme antes de volver a meter la mano en su bolsa para sacarle una sudadera de la UCMH—. No dejes que se quede dormida antes de llegar, y dile a Lola que la vigile cuando se vaya a la cama luego.

—Yo la vigilo —dice con indiferencia, metiendo los patines en la bolsa y cerrando la cremallera.

—No, me refiero a por la noche, cuando se acueste.

—Ya —dice, arrastrando la palabra, como si yo fuera incapaz de entenderlo—. La vigilaré personalmente. Sabes que vivimos juntos, ¿verdad? Mi habitación está tan cerca de la suya como la de Lo.

«No me jodas».

—Vale. —Intento evitar cualquier atisbo de sorpresa en mi voz—. Que te mejores, Stas. Buena suerte mañana, chicos.

—Igualmente —dice el Cretino.

«Qué raro».

Anastasia me mira por encima del hombro una última vez antes de marcharse. Cuando he limpiado la habitación y me dirijo adonde me esperan los chicos, me doy cuenta de que se han enterado de lo ocurrido. Me miran con falsa compasión.

—La pobre prefiere sufrir una conmoción cerebral antes que hablar contigo, Hawkins. Qué duro, tío —dice Robbie, ganándose un coro de risitas del resto del equipo.

—Muy gracioso —replico—. ¿Sabes que el padre de tu chica es boxeador?

Se pone blanco.

—Dime que estás de coña.

—Nunca haría coñas con algo tan gracioso como eso.

11

Anastasia

Si hay un día en que me siento increíblemente agradecida por tener a Aaron, es cuando nos toca competición.

En contraste con mis nervios y mi pánico, Aaron mantiene la calma, está relajado, y me asegura una y otra vez que todo irá bien. Mientras tanto, yo no paro de vomitar de la ansiedad.

Para sorpresa de nadie, él tenía razón: todo ha ido bien y pasamos a la fase eliminatoria. Brady incluso ha bromeado diciendo que he patinado mejor de lo normal, como si la lesión en la cabeza me hubiera ayudado.

«Imagínate».

Siempre me pasa lo mismo: cuanto más mayor me hago, más hay en juego y peor es la ansiedad. Aaron está tan tranquilo o más que cuando empezamos a patinar juntos en primero. Creo que la diferencia es que a Aaron nunca lo han descalificado, nunca se ha caído y ha salido volando por una pista y, por suerte, nunca me ha dejado caer.

Nunca ha tenido ningún motivo para no tener confianza.

Hoy lo hemos conseguido, pero la presión es aún mayor de cara a las eliminatorias del mes que viene. Si todo va bien, iremos al campeonato nacional en enero.

Brady se ha enfadado conmigo desde el primer día por no haber intentado llegar más lejos cuando era más pequeña. Dice que tengo talento y no entiende por qué no he participado antes en competiciones internacionales. La respuesta sincera es que mi pareja de entonces, James, no estaba a la altura, y yo no quería encontrar a alguien nuevo porque lo quería.

«Absurdo» es su manera favorita de describirlo.

—Has estado increíble —dice Aaron, mirándome desde el asiento del conductor. Normalmente vamos con Aubrey, pero como el sitio estaba cerca, hoy conduce Aaron—. Qué ganas de ponerle el vídeo a Lo.

Después de algo así, siempre sometemos a Lola a una revisión detallada de la rutina. Había dicho que quería vernos en persona, ya que era tan cerca, pero al final Robbie le pidió que fuera a ver jugar a los Titans el primer partido en casa de la temporada.

Esperaba que Aaron se pusiera de mala leche cuando se lo ha anunciado esta mañana, pero se lo ha tomado sorprendentemente bien y ha dicho que siempre podía venir a la siguiente competición.

—Tú también has estado increíble. No podría haberlo hecho sin ti.

—Hacemos un buen equipo, Stas. A veces discutimos, pero con otras personas no podríamos hacer lo que hacemos. No sería lo mismo.

Me fastidia, pero tiene razón.

—Ya.

—Vamos a llegar a la final. Estoy convencido. Si seguimos así y tú cumples con la dieta podemos petarlo.

—¿Quieres ir a comer o algo? Dudo que Lola haya vuelto todavía del partido de los Titans.

—No puedo, lo siento. He quedado con Cory y Davey, vamos a tomar algo.

Me vibra el móvil en el hueco de las bebidas, lo cojo y veo el nombre de Lola.

LOLS

Tu hombre está buenísssssimo, joderrrrr

No es mi hombre

Pues debería. Acaba de estampar a uno contra la pared y te juro que he sentido cosas

Qué ha pasado?

No sé. Sigo sin entender el hockey. Pero Robbie lleva un traje de 3 piezas y está gritando a la gente

Ostras. Van ganando?

Sí! Nate no para de meterles, igual que a ti

Te odio

Deja que te la meta en la boca, Stassie

Estoy borrando tu número

Quieres salir esta noche a celebrarlo?

No si es con el equipo de hockey

Espero que cambies de opinión

Conozco lo bastante a Lola como para saber que no sirve de nada intentar evitar la fiesta de esta noche. Puede ser divertida porque, por desgracia, muchos de los chicos me caen bien.

La semana pasada le dije que bajo ningún concepto pensaba ir a la fiesta de cumpleaños de Robbie, y luego me tuve que sentar ahí, aguantando su sonrisa burlona, mientras me maquillaba para una fiesta a la que no quería ir.

Si ella va a salir y Aaron también, no tiene sentido quedarme sola en casa, ¿no?

—No pasa nada. De todas formas, Lo me ha dicho que

quiere salir —le digo a Aaron, volviendo a dejar el móvil en el hueco de las bebidas.

—Solo a Lola se le ocurre liarse con un tío del mundo del hockey —me dice, mirando por los retrovisores antes de doblar la esquina de nuestra calle—. Al menos Rothwell no es un gilipollas integral.

Anoto mentalmente el comentario. Ryan estará encantado de ser solamente un gilipollas estándar y no un gilipollas integral.

Al margen de mi opinión sobre los jugadores de hockey, Robbie es genial con Lola. Es atento y cariñoso y, lo más importante, la trata con el respeto que merece. Incluso sus padres fueron encantadores con ella cuando los conoció de improviso, lo que demuestra que han educado bien a Robbie.

«No como otros».

—La hace feliz, no es asunto nuestro.

—Ya verás cuando la deje preñada y desaparezca del mapa.

—Eso no... —No merece la pena discutir con él—. Todo va a ir bien.

—Deberías alejarte de ellos, Stassie. Solo traen problemas. No siempre tienes que ir detrás de Lola, ¿sabes?

Estoy a punto de replicarle, pero me muerdo la lengua, desesperada por no fastidiar un día que hasta ahora iba muy bien.

—Vale.

No me importa decirle que justo hoy voy a salir de fiesta con las personas con las que no quiere que me junte. Él no quiere quedar conmigo, pero tampoco quiere que quede con otros.

—Estoy intentando protegerte, Stassie. Me preocupo por ti. Somos compañeros, esto va más allá del patinaje. Sé que tú harías lo mismo por mí.

Siempre le perdono todo a Aaron, desesperada por aferrarme a esos momentos tan bonitos que compartimos. Se preocupa por mí y se preocupa por Lola. Pero a veces, como ahora, dice algo que hace que me cuestione sus verdaderos motivos.

Hay momentos en los que parece imposible que vaya a decir algo malo de ninguna de las dos. Cuando es ferozmente leal y protector, sin ser tóxico, y cuando estamos los tres arropados en el salón, riéndonos con alguna película.

Pero hay momentos, como ahora, en los que su vena desagradable se filtra por las grietas. A veces sale tan de repente que parece un latigazo y me hace preguntarme si lo conozco de verdad.

Espero a que el coche se detenga frente a nuestro edificio antes de inclinarme para darle un abrazo.

—Yo también me preocupo por ti, Aaron.

Ya estoy medio lista cuando Lola entra en mi habitación a toda velocidad, borracha de cerveza y gominolas.

—¡Me encanta el hockey! —Le queda genial la camiseta de «Mitchell» y el gorro de los Titans, y me da un poco de envidia no haber podido ir—. No tanto como el patinaje artístico, obviamente. Pero el hockey es más dramático; era como una ópera, pero con palos. Estoy obsesionada. —Mira alrededor y se da cuenta de que me he bajado del coche sola—. ¿Y la princesa de hielo?

—Iba a tomar algo con unos amigos. Le he preguntado si quería que pilláramos algo de cenar, pero ha dicho que no. Ah, y que los jugadores de hockey son lo peor, y que no tengo que ir siempre detrás de ti, lo cual es una gran noticia.

Refunfuña y se sienta a mi lado en el sofá.

—Te lo juro, qué chaval tan dramático. Vamos al Honeypot, no vamos a casarnos.

El Honeypot es la discoteca más popular de Los Ángeles. Es superexclusiva; solo entramos porque Briar, nuestra vecina, trabaja allí. Lola cumplió su misión de hacerse amiga suya cuando se enteró de que vivíamos en el mismo edificio.

Lola odia hacer deporte. No, eso es un eufemismo. Lola detesta hacer deporte con todas sus fuerzas, pero fue al gimnasio todos los días hasta que se ganó la simpatía de Briar.

Desde el principio fue sincera sobre sus motivaciones y, por suerte, a Briar le hizo gracia. Cada vez que vamos al club, Lola me obliga a invitarla a una copa para agradecerle su sacrificio.

—¿No os vais a casar? ¿O sea que no me puedo poner mi

vestido de dama de honor? —digo de broma mientras le hago cosquillas.

—¡No! —suplica, alejándose de mí—. Tengo demasiada cerveza en el estómago como para que me pinches. —Se estira, se quita las zapatillas y coge la manta que cubre el respaldo del sofá—. En cuanto me eche una microsiesta, empiezo a prepararme. Te lo prometo.

La microsiesta de Lola se ha convertido en una siesta de verdad, y ahora llevo cuarenta y cinco minutos oyéndola corretear por el piso dando grititos sin parar, intentando arreglarse a toda velocidad.

Mientras espero, me quedo a solas con mis pensamientos, y no puedo evitar ponerme nerviosa por ver a Nate. Esta mañana le ha dicho a Robbie que escriba a Lola para desearme buena suerte, todo un detalle.

Ya es hora de enterrar el hacha de guerra. No cabe duda de que es un buen tío, como todo el mundo me ha dicho. Ahora que he tenido una semana para procesarlo, se me ha pasado un poco la vergüenza por mi debilidad del otro día.

Somos adultos. A veces los adultos tienen que demostrarles a otros adultos que no necesitan un navegador para encontrarles el punto G. Es normal.

—¡Vale, estoy lista!

Lola está impresionante con un vestido negro encorsetado palabra de honor de Max Morgan. Es su prenda de cabecera cuando no sabe qué ponerse; dice que tiene que amortizar el pastón que le costó. Se lo compró el año pasado cuando fuimos de viaje a Rodeo Drive. Es precioso, pero a su padre no le gustó tanto cuando le llegó el recibo de la tarjeta de crédito.

Por la espalda le cae una melena lisa, en contraste con sus rizos habituales, y se ha delineado a la perfección los ojos con un eyeliner. Me mira y sonríe.

—Ya sé que estoy tremenda, pero hay que irse. Steve ya lleva cinco minutos esperando.

Atraviesa el vestíbulo para salir al encuentro del Uber que nos está esperando y se ríe para sus adentros, algo que siempre se me hace sospechoso.

—¿Qué pasa?
—Nada.
—Lola…
—Me preguntaba si hoy vas a dejarte las bragas en su sitio, pero me acabo de dar cuenta de que no llevas.
—Qué pava eres.
—Perdona.
—No lo sientes ni un poquito.
Me guiña el ojo y me abre la puerta del coche mientras subo.
—¿Quieres que te suplique perdón de rodillas?
—Te odio.
—Claro que sí. Igual que odiabas a Hawkins cuando te corriste en su cara.
A Steve, el conductor del Uber, le entra un ataque de tos repentino, pero no dice nada, suficiente para que le dé cinco estrellas cuando nos deja en nuestro destino.
El Honeypot está hasta los topes, como cabría esperar un sábado noche. Hablamos un par de minutos con Briar antes de que alguien la avise de un problema por el pinganillo y salga corriendo.
Los chicos han reservado un hueco en la zona VIP, listos para celebrar la primera victoria de la temporada. Lo que más me ilusiona es ver a Henry; llegados a este punto no creo que necesite explicar por qué.
Parece que no somos las únicas que se aprovechan de la amistad de Briar. Cuando Lola me contó lo del reservado, también me dijo que Nate le había hecho un favor para que no le pidieran el carnet a Henry. Nate sabía que Henry no querría ir a una fiesta del campus sin ellos, y tampoco quería que se quedara solo en casa.
Intento no derretirme con ese detalle tan bonito.
Invito a Lola a una copa para expresarle mi agradecimiento por millonésima vez por las seis semanas que estuvo haciendo cardio. Mientras nos acercamos al reservado, el estómago se me encoge de los nervios.
Bobby nos ve primero y nos da un abrazo que nos deja sin oxígeno.

—¡Qué bien que hayáis venido! —grita por encima de la música.

A continuación, aparece Mattie y me enseña su ojo hinchado, que se está volviendo morado oscuro por momentos. Se pone a contarme a gritos los detalles de la pelea, mirando a Lola para que confirme que fue tan guay como la pinta.

La mayoría están sentados en el reservado; el resto están hablando con la gente, obviamente intentando no volver solos a casa esta noche. Eso sí, falta uno, aunque no es que me importe. La única persona con la que pienso volverme a casa es Lola, ya se lo he dicho en el Uber. Ella me respondió «Vale» con sarcasmo y siguió escribiendo a Robbie.

Estoy en una zona más tranquila de la discoteca con Joe y Kris, mirando cómo Henry habla con dos mujeres. La única palabra para describir mi sensación ahora mismo es «impresionada». Están las dos buenísimas, y no paran de tocarse el pelo y reírse a carcajadas de cada cosa que dice. «¿Qué estará contándoles? ¿Dónde está el Henry tranquilo y reservado al que yo conozco y adoro?».

Joe se ríe de mi cara de desconcierto.

—Siempre es así, vaya donde vaya. Las tías lo adoran.

«No me digas».

Kris resopla y le da un trago a su cubata.

—Me gustaría saber cómo lo hace, para imitarlo.

Me entretengo escuchando sus teorías cuando noto cómo unas manos me agarran de la cintura por detrás y siento un aliento en la nuca.

—No deberías beber. Tienes una herida en la cabeza.

Mientras se endereza, me doy la vuelta para mirarlo e inmediatamente veo el corte que se ha hecho en la mejilla. Me acerco a él y se lo acaricio suavemente con el pulgar.

—¿Tú también has intentado hacer un cuádruple lutz?

Nate se ríe y siento las sacudidas de su cuerpo contra el mío.

—Sí, hiciste que pareciera tan fácil que me dio por intentarlo.

Me vibra todo el cuerpo de la cercanía. No, es el alcohol. Sin duda tiene que ser el alcohol. La cercanía me da igual. Y también me da igual que me mire así.

Anastasia Allen, la chica a la que todo le daba igual.

—¿Qué te ha pasado? —pregunto para hacer avanzar una conversación que parecía estar entrando en un bucle infinito.

Se lleva la copa a los labios y sonríe mientras bebe.

—Pues que los de Washington no son muy simpáticos.

—Qué mentiroso, Hawkins. Somos famosos por nuestra simpatía.

Se encoge de hombros sin perder la sonrisa.

—Voy a necesitar que me lo demuestres, porque me cuesta creerte.

—Prepárate para sorprenderte.

—Tú ya me has sorprendido, Anastasia —dice, guiñándome un ojo. Y entonces pasa de largo y se dirige al reservado.

«¿Qué ha sido eso?».

12

Nathan

No hay nada como ganar el primer partido en casa de la temporada para estar de un humor excelente.

Hemos jugado genial. Me ha gustado volver a la pista con mis chicos y guiarlos hasta la victoria. Hasta Faulkner estaba contento, y nunca está contento, así que eso significa que hemos jugado tan bien como me ha parecido.

Nos moríamos por demostrarle que, a pesar de las movidas de las últimas semanas, todos nos merecemos el puesto que tenemos en el equipo.

Inmediatamente después, el entrenador y Robbie nos han sentado en una mesa para analizar el partido mientras aún lo tuviéramos fresco. Esa es la parte que más odio, especialmente después de una victoria, cuando lo que queremos es salir a celebrarlo con una cerveza o diez.

Con tanta adrenalina en el cuerpo no tengo ganas de confinarme en una sala a revisar todos los pases y los goles. Y en cuanto el resto de chicos se han sentado, he visto que estaban igual que yo, porque no paraban de revolverse, tamborilear con los dedos en la mesa y darle la razón en todo al entrenador.

Por una vez, estaba en calma absoluta.

Este año no quería cometer ningún error, cada decisión tenía que ser perfecta.

Robbie estaba deseando acabar la reunión antes de tiempo, y no paraba de mirar el smartwatch cada vez que se le encendía con algún mensaje. Suponía que Lola estaba por alguna parte del recinto, luciendo con orgullo la camiseta que le regalé.

Las noches después de los partidos siempre han sido la *crème de la crème*. Solemos empezar la fiesta en alguna fraternidad, que no son mis lugares favoritos, pero como la mitad del equipo son menores de veintiuno y no pueden entrar en las discotecas, nos gusta tomarnos algo juntos antes de separar nuestros caminos el resto de la noche.

Luego vamos al Honeypot, que es, bajo mi humilde criterio, la mejor discoteca de West Hollywood. B, compañera de piso de Summer y la peor coctelera de la historia, trabaja ahí y suele reservarnos un sitio.

Ahora que Henry vive con nosotros, he llegado a un acuerdo secreto con B para que lo deje entrar sin enseñar el carnet, porque aún no tiene veintiún años. He tenido que prometerle que no le diré una palabra a nadie, para que no se encuentre a la mitad de la universidad en la puerta; y a cambio les he conseguido a Summer y Cami los mejores asientos para todos los partidos que juguemos en casa.

Es una promesa muy fácil de cumplir, porque como el resto del equipo se entere de que le hago ese favor a Henry, no me dejarían en paz nunca más.

A los pocos minutos de llegar, el reservado ya está lleno de botellas y, como era de esperar, después de varias copas la mitad del equipo ya está borracho.

JJ y Robbie están en medio de lo que parece una charla íntima, llena de palmadas en la espalda y apretones de brazo cariñosos. No paran de chocar las copas para brindar, aunque no tienen ni idea de lo que están celebrando.

Joe y Kris siguen observando a Henry como quien ve el Discovery Channel, intentando descubrir sus trucos por todos los medios.

Bobby, Mattie y algunos chicos más han desaparecido para acercarse a hablar con un grupo de chicas que están de despedida de soltera al otro lado de la pista de baile.

Por fin JJ y Robbie se separan para mirarme mientras yo observo a la gente y bebo de mi copa. JJ se ríe y señala con la cabeza en dirección al sitio donde están bailando Anastasia y Lola.

—¿Ya has vuelto a cagarla?

—Probablemente.

No me molesto en mencionarle mi plan para conquistarla ni su cara de sorpresa cuando la esquivé hace un rato, dejándola con mis amigos. A partir de ahora, será ella la que venga a mí.

Han pasado horas y no hago más que pensar en su piel suave, brillante y bronceada. Lleva un vestido lila ajustadísimo que le marca tanto cada centímetro del cuerpo que casi parece una segunda piel.

Miro cómo se le funde con los pechos y ahí es cuando pierdo mi capacidad para describirlo, porque en cuanto me fijo en el material elástico que le envuelve las tetas, toda la sangre del cuerpo se me baja directa a la polla.

La melena castaña y ondulada le cae por la espalda justo hasta la curva de su culo, un culo que sé que es espectacular. Mueve las caderas al ritmo de la música, sonríe y se lleva la copa a la boca.

La canción se fusiona con la siguiente y veo que llama a Lola y le señala en dirección al reservado, lo que significa que ya puedo dejar de mirarla como un puto pervertido. Me habría sumado a su baile, pero no quería ser el típico tío que invade el espacio vital de una mujer cuando se lo está pasando bien con una amiga. Tengo que ceñirme al plan y no despistarme. Por no mencionar que no sé bailar.

Cuando los chicos se dan cuenta de que la mayoría de las mujeres de la despedida están casadas, se retiran al reservado con el rabo entre las piernas, y ahora el nivel de las botellas está bajando mucho más rápido.

Lola es la primera que irrumpe en el reservado, con las mejillas sonrosadas y una sonrisa melosa y ebria. Mira a Robbie como si fuera lo mejor que ha visto en toda su vida y se abalanza hacia él para comerle la boca mientras se deja caer en su regazo.

Él le pasa la mano por la pierna con suavidad y le susurra algo que hace que ella se acurruque con la cabeza en su cuello.

Anastasia está detrás de ella, todavía más guapa de cerca. Examina el reservado buscando un sitio donde sentarse, y arruga el gesto al darse cuenta de que está lleno de jugadores de hockey grandes como castillos, pero entonces sus ojos se posan en mí y me da un repaso sin cortarse ni un pelo.

Se muerde el labio inferior, repiquetea con los dedos en la copa y vuelve a echar un vistazo al reservado. Estoy a punto de decirle que se siente a mi lado, cuando se inclina para susurrar algo al oído de JJ.

Le lanzo a Kris una mirada asesina cuando lo veo llamar a Mattie y señalarle en dirección a Anastasia.

El vestido apenas le cubre el culo, y me dan ganas de levantarme a taparla con mi propia chaqueta. Se incorpora, se ríe de algo que ha dicho Jaiden y se pasa el pelo por detrás de las orejas, lanzándome una mirada de reojo.

JJ separa las piernas para que ella pase y se siente en su rodilla. Anastasia le rodea el cuello con el brazo y me sorprende que no me estalle el vaso en la mano, teniendo en cuenta la fuerza con la que lo estoy apretando.

A tomar por culo el plan. Los celos me están ahogando. Le doy un trago a lo que queda de copa y siento cómo el alcohol frío me calma el ardor del pecho.

Me pongo en pie y paso por delante de las piernas de todos mis compañeros de equipo antes de pararme a pensar ni por un segundo en este arrebato de celos temerario y etílico. O está intentando sacarme de quicio, o bien no le importo una mierda, pero en cualquier caso, ahora la tengo delante.

Me inclino para ponerle la boca a pocos milímetros de su oído.

—¿Bailas conmigo?

Me invade un calor por todo el cuerpo cuando ella se estremece, porque me encanta cómo reacciona siempre ante mí. Doy un paso atrás para que pueda levantarse. Pero en lugar de eso, me mira por encima del hombro, se humedece el labio inferior con la lengua, con un brillo desafiante en sus ojos azules.

—A lo mejor. Pero pídemelo amablemente.

Sonríe mientras se me escapa una carcajada de sorpresa. Le tiendo la mano y ella la agarra para ponerse en pie.

Sé que todo el equipo nos está mirando como si fuéramos una telenovela, pero me importa una mierda. Su cuerpo se amolda al mío, nuestras caras están mucho más cerca con los diez centímetros que le añaden los tacones. Estoy seguro de que son los mismos tacones que me dejaron marcas rojas en la espalda, y cuando noto una sacudida en la polla, me doy cuenta de que no es un buen momento para acordarme de eso.

—Pues te lo pido amablemente. ¿Quieres bailar conmigo?

—Solo porque has ganado esta mañana —replica, con un brillo travieso en los ojos.

Me coge de la mano y la apoya justo sobre la curva de su culo para guiarme entre la multitud hacia la pista de baile.

No tengo ni puta idea de bailar. Solo sé que quiero sentir su cuerpo contra el mío, y como hubiera tenido que ver a JJ tocándola durante otro minuto más, le habría arrancado la cabeza.

Llegamos al centro de la pista, llena de luces centelleantes, pero ella sigue, arrastrándome a través de borrachos atolondrados hasta una zona donde no alcanzan las luces.

—Que miren a otros.

A pesar de todo el alcohol que me recorre el torrente sanguíneo ahora mismo, soy plenamente consciente del tacto de su cuerpo contra el mío.

—No sé bailar.

—Yo te enseño.

La canción se vuelve más lenta, más oscura, más sucia. Su cuerpo se sacude entre mis brazos, y su culo está tan apretado contra mí que no corre el aire entre nosotros. Deja caer la cabeza sobre mi hombro y me arrastra las manos por su cuerpo hasta que mis dedos le agarran las caderas.

Nos balanceamos de un lado a otro al ritmo de la música, mientras su culo se contonea en círculos hasta que la tengo tan dura que no hay manera de que no se haya dado cuenta. Apoyo la cabeza en su hombro e inhalo su dulce aroma.

—Joder, Stas, me estás matando —le susurro al oído. Levanta las manos para entrelazarlas detrás de mi cabeza y cuando miro hacia abajo veo cómo sus pezones están tan duros que se le marcan en la tela fina del vestido.

Ojalá no estuviéramos en una discoteca llena de gente. Ojalá estuviéramos en casa para poder acariciarle los pezones con los dedos, o meterle la mano entre los muslos, y, con suerte, volver a descubrir que no lleva bragas.

Estoy casi jadeando, se me va a salir el corazón, tengo el cuerpo ardiendo. No creí que pudiera sentirme mejor después de la victoria de hoy, pero escuchar los suspiros de satisfacción de Stas mientras le recorro la cintura con las manos, susurrándole al oído lo que me gusta sentir su cuerpo contra el mío, es mucho mejor.

Actúo como si nunca me hubiera rozado una mujer, como si nunca me hubiera metido en la esquina oscura de la discoteca con una chica guapa en brazos. Aun así, ganarme la atención de Anastasia es toda una recompensa.

La canción termina y se separa de mí. Cuando se da la vuelta tiene las mejillas sonrosadas, el pecho agitado y la piel brillante. Le paso el dedo por el pómulo, noto el calor y veo cómo abre los ojos de par en par cuando cruzamos las miradas.

Le acaricio la garganta, me detengo en el cuello y presiono el pulgar contra su pulso errático. Me vuelvo adicto a ella cuando se pone así. Cuando se olvida del juego al que estamos jugando, cuando me devora con la mirada y sus manos me sujetan de la camisa como si tuviera miedo de que fuera a escaparme.

Tenemos las caras peligrosamente cerca; siento su aliento en mis labios.

—Hey, tortolitos, ¿estáis listos? Nos vamos —grita Lola a mi espalda. Dejo caer la frente sobre la de Stassie, lamentándome por no haber aprovechado el momento.

Me suelta la camisa, da un paso atrás y se pasa los dedos por los labios.

—Sí, vámonos.

Si sentir el cuerpo de Anastasia apretado contra el mío en una discoteca era una recompensa, que se me ponga encima en el Uber en el viaje de vuelta lo considero un castigo.

Le he dado al conductor cincuenta pavos más para que las chicas pudieran subirse con nosotros. De otro modo habríamos tenido que pedir otro coche solo para dos personas. Henry y Bobby van en el asiento delantero con el conductor; JJ, Kris y Robbie en la fila del medio, con Lola tumbada encima, y yo en la fila trasera con Stas sentada sobre mi regazo.

Quería sentarse encima de Henry, pero él le ha dicho que no con educación. Así que ahora se contonea, se inclina hacia delante para hablar con Lola y yo me quedo mirando la curva entre su culo y su cintura, tratando de no pensar en lo bien que encajarían mis manos ahí si no hubiera nad... Da igual.

—Stassie, tienes que echarte para atrás. Deja que te ponga el cinturón —susurro, tirándole de los hombros con suavidad hacia atrás.

Ella acepta; se recuesta sobre mi pecho y me deja que le abroche el cinturón de seguridad. No sé dónde colocar las manos, así que me agarro al asiento para no ponérmelo más difícil de lo que ya es.

—¿Qué haces? —pregunta, levantando la cabeza hasta que me roza la mandíbula con la nariz.

—¿A qué te refieres? —A pesar de que los demás van gritando y riéndose, nosotros, por algún motivo, hablamos en susurros.

Vuelve a acariciarme con la nariz.

—No me estás tocando. —Me agarra de los antebrazos y baja las manos hasta mis dedos, fijos en el asiento; los quita de ahí y los guía hasta su cuerpo. Deja escapar una risa malvada—. Estás empalmado.

No soy capaz de contener el vergonzoso gemido que se me escapa.

—Sí, a mi polla le está costando darse cuenta de que no va a sacar nada del contoneo que has estado haciendo.

Relaja el cuerpo todavía más, entrelaza su mano con la mía y coloca las dos en una posición cómoda sobre sus muslos. Parece razonable. Sin sacudidas ni bamboleos; así sí que puedo volver a Maple Hills. Cogidos de la mano y con el cuerpo relajado. Bien, nada de lo que preocuparse.

—Si te sirve de consuelo… —susurra, moviendo nuestras manos hacia el interior de su muslo hasta que puedo sentir el calor que irradia entre las piernas—. Estoy empapada. —Separa las piernas y acerca nuestras manos un poco más—. Y no llevo bragas.

13

Anastasia

La oscuridad de la parte de atrás del Uber me da más confianza de la que debería.

Puede que sea el alcohol, o quizá es solo el subidón por la clasificación, o quizá por la manera en la que el cuerpo de Nathan reacciona al mío, y cómo prácticamente se está follando a mi ego al decirme que soy la chica más impresionante que ha visto en toda su vida.

Tiene la mano a un centímetro de que este viaje a casa se convierta en algo mucho más interesante, pero en mi defensa diré que he intentado evitar esto. Intenté sentarme con Henry, que sabía que haría todo lo posible por no rozarme el cuerpo en ningún momento.

Mierda, seguro que, aunque me hubiera obligado a sentarme en el suelo del asiento del copiloto, me habría parecido bien. Pero ahora he de lidiar con las consecuencias de mis acciones, y no tengo a nadie a quien culpar más que a mí misma por mi vagina mojada y ansiosa.

Mis caderas me traicionan al moverse solas, y entre los labios entreabiertos se me escapa un gemido desesperado cuando Nate echa el cuerpo hacia delante lenta y deliberadamente, con la mano aún entrelazada con la mía entre mis piernas.

Su otra mano se separa de mi muslo y levanto el brazo por

instinto para hundirle los dedos en el pelo grueso y oscuro. Mi respiración se ralentiza cuando hace presión con la palma de la mano sobre mi cuerpo, la mueve por mi estómago y por la curva de mi pecho, rodeándome el pezón, pero sin presionar tanto como para satisfacerme.

—Nathan… —gimo de impaciencia. Su risa es oscura y retorcida, como si quisiera decirme que le importa una mierda dejarme con las ganas. Pasa la mano a mi otro pecho con la misma caricia suave que provoca que me arquee contra su mano para sentirle más—. Nathan, por favor…

Le tiro del pelo con la mano, intentando ignorar los escalofríos que me recorren de arriba abajo cada vez que siento su aliento cálido en el cuello.

Por fin me acaricia los pezones con los dedos, me empuja la cabeza hacia un lado con la nariz, la barba incipiente de su mandíbula me roza el pulso y me mordisquea el lóbulo de la oreja.

—Solo te gusto cuando estás borracha y cachonda —susurra.

—Eso no es verdad. —Por fin le suelto la mano entre las piernas, le dejo la suya ahí mientras acaricia con suavidad la cara interna de mi muslo. Giro la cabeza para mirarlo fijamente a los ojos oscuros y profundos—. No me gustas nunca.

Sus labios se funden contra los míos y me agarra de la garganta con la mano. Es un gesto duro y apasionado, abrumador y cálido, y toda una serie de cosas más que mi cerebro es incapaz de procesar en este momento. Me aprieta el cuello mientras su lengua explora el interior de mi boca, gimiendo cuando mis dientes se hunden en su labio.

No es suficiente; quiero más, necesito que se acerque más. Afloja la mano y desliza los labios por mi mandíbula, besándome y lamiéndome el cuello, con la voz áspera mientras sacudo las caderas contra él.

—No me digas que no te gusto cuando noto perfectamente que tienes los muslos empapados, Anastasia.

—Y tu mano podría estar igual si hicieras *algo*.

Estoy a punto de tomar cartas en el asunto, aunque no sé en qué punto de la relación nos situaríamos si me masturbara en su regazo. A alguien normal le preocuparía tener público, pero ahora mismo podría pegar un grito que rompiera las ventanas, que nuestros amigos no se darían cuenta, de tan borrachos que van. Por si fuera poco, en la radio empieza a sonar *Cruel Summer* de Taylor Swift, y Kris sube el volumen al máximo.

Aquí atrás estamos en nuestro pequeño mundo; la temperatura es más cálida, el aire más denso, la tensión me roba todo el oxígeno que me queda en los pulmones.

No tengo ni idea de cuánto queda para llegar a Maple Hills o cuántos minutos han pasado desde que me subí al coche y al regazo de Nate. Me separa las rodillas un poco más y vuelve a fundir su boca con la mía, más posesivo, más dominante. Me roza con la nariz.

—¿Puedes portarte bien y estarte calladita?

Asiento, preparada para sentir por fin sus dedos largos y gruesos hundiéndose entre mis piernas. Pero en lugar de eso, solo me roza suavemente el clítoris hinchado con un dedo y no puedo reprimir un gemido de frustración.

—Estoy a punto de tocarme yo sola. Si no sabes lo que hay que hacer dímelo, Nathan.

La última vez que le dije que no era capaz de dar placer a una mujer, me demostró enseguida lo equivocada que estaba.

Me agarra de la nuca con la mano libre y me gira la cabeza para que lo mire. Aumenta la presión en mi clítoris, se me escapa un gemido en lo más profundo de la garganta y se me afloja la mandíbula mientras el placer me recorre el cuerpo lleno de tensión sexual frustrada.

Cambia a la palma de la mano, mientras que con la otra me tira un poco más del pelo.

—Un día te voy a follar esa boca tan bonita que tienes y así no podrás ser una niñata caprichosa e impaciente.

Me tapa la boca con la suya para amortiguar mi gemido de satisfacción cuando desliza dos dedos dentro de mí, dilatándome.

No debería haber prometido que me iba a estar callada.

El sonido resbaladizo y húmedo de los dedos de Nate penetrándome debería ser suficiente para que todos se enteraran de lo que está pasando sin que yo dijera ni una palabra. La música sigue a todo volumen, nuestros amigos están prestando atención a todo menos a nosotros, y ese intenso placer que tan bien conozco me recorre toda la espina dorsal.

—Tienes un coño perfecto —me susurra al oído—. Mojado y estrecho.

Sacudo las caderas sobre su mano, mientras entre los labios se me escapan gemidos y frases incoherentes. Intento cerrar las piernas, mi cuerpo intenta huir de la sensación que se apodera de mi interior.

Me sujeta las piernas con las suyas, y siento que estoy a punto de desmayarme.

—¿Vas a correrte para mí? Córrete en mis dedos, Anastasia, muéstrame lo que se siente cuando tenga la polla enterrada dentro de ti.

Me suelta el pelo y me tapa la boca con la mano para amortiguar mis gritos cuando el orgasmo me desgarra y grito tan fuerte que las ventanas tiemblan.

Cada parte de mí está temblando físicamente, el placer me invade todo el cuerpo hasta que se me ponen los ojos en blanco y arqueo la espalda. Sigue metiendo y sacando los dedos hasta que los espasmos cesan y me desplomo sobre su pecho, pegajosa y satisfecha.

Saca los dedos con suavidad y me da un beso en la frente húmeda.

—Abre la boca —me dice con un brillo curioso en los ojos mientras lo observo, confusa.

Hago lo que me dice, sin fuerzas para discutir, y espero con la boca abierta. Me presiona con los dedos en la lengua e inmediatamente saboreo el intenso sabor dulce y salado.

—Chúpalo. Mira lo bien que sabes —susurra.

—Na…

La música se corta abruptamente, se me queda todo el cuerpo congelado y abro los ojos de par en par mientras Nathan me saca los dedos de la boca corriendo y me libera las piernas para que pueda cerrarlas.

—¿A alguien le apetece McDonald's?

Me prometo a mí misma que los diez minutos que quedan en el coche de vuelta a Maple Hills transcurrirán sin incidentes.

Lola me lanza una mirada suspicaz por encima del hombro mientras baja la ventanilla.

—Qué calor hace. Necesito aire fresco.

Miro a Nathan, sintiéndome al mismo tiempo borracha, somnolienta y saciada, y espero a que me mire antes de susurrarle:

—¿Huele a sexo?

Él se ríe y presiona sus labios en mi nariz cariñosamente.

—Lo único que huelo es tu champú. Ahora me pondré cachondo al oler miel y fresas porque me recordará a esto. Muy poco práctico, Allen.

Nate tiene razón; es muy poco práctico, pero ahora mismo me da igual. Me abraza y seguimos charlando y riendo hasta que por fin paramos delante de su casa.

Todos se tiran a la puerta, cargados con las bolsas del McDonald's y apoyándose los unos en los otros.

Sigo a Lola dentro de casa mientras Nate ayuda a coger en volandas a Robbie y a JJ, que están tan borrachos que se han quedado dormidos. En cuanto nos alejamos del grupo, Lola me arrastra a un rincón de la cocina.

—¿Habéis follado en el Uber?

Su voz suena indignada, pero su cara está llena de orgullo. De muchísimo orgullo.

—¡Claro que no! —Técnicamente, no estoy mintiendo.

—Algo has hecho, Anastasia Allen.

Siento cómo unos brazos grandes me rodean la cintura por detrás y entonces me da un beso en el hombro.

—Lola, Robbie me ha dicho que fueras a por tus nuggets de pollo.

Lola abre los ojos de par en par y doy por hecho que se había olvidado de ellos, conociéndola. Cuando sale corriendo en dirección al salón, Nate me da la vuelta, aún entre sus brazos para situarme frente a él, con una sonrisa burlona. Me pasa el pelo por detrás de las orejas.

—¿Quieres irte a la cama?

—Por favor.

Coge un par de botellas de agua de la nevera, entrelaza sus dedos con los míos y nos dirigimos a la escalera entre sus compañeros borrachos desperdigados por el salón.

Me suelta y me agarra la cintura con fuerza para asegurarse de que no pierdo el equilibrio con estos tacones kilométricos.

—Deja de mirarme el culo, Hawkins.

—Deja de tener ese culo.

Al fin llegamos a su puerta e introduzco el código, pero enseguida arrugo el gesto cuando la pantalla se ilumina en color rojo en vez de verde. Vuelvo a meterlo. Rojo.

—Se te ha roto la puerta —gruño mientras lo intento una vez más.

—Hace unas horas funcionaba. ¿Has puesto bien el código?

—¡Sí! —Repito el proceso—. Dos, cinco, tres, nueve... Rojo.

—Ese no es mi código —dice, y me echo a un lado para que meta él cuatro dígitos distintos. Entonces la pantalla se ilumina en color verde.

—¿Cómo que no es tu código? ¿Lo has cambiado? —Sacude la cabeza y me invita a entrar. Insisto en que tengo razón, hasta que la niebla del tequila se disipa por una fracción de segundo y me doy cuenta de que no tengo razón—. No, lo siento, ha sido el tequila. Ese era el código de la habitación de Ryan.

Miro cómo le cambia la cara y de pronto parece que la temperatura ambiente hubiera bajado varios grados. Abre una de las botellas de agua y bebe un buen trago, asintiendo para sí mismo como si estuviera manteniendo una conversación a la que yo no he sido invitada.

Se quita los zapatos y los calcetines, se desabrocha los vaqueros y los baja por sus muslos musculados. Después se estira para quitarse la camiseta.

Es injusto presenciar esto por primera vez sin estar completamente sobria. Tengo miedo de haberme perdido algún músculo o algún abdominal, tal vez una peca en alguna parte de su pecho. Está tremendo, y ni siquiera reacciona cuando lo miro descaradamente mientras camina por su habitación solo con ese bóxer gris y ajustado.

Saca una camiseta negra del cajón con el logo de los Titans y me la extiende. Suspira y por fin dice:

—Ya, Ryan. Me había olvidado de Ryan. El que te estás follando.

Debería haber visto venir esta conversación.

—No estamos liados.

Lo sigo con la mirada y observo cómo se sienta en la cama con los hombros tensos.

—Le dijiste a Henry que te lo estabas follando. Yo mismo lo vi en tu cama.

No parece enfadado. No sé lo que parece. No sé cómo suena; no sé lo que se le estará pasando por la cabeza.

—Hemos sido follamigos durante una época. Pero ahora quiere salir con Olivia, así que hemos parado. —Me encojo de hombros, esperando que esa breve explicación sea suficiente, pero por lo que veo, no lo es—. Ni siquiera hicimos nada la otra noche; vimos una peli y nos fuimos a dormir. Es mi mejor amigo, Nate, y no es asunto tuyo. ¿Por qué estás celoso?

Ignora mis preguntas y me tira de las caderas para acercarme a él. Espero a que diga algo, pero, de nuevo, se queda callado.

Llega a mis pies, me desabrocha los zapatos y me indica que me los quite. El alivio de apoyar los pies en el suelo plano y duro después de varias horas de tortura es casi mejor que el orgasmo que Nate me ha provocado antes, aunque no creo que sea el momento de hablar de ello.

Me pasa la mano por los muslos con delicadeza.

—Estoy celoso porque te quiero solo para mí, Stassie, y estoy celoso de cualquier tío al que prestes atención. Incluso estoy celoso de Henry, joder, y adoro al chaval.

—Ryan y yo funcionábamos muy bien porque no nos poníamos celosos. No nos importaba lo que hiciera el otro fuera de nuestro acuerdo…

—Eso está genial —dice con sarcasmo—. Pero yo no soy Ryan.

Me agarra por detrás de los muslos y tira de ellos para ponerme a horcajadas sobre él, con las rodillas abrazadas a sus caderas. Soy dolorosamente consciente de que no llevo bragas cuando el vestido se me empieza a subir, pero sus grandes manos me aprietan el culo y me atraen para hacer presión con mi coño contra él.

—No quiero compartirte con otros tíos. Sabes que puedo mantenerte perfectamente satisfecha yo solo, en todos los sentidos.

Esto se acerca peligrosamente al territorio de la exclusividad, algo que no quiero. Le aparto el pelo de la cara y lo beso suavemente en la comisura de la boca.

—Deja de pensar y fóllame. Esto no es tan serio.

Me tumba boca arriba en la cama y se coloca entre mis piernas, haciendo presión justo en el punto que quería. Le hundo los dedos en la espalda para atraer su cuerpo hacia mí y sentir su aliento. Necesito más fricción, más presión, más de él.

—¿Tienes condones?

Me acaricia con la nariz una vez, dos veces. Se le escapa un gemido ahogado cuando muevo las caderas contra sus calzoncillos.

—Ahora mismo me odio, pero no vamos a follar.

De todo lo que esperaba que dijera, esto no estaba ni por asomo al principio de la lista.

—¿Qué?

—No quiero follar contigo. No. Joder, sí que quiero, pero no ahora mismo. —Aprieta su frente contra la mía y baja la voz—. Quiero que me desees cuando estés sobria, Anastasia. No voy a pasar por otra semana entera en la que me evites. Lo odio.

Siento una punzada de rechazo en el estómago y me quedo sin aire.

—Ah, bueno. No pasa nada. ¿Puedes soltarme, por favor?

—No quería decirlo así, lo siento. Pero es que no quiero que esto sea el típico rollo de borrachos. Ponte la camiseta; podemos hablar o dormir, lo que quieras.

Lo que dice tiene sentido, pero no sé por qué, no alivia la

vergüenza que siento ahora mismo. Me tiembla el labio, a pesar de mis esfuerzos por concentrarme en que ha dicho que sí le gusto. Parece que solo me desea si le ofrezco algo más, cosa que no puedo hacer. De pronto en mi cerebro chocan la necesidad de complacerlo y la de escapar de allí, y me ahogo.

—Stassie, por favor, no llores, joder. Me gustas muchísimo; pero no quiero que te arrepientas de que esta sea la primera vez que follemos.

No digo nada más, cojo la camiseta de los Titans y me voy al baño. Cuando me he cambiado, todavía tengo las mejillas sonrosadas y estoy al borde de las lágrimas, y él ya está en la cama, así que me tumbo a su lado.

Se gira y me da un beso en la sien, y luego otro y otro.

—¿Quieres que nos acurruquemos?

Acomodo la cabeza en la almohada.

—Yo no me acurruco con nadie.

Se ríe y vuelve a besarme.

—Buenas noches.

Espero a que se duerma para pedir un Uber.

14

Nathan

A veces no sé para qué tengo el cerebro. Es humillante, y admito que me merezco el vacío que está a punto de venírseme encima. Soy un gilipollas integral. Probablemente el mayor gilipollas de todos los tiempos. ¿Qué clase de persona tiene a una mujer a su lado, la mujer con la que lleva semanas soñando y, cuando ella le pide condones, él dice que no van a follar?

No podría haber elegido un momento más vulnerable para rechazarla, pero no lo hice a propósito. Espero que lo entienda. De todos modos, le he hecho daño igualmente, aunque fuera con la mejor intención.

Estaba borracho y me puse celoso cuando intentó abrir mi dormitorio con el código de Ryan. La he cagado por puro orgullo.

«Muy bien, Hawkins».

Quería enseñarle que no solo la deseo cuando voy borracho, la deseo todo el rato. Me gusta su carácter, quiero conocerla, pero la he cagado del todo.

No me di cuenta de que se había ido hasta que me di la vuelta en la cama para abrazarla, medio dormido. Obviamente esperó a que me quedara frito, y no la culpo.

Llevo llamándola desde que me desperté, pero me salta el buzón de voz constantemente. Me dio su teléfono anoche y casi muero del shock. Después de correrse estaba mimosa, somnolienta y dócil, acurrucada en mi regazo, balbuceando tonterías, haciéndome mil preguntas y mirándome con esos ojos azules enormes.

Saqué el teléfono del bolsillo para mirar la hora y murmuró algo sobre que no tenía ganas de ver todos los nudes que me mandaban. Lo desbloqueé y se lo di, diciéndole que hiciera lo que quisiera, y entonces fue a los contactos e introdujo su número.

—¿Cómo me guardo?

—Con tu nombre suele ser una buena opción —dije.

Soltó una risita y repiqueteó con las uñas en el teléfono.

—Mmm... Eso es un coñazo... Quiero ser... La buenorra del Uber... No, eso es muy largo. Zorra del Uber. Perfecto.

No pude reprimir una carcajada.

—No te creo, Anastasia —dije, mientras ella metía el nombre, tan feliz.

Así que ahora la tengo guardada como Zorra del Uber.

ZORRA DEL UBER

Contesta, Stas

Por favor

Contesta al teléfono o voy a cambiarte el nombre

Tendrás que ser algo coñazo, tipo Stassie o Anastasia

Ya no serás Zorra del Uber

Espero que no fueras tan pedo como para haberte olvidado de esa conversación

Lo último que quiero es que piense que la estoy llamando zorra.

Después de pasarme una hora mirando al techo fijamente sin recibir ni una sola respuesta o llamada, por fin salgo de la cama.

JJ, Robbie y Lola están comiendo en la cocina cuando por fin bajo la escalera; tienen pinta de llevar encima una resaca monumental, pero se están riendo. Bueno, hasta que yo aparezco y Lola entrecierra los ojos.

—¿Se te ha quedado la cama fría, Hawkins?

Me paso la mano por la cara y me arrastro torpemente hacia ellos. Apoyo los codos en la isla de la cocina y me preparo para la tortura.

—Ya, Lols, ya. ¿Cómo te has enterado? Ni siquiera has ido a tu casa.

—Porque vimos cómo se intentaba escabullir con tu camiseta, como una hora después de que subierais.

Por una vez, JJ y Robbie no dicen ni mu; solo miran a sus boles de cereales como si fuera lo más entretenido que han visto en su vida.

—Llevo un rato llamándola, pero no ha respondido. ¿Cuál es vuestro piso? Voy a ir para allá.

—¿Te has dado un golpe en la cabeza, capitán? Está arriba. —Coge la taza de café y se la lleva a los labios, mirándome por encima del borde—. No iba a dejar que se metiera en un Uber borracha y vestida solo con una camiseta. Ha dormido en el cuarto de Henry.

—¿Y Henry dónde? —pregunto con toda la calma que puedo.

—Ni idea, probablemente a su lado. —Me dedica una sonrisa enorme, casi siniestra—. Aún no han bajado. Ya sabes lo que dicen de cómo se levantan los hombres cada mañana. Pero Henry es muy cariñoso, siempre les pasa a los tímidos, ¿sabes? La tratará muy bien.

Todavía puedo oír sus carcajadas cuando estoy a mitad de la escalera, con demasiada resaca como para subir corriendo.

—¡Ni puta gracia, Lola!

El cuarto de Henry está al lado del mío, así que el hecho de no haber escuchado ni un ruido es buena señal. Llamo a la puerta y espero a que alguien me diga que pase. Ahora que estoy justo al otro lado, la oigo reírse. Vuelvo a llamar, pero nadie contesta.

«A tomar por culo».

Introduzco cuatro ceros, porque a Henry le da miedo quedarse atrapado fuera de su cuarto y no poder coger sus cosas.

Anastasia está debajo de las sábanas, con la cara limpia, el pelo mojado y una taza de café entre las manos. Se está riendo de algo que ha dicho Henry, pero cuando me ve cambia el gesto y pone una sonrisa forzada.

Para mi alegría, Henry está en un colchón en el suelo a medio hinchar. Nos mira y se levanta.

—Voy a desayunar algo.

Pasa de largo a mi lado, incómodo, y cuando oigo que ya está en la escalera, me meto en la habitación y me siento a los pies de la cama. Ella se incorpora y apoya la espalda en el cabecero. Sigue con mi camiseta puesta y, joder, está preciosa.

—Stassie, lo siento.

Vuelve a poner la misma sonrisa forzada.

—No hace falta que me pidas disculpas, Nathan. Puedes echarte atrás en cualquier momento. Nunca me enfadaría contigo por cambiar de opinión. —Respira hondo y se estira para dejar la taza en la mesilla de noche—. Yo solo…

—Stas, para —interrumpo, acercándome a ella—. Me alegro mucho de que digas eso, y tienes razón, pero no es el caso. No estaba echándome atrás, solo estaba celoso. —Dios, me siento como una mierda al admitir esto—. Creía que si follábamos, esta mañana te despertarías y desaparecerías. Odio que te enfades conmigo, y cada vez que consigo romper la puta coraza de hielo que tienes, pasa algo y vuelvo a la casilla de salida.

Escucha todo lo que digo: sin discutir, sin poner caras, sin insolencias.

—Llevo muy mal el rechazo —dice con suavidad—. Nunca se me ha dado muy bien, desde pequeña. Anoche me sentí rechazada y abrumada. Solo quería que nos liáramos, y tú empezaste a decir que no querías compartirme. —Se revuelve en la cama mientras juguetea con las puntas de su pelo, y me parece que esto la violenta bastante—. Tengo la impresión de que tú buscas una relación, o algo más de lo que yo te ofrezco. Me atraes mucho, Nate, pero apenas nos conocemos. Perdona por haberme ido, pero no estaba cómoda y necesitaba salir de esa situación.

Tiene razón. Me gusta y ni siquiera he tenido en cuenta lo que ella quiere.

—Me gusta que sepas expresar tus sentimientos.

Se ríe y se lleva las rodillas al pecho, metiéndolas por debajo de la camiseta para hacerse un ovillo.

—He ido muchísimo a terapia. Me ha costado muchos años poder decir: «Llevo muy mal el rechazo». Al doctor Andrews le encantará saber que soy capaz de aplicarlo a situaciones de la vida real.

—Serás su paciente estrella. Escucha, siento mucho que te sientas rechazada. No era mi intención.

—Esto es incomodísimo. Solo quiero follar contigo, Nathan, no montar un drama. Para ser sincera, no me mola mucho ese rollo de la exclusividad. No me gusta el compromiso. No tengo tiempo. Mi horario ya está a tope.

No podría haber sido más directa y clara. No me ha gustado nada, a excepción de la parte en la que ha dicho que quiere follar conmigo, eso obviamente sí, pero no puedo decir que no se haya expresado.

—Entendido, Allen, ha quedado claro. Compromisofobia, lo pillo. Y para que conste, ya estamos en el mismo punto; puedes follarme cuando quieras.

—Ay, Nate —ronronea de la forma más tierna y condescendiente que existe, lanzándome una mirada de oreja a oreja—. Ya no estoy borracha. Has vuelto a la lista negra, amigo. Me plantearé sacarte de ahí cuando me devuelvas mi pista de hielo.

—Pensaba que estábamos en periodo de prueba. ¿Cuándo se convirtió en una lista negra? ¿Al menos estoy en lo alto de la lista? ¿Soy el número uno?

—Claro que eres el número uno.

Ser el número uno de la lista negra de Stassie es el trabajo más fácil que he tenido nunca.

Esta semana hemos entrenado todos los días antes que ella y Aaron por no sé qué mierda de que Brady les hace «aprender de sus errores en el campeonato regional».

El problema es que todos los días de esta semana hemos empezado y terminado tarde por culpa de Faulkner y sus broncas. Y lleva toda la semana mirándome en silencio, cruzada de brazos, con mirada asesina.

—Stassie... —intenté decirle cuando salió del hielo y me acerqué a ella.

—No empieces, Nathan, salvo que quieras que te dé una paliza con ese palo de hockey. —Lo dijo con tanta calma que me aterrorizó más que si hubiera gritado, y se me puso la piel de gallina.

Ayer estuvimos ocupados ganando un partido en San Diego, así que tuvo la pista para ella sola, pero hoy no creo que salga de aquí vivo. La miro de reojo mientras avanzo por la pista. Hoy lleva un conjunto azul pastel, un color suave y delicado, extrañamente inadecuado para alguien con tanta mala hostia.

Aunque no le veo bien el cuerpo, me apuesto cualquier cosa a que se le marcan todas y cada una de sus curvas, así que al menos eso será lo último que vea cuando me asesine.

La veo discutiendo con Aaron, lo que me alegra más de lo debido, pero me distrae lo suficiente como para que JJ me dé un empujón que me hace chocarme contra las barras.

—Al loro, huevón.

Miro el reloj y veo que ya nos hemos pasado quince minutos. Faulkner ha dicho que no paremos hasta que él lo diga, y mientras Brady no aparezca por ahí dando golpecitos con el pie, está dispuesto a tentar a la suerte.

Me duelen todos los músculos porque nos hace entrenar como si fuéramos putos marines y...

«¿Qué coño hace?».

Anastasia se ha puesto a patinar en mitad de la pista con una mirada de pura determinación, y parece... «¿Está empezando su puta rutina?». La van a aplastar. «¿Dónde coño están Aaron y Brady?».

—¡Stassie, sal del hielo! —Ni siquiera me mira, solo me hace un corte de mangas y sigue mientras los chicos patinan a su alrededor.

Bobby se me acerca.

—Le van a hacer daño, capi. Haz algo.

Ella flota de un lado a otro de la pista entre los chicos, y me siento como si intentara cazar a una puta mariposa. Es como un destello azul dando vueltas, volando, imperturbable en medio del peligro. La mitad de los chicos no la han visto, así que no han reducido la velocidad, y es humillante, pero me está costando cogerla.

Soy el capitán del equipo de hockey y no puedo con una patinadora artística de un metro sesenta. No sé si lo superaré.

Por fin para un poco para hacer algunas piruetas y yo la alcanzo y me la echo al hombro como un saco de patatas, ignorando sus chillidos de horror. Me empieza a dar golpes en la espalda, así que me alegro de llevar la equipación protectora.

No he dicho una palabra, pero sabe que soy yo.

—¡Nate Hawkins, bájame ahora mismo!

Le agarro con la mano de la parte posterior del muslo para que no se resbale y le doy un apretón.

—Cállate, Anastasia. ¿Quieres hacerte otra herida en la cabeza?

Intenta zafarse de mí, pero la tengo sujeta con demasiada fuerza, así que lo único que puede hacer es golpearme y, francamente, las he pasado peores.

—¡Deja de decirme que me calle! ¡Bájame, Nathan! —La ira se filtra a través de cada sílaba, y sé que me espera una buena en cuanto la baje.

Prácticamente echa fuego por los ojos cuando la pongo en el suelo detrás de la barrera, a salvo, con las mejillas sonrojadas y los puños cerrados de rabia.

Se lleva las manos al pelo, entrelaza los dedos y sacude la cabeza exasperada, con la respiración agitada. Intento concentrarme en su enfado, no en sus tetas, pero es difícil.

—Anas…

—Como vuelvas —me clava la mirada y me quedo paralizado en el sitio al oír esa voz peligrosamente grave— a tocarme alguna vez, Nathan Hawkins, me aseguraré de que el único trabajo que consigas en el hielo sea el de conductor de la pulidora. ¿Entendido?

Me muerdo la lengua porque, joder, me muero de ganas de besarla ahora mismo. Tiene los brazos en jarra, y está buenísima cuando se enfada conmigo.

—Entendido.

—Os estáis pasando de la hora y me estáis jodiendo el horario. ¡Esta noche tengo planes, y voy a llegar tarde como no salgáis ya del puto hielo y me dejéis practicar!

—¿Qué planes tienes?

Resopla y se cruza de brazos.

—Nada de tu incumbencia.

—¡Hawkins! —grita el entrenador, y me vuelvo hacia la pista—. ¡Espabila!

La miro una última vez.

—Estás muy guapa hoy.

Abre la boca y la cierra, probablemente porque no esperaba que le dijera eso. Su expresión de rabia empieza a disolverse, se le suaviza la mirada y, casi por arte de magia, en un segundo ya ha desaparecido.

—¡Vete a la mierda, Nathan! —grita, alejándose de mí.

Me siento como un detective intentando averiguar adónde va esta noche.

—Normalmente los policías usan la palabra «acosador», Nate —me informa Henry desde el otro lado del salón. No me extrañaría que él sí supiera adónde va, es probable que le preguntara y ella se lo dijese. Así funcionan las cosas entre ellos dos, ¿no?

Saco el teléfono con la esperanza de que se apiade de mí, ahora que está cansada del entrenamiento.

ZORRA DEL UBER

Adónde vas esta noche?

Quién eres?

Ya sabes quién soy

Creo que te has equivocado de número,
lo siento

Mmm, yo creo que no.
Vas a una fiesta?

Voy a reunirme con unos motoristas.
Unos enormes.
Llenos de esperma

Tienes buen gusto para las pelis.
Niñata

Te propongo una cosa, Hawkins. Si me encuentras antes de medianoche puedes follarme por fin esta «boca tan bonita» que tengo.
Y así dejaré de ser una «niñata caprichosa e impaciente», vale?

Vas a estar guapísima cuando
te meta la polla en la boca

Suerte!

A Anastasia le encanta usar mis propias palabras en mi contra, pero ahora me ha dado el incentivo perfecto para saber adónde va.

«Mierda».

Henry tiene razón; parezco un acosador.

15

Anastasia

Estoy absolutamente orgullosa de mí misma en este momento.

Nate está a diez minutos de mi ubicación, y solo quedan quince para medianoche. Lleva toda la noche acribillándome a mensajes para que le dé alguna pista. Pero no he cedido, ni nadie de los que han prometido guardarme el secreto.

Cada vez que va a una fiesta y no me encuentra, se cabrea más consigo mismo. Ha perdido demasiado tiempo mirando en todas las fraternidades, lo cual ha reducido sus posibilidades, y ahora solo tengo que esperar a que pasen los minutos.

Doce minutos.

Acepto su videollamada y sonrío mientras en mi pantalla aparece su cara de pocos amigos.

—Sigues en Los Ángeles, ¿no?

—Tic tac, Hawkins. Se te acaba el tiempo.

Se pasa una mano por el pelo y emite un suspiro de derrota.

—Esto es un castigo, ¿no? Por haber acabado tarde los entrenamientos de esta semana. ¿Sigues cabreada?

Me levanto de la cama, me paseo por la habitación y sostengo el teléfono frente a mí mientras lo miro.

—¿Tú qué crees?

—Pues claro que sigues cabreada. —Suspira—. Ya lo sé.

Camino por la habitación, viendo cómo le cambia la cara al darse cuenta de dónde estoy.

—No deberías tocarme las narices con los entrenamientos en la pista de hielo, Nathan.

Nueve minutos.

—Estás en mi puta habitación —dice en tono monocorde—. ¿Por qué me has hecho recorrerme todo Maple Hills cuando estás en mi habitación?

—¿Nadie te ha dicho que hay una fiesta en tu casa? Qué raro.

—Los voy a matar.

—Qué pena que estés tan lejos y ya no te dé tiempo a llegar antes de medianoche —digo con fingido dramatismo, disfrutando de cada segundo—. Creo que voy a bajar a ver con quién puedo seguir siendo una niñata. Que vaya bien, Hawkins.

—Anastasia, esp...

Fue fácil convencer a los amigos de Nate para la broma.

JJ

Necesito un favor

Para joderle la noche a Nathan

Tienes toda mi atención

Puede que le haya dicho que puede hacerme cosas en ciertas partes del cuerpo.
Partes del cuerpo a las que sé que quiere hacerles cosas.
Pero solo si me encuentra en el campus antes de medianoche

Y qué pinto yo en todo esto?

Qué te parece si montas una fiesta cuando se haya ido?
Y que no se entere hasta después de medianoche

Qué cabrona eres.
Me apunto.
Nos está preguntando por el otro grupo si alguien quiere salir esta noche jajajaja

JJ y yo hemos desarrollado una curiosa relación basada en la afición de ambos por tocarle las narices a Nathan. Empezó la semana pasada cuando no encontraba sitio para sentarme en el reservado. Nate me estaba mirando, así que decidí vacilarlo un rato. Jaiden me dejó sentarme en su rodilla, y dijo que si Nate no aparecía en noventa segundos, él pagaría toda la cuenta del bar. Fueron veintisiete segundos.

También fue quien me impidió marcharme después de su ataque de celos, y me llevó a la habitación de Henry para que durmiera la mona. Dijo que Nate no se pararía a usar el cerebro cuando me encontrara en su habitación, pero le daría al chico la oportunidad de explicarse.

El hecho de que JJ sea un amante excepcional (sus palabras, no las mías) es lo que supone una amenaza para Nathan.

Fue divertido dormir en el cuarto de Henry. En el baño tiene una cajita con champús, toallitas, gomas de pelo y tampones. Le pregunté si se los había dejado una ex, pero me dijo que los había comprado por si alguna vez se quedaba a dormir una mujer. Quería asegurarse de que tuvieran todo lo que necesitaran, sobre todo porque las chicas nunca tienen calcetines.

Ojalá tuviese una hermana para casarla con Henry, porque me moriría de amor.

Voy a la cocina para unirme a los demás y veo que los ánimos están caldeados. Es un milagro que hayan conseguido mantener la fiesta en secreto. Mattie aparece con una botella de champán en la mano.

—¡Tres minutos! —Robbie reparte los vasos de plástico mientras Mattie descorcha la botella.

—Falta un minuto para medianoche —dice Henry, mirando el reloj.

A pesar de ser octubre, parece Nochevieja por el entusiasmo y el nerviosismo del auditorio.

En la cocina hay un ambiente festivo, y nadie aparte de nosotros tiene ni idea de lo que está pasando. Me alegro, porque es una gilipollez como una casa, pero a los chicos les encanta. Por lo que parece, están hartos de que Nate siempre se líe con las chicas que le da la gana.

Tres.

Dos.

Uno.

Los chicos estallan en vítores, tiran el champán y se chocan los cinco. Siento un brazo pesado en el hombro y miro la cara sonriente de JJ.

—Hacemos un gran equipo, Allen. Está a unos treinta segundos. ¿Lista para mofarte?

Bobby y Kris llevan toda la noche en modo «Vigilancia Hawkins», enviando en secreto actualizaciones sobre su ubicación y sus niveles de frustración. Nate finge que no le importa mi propuesta, pero no quiere perder contra mí porque me pondría insoportable.

Creo que es la primera vez que estamos de acuerdo.

Lo primero que se ve al abrir la entrada principal es la isla de la cocina en donde estamos todos reunidos. En cuanto entra por la puerta, sacude la cabeza al ver que la casa está llena de gente.

—Parece cabreado —susurra Lola mientras suelta una risita.

—Sí, creo que es por mí —dice JJ, bebiéndose la copa de un solo trago, incapaz de contener la sonrisa—. Si no reaccionara así, yo no lo haría. Me lo pone muy fácil.

Decido avanzar hacia él, por miedo a que llegue a la cocina y asesine a Jaiden, cuando de pronto una chica aparece a su lado y le pasa el brazo por la cintura.

Parece sorprendido, incluso más que el resto de nosotros. Lola se inclina hacia delante y entorna los ojos:

—¿Es Summer Castillo-West?

Summer vive en nuestro edificio con nuestra amiga del Honeypot, y ahora mismo está de puntillas, susurrando algo al oído de Nate. Me mira, me sonríe y me guiña un ojo.

Me bebo de un trago el resto de la copa.

—Sí, es Summer.

Una sensación incómoda me recorre la espalda, aunque no la reconozco. No tengo ningún deseo de volver a sentirla; y entonces se me extiende por el estómago, que me da un vuelco cuando veo a Nathan coger la mano de Summer y dirigirse a la escalera.

No es ira, es algo más profundo. Algo doloroso y enloquecedor que me quema como el fuego. Creo que son celos. «Mierda».

JJ se rasca la nuca, con la confusión grabada en todos sus rasgos. Mira a los chicos en busca de apoyo, pero todos tienen la mirada clavada en sus vasos, evitando el contacto visual. Se aclara la garganta y vuelve a mirarme.

—Nate lleva persiguiéndola desde primero, pero ella siempre lo ha rechazado. No sé qué está pasando ahora.

Ya somos dos.

Creo que no parpadeo ni una vez durante todo el rato que Nate y Summer pasan juntos arriba. Después de unos diez minutos, al fin la veo de nuevo en la escalera, esta vez sola. Dice que se va a volver con su grupo para seguir bebiendo, y no parece que acabe de enrollarse con nadie.

Me dirijo hacia las escaleras y por un momento pienso que igual no es buena idea. Me siento incitada por el alcohol, los celos y quizá por una pizca de incredulidad. ¿Qué es lo peor que podría pasar?

Una parte de mí espera toparse con él bajando las escaleras, subiéndose la bragueta o algo igual de asqueroso, pero no aparece. Introduzco el código en el panel, esta vez el correcto, y veo encenderse la luz verde.

—¿Qué cojones ha sido eso? —pregunto con la máxima calma que puedo, pero al oírme me doy cuenta de que no he sonado muy calmada.

—¿Estás celosa, Anastasia?

—Estoy cabreada. —Se incorpora mientras me acerco—. ¡Me has hecho quedar como una tonta delante de todos nuestros amigos!

Suelta una carcajada.

—Y tú me has tenido toda la noche corriendo por el campus cuando estabas literalmente donde quería que estuvieras. Imagínate lo tonto que me siento yo.

—¡Te has follado a otra en la misma fiesta en la que estoy yo!

Se levanta; su cuerpo se eleva de inmediato sobre el mío, y el dulce olor de su colonia enloquece todos mis sentidos. Alarga la mano y me pasa el pelo por detrás de la oreja, ignorándome cuando intento apartarle la mano.

—No la he tocado. Le ha venido la regla y necesitaba ir al baño urgentemente. Yo estaba aquí sentado esperando a que vinieras a enfadarte conmigo. —Me agarra la barbilla con suavidad y me acaricia el labio inferior con el pulgar—. Es muy interesante ver lo bien que funciona eso que decías sobre no tener celos.

—Pues... —«Mierda»—. Pues estoy cabreada, Nathan.

—Bien.

—Muy cabreada.

—Perfecto.

Nuestras bocas chocan una contra otra en una muestra enardecida, ebria y desesperada de tensión sexual acumulada. Me agarra por detrás de los muslos y me levanta, dejando que le rodee la cintura con las piernas. Le hundo las manos en el pelo mientras nuestros cuerpos se mueven al unísono para acercarse cuanto sea posible el uno al otro.

Esto no tiene nada de romántico. Mi cuerpo queda atrapado entre el suyo y la puerta, nuestras lenguas luchan por el dominio y me agarra el culo con las manos. Se me escapa un gemido desesperado cuando aprieta la pelvis contra mí y noto lo duro que está.

Desliza su boca por mi mandíbula y mordisquea por debajo de mi oreja, provocándome un escalofrío por todo el cuerpo.

—Dime si quieres que te folle, Anastasia.

—Dímelo *tú*. —Mis palabras pierden impacto cuando me lame el cuello y se me escapa otro gemido. Antes de saber lo que está pasando, me sienta en el borde de la cama y se agacha a mis pies para quitarme los zapatos.

Me asombra lo rápido que pasa de la violencia a la delicadeza. Cuando me desprendo de los zapatos, meto los pies por debajo del culo y lo miro mientras se levanta. Hay un momento de silencio en el que nos observamos el uno al otro. El corazón me sigue martilleando, la sangre me arde bajo la piel; todo está hipersensible.

Tiene los ojos clavados en mí, así que no me pierdo el destello de sorpresa cuando mis manos empiezan a buscar su cinturón.

—¿Puedo?

—Joder, sí.

Me ayuda a desnudarlo hasta que se queda delante de mí en calzoncillos, momento en el que me doy cuenta de que no me va a caber en la boca, ni en ningún otro sitio.

Nate sonríe mientras yo me quedo boquiabierta. Intento disimular, porque no soy de las que se echan atrás y, desde luego, no voy a darle la satisfacción de decirle lo grande que es.

—Me he hecho pruebas hace poco y estoy limpio de todo, pero puedo ponerme un condón si quieres —me pregunta mientras le paso las manos por los muslos.

Niego con la cabeza y lo miro mientras se la saca, aprieta la base con el puño y le da un par de sacudidas. Se inclina y me besa en la frente.

—Si es mucho, me dices que pare, ¿vale?

Me sostiene la nuca con una mano, mientras con la otra me guía la cabeza hacia su polla.

—Saca la lengua, cariño. —Para su satisfacción, hago lo que me dice, y paso la lengua por la punta, saboreando el regusto salado—. Buena chica.

Le envuelvo la punta con los labios y chupo con suavidad. Me quita la mano de la nuca para hundirla en mi pelo.

—Joder, Stas.

Gime con fuerza y de un momento a otro pierdo mi capacidad de obedecer órdenes.

Le pongo las manos en los muslos y me inclino hacia delante, tragándomela hasta que me llega al fondo de la garganta y emito un gorjeo.

Por la habitación resuena una retahíla de maldiciones. Me hunde también la otra mano en el pelo mientras tomo el control. Le agarro de la base con la mano y empiezo a moverla al ritmo de la boca, gimiendo con los ojos llorosos.

Deja caer la cabeza hacia atrás, flexiona los músculos del vientre y emite profundos gruñidos de satisfacción mientras empuja con las caderas, metiéndomela más adentro.

—Qué buena eres, cariño. Eres buenísima, joder.

Sus embestidas se vuelven más fuertes y descontroladas, lo cual me da a entender lo cerca que está, y cuando retengo sus huevos suavemente con la mano libre, no hay vuelta atrás.

—Ah, me cago en la puta, Stassie. —Me tira del pelo con las manos mientras estalla en espasmos y me trago todo lo que tiene, con los ojos llorosos y la garganta irritada.

Me limpio las comisuras de la boca con el pulgar hasta dejarla limpia.

—Sigo sintiéndome una niñata —me burlo—. Y muy impaciente.

Su risa es profunda, y me atraviesa de un modo al que no estoy acostumbrada. Tiene las mejillas sonrosadas por el brillo del orgasmo, los ojos vidriosos y desorbitados, y está guapísimo.

—Eres increíble.

Nathan me agarra por debajo de los brazos para ponerme en pie, tirando del tirante del vestido.

—Esto fuera.

—¿Quién es el mandón ahora?

Me doy la vuelta para que pueda bajarme la cremallera. Sus labios se posan en mi hombro y me besa cada centímetro mientras tira de los tirantes y el vestido cae a mis pies.

Siento por todo el cuerpo una energía frenética e indomable. Lo está haciendo todo de manera muy lenta y controlada, torturándome a propósito, retrasando el placer inevitable. Cuando me toca los pechos desde atrás y me masajea los pezones con los dedos, mi culo se frota contra él por puro instinto.

—Pídemelo amablemente —me susurra al oído— y te follaré como en tu vida.

Cuanto más me dice Nate que se lo pida, más ganas me dan de mandarlo a tomar por culo. Le aparto las manos y me arrastro hasta el centro de la cama, apoyándome en los cojines. Deja caer la rodilla sobre la cama para seguirme, pero le pongo el pie en el pecho para que no avance más.

—Quédate al final de la cama.

Parece confuso pero curioso, y entorna los ojos mientras vuelve al final de la cama. Deslizo los dedos por debajo de las bragas y los hundo entre mis piernas.

Abre los ojos de par en par cuando se da cuenta de lo que estoy haciendo, y se agacha para agarrarse al somier. Abro las piernas al máximo para darle una panorámica perfecta de lo mojado que tengo el coño, y así no tiene problema para ver cómo me meto dos dedos.

—Mmm, Nathan…

El sonido húmedo y resbaladizo de mis dedos es lo único que se oye, además de mis gemidos y algún que otro «Dios santo» por su parte.

Vuelve a tener la polla dura, sobresale orgullosa de su pelvis con el brillo de la corrida en la punta. Hago círculos con los dedos sobre mi clítoris hinchado y me los meto una y otra vez mientras Nate parece a punto de estallar.

Creo que es por cómo gimo su nombre y por cómo arqueo la espalda mientras cabalgo sobre mi mano.

—Pídemelo amablemente —digo en tono de burla— y dejaré que me folles.

—Qué mala eres —gruñe, mientras se pasa la mano por la cara—. Deja que te dé placer, Stas.

Se acerca a la cómoda y saca un condón, rasga el envoltorio y se lo pone. Se acerca despacio hasta mí, se sitúa entre mis muslos y coge una almohada, indicándome que levante la cadera para colocármela bajo la pelvis.

No puedo concentrarme en lo que estoy haciendo porque ahora está de rodillas entre mis piernas, con un cuerpo que parece esculpido por los dioses y una polla larga y gruesa.

—¿Quieres que te folle, Anastasia?

—Sí. —Sí, quiero.

Nathan aproxima su cuerpo al mío, sosteniendo su peso con un brazo mientras me acaricia la cabeza con el otro. Yo meto la mano entre nuestros cuerpos, froto su punta contra mi clítoris, provocándonos un escalofrío, y la coloco en la entrada.

—Iré con cuidado —murmura, rozando su nariz contra la mía.

Le hundo los dientes en el labio inferior e inmediatamente le paso la lengua por el mismo punto.

—No vayas con cuidado. Fóllame como si me odiaras.

16

Nathan

¿Es esto lo que va a pasar cada vez que me quede a solas con ella en mi habitación?

Vamos a ver, me parece bien, pero es demasiado bueno como para ser real. Llevo semanas pensando en cómo sería tener a Stassie desnuda en mi cama. Pensé en cómo sería follarla cuando me dijo que solo era un niño rico y procedió a soltarme que el hockey le importaba una mierda. Debería haber visto venir los problemas en ese momento. No tengo ni idea de cómo voy a salir de esta, porque mi imaginación no le ha hecho justicia, ni un poquito. Diría que ha acabado con todas las demás mujeres, pero ahora mismo no puedo pensar en nadie más que ella.

En el momento en que Summer se puso a mi lado, supe que a Anastasia no le iba a hacer ninguna gracia. Unos días antes me había reprochado que me pusiera celoso, así que en cuanto tuve la oportunidad de darle de su propia medicina sin rechazarla, no la desaproveché.

Sabía lo que parecía desde la cocina. Vi cómo todos ponían cara de horror. Los chicos saben que llevo mucho tiempo detrás de Summer, pero por primera vez, no tenía ninguna intención con ella. Sí, yo también me sorprendí. Le di unos tampones de la caja de Henry y le dije que bajara.

Esperaba que Anastasia aguantara más. Al parecer, Summer apenas había terminado de bajar la escalera cuando Stassie ya estaba subiendo.

A lo mejor no le gustaba Rothwell tanto como yo, y quizá sí que le gusto, a pesar de que diga que no.

Es perfecto que haya estado aquí todo el tiempo. Ahora puedo tenerla en mi habitación toda la noche y quitarle los celos a polvos. Le acaricio la nariz con cariño.

—Iré con cuidado.

Me hunde los dientes en el labio inferior, pillándome desprevenido, y pasa la lengua por el mismo punto.

—No vayas con cuidado. Fóllame como si me odiaras.

«Dios mío».

—No voy a fingir que te odio, Anastasia.

Se retuerce, buscando desesperadamente algo que la calme. Entorna los ojos y acerca la cabeza para juntar su nariz con la mía.

—¿Por qué?

—Porque nunca podría odiarte. —Le sujeto la cabeza para mantenerla cerca, y absorbo su intenso gemido de placer cuando me deslizo dentro de ella, dilatándola—. Voy a follarte como si este coño fuera mío. Y lo vas a aceptar, como una buena chica, ¿a que sí?

Todo se queda en silencio, a excepción de nuestros jadeos sincronizados y su gemido cuando vuelvo a mover la cadera. Está empapada y se agarra a mí con tanta fuerza que me cuesta creer que vaya a ser capaz de volver a mi vida normal después de esto.

Me armo de todo el autocontrol que puedo para quedarme quieto y dejar que se adapte, con la certeza de que su culo me avisará cuando esté lista. No es hasta que me cierno sobre ella que me doy cuenta de lo grande que soy a su lado.

—Tenías que metérmela entera, ¿no? Puto creído.

Las yemas de sus dedos recorren los relieves de mi espalda mientras empieza a retorcer las caderas, señal que necesito para retroceder y empujar de nuevo.

—Solo te he metido la mitad. —Abre los ojos de par en par

y se incorpora para mirar hacia abajo, donde nuestros cuerpos se unen—. Pero creo que puedes con más.

Retrocedo y vuelvo a embestirla hasta que encuentro un tope. Me clava las uñas en los hombros y arquea la espalda para acercar aún más su cuerpo al mío.

—Oh, *Dios*.

—Estás increíble, Anastasia, tienes un coño espectacular.

Me rodea las caderas con las piernas y cruza los tobillos por detrás de mi espalda, apretando para que no me mueva mientras estoy dentro de ella.

—Nate —me susurra como un mantra—. Es muy grande. Es enorme. *Ah*.

No sé si pretende que me corra de solo oírla, pero como siga así lo va a conseguir. Dejo caer la cabeza en su hombro; presiono los labios sobre su clavícula y luego subo por su cuello hasta que nuestras bocas se entrecruzan en un duelo desesperado de lenguas y labios.

Con una mano me tira del pelo y con la otra me araña la espalda. Está a punto; lo sé por la manera en la que se retuerce debajo de mí, por su respiración entrecortada cuando la punta de mi polla choca contra su punto G, por la forma en que su cara se retuerce de éxtasis cuando vuelvo a penetrarla.

Retiro la mano con la que le sostengo la cabeza y la deslizo entre los dos, frotando con el pulgar sus terminaciones nerviosas hasta que todo su cuerpo se arquea y se le afloja la mandíbula.

—Córrete en mi polla, Stas. Vamos.

Su cuerpo entero se tensa mientras grita mi nombre contra mi hombro, y me clava tanto las uñas que me sorprendería que no me hubiera hecho sangre. Aún con su interior palpitando reduzco la velocidad, le beso la frente y me pongo boca arriba, con su cuerpo blando y sin fuerzas sobre mi pecho, y mi polla aún enterrada dentro de ella.

—Eso ha sido… —jadea—. Eres… ¿Te has corrido?

—Aún no. Quiero ver cómo me follas.

Stassie encima de mí ha sido el pensamiento estrella de todas las duchas de la última semana. Desde que lo dijo en voz alta, solo he pensado en eso. Por cómo le brillan los ojos al mirarme, por la sonrisa burlona de sus labios, sé que estoy más que preparado.

Se sienta recta y se desliza lentamente sobre mi polla hasta que se la ha metido entera. Miro el espacio entre sus piernas, donde estamos unidos, y veo que no queda ni un centímetro.

«Dios santo».

—¿Así? —pregunta con suavidad, apartándose el pelo de la cara. Asiento, hundiéndole las manos en las caderas, incapaz de pronunciar palabra. Empieza a sacudirse y a contonearse, y me quedo sin aliento—. ¿O así?

—Así, cariño, justo así —digo con la voz entrecortada.

Sé que Stassie es flexible, porque la he visto patinar. Así que no sé por qué me sorprende cuando se recoloca y de pronto se abre de piernas por completo.

—¿Y qué tal así?

No soy capaz de hablar ni de pensar. Se la meto más profundamente. No tengo ni idea de dónde viene ni adónde va. Apoya las manos sobre mi abdomen y empieza a moverse arriba y abajo. Me recorre una descarga de placer y le aprieto la cadera tan fuerte que seguro que le dejo las marcas durante días.

—Eres increíble, qué puta maravilla.

Cada movimiento de sus caderas lleva un ritmo perfecto, y me estoy volviendo loco. Levanto la pelvis mientras ella baja y deja caer la cabeza hacia atrás.

—Justo ahí, justo ahí…

Se desploma sobre mi pecho y me engancha del pelo. Se balancea contra mis embestidas, y el satisfactorio sonido de nuestra piel chocando resuena por toda la habitación, y de pronto me alegro de que haya una fiesta al otro lado de la puerta.

El cuerpo de Stassie es perfecto; fuerte y flexible, con un culo redondo y carnoso y unas tetas enormes. Pero todo eso da igual, ahora mismo lo único que me importa es contemplar otra vez cómo le atraviesa un orgasmo.

—¿Vas a correrte otra vez, Anastasia? —digo en tono burlón mientras le tiemblan las piernas y me clava los dedos en la piel.

Balbucea algo incoherente en voz baja, con la piel bronceada brillando bajo la luz de mi habitación, el pelo pegado a la frente, una mirada exhausta y saciada en su rostro mientras se mete cada centímetro como una campeona.

La agarro de la cintura con el brazo para mantenerla sujeta y deslizo el otro entre nuestros cuerpos. Aplico una ligera presión sobre su clítoris y estalla.

Me merezco una medalla por no reventar ahora mismo, porque todo su cuerpo se tensa, lo que hace unos segundos habría dicho que era imposible. Está temblando mientras sacude las caderas, dejándose llevar por el orgasmo, gritando mi nombre.

—Eres lo peor. —Se acerca y presiona sus labios contra los míos, mientras nuestros cuerpos siguen pegados el uno al otro—. Lo peor de verdad.

—Nunca pensé que fueras de las que se rinden, Allen. —Le paso el pelo que le cae sobre la cara por detrás de las orejas y la agarro de la barbilla. Me detengo a mirarla durante un momento. Tiene las mejillas sonrojadas y una sonrisa lánguida mientras gira la cabeza para besarme la palma de la mano—. Eres guapísima, joder, ¿lo sabías?

—Ya estamos follando, Hawkins. No hace falta que me infles el ego también.

«Mírala».

Mi chica dócil y cariñosa posorgásmica ha desaparecido; ya ha recuperado la actitud de niñata. Le doy un azote en la nalga y vuelvo a ponerla boca arriba. Se la saco y me río cuando se le escapa un gruñido de decepción, seguido de un chillido de sorpresa cuando la pongo boca abajo.

—No puedo otra vez —gime—. No puedo.

Le tiro de las caderas para levantarle el culo y contemplo la imagen con la que pienso soñar eternamente.

—¿Quieres parar? —Me mira por encima del hombro y niega con la cabeza—. Bien, pues agárrate a la cama.

Estira los brazos y se agarra al marco de mi cama, con la cabeza apoyada en una almohada mientras intenta ver cómo me coloco detrás de ella.

Creo que nunca la he tenido tan dura como ahora. Me froto la polla arriba y abajo, tomándome un tiempo extra en acariciar en círculos su clítoris hipersensible, haciendo que se estremezca. Cuando empieza a gemir de impaciencia, me recoloco y vuelvo a penetrarla.

Ella responde a cada embestida empujando el cuerpo contra mí, mientras su culo rebota cada vez con más fuerza. Mis manos encajan a la perfección en la curva de su cintura, y sus gritos no me van a dejar durar mucho más.

—Te dije que iba a follarte el coño como si fuera mío, Anastasia, porque es mío.

—Nathan... —No para de gemir, pero aun así intenta provocarme—. Ni en tus sueños.

—Suelta la cama.

Siento un cosquilleo de satisfacción en la piel cuando me hace caso de inmediato, obedeciéndome por una vez. La atraigo hacia mí (la quiero más cerca, la necesito más cerca), le paso la lengua por el hombro hasta el cuello, saboreando el brillo salado de su piel. Una de mis manos serpentea por su cuerpo hasta llegar a sus tetas, y la otra se introduce entre sus piernas, mientras mi polla entra y sale y ella rebota sobre ella a un ritmo frenético. Todo su cuerpo tiembla, su pecho se agita, su interior late.

—Es demasiado, Nate. Es demasiado, no puedo.

—No te rindas, Anastasia.

Le acaricio despacio el clítoris con los dedos, pausada y controladamente, y noto que ya casi está. Deja caer la boca sobre mí, sacude las caderas y pone los ojos en blanco. Me hundo en su boca mientras grita y me aprieta tan fuerte que no puedo contenerme y me derramo en el condón.

Es como si el fuego se extendiera por todo mi cuerpo, consumiéndome y envolviéndome, asfixiándome entre las llamas. Me retuerzo y me estremezco dentro de ella hasta incluso después de que hayamos dejado de movernos, con el placer inundándome por completo.

—¿Ha sido mejor que el sexo de odio? —mascullo, con la frente apoyada en su hombro.

Se echa a reír y su cuerpo se agita entre mis brazos.

—Dios mío. Cállate, Nathan.

Lo malo de que la casa esté llena de gente, aparte de que está llena de gente, es que es difícil escabullirse.

Cuando por fin me mentalizo para salir de ella, tiro el condón y me pongo un pantalón de chándal. Ella me mira desde la cama y arruga la nariz cuando se da cuenta de que estoy en modo misión.

—Me has destrozado —dice Anastasia. Está desnuda en mi cama, y su abdomen sube y baja mientras recupera la respiración. Está increíble. Inexplicablemente, se me pone dura al mirarla, pero como le diga que volvamos a hacerlo me va a mandar a la mierda. Me observa mientras cruzo el dormitorio hacia la puerta—. ¿Adónde vas?

Le doy un beso en la frente y le echo una manta por encima, ignorando su cara.

—Voy a abrir la puerta. ¿Quieres arriesgarte a que alguien te vea con el culo al aire desde fuera? —Se encoge de hombros—. Voy a robarle unas cosas a Henry. Ahora vengo.

Esta noche Henry está siendo mi salvación, y creo que mañana iré al supermercado a comprar una caja de cosas de chicas. Introduzco los cuatro ceros del código y entro en su habitación, llevándome el susto de mi vida cuando veo a Henry en calzoncillos liándose con una chica medio desnuda en la cama.

—¡Mierda! —grito, tapándome los ojos—. Lo siento, tío, joder, solo venía a por la caja de cosas de tu baño. Perdón...

—Daisy —dice la chica misteriosa.

Sin retirar la mano de mis ojos, me dirijo al baño, cierro la puerta tras de mí y enseguida encuentro la caja. Le robo gel de ducha, champú, acondicionador, una goma del pelo y un cepillo. Echo un último vistazo y cojo también unos calcetines. Lo sostengo todo con un brazo mientras con el otro vuelvo a taparme los ojos y salgo a lo que debería considerarse tierra de nadie.

—Se ha ido. Puedes quitarte la mano —dice Henry, monocorde.

—Lo siento, tío. No sabía que estabas aquí. ¿Quién era?

—Una chica que conozco. Es la hermana pequeña de Briar.

—Suspira y me siento culpable—. La próxima vez que traigas una chica, como la dejes sola me la quedo yo, capi.

«Genial».

—Seguro que no tendrías problema, colega. No volveré a entrar, te lo juro. Corre a por la chica.

Cuando vuelvo a mi habitación, Anastasia está donde la he dejado.

—Acabo de joderle el polvo a Henry sin querer. No vuelvas a hablar con él, Allen. Me ha dicho que como te deje sola, se queda contigo.

Aún sigue riéndose cuando coloco las cosas en el baño y vuelvo a la cama para cogerla en brazos.

—Pues podría. Tiene un rollo misterioso pero dulce.

Como si no lo supiera. Todas las tías adoran a Henry. Pongo en funcionamiento la ducha a la presión y la temperatura adecuadas, me meto dentro con ella y la pongo de pie con delicadeza. Cojo el champú y ella resopla.

—Nathan, soy capaz yo solita.

—¿Por qué, si puedo hacértelo yo? —No se queja mientras sumerjo las manos en su pelo, cubriendo de espuma y lavando cada centímetro. Le hundo los dedos en los hombros, su cuerpo se relaja y se recuesta en mi pecho, respirando tranquila. Estamos muy a gusto y relajados, en contraste con lo de antes... Bueno, hasta que cojo el bote de acondicionador y leo las instrucciones en letra diminuta—. ¿Dónde coño va esto?

Ella se parte de risa.

—En las puntas.

La enjabono de la cabeza a los pies, y cuando terminamos la envuelvo en la toalla más grande y esponjosa que tengo. No hay nadie que cambie más rápido de dócil a enfadada que Stassie, pero por la forma en la que se acurruca en mi pecho, nadie lo diría.

Cojo una camiseta de los Titans del cajón, se la pongo y yo me pongo unos calzoncillos antes de tumbarla en la cama y recostarme a su lado.

Me importa un bledo el ruido de la fiesta al otro lado de la puerta. Apago las luces y la rodeo con los brazos. Se acurruca sobre mi cuerpo y se queda dormida de inmediato, y sus suaves ronquidos me hacen cosquillas en el pecho.

En lugar de dormirme, me quedo tumbado en la oscuridad, escuchando su respiración e intentando idear un plan para que no quiera hacer esto con nadie más.

Y no se me ocurre absolutamente nada.

17

Anastasia

Es difícil estar contenta después del mejor polvo de tu vida cuando el chico con el que lo has echado es increíblemente insoportable.

—¡Mírame el cuello, Nathan! —Me enfado al verme reflejada en el espejo cuando salimos de la ducha. Anoche ni siquiera se me ocurrió mirar, pero esta mañana los chupetones llaman muchísimo la atención y resaltan en mi cuello con furia—. ¡Parece que me hayan atacado sanguijuelas! ¿Quién eres? ¿El puto Drácula?

—Te compro una bufanda cuando me acerque luego al supermercado —dice como si nada, examinando su obra. Lo observo en el espejo con ese aire de orgullo—. Déjate de dramas.

—¿Que me deje de dramas? Como me traigas una bufanda te estrangulo con ella —replico, desenredando la toalla para secarme—. Esta mañana tengo que dar clase a niños. ¿Y sabes de qué se dan cuenta los niños? De todo.

—Tienes mucha rabia dentro para ser tan pequeñita y tan guapa —dice en tono burlón, besándome las marcas del cuello.

—Te odio.

—No es verdad. —Baja con la mano por mi estómago desnudo y me acerca el cuerpo hacia sí. La toalla que le cuelga de las caderas no oculta las ganas que tiene de que no me vaya al trabajo. Me susurra al oído en voz baja y oscura—. Te deseo otra vez.

—Mmm. Ya veo.

—Deja tu trabajo para que podamos volver a la cama.

«¿Por qué me excitan tanto cuatro palabras? ¿Por qué me he planteado dejar el trabajo durante una fracción de segundo? ¿Me ha hipnotizado con la polla o algo así?».

—No todos tenemos un fondo fiduciario, Hawkins —digo, apartándole para zafarme de él mientras murmura varios improperios.

Cuando me lleva a su coche aún sigo mascullando amenazas sobre cubrirlo de chupetones, y a él no se le ha borrado aún la sonrisa de tonto.

Anoche fue increíble. No sé si se debió a toda la tensión sexual acumulada o a la excitación del juego, pero, desde luego, Nate sabe cómo usar la polla para hacer el bien. No me dormí. Más bien me desmayé del cansancio de que me dieran así de bien. Esta mañana, cuando le mencioné el dolor sordo que sentía entre las piernas al meternos juntos en la ducha, me preguntó si podía besármelo para aliviarlo.

Y lo ha hecho. Dos veces.

—¿Quieres que suba? —me pregunta mientras aparcamos delante de mi casa para que pueda cambiarme antes de ir a trabajar.

Niego con la cabeza.

—Me vas a distraer. No tardo nada.

La verdadera razón es que no tengo energía para pensar en cómo reaccionará Aaron si aparezco con Nate y encima llena de chupetones.

Por suerte, Aaron sigue en la cama cuando entro en el piso. Una vez en mi habitación, decido que el único atuendo apropiado para hoy es algo que incluya un jersey de cuello alto. Cuando toda la depravación está adecuadamente tapada, vuelvo a bajar con Nate.

—Si fueras mi profesora de patinaje no podría concentrarme. —Nate pasa la mano por encima del freno de mano para apoyarla en mi muslo, y me acaricia con los dedos durante todo el trayecto hasta la pista de Simone. Cuando por fin llegamos, se vuelve hacia mí con una mirada esperanzada—. ¿Puedo verte dar la clase?

—Por supuesto que no —digo, bajándome de un salto y cogiendo mi bolso—. Gracias por traerme.

—¡Stassie! —grita cuando empiezo a cerrar la puerta—. ¿Nos vemos luego?

Rebusco en el bolso, saco la agenda y miro el 23 de octubre. Trabajo, estudio, gimnasio, cena.

—No, lo siento, estoy ocupada. Adiós, Nate.

—¡Stas! —vuelve a gritar, y me paro en seco—. ¿Y mañana?

Mis ojos recorren el 24 de octubre.

—No, estoy ocupada. Tengo que irme, y como vuelvas a gritarme, le doy una patada al coche. No puedo llegar tarde, ¡adiós!

Ni siquiera he cruzado las puertas de entrada cuando me suena el teléfono en el bolsillo.

NATE

El lunes?

Ocupada

Martes?

Ocupada 👎

Miércoles? Me estás matando, Allen

Tienes partido en Arizona

Me cago en mi vida.
Cómo lo sabes?

Lola Mitchell, experta en hockey

Jueves? Tienes entrenamiento después de nosotros. Te espero?

Tengo que ir al centro comercial a por un disfraz de Halloween

Yo también
Qué casualidad
Pues vamos juntos

Claro 🙄

«Qué casualidad, mis cojones».

Parece que hoy los niños tienen el doble de energía de lo normal, así que cuando me tomo el descanso para la comida estoy reventada. Intento decidir qué comer cuando me vibra el móvil en la mesa y aparece el nombre de Nate.

NATE

Puedo recogerte del trabajo?

No hace falta, pido un Uber

Eso no tiene sentido.
Te recojo yo

Tú sí que no tienes sentido

Porque me has dejado tonto de follar

XD

A las 3?

Sí! No llegues tarde! Me tienes que llevar directa a casa

Ok, nada de tonterías
Palabra de scout

No me creo que fueras boy scout

Sí pero me echaron

Por?

Le prendí fuego a Robbie sin querer
con 8 años 🔥

Tal y como ha prometido, cuando salgo a las tres en punto me está esperando en el aparcamiento.

—Hola, pirómano —le digo con sorna, montándome en el asiento del copiloto.

Se inclina hacia mí, me agarra la cara con la mano y me saluda con un beso que me provoca un escalofrío por todo el cuerpo.

Intento no darle demasiadas vueltas. No pensaría nada si Ryan me besara, y este hombre me hizo cosas muy sucias anoche... y esta mañana. Probablemente no debería preocuparme por un besito.

—Hola —dice, mientras arranca el coche y se aleja del aparcamiento—. Hablando de prender fuego a cosas: dame tu agenda ahora mismo, Allen.

Aferro el bolso contra el pecho y le doy un manotazo en el brazo.

—No. ¿Por qué te burlas?

—Porque me va a joder la semana. ¿Cómo puedes tener tantas cosas que hacer? —Me pone la mano en el muslo y me distrae momentáneamente—. ¿Qué es lo que tienes que hacer que te quita tanto tiempo para estar conmigo?

Puedo soportar que me ponga la mano en el muslo, pero las caricias y los apretones ocasionales hacen que mi vagina se ponga a dar saltos y no estoy segura de que esté preparada para las consecuencias de convertirme en una zorra cachonda... otra vez.

—No sé, Nate. ¿Quizá recibir una formación? ¿Entrenar para poder cumplir mi sueño de estar en el equipo olímpico de patinaje? ¿Recados? ¿Hacer la comida? ¿Trabajar? —Me clava los dedos en el muslo con picardía y me retuerzo en el asiento—. Me verás antes o después del entrenamiento y tengo libre la tarde del jueves, que es cuando suelo quedar con t..., con amigos.

«No digas "con tíos", Stassie».

—Supongo que si es por el bien de tus sueños, soy capaz de encontrar una manera de adaptarme. ¿Cuándo empezaste a tener una vida planeada al milímetro?

—Cuando tenía unos nueve años.

—¡¿Nueve?! —grita—. ¿Con nueve años ya tenías una agenda con un código de colores?

—No exactamente. —Es difícil saber cuándo empezar a soltar los detalles de tu vida en una amistad. No es un secreto, y no es algo de lo que me avergüence, pero aun así—. Puedo explicártelo si quieres, pero quizá sea un poco profundo para un sábado por la tarde.

Me vuelve a apretar el muslo y me mira mientras nos detenemos en una señal de stop. Asiente para animarme a hablar.

—Me gusta lo profundo. —Cierra los ojos un instante—. No me refiero a *eso*.

Créeme, lo sé, pero esa es una conversación muy, muy diferente.

«Concéntrate, Anastasia».

—El caso es que siempre he sabido que soy adoptada. Mis padres son gente supercariñosa. Siempre han querido lo mejor para mí. —«Buen comienzo»—. Me apuntaron a todas las actividades extraescolares porque querían darme las mejores oportunidades. Empecé a patinar y era la mejor, y seguí siendo la mejor hasta que alguien dijo: «Vale, el patinaje artístico es lo suyo».

Me miro las manos y me hurgo en las pieles de las uñas.

—Todos los días me decían lo orgullosos que estaban. Que iba a ser una estrella, una patinadora famosa, atleta olímpica.

La mano de Nate me frota suavemente el muslo.

—Parece demasiado para una niña pequeña.

—Sentía una presión horrorosa, que ahora de adulta me doy cuenta de que era una ansiedad grave, pero me gustaba mucho patinar y quería demostrarles que era la mejor. —Sus dedos se entrelazan con los míos—. Pensé que ya no me querrían si fracasaba.

—Oh, Stas. —Suspira.

—Visto con perspectiva, es ridículo, porque me quieren mucho. Pero tenía tanto miedo de que me rechazaran si no me iba bien, que aquello se convirtió en una obsesión muy fuerte. —Él no dice nada, lo cual agradezco—. No era capaz de explicar cómo me sentía, y me enfadaba y frustraba, así que me llevaron a terapia. Por una buena razón, me estaba convirtiendo en una pesadilla. El doctor Andrews me enseñó a expresar mis emociones.

—¿Y la agenda?

—Empezó como una actividad para terapia. Me sentía fuera de control, lo que parece increíble para una niña tan pequeña. Debía sentarme con mis padres los domingos por la noche y escribir lo que tenía que hacer esa semana.

—Es lógico.

—Tres categorías: lo que tenía que hacer, lo que me gustaría hacer si tuviera tiempo y lo que iba a hacer por mí que no guardara relación con el colegio ni con el patinaje.

Me revuelvo en el asiento, incómoda porque tengo claro que esto ya es hablar más de la cuenta, pero él me mira y asiente con la cabeza, animándome a continuar.

—De pequeña era más bien un juego. Me hacía sentir que era capaz de hacerlo todo sin desmoronarme y, a medida que pasaba el tiempo y me hacía mayor, se transformó en una agenda.

—¿Y ent...?

—Por favor, no me preguntes si conozco a mis padres biológicos —interrumpo—. Soy muy feliz con mis padres, y no tengo ninguna gana de andar escarbando en mi pasado.

—No te iba a preguntar eso, Stassie. —Se lleva el dorso de mi mano a la boca y me besa los nudillos—. Iba a preguntarte si las frases esas ridículas y optimistas que publicas tienen algo que ver con la terapia, o si simplemente te gusta hacer creer a la gente que no eres la mujer más caprichosa, mandona y terrorífica que jamás hayan conocido.

—Perdona, pero no soy caprichosa ni mandona.

Se ríe de la cara que he puesto y me da otro beso en la mano.

—Tengo la impresión de que todas las pruebas están a mi favor. —Por fin llegamos a mi edificio y encuentra un sitio alejado de la zona de carga y descarga—. Gracias por contármelo.

—Gracias por escuchar. Ya sé que es… mucho.

—Puedo con ello. Además, me gusta saber lo que te preocupa. Me parece importante poder estar ahí para mis amigos; saber cosas siempre ayuda. —Abro la boca para responder y enseguida me la tapa la mano—. No me digas que no somos amigos. Sí que lo somos.

Le doy un pellizco en la palma de la mano y él la aparta, riendo.

—Eso no es lo que iba a decir. —Me lanza una mirada escéptica—. Vale, no iba a decir *solo* eso. Iba a decir que tus amigos han pasado mucho tiempo convenciéndome de que eres una buena persona, así que no sé qué estás haciendo, pero funciona.

En la cara se le dibuja una sonrisa insoportable.

—¿Acabas de admitir que te parezco una buena persona? ¿Me has dicho… un piropo?

—Dios mío, me voy. Gracias por traerme.

Nate no me deja irme; en lugar de eso se echa sobre mí y me da un morreo descomunal.

Y yo le dejo. Unos veinte minutos.

Durante la breve subida en ascensor hasta mi piso intento recuperar el control de mi expresión facial, porque nunca había vuelto tan contenta del trabajo. Entro en casa y veo a Aaron y Lola discutiendo por alguna tontería, como siempre.

Me recorre un escalofrío de ansiedad cuando Aaron me mira con una expresión extraña. Dejo caer el bolso en el suelo y cojo un vaso para tomarme algo.

—Hola.

Ignora mi saludo, se acerca a mí y con el dedo mueve ligeramente la tela que me cubre el cuello. Ese pequeño gesto me hace darme cuenta de que se ha deslizado hacia abajo. «Mierda».

—Tienes que decirle a Rothwell que coma algo decente antes de dejar que se te acerque, Stas —dice en tono burlón—. Es vulgar de cojones. No pienso patinar contigo en las eliminatorias si tienes eso.

—Déjala en paz, princesa de hielo —le grita Lola desde el sofá—. No seas zorra porque tú no folles y Stassie se haya tirado al rey del hockey por fin.

—¿El rey del hockey? —Nos mira frenéticamente y me da un vuelco el corazón—. Te estás tirando a Nate Hawkins, ¿no?

Lola abre los ojos de par en par, dándose cuenta de su error.

—No es asunto tuyo. —Por supuesto que *no* es asunto suyo. Soy mayorcita y puedo hacer lo que quiera, pero eso no me impide saber que Aaron está a punto de echarme la bronca, cosa que me aterra. Con los años, he aprendido cuáles son las batallas que puedo ganarle a Aaron. Y cuando se propone odiar a alguien, ya no puedo ganar—. Déjalo.

—¿Cómo puedes tener tan mal gusto? Dios santo. Es como si no te respet…

—Termina la frase —susurra Lola, acercándose a nosotros—. Ten cojones, Carlisle. Termina la frase y vas a ver qué buen gusto tengo yo para cruzarte la cara.

Él resopla y hace un gesto de exasperación mientras se aleja de nosotras en dirección a su dormitorio, mascullando algo entre dientes sobre vivir con mujeres.

Cuando da un portazo, Lola se lanza sobre mí, ahogándome con un abrazo.

—Perdónperdónperdónperdón.

—Ajá. Te mato, Mitchell.

Llega el jueves, y cinco días después de la rabieta de Aaron, confirmo que sigue cabreado. Apenas me ha dirigido la palabra desde que llegué de trabajar el sábado, lo cual no me importa lo más mínimo, pero hace que la convivencia sea muy tensa.

Yo no he parado de hacer cosas y después de lo que podría

considerarse hechicería, he conseguido adelantar tareas y liberarme de todo hasta el domingo.

—Móvil fuera. —Henry ni siquiera levanta la vista de su cuaderno de dibujo cuando me suelta el ladrido—. O te lo vuelvo a quitar.

Obedezco a regañadientes y me guardo el teléfono en el bolsillo. Henry ha sido mi compañero de estudio durante toda la semana; me hace compañía en la biblioteca y me confisca el teléfono cuando me distraigo con los mensajes de los plastas del equipo de hockey. Hablo en plural porque JJ es el más pesado de todos.

De momento, Henry no ha hecho nada porque dice que prefiere dejar las cosas para el último momento y estudiar bajo presión y con la sensación de que se acerca el fin, pero me ha dibujado con forma de jirafa, lo cual ha estado bien.

Estoy a punto de terminar un trabajo cuando oigo el golpe del lápiz de Henry contra la mesa de la biblioteca en la que estamos sentados.

—Sabes que Nathan no te abandonaría, ¿verdad?

—¿Qué?

—Ayer. Dijiste que no te importaría enamorarte de mí porque yo no te abandonaría. Pero Nathan tampoco.

Como la mayoría de las conversaciones con Henry, sus palabras me pillan con la guardia baja, así que se me escapa una carcajada que suena como si me estuviera atragantando.

—Eso era una broma, Hen.

A cambio de un chocolate caliente con nubes, ayer Henry me contó con todo lujo de detalles cómo haría para que yo me enamorara de él si Nate volvía a joderle algún polvo. Naturalmente, mi reacción inmediata fue decirle que me parecía perfecto enamorarme de él, y añadí como una tonta que él ni de coña me abandonaría, y que me avisara cuando llegara el momento. Al parecer no se le ha olvidado.

—No tienes por qué mentirme, Anastasia. Una chica como tú no está soltera porque sí. No hace falta que me lo cuentes todo, pero quería que supieras que Nate no va a abandonarte. —Parece tan honesto mientras lo dice que me dan ganas de llorar—. A mí nunca me ha abandonado, y solo soy su amigo.

Pero él te ha visto desnuda y eso es bastante mejor. Antes de que digas que no, mi cuarto está justo al lado del suyo y haces mucho ruido cuando llegas al orgasmo.

Siento cómo se me hiela toda la sangre del cuerpo.

—Está bien saberlo. Y después de este comentario tan clarificador, es hora de que nos vayamos a la pista.

Recogemos nuestras cosas y cruzamos el campus en dirección a la pista de hielo. Charlamos, por suerte, sobre temas que no tienen nada que ver con mis gemidos orgásmicos. Ser amiga de Henry es fácil; sabes que va de cara, y no oculta artimañas ni malas intenciones. Esta semana he agradecido mucho ese tipo de honestidad sin filtros frente a la tensión con Aaron, así que me vengo abajo cuando me deja sola nada más llegar a la pista. ¿Por qué no podría haber sido patinador artístico?

Intento concentrarme en el calentamiento y no en lo guapo que está Nathan mientras le da instrucciones a voces al equipo. Cuando me meto en el hielo, estoy bastante ruborizada, pero Aaron me corta la sensación de raíz, porque su actitud de mierda me lleva por delante como una ventisca.

—Te está distrayendo, Anastasia. Estás muy torpe. No me hagas perder el tiempo si no vas a esforzarte lo más mínimo —dice mientras señala a Nate, que nos mira desde las gradas.

Como luego hemos quedado para ir al centro comercial, me preguntó si podía quedarse para verme patinar. Sabía que sería un error aceptar, porque imaginaba que Aaron se pondría gilipollas, pero me lo pidió con tanta educación que no pude negarme.

—¡No me estoy distrayendo!

Lo único que me distrae es la actitud de Aaron. Hace movimientos tensos y bruscos, no estamos sincronizados y, cuando me levanta, sus manos me agarran con más fuerza de lo normal. Es tan frustrante que me desoriento, y cuando terminamos, solo tengo ganas de salir corriendo a llorar.

En cuanto acabamos, sale disparado al vestuario y Nate se acerca a mí despacio. Ni siquiera necesito decírselo; es evidente que el entrenamiento ha sido un desastre. Hemos estado fatal.

—Le puedo partir la cara si quieres. —Me acaricia la mejilla y yo me acurruco en su calor.

—Si le haces daño no podré competir en las eliminatorias dentro de dos semanas.

—Tomo nota.

—Pero si no nos clasificamos y lo atropellas después con el coche, no es asunto mío.

—Tomo nota también.

Se ríe y se agacha para darme un beso en la frente. Seguro que Brady también está por ahí juzgándome, pero mientras abrazo a Nate y dejo que me invada su calma, todo lo demás pierde importancia. Me sincronizo con su respiración profunda, y de inmediato se me pasan las ganas de llorar.

—Gracias por esperarme.

—¿Puedo proponer un cambio de planes? —dice con cautela, acercando mi cara a la suya—. No quiero joderte la organización, pero creo que tu estado de ánimo requiere alguna modificación.

Está siendo increíblemente atento y bueno conmigo, como si estuviera a punto de romperme. Acerca su cara a la mía un poco más, esperando a que yo cierre el hueco.

—No te voy a besar hasta saber qué propones.

Tiene una sonrisa tan bonita que casi me mata, pero aguanto y me concentro en inhalar y exhalar aire de los pulmones para parecer un ser humano normal delante de este hombre dolorosamente atractivo.

—En vez de ir al centro comercial, pillamos la comida que quieras para llevar y el disfraz lo encargamos por internet. Puedes quedarte a dormir porque el sábado compré un montón de cosas de chicas en el súper después de dejarte en el trabajo, y creo que igual lo que necesitas ahora mismo es un poco de espacio lejos de Aaron.

—¿Creías que serías capaz de convencer a otra chica de que se acostara contigo? —digo en tono burlón, quitándome un peso de encima.

—No has visto lo que he comprado. Hace que la caja de Henry parezca una tontería. Me vas a suplicar que te permita quedarte a dormir.

—Ese plan tiene bastante sentido, Hawkins.

—Es un gran plan. Y si quieres te llevo a casa por la mañana para que te cambies de ropa y luego te acerco a clase. Puede que sea mi mejor plan hasta ahora.

Cierro el hueco entre nosotros y fundo mis labios con los suyos. Es difícil recordar que estamos en público cuando su lengua se entrelaza contra la mía. Se separa y pregunta:

—¿Eso es un sí?

—Sí.

18

Nathan

Hemos aparcado delante de mi casa hace tres minutos y, de momento, no ha hecho amago de bajarse del coche, así que estamos sentados en un silencio bastante cómodo. Tiene las manos agarradas a las correas de la mochila, la mirada perdida y el cuerpo visiblemente rígido. Sé que está enfrascada en sus pensamientos, dándole vueltas a algo, así que la dejo un rato más para no entrometerme.

Después de varios minutos sigue con los labios apretados, así que alargo la mano y le rozo la mejilla suavemente con los dedos, carraspeando para captar su atención. Me enrosco un mechón de su pelo en el dedo y entonces gira la cabeza.

—¿Quieres jugar a las casitas?

—¿Qué? —Parece confusa, y no puedo culparla por ello. Se le marcan unas leves arrugas junto a los ojos y me lanza una mirada divertida.

—¿A las casitas?

—Como cuando éramos pequeños.

Frunce el ceño lentamente y esboza una leve sonrisa.

—¿Y en qué consiste jugar a las casitas? ¿En fingir ser mamá y papá delante de los demás?

—En olvidarnos del mundo exterior hasta mañana. Si a JJ se le ocurre llamarte «mamá» le meto una hostia, pero aparte de eso... ¿Cómo dices cuando te pones a hacer el personaje de chica positiva? «Buena vibra».

—¡Yo no hago ningún personaje! Yo soy positiva —insiste, a sabiendas de que es mentira. Resopla y se cruza de brazos, desafiante, pero no es capaz de aguantar y enseguida suaviza la expresión de falso enfado—. ¿Siempre has sido así de tierno? No te pareces en nada a lo que esperaba de ti.

—Sí, así me crio mi madre. Si me gustas, me gustas. O todo o nada, siempre he sido así.

Me recorre una pequeña descarga de pánico al pensar que podría tomarse a mal mis palabras después de aquella conversación que tuvimos sobre lo que busca en la relación, pero por suerte se ríe.

—Me habría imaginado que con tu caché en el campus ya te habrías trajinado a la mitad de Maple Hills. El título de capitán equivale a follar, ¿no?

—Efectivamente, y bueno, sí..., equivale bastante.

No estoy seguro de que sea la respuesta que espera, porque abre los ojos de par en par y se queda mirándome.

—Oh.

—¿Te parece mal, Anastasia Allen? ¿A ti, la mayor experta en relaciones sin compromiso? —Se queda boquiabierta y empieza a balbucear para replicarme, pero no la dejo; me gusta ver cómo se queda sin palabras—. Liarse con chicas y que te gusten son cosas muy diferentes. Si me gusta alguien, quiero estar con ella y conocerla. No me suele pasar lo de querer algo más con una chica, así que cuando me sucede, se vuelve una prioridad.

—Dios, qué empalago —gruñe, ruborizada. Alarga la mano hacia la manilla de la puerta, mientras la otra sigue aferrada a su bolso—. Vamos a tu casa antes de que los chicos se amotinen.

Es genial que a tus mejores amigos les caiga bien la chica que te gusta, pero apenas hemos cruzado la puerta de entrada cuando ven a Anastasia detrás de mí y se convierten en golden retrievers. Si no lo estuviera viendo con mis propios ojos, jamás lo creería. Conozco a estos tíos desde hace años y nunca los había visto actuar como cuando aparecen Stas y Lola.

Henry es el primero.

—¿Qué haces aquí? ¿Quieres ver una película con nosotros? ¿Te quedas a dormir?

Ella me rodea la cintura con el brazo, se inclina hacia mí y me sonríe antes de volver a mirar a Henry.

—Nathan me ha secuestrado porque quiere jugar a las casitas.

—¡Puedes llamarme «papi» cuando quieras, Stassie! —grita JJ desde el sofá.

—Vamos arriba. —Le golpeo suavemente con la cadera señalando la escalera—. Deja de insinuarte, Johal. No quiere nada contigo.

JJ suelta una carcajada.

—No me lo creo. Todo el mundo quiere cosas conmigo.

Henry frunce el ceño mientras Stassie se dirige hacia la escalera, murmurando en voz baja:

—Yo no, JJ.

Estar con Stassie completamente sobrio es mi nueva actividad favorita. Me encanta hablar con ella. Suena obvio, y lo es, pero me encanta escucharla meterse de cabeza en una historia. La manera en la que contiene la risa cuando me cuenta alguna ocurrencia de Lola, o la sonrisa triste que se le pone cuando habla de Seattle. Su imitación de Brady con un acento ruso malísimo me sigue haciendo reír a carcajadas incluso después de haberla escuchado veinte veces.

Tiene opiniones e intereses propios, y detrás de su naturaleza obsesivamente organizada y competitiva, tan solo es una mujer con ganas de hacer las cosas bien. Me siento fatal por haber pensado que era una exagerada, porque, vamos a ver, tiene sus momentos, pero al fin y al cabo solo es resultado de su compromiso y sus miedos.

Otra cosa que he descubierto de la Stassie sobria es que para alguien que odia tanto lo empalagoso, es empalagosa de narices.

Y se agarra a mí, literalmente. Como un koala. Como un perezoso.

Me abraza con el cuerpo entero. Entierra la cabeza en mi cuello, me hace cosquillas con el pelo en la nariz y me rodea la cintura con las piernas sin dejarme más opción que apoyarle el portátil en el culo, mientras con una mano navego por una web de disfraces y con la otra le hago caricias por la espalda.

Por mucho que quiera que no se encuentre como una mierda —sobre todo teniendo en cuenta que el enfado de Aaron es por mi culpa—, me alegro de que haya venido conmigo en vez de alejarse de mí.

—¿Tienes algo de grasa corporal? —resopla mientras se restriega por mi cuerpo hasta ponerse a horcajadas sobre mis caderas, agachándose un poco para mirarme cara a cara—. Es como estar tumbada en el cemento. Eres totalmente macizo.

Cierro el portátil, lo dejo en el suelo y dirijo mi atención a la pedazo de mujer que tengo encima. Mi camiseta le queda enorme, que es otra cosa que me encanta. Es raro, lo sé. Me hace preguntarme si hay alguna razón psicológica por la que me pone cachondo que se vista con mi ropa.

—Siento que el cuerpo que tanto me cuesta trabajar no te parezca un buen colchón. —Le acaricio el labio inferior con el pulgar y cuando me mordisquea la yema del dedo con una mirada diabólica, siento una descarga de electricidad directamente en la polla—. Aunque estoy seguro de que te gusta mi cuerpo por otras razones.

Frota las caderas contra mi erección, que lucha por escapar de mis calzoncillos; juro por Dios que con un simple movimiento esta chica es capaz de volverme loco.

—¿Sabes lo que quiero? —susurra, bajando con el dedo por todos mis abdominales hacia mi ombligo.

—Dime, Anastasia, ¿qué quieres?

—Comer. —Suelta una risita y vuelve a tumbarse sobre mi pecho, apoyada en los antebrazos—. Me muero de hambre.

Llevo intentando que elija algo de comer desde que llegamos. Ha sido una tarea dura y frustrante, probablemente la más desesperante de mi vida. Me he ofrecido a pillar algo para llevar. Me he ofrecido a cocinar. Me he ofrecido a elegir por ella, pero me ha respondido con un gruñido a todo lo que le proponía.

Así que vuelvo a intentarlo, estirándome para darle un beso en la nariz porque en este momento está adorable.

—¿Hamburguesas?

—Demasiadas calorías.

—¿Pizza?

—Calorías.

Cuando estoy a punto de proponerle comida tailandesa, le suena el teléfono.

—Perdona, tengo que cogerlo... Hola, Ry. —Sostiene el teléfono mientras en la pantalla aparece la cara de Ryan.

«Genial».

—¿Qué tal? —saluda Stassie alegremente.

—Oye, acabo de recoger a Liv del ensayo y he visto a Lo. Me ha dicho que has tenido movida con Aaron y solo quería saber qué tal estabas. —Intento no mirar al móvil porque no estoy seguro de si aparezco en el ángulo de visión—. Vamos al Kenny's a comer alitas, ¿te vienes? —Al fondo se oye una voz lejana, y él se ríe—. Liv dice que hola. Y que soy muy alto y la estoy tapando.

—¡Hola, Olivia! Bueno, Aaron está tan encantador como siempre, pero no pasa nada. Está estresado porque piensa que soy una irresponsable respecto a... ciertas cosas. —«Yo. Yo soy ciertas cosas»—. Y siempre se pone de mala hostia antes de las competiciones, pero ya se le pasará; me vale con eso. Ojalá pudiera ir al Kenny's, pero no puedo. Gracias por la invitación.

—Yo también he propuesto alitas y me has dicho que no —murmuro en voz baja.

Ella me mira de reojo y baja la voz también:

—Calorías.

—¿Acabas de decir «calorías»? —pregunta Ryan muy serio—. ¿Otra vez está intentando controlar lo que comes? Un momento... ¿Con quién estás?

—Con Nathan —dice, girando el móvil a un lado para que pueda ver cómo está apoyada sobre mi pecho desnudo—. Y nadie me está controlando nada, así que no empieces. En dos semanas tengo la fase eliminatoria, Ryan. No todos nos alimentamos a base de grasas saturadas e hidratos.

Para mi absoluta sorpresa, cuando miro el teléfono y saludo educadamente, él sonríe de oreja a oreja.

—Me alegro de que siguieras mi consejo, Allen. No os molesto más, entonces. ¡Adiós, chicos! Decidme luego si os queréis venir.

Stassie cuelga y deja el teléfono, sin decir nada.

—¿A qué consejo se refería?

—¿Eh? Pues... Mmm... Ryan me dijo que tenía que dejar de hacerme la dura contigo y darte una oportunidad. Dijo que eras un buen tío y que yo era una cabezota.

Todo el mundo sabe que Ryan siempre me ha caído bien. Siempre me ha parecido un buen tipo, un tío sensato al que merecía la pena escuchar. Retiro el resto de cosas que he dicho de él.

—Y luego me dijo que tenía que acostarme contigo, por la ciencia, y Lo estuvo de acuerdo.

Me caen bien los amigos de Anastasia. Son buena gente.

—¿Así que me estás dando una oportunidad?

Estoy preparado para cualquier respuesta. Diga lo que diga, sigue en mi cama. Entiendo dónde están sus límites y soy feliz en la posición que ocupo ahora mismo.

—Supongo que sí. Aunque si no como algo pronto, me voy a poner de mala leche y no sé lo que puedo llegar a hacer o decir.

—Voy a pedir al Kenny's. Si quieres alitas, tendrás alitas. —Entierra la cabeza en mi pecho, suelta un gruñido y balbucea no sé qué de engordar—. Cállate, Anastasia. —Me echo a reír y a continuación me da un calambre cuando me clava el codo en las costillas por mandarle callar—. Las calorías no existen en las realidades imaginarias. Es solo una comida, y además tú quemas cientos de calorías al día, ¿vale?

Juguetea con las puntas de su pelo, enrollándose una y otra vez un mechón entre los dedos. Por fin se rinde.

—Vale.

—No tenemos que hablarlo ahora mismo, pero me gustaría saber a qué se refería Ryan cuando ha dicho que Aaron te controla la comida. Pero bueno, ¿qué quieres que te pida?

Media hora después, está mucho más contenta. Un bol gigantesco de alitas deshuesadas y patatas de queso, y ya luce una sonrisa de par en par mientras me mira como si hubiera inventado la pólvora. Mi único mérito ha sido hacer el pedido y recogerlo en la puerta, pero es suficiente para que se haya puesto eufórica.

Henry no sabía dónde mirar cuando ha pasado como una flecha hacia la cocina vestida solo con mi camiseta. Nadie sabía dónde mirar cuando ha empezado a gemir al darle un mordisco a la primera alita. JJ ha abierto la boca para decir algo, pero ha debido de pensárselo mejor, lo cual ha sido un alivio porque el sábado tenemos partido y preferiría que no me faltara un defensa.

Pero nada le quita a Henry la expresión de preocupación. Se esfuerza por no soltar lo primero que se le pasa por la cabeza, pero no siempre lo consigue.

Stassie le hinca el diente a otra alita y él frunce el ceño.

—Sé que luego voy a tener que escucharte hacer el mismo ruido, Stassie. No me parece justo escucharlo también durante la cena.

—Hostia, Hen —farfulla JJ, escupiendo la bebida por toda la cocina.

Anastasia se queda con la boca abierta y ni siquiera yo sé qué responder a eso. Me lo tomo como una señal para alejarla de mis amigos. Cuando termina de comer y se lava las manos, la arrastro otra vez al piso de arriba.

Nada más cerrar la puerta de mi habitación, atrae mi cuerpo hacia sí y me rodea el cuello con los brazos, acercando mi cara a la suya.

El suave cuerpo de Stassie se amolda al mío y sus dedos se hunden en mi pelo.

—¿Por qué tanta prisa? —pregunto, bajándome el chándal de todos modos porque no soy tan tonto como para ponerme a hacer preguntas mientras me besa así.

—Henry me dijo que hago mucho ruido cuando me corro, así que ahora quiero hacerlo antes de que se vaya a la cama.

«Dios mío». De todas las razones que pensaba que iba a darme, esta no aparecía en la lista.

Deslizo la mano por debajo de la fina tela de mi camiseta,

que aún lleva puesta ella, me sumerjo entre sus piernas y le arrastro un dedo por fuera de las bragas. Me empuja la mano para buscar más presión, mientras me hunde los dedos en los bíceps y retuerce la lengua en mi boca.

Sus ruiditos y sus gestos me están volviendo loco. Gime, se revuelve y empieza a jadear cuando desciendo por su cuello con mi boca y la agarro por debajo de los muslos para levantarla, sujetarla sobre mi cintura y empujarla contra la puerta.

Estoy desesperado por estar dentro de ella. Es lo único en lo que pienso desde el sábado. Agita las caderas contra mi cuerpo y me recorre un escalofrío.

—¿Y si me gusta que grites?

—Pues entonces hazme gritar, Hawkins.

La pongo de pie, le agarro las bragas y se las bajo hasta los tobillos cuando ella asiente con la cabeza. Después va la camiseta y se queda desnuda, con los muslos expectantes, las mejillas sonrosadas y los ojos brillantes. Es la mujer más sexy que he visto en mi vida, y no creo ni que se dé cuenta. La dejo ahí, me tiro en la cama y me tumbo boca arriba.

—¿Qué haces? —Pone los brazos en jarra y tuerce la cabeza a un lado, entre confundida e impresionada.

—Estoy esperando a que vengas y te sientes en mi cara, Anastasia. ¿A ti qué te parece?

Me encanta jugar a las casitas.

19

Anastasia

Adoro Halloween cuando consigo un buen disfraz.

Aunque Nate y yo al final no encargamos nada, en cuanto me desperté ayer por la mañana en su cama supe lo que quería.

Al abrir los ojos vi a Henry sentado a los pies de la cama de Nate, con cara de culpa. Nate estaba a su lado en calzoncillos, cruzado de brazos y con el ceño fruncido como un padre disgustado.

—Dilo —gruñó.

Henry se revolvió, incómodo, mientras le daba vueltas a su móvil en las manos.

—Perdona, Anastasia.

—¿Por qué? —Me fijé en Nate, que seguía mirándolo con ese aire de padre enfadado que me ponía un poco.

—Perdona por haberte hecho sentir incómoda por tus prácticas sexuales y por la manera en la que te comiste las alitas del Kenny's. El volumen es relativo, supongo, y además haces menos ruido que Kitt…

—Vale, vale, cállate, ya está bien —interrumpió Nate, echándolo de la cama y empujándolo hacia la puerta—. Fuera.

De los tres, yo fui la que más vergüenza pasé, lo cual me hizo querer vengarme del hombre sobreprotector que había provocado aquello.

Nate ni se inmutó y volvió a la cama, cubriendo mi cuerpo con toda su colosal envergadura mientras se colocaba entre mis piernas. Aún estaba pensando en lo enfadada que estaba con él cuando empezó a restregarse contra mí y a besarme el cuello.

—¿Cómo puedes pensar en follar cuando acabas de dejarme en evidencia delante de tu mejor amigo?

Se quedó inmóvil, levantó la cabeza y se le dibujó una expresión de perplejidad.

—En primer lugar, siempre estoy pensando en follar contigo... Ay —se queja—. No me pellizques. Perdón si te ha dado vergüenza, no era mi intención. Pero no me gustó lo que te dijo. Quiero que estés cómoda cuando vengas aquí.

—Estoy muy cómoda aquí... Aunque ahora mismo no mucho. Ahora mismo quiero esconderme debajo de una roca.

Puso una sonrisa de oreja a oreja.

—Me alegra oír eso, menos lo de que quieres esconderte. Siento que te dé vergüenza, pero no quería dejarlo pasar solo porque Henry sea buen chaval.

—Es muy mono —afirmé—. Lo quiero mucho, Nathan, y ya empieza a ser un problema. Solo quiero espachurrarle la cara. No quiero que piense que le he metido en un lío.

—Es muy adorable. —Me besó la punta de la nariz con delicadeza, distrayendo mi atención—. Pero si no aprende, algún día va a cagarla de verdad. Me preocupa cómo se las apañará cuando nos graduemos, así que tengo que enseñarle ahora.

—Por mucho que no me guste despertarme con la cara de culpa de Henry, sí que me ha gustado tu actitud de «padre serio pero sexy».

—No lo digas ni en broma, Anastasia. —De pronto le cambia la cara y se le borra la sonrisa—. Porque puedo hacerte un bebé en este momento y acabarás dando clase de patinaje a niñatas, igual que Brady.

—¡Venga ya! —digo en tono burlón, empujándole el pecho con las manos, ignorando sus quejas—. Tengo que tomarme la píldora.

Soltó una carcajada, se separó de mí y apoyó sobre sus piernas su metro noventa de puro músculo. Deberían darme un premio por haber visto lo bueno que está Nathan desnudo y aun así ser capaz de salir de su habitación. Reunir la motivación para quitármelo de encima era dificilísimo. Hasta mis ovarios se ponían a gritar.

Lola está en mi cuarto con el culo al aire, rebuscando en mi armario cuando llego de trabajar el sábado por la tarde.

—Hola, pibonazo —canturrea—. ¿Qué tal el curro?

Tiro el bolso en el suelo y me siento a los pies de la cama.

—Bien, gracias. No es que no me guste verte el culo, pero ¿qué haces en pelotas en mi habitación?

—Te estoy robando ropa. Necesito algo que ponerme esta noche.

Hay una fiesta de Halloween en el Honeypot y, gracias a nuestra vecina favorita, hemos conseguido entradas.

Los chicos quieren que sus disfraces sean sorpresa, así que hemos quedado con ellos directamente en la discoteca, lo cual me parece bien porque el mío también es sorpresa. Miro la hora en el teléfono y veo un mensaje de JJ diciéndome que está de camino.

—JJ me va a traer mi disfraz enseguida.

—Mejor espéralo en la puerta —dice, sacando un vestido esmeralda del armario y sujetándolo sobre su cuerpo—. Como Aaron se entere de que ha entrado en casa otro jugador de hockey, es capaz de quemar el edificio.

No le falta razón.

—No está. No sé dónde está. No me responde a las llamadas.

Estoy peor que nunca con Aaron. Pero a estas alturas, ya me he acostumbrado a sus cambios de humor. Al final siempre se le pasa, se disculpa y se tira varias semanas compensándonos a Lola y a mí.

Ha pasado una semana desde que se enteró de que me había liado con Nathan y sigue cabreado, pero no tengo ni idea de por qué. Ayer por la mañana Nate me llevó a entrenar, pero Aaron llegó tarde y ni siquiera me dirigió la palabra. En la práctica de la tarde, cuando vio que no me iba con Nathan, pareció calmarse un poco.

Cada vez que alguien insinúa que es porque está enamorado de mí, me entran ganas de gritar, pero es imposible convencerlos de lo contrario. Y cuando digo «alguien» me refiero a todos los miembros del equipo de Nate, él incluido.

Mi teoría es que Aaron nunca aprendió a compartir, y cada vez lo lleva peor.

Encontrar a nuestros amigos en una discoteca que rebosa de gente es como buscar una aguja en un pajar.

Si no fuera porque cuando nos hemos asomado desde arriba, hemos visto a un amasijo de cuerpos amarillos junto a las mesas del reservado.

JJ es el primero en ver cómo Lola y yo nos abrimos paso entre la multitud. A juzgar por su expresión de sobreexcitación, está más que preparado para lo que va a ocurrir. Le da un codazo al chico que tiene al lado, y este a su vez le da otro al que tiene al lado, hasta que una docena de tíos vestidos de Minions se nos quedan mirando.

El último Minion tiene la capucha bajada, y gracias a eso identifico a Bobby. Le da un golpecito en el hombro a Nate, interrumpiendo su conversación con Robbie.

Nate lleva un pantalón negro, una chaqueta con cremallera y una bufanda de rayas al cuello. Agarra del pecho a Robbie, sin apartar los ojos de mí. Robbie lleva una bata de laboratorio, una camiseta amarilla y unas gafas de montura gruesa, y, según mi poder de deducción afinado por el vodka, diría que los chicos se han vestido de los personajes de *Gru, mi villano favorito.*

Nathan mantiene la vista clavada en mí mientras recorremos los últimos metros hasta el reservado y nos detenemos justo en la entrada. Me mira los pies y sube por mis botas negras hasta el muslo. Sé que ha llegado a la parte desnuda de la piel por la forma en la que mueve la nuez al tragar saliva, y se pasa la lengua por los labios.

Subе con la mirada por mis muslos, más allá del dobladillo

de la camiseta de los Titans y del cinturón que me ciñe la cintura, y sigue por los pechos hasta que sus ojos se detienen en los míos. Suspira profundamente y se pasa la mano por la cara.

Que todos los tíos me estén mirando así es una experiencia bastante intimidante, pero ya es demasiado tarde para echarse atrás. JJ sigue sonriendo más que ninguno y empieza a aullar por encima de la música.

—¡Date la vuelta, Stassie!

Me paso el pelo por el hombro y me giro lentamente, haciendo una pausa de dos segundos cuando me pongo de espaldas al equipo. Es suficiente para que todos empiecen a reír y a vitorear, y cuando completo la vuelta, veo que Nathan está paralizado. Tiene los nudillos blancos de tanto apretar el vaso. No ha dicho nada, así que no puedo confirmarlo, pero imagino que no esperaba que me disfrazara de JJ por Halloween.

—Tenías razón, esto es muy gracioso. Parece supercabreado —dice Lola entre risas, mientras entra en el reservado.

Cuando estoy a punto de seguirla, me topo con un muro de casi dos metros de músculo.

—Ven conmigo.

No estoy segura de si lo que estoy haciendo es caminar, porque mis pies apenas tocan el suelo. Nate me está arrastrando —muy amablemente— entre la multitud, pero no me ha dicho adónde vamos. No me ha dicho nada. A pesar de su cabreo, no me hace daño al agarrarme, y utiliza su cuerpo como escudo humano para abrirse paso entre Jokers borrachos y conejitas Playboy, haciendo que sea muy fácil seguirlo.

Al menos mi disfraz es original.

Nate murmura «Gracias» en dirección a un guardia de seguridad con cara de pocos amigos mientras avanzamos por un pasillo oscuro. Se detiene ante una puerta negra y señala dentro.

—Entra.

Quizá aquí es donde va a asesinarme, y acabaré en todos los pódcast de *true crime*. Me cruzo de brazos y niego con la cabeza.

—Oblígame.

—Tú verás.

Antes de poder pensar en mis últimas palabras, ya estoy cabeza abajo colgada de su hombro. Atraviesa una puerta, luego otra, hasta que al fin me devuelve al suelo.

Mira alrededor mientras echa el cerrojo a la puerta, y enseguida me doy cuenta de que estamos en un cuarto de baño de lujo.

—¿No te gusta mear solo? Podrías habérmelo dicho antes —bromeo.

—Quítatela, Anastasia.

Es difícil no poner una sonrisa de Gato de Cheshire ahora mismo. Me encanta sacarlo de quicio y entiendo por qué lo hacen los chicos: es muy fácil y *muy* satisfactorio.

—¿Que me quite qué?

Nathan avanza hacia mí, y a cada paso que da, yo doy otro hacia atrás, hasta que toco con la espalda en la pared. La excitación crece entre nosotros mientras miro fijamente su cara de furia y, por alguna razón masoquista, toda esa excitación se ha concentrado en mi entrepierna, que ha empezado a palpitar a lo loco.

Coloca una mano a cada lado de mi cabeza y se inclina a la altura de mis ojos.

—Quítate la camiseta de Jaiden o te la arranco del cuerpo.

—Pareces enfadado, Nathan —digo con sorna, pasándole el dedo por la bufanda. Tiene la cara a un centímetro de mí, y froto mi nariz en la suya, disfrutando de cómo su respiración se ralentiza cuando susurro—: Creo que tienes que encontrar una forma de canalizar esa rabia en algo un poco más agradable.

—Estoy cabreado de cojones —admite con voz ronca, fundiendo su boca con la mía. Me levanta, me embiste contra la pared, y si antes no estaba empapada, ahora sí.

No sé en qué concentrarme mientras me recorre todo el cuerpo con las manos y me empuja con las caderas. Está tan excitado como yo. Algo duro le hace presión dentro de la bragueta, y cuando restriego las caderas, se le escapa un gemido grave.

Se supone que tengo la sartén por el mango. Pero no, no es así. Estoy ansiosa y desesperada, y cuando me roza el cuello con los dientes, empiezo a gemir.

—Última oportunidad, cariño. ¿Quién de los dos te la va a quitar?

—Pero JJ es mi jugador de hockey favorit...

No he terminado la frase cuando ya me ha quitado el cinturón y lo ha tirado al suelo. Me saca la camiseta con un movimiento fugaz y la lanza a la otra punta del cuarto.

Cada centímetro del cuerpo me arde; es asfixiante, enloquecedor. No estoy borracha, pero me siento intoxicada por él, por su tacto, por su olor. Es increíble; este hombre está disfrazado de Gru, por el amor de Dios, pero juro que con un solo roce voy a salir ardiendo.

Me da un repaso con la mirada y resopla. El pequeño traje de animadora de los Titans por fin se desvela, ahora que me ha arrancado el primer disfraz. Me agarra la barbilla con el pulgar y el índice y me echa la cabeza hacia atrás.

—¿Te gusta mucho poder andar recta?

Le rodeo la cintura con las piernas, con el deseo a punto de ebullición.

—Nunca he sido gran fan.

—Bien.

Los ruidos que siguen son una mezcla de gemidos, chasquidos, el tintineo del cinturón y el rasguido de un envoltorio, hasta que se pone el condón y me provoca con la punta de la polla.

Sé lo que está haciendo: quiere que le suplique, pero yo nunca suplico nada.

—Déjame ponerme otra vez la camiseta para que puedas mirar el nombre de JJ mientras me foll...

No puedo terminar porque me la mete entera de una sola embestida, robándome todo el oxígeno que me queda en los pulmones cuando ahogo un jadeo. Los dedos de Nate se hunden en mis nalgas y hacen que me folle aún más profundo, y lo único que puedo hacer es aferrarme a él.

Cada embestida es más deliciosa y salvaje que la anterior. El sonido de nuestra piel chocando retumba por toda la habitación, y me muerde los labios mientras gruñe y gime, empujándome con más fuerza si cabe contra la pared.

El orgasmo aparece de la nada y me atraviesa como un tren

de mercancías, pero él no para, ni siquiera reduce el ritmo. Deja que grite en su pecho y me aferre a sus hombros, y cuando paro de convulsionar, me coge una pierna con un brazo y la sube a su hombro, y a continuación hace lo mismo con la otra.

Me ha doblado entera, y ahora soporta mi peso solo con las dos manos. «¿De dónde ha salido este hombre?». Lo único que puedo pensar es que menos mal que soy flexible, y él fuerte.

—Tienes un coño muy apretado, Anastasia. Y es todo para mí. —Jadea junto a mi boca—. Crees que puedes sacarme de quicio, ¿eh? ¿Crees que no me doy cuenta del jueguecito que te traes? Es mi polla la que está haciendo que te corras. Y, aunque lleves el nombre de otro en la camiseta..., es mi nombre el que gritas.

Cada una de sus palabras hace que me sujete a él con más fuerza. La postura, la frustración, el control... Me está destrozando. Me sacudo y me retuerzo contra él. Todas las células de mi cuerpo están en tensión y al borde de la desintegración. Intento contenerme y no darle la satisfacción de saber que su discursito ha causado un impacto en mí, pero entonces me susurra mi nombre al oído y es tan erótico que mi cuerpo me traiciona.

Juro que veo las estrellas. Se me tensa todo el cuerpo, se derrite y se prende en llamas porque esto es increíble; ya ni siquiera sé lo que siento.

Sus embestidas se vuelven más bruscas, sus gemidos más profundos, y cuando funde su boca con la mía, reduce la velocidad, se estremece y suelta una maldición mientras me penetra profundamente y se derrama dentro del preservativo.

Deja caer la frente sobre mi cabeza, me suelta las piernas y me pone de pie, aunque yo me tambaleo. Apenas podemos respirar. Me da un beso en la frente y toma aire.

—Me gusta ese disfraz de animadora.

—Ajá. —Ni siquiera es una respuesta. Es un ruidito que intenta hacerle entender que lo he oído. No bromeaba cuando me avisó de que no iba a poder andar recta, pero no dijo nada sobre no poder articular palabra.

Nathan mantiene el brazo en mi cintura con firmeza, y cuando lo miro tiene una sonrisa insoportablemente arrogante en la cara. Cuando volvemos al reservado, Nate le tira a JJ la camiseta en toda la cara.

—Espero que te guste correr alrededor de la pista, pedazo de gilipollas.

Huelo a sexo y tengo pelo de follar, pero me importa un bledo. He intentado arreglármelo en el baño, pero después de un par de minutos peinándome con los dedos, me he rendido.

Los chicos se lanzan miradas cómplices cuando volvemos. Todos menos uno.

—Tendrías que haberte vestido de Minion, como nosotros —dice Henry, mirando mi disfraz de arriba abajo, con total desinterés—. Ahora estarías mucho más cómoda y no habría riesgo de que te viéramos el culo.

Tiene razón, el año que viene me pondré un mono de Minion para ir a la discoteca. Nathan me atrae hacia su regazo, me da una copa y me besa el hombro con cariño.

—Nadie te está viendo el culo, Allen —me susurra al oído, provocándome un escalofrío—. Estoy bastante seguro de que te he dejado la marca de las manos en las nalgas.

Por el rabillo del ojo veo a Lola caminar hacia el reservado, y cuando me vuelvo hacia ella aparece Aaron justo detrás, cogiéndose el brazo.

Le dedico una sonrisa de bienvenida, pero no me la devuelve.

—¡Hola! Me alegro de que hayáis venido. ¿Estás bien? —Le miro el brazo que se está agarrando y se me revuelve el estómago al darme cuenta de que no es un disfraz—. Aaron, ¿qué te ha pasado en el brazo?

Entorna los ojos y me mira con tanto odio que no puedo respirar.

—Pregúntaselo a tu novio, Anastasia.

20

Nathan

Llevo más de veinticuatro horas con migraña.

Empezó cuando Aaron Carlisle se presentó con un brazo roto y un moratón en la cadera y me echó la culpa a mí. Fue entonces cuando sentí la punzada en la base del cráneo, seguida poco después de un calor abrasador que se extendió por mi cabeza hasta convertirse en un dolor insoportable justo detrás de los ojos.

Todo se volvió un caos. Lola le gritó a Robbie, JJ llamó a Aaron «puto mentiroso» y yo agarré a Anastasia mientras le juraba que no le había tocado ni un pelo.

Ella corrió a su lado, sin preocuparse por nadie más, le examinó el brazo y empezó a decir su nombre con la voz rota de dolor.

—No vamos a poder competir en las eliminatorias.

No le veía la cara, pero pude sentirlo. Todos pudimos. La angustia, la revelación, el sufrimiento. Estaba aturdida, y cuando se vino abajo sobre su pecho y rompió a llorar, no fui capaz de entender cómo se había podido descarrilar todo tan rápido.

No sabía qué decirle. No lo había tocado, a pesar de haberlo dicho en broma alguna vez que ella me había regañado. Nunca pondría en peligro sus sueños.

Aaron le acarició el pelo para calmarla. Quería arrancarla

de sus brazos y prometerle que yo no había sido, pero él la sacó del reservado, Lola los siguió de cerca y yo me quedé ahí.

Los chicos del equipo estaban tan confusos como yo, y no paraban de jurarme que ellos tampoco habían tenido nada que ver. Ni bromas, ni trampas, todos se habían mantenido al margen, tal y como les había pedido. No tenía ningún sentido.

En cuando llegué a casa llamé a Anastasia, pero no respondió al teléfono. Ni la primera ni la segunda vez. A la tercera, lo cogió Lola y me dijo que estaba dormida. Intenté explicarle que no había hecho nada, pero me dijo que no era ella a quien tenía que convencer.

El domingo, Stassie me mandó un mensaje diciendo que necesitaba espacio porque no sabía qué pensar. Estaba atrapada entre Aaron y yo, ambos le prometíamos que estábamos diciéndole la verdad, y necesitaba procesar el hecho de que iban a tener que retirarse de la competición.

Le dije que la echaba de menos, pero no me contestó.

Me pasé todo el domingo yendo de casa en casa para interrogar a todos los chicos que no vinieron la noche anterior, y todos juraron que no habían sido. Seré un ingenuo, pero los creí.

Estaba sentado en un sofá asqueroso y pegajoso de una fraternidad con tres estudiantes de primer año delante de mí. Tenían los ojos inyectados en sangre y pinta de haber dormido cinco minutos. Así tendría que haber estado yo si no me hubieran jodido la noche de sábado de la peor manera posible.

—No hemos hecho nada, capi. Johal dijo que no podíamos tocar a los patinadores, ni aunque se portaran como unos gilipollas. Dijo que como molestáramos a tu chica, Robbie o tú nos mandaríais al banquillo.

«Tu chica». En este momento es lo más alejado a eso. El otro día estuvo cerca de ser mi chica, pero ahora ni siquiera he vuelto a la casilla de salida: es que directamente me ha sacado del tablero.

Ya ha terminado el fin de semana, y llevo una hora mentalizándome para ir a la universidad, pero ni la oscuridad de mi cuarto me ayuda a aliviar el dolor punzante que siento en la cabeza.

Me vibra el móvil, pero en lugar de un mensaje de Stassie, me encuentro con varios mensajes del equipo.

CONEJITAS

Robbie Hamlet
Email de Faulkner: a las 7:30 en el salón de premios

Bobby Hughes
Hostia. Ha sido un placer, chicos. DEP

Mattie Liu
Debería haberme apuntado a baloncesto

Henry Turner
Te falta coordinación ojo-mano para el baloncesto, Liu

Nate Hawkins
Me siento como si mi cerebro intentara convertirse en una sustancia viscosa mientras se prende fuego a la vez

Jaiden Johal
Tío, quieres un paracetamol?

Nate Hawkins
Necesito un palazo en la cabeza

Kris Hudson
Seguro que Faulkner te da uno encantado

Esto tenía que ocurrir, así que no puedo decir que me sorprenda. Aaron le contó a su entrenadora que alguien había dejado algo en el suelo delante de su taquilla, y se resbaló. «El equipo de hockey ha vuelto a las bromas», le dijo.

También le dijo a Anastasia que alguien me había visto hacerlo y que se lo contó después. Pero afirma que no sabe cómo se llama ese testigo y que no le ha dicho a Brady que fui yo. No, eso solo se lo ha dicho a Anastasia; según él, porque no quiere meterme en problemas porque se preocupa por *ella*.

De esto me he enterado por Robbie, que tiene que lidiar con los nervios de Lola. Está en medio de toda la movida, incapaz de tomar partido por nadie ni hacer nada para mejorar la situación. Todos sus amigos lo están pasando mal.

Sabe que nunca haría nada que le hiciera daño a Anastasia. Es todo mentira.

Enseguida dan las siete y media y, no sé cómo, he conseguido arrastrarme hasta la reunión improvisada de Faulkner. La sala está en completo silencio mientras él nos mira desde una silla y, por primera vez, soy incapaz de descifrar su expresión.

No sé a qué está esperando. ¿Una confesión? ¿Una mirada que diga «he sido yo»?

—¿Habéis pasado un buen fin de semana? —pregunta Faulkner.

He ido a suficientes reuniones de este tipo a lo largo de los años como para saber que se la suda nuestro fin de semana, y que no es una pregunta hecha para responder.

Henry me mira en busca de alguna pista y yo le hago un gesto sutil con la cabeza.

—El mío ha sido genial —continúa Faulkner—. El sábado fui al partido de voleibol de mi hija, muy orgulloso. Ganaron y no podía estar de mejor humor. Incluso organicé un plan el domingo para celebrarlo juntos en familia.

Si hay algo que he aprendido en los tres años y pico que llevo en el equipo es que no hay nada que le joda más a Faulkner que una interrupción de su tiempo libre en familia.

Cuando era jugador profesional viajaba a menudo, gajes del oficio, pero le costaba mucho estar lejos de su mujer y su hija recién nacida, Imogen. El accidente lo obligó a parar un poco, y ahora no hay nada que valore más que el tiempo con sus chicas.

—El domingo recibí una llamada del decano. —Se acerca el

termo de café a los labios y mira cómo nos revolvemos de incomodidad en las sillas—. Ah, ya veo que estáis inquietos de cojones. No fue el director Skinner, no, fue la persona que está por encima de él. El decano quería saber por qué mi equipo de deportistas de alto nivel, de primera división, habían lesionado a un alumno a propósito.

—Entrenador, no...

—¡Cierra la boca, Johal! —ladra, estampando el termo contra la mesa—. El decano recibió una llamada de la madre del alumno, que amenazó con retirar la jugosa donación que hizo para la facultad de Artes. Como es lógico, está muy enfadada, no solo porque han atacado a su hijo dentro del recinto de la universidad, sino también porque tiene un campeonato dentro de dos semanas.

No hace falta que nos lo diga. Todos somos conscientes de las eliminatorias. Anastasia solo habla de eso cuando quiere que dejemos libre la pista de hielo.

Kris le dijo en una ocasión que se tomaría un chupito cada vez que dijera la palabra «eliminatoria», ganándose un coro de risitas de todos los chicos. Yo estuve a punto de intervenir, pero ella lo fulminó con una mirada tan fría que me dejó paralizado, y eso que ni siquiera iba dirigida a mí. Lo observó despacio de arriba abajo, y vi cómo él tragaba saliva, pero entonces Stassie cambió la expresión, puso una sonrisa radiante y le dio unas palmaditas en el brazo.

—Pues yo me tomaría un chupito cada vez que fallas un gol, pero no tengo tiempo para emborracharme esta semana.

Por eso los chicos la adoran, y eso que se pasa la mayor parte del tiempo quejándose de que somos la cruz de su existencia y diciendo que aprendamos a leer la hora. Sabe defenderse ella sola y se pone muy graciosa cuando se enfada.

—¿Te aburro, Hawkins? —oigo de lejos, aunque solo lo proceso cuando Mattie me da un codazo en las costillas.

—No, señor. Tengo migraña, pero estoy escuchando.

Entorna la vista mientras intenta averiguar si estoy mintiendo, pero estoy pálido como un fantasma y tengo unas ojeras hasta el suelo. Cuesta afirmar que no estoy enfermo.

Cuando vivía en Colorado me daban migrañas por el estrés de pasar tanto tiempo con mi padre. Eran insoportables, por eso sé que, si sigo tomando analgésicos, puedo funcionar más o menos. Si dejo que se descontrole, acabaré vomitando y escondiéndome de la luz como un vampiro antes de darme cuenta.

—Así que, como veis, estamos de mierda hasta el cuello. Y bien, decidme: ¿quién ha sido?

La sala sigue en silencio porque todos han dicho que no fueron ellos. Lo normal sería hablar claro, decirle a Faulkner que se equivoca, y colaborar entre todos para descubrir lo que ha pasado. Pero ese no es el estilo de los Titans.

Ya ha decidido que somos culpables porque no le hemos dado ninguna razón para creer que puede confiar en nosotros. Lleva muchos años de movidas estúpidas y agotadoras en las que al final siempre es culpable algún miembro del equipo. No nos dará el beneficio de la duda porque nunca nos lo hemos ganado.

—Estáis todos fuera del equipo hasta que alguien dé un paso al frente y confiese la verdad.

La sala estalla en un caos mientras todos intentan razonar con él. El volumen aumenta y mi dolor de la cabeza se agudiza hasta que él pega un grito y todo el mundo se calla instantáneamente.

—Me importa una mierda que perdáis los partidos. Por mí como si quedáis los últimos de la clasificación si no empezáis a comportaros como hombres.

Ya he dicho antes que este tipo da miedo. Su cólera bulle con tanta violencia que es imposible pasarla por alto, pero si miras más allá de la cara de furia y los gritos, se puede ver que en el fondo solo hay decepción. Robbie lleva cinco minutos pellizcándose el puente de la nariz con la cabeza gacha, también muy decepcionado, porque no puede entrenar a un equipo que no existe.

—¡El hockey es un privilegio! ¡La universidad es un privilegio! —grita Faulkner—. Cuando me deis una respuesta, podréis volver a jugar.

Me aclaro la garganta y evito el contacto visual con mis compañeros.

—He sido yo, entrenador.

Sé que se me está pasando el efecto del paracetamol cuando las náuseas me arrollan como un autobús en marcha.

El entrenador está al teléfono con el decano, asintiendo y musitando, sin decir mucho más. Ya he recibido una veintena de mensajes con toda una serie de insultos creativos; yo diría que merecidos.

Faulkner no me cree. Me doy cuenta por cómo me mira mientras murmura al teléfono, pero tiene las manos atadas y le he puesto en bandeja una solución que necesitaba desesperadamente.

Podría haber perdido a su equipo por Dios sabe cuánto tiempo, porque nadie iba a confesar. O bien, puede perderme a mí temporalmente y recuperarme antes de que la temporada arranque del todo. Ha sido arriesgado por mi parte, lo admito, ya que no sé cuál va a ser el castigo, pero cuanto más alarguemos esto, más sufrirá mi equipo y más ganas tendré de darle una paliza a Aaron.

Al menos si me cargo a Aaron tendría algo de lo que sentirme culpable.

Por fin cuelga el teléfono.

—No jugarás hasta que él pueda volver a patinar. Eso ha dicho el decano. Puedes venir a los partidos con la equipación, pero te sientas a mirar. No entrenarás con el equipo y no puedes participar en ninguna actividad relacionada con el equipo, aparte de los viajes.

—¿Sabe cuánto tiempo va a estar de baja?

—No. Esta tarde verá a un especialista y entonces lo sabremos. Serán dos semanas como mínimo por los hematomas de la muñeca y la cadera. No se ha roto nada, así que será suficiente con reposo y algo de rehabilitación, pero sus padres exigen una segunda opinión para estar seguros. —Se pasa una mano por la cara y, cuando lo examino durante un segundo, veo que parece tan enfermo y agotado como yo—. Obviamente tiene que levantar a su novia al patinar, así que no quieren ponerla en peligro si no va a estar lo suficientemente fuerte en dos semanas.

—No es su novia. —Las palabras se me escapan de la boca antes de que pueda impedirlo, y él se me queda mirando fijamente. «Mierda».

—Como me entere de que todo esto es por una mujer, Hawkins, Dios me libre, te mato con mis propias manos. No soy imbécil. Sé que esto no tiene sentido, pero ¿qué voy a hacer, si has confesado tú solo? —Faulkner se frota el puente de la nariz; ojalá pudiera darle algún tipo de explicación—. No tengo energía ni para gritarte ahora mismo; estoy muy decepcionado. Te sugiero que le cuentes la movida a tu tutor, porque no quiero correítos electrónicos con quejas por haberte mandado al banquillo. Ahora lárgate de mi despacho; ya hablaremos esta semana.

El camino hasta mi coche parece una maratón, pero al final llego y me lanzo a por los analgésicos y una botella de agua que tengo guardada en la guantera.

Mi teléfono sigue vibrando y por fin me obligo a mirarlo porque los chicos merecen respuestas.

CONEJITAS

Joe Carter
Hawkins, subnormal, qué coño está pasando?

Bobby Hughes
No me estresaba tanto desde que descubrí que los condones no son cien por cien efectivos

Jaiden Johal
Perdona? A qué ha venido eso??

Kris Hudson
Cómo vamos a jugar sin capitán?

Jaiden Johal
No dejemos pasar lo de los condones por favor!!!!!

Nate Hawkins
No puedo entrenar ni jugar hasta que Aaron pueda volver a patinar

Mattie Liu
Y eso cuánto tiempo es?

Nate Hawkins
🤷
Voy a casa de Stassie a ver si consigo hablar con ella. Luego os veo

Todavía me duele la cabeza, así que nunca he agradecido tanto el piloto automático como ahora.

JJ me ha enviado un mensaje con su número de piso, ya que nunca me ha invitado y no sabía cuál era. Él fue el sábado para dejarle su camiseta, así que me arriesgo a que no haya quitado su nombre de la lista de visitas y le doy su nombre al portero del vestíbulo. Funciona y, por suerte, no me pide el carnet. Me da el código temporal del ascensor y me dice que funcionará durante veinticuatro horas.

Me encanta que viva en un edificio tan seguro. Cuando ella no esté enfadada conmigo y yo no esté cometiendo un delito para poder entrar, le contaré cómo me las arreglé para colarme. Pero ahora no es el momento.

Dicen que Maple Tower es el mejor edificio de Maple Hills, y ahora entiendo por qué: todo el bloque es lujoso y muy bonito. Una parte de mí se pregunta cómo se lo puede permitir Stas, porque dudo que le paguen tanto en su trabajo de los sábados por la tarde, y sé que la beca no le cubre el alojamiento. Pero entonces llego a su puerta, el apartamento 6013, y justo debajo de los números, en cursiva, pone «Residencia Carlisle».

Respiro hondo y llamo a la puerta varias veces, con fuerza

pero sin urgencia; no quiero que piense que voy buscando guerra, porque no es así.

No sé si los retortijones en el estómago se deben a la ansiedad o a que mi cuerpo y mi cerebro se están rindiendo. Pero las ganas de vomitar se intensifican cuando la puerta se abre y aparece Aaron al otro lado, vestido solo con unos pantalones cortos de baloncesto.

—He venido a ver a Anastasia. ¿Puedes llamarla, por favor? —pregunto con calma. Quiero gritarle, llamarle mentiroso, estamparle el puño en la puta cara, pero me contengo.

Me sonríe. Juro que no me lo estoy imaginando: me sonríe, se hace a un lado, abre más la puerta y extiende el brazo vendado para invitarme a pasar.

—Está en su habitación —canturrea mientras cierra la puerta tras de mí.

—No sé cuál es —digo levantando una ceja—. No he estado aquí nunca.

Se encoge de hombros y se le cae la sonrisa falsa.

—La puerta del medio. La que está junto a la mesa con flores.

—Gracias —murmuro y me dirijo hacia allí.

Está siendo demasiado amable, demasiado tranquilo, y eso me pone de los nervios. Voy a estar alerta hasta que averigüe qué es lo que le pone tan contento.

Llamo a la puerta con suavidad, pero no obtengo respuesta. Vuelvo a intentarlo, y esta vez oigo un sollozo.

—¡Vete, Aaron!

Me arriesgo y abro la puerta, y entonces justo delante de mí veo el motivo por el que Aaron estaba tan contento de dejarme entrar. Ryan está apoyado en el cabecero de la cama, con un brazo alrededor de su cuerpo y con el otro acariciándole el pelo; ella está recostada entre sus piernas y solloza sobre su pecho. Esto es lo que Aaron quería que viera, pero la única razón por la que siento una punzada en el corazón es porque tiene aspecto de estar completamente rota. Ambos me miran al mismo tiempo, con expresiones muy diferentes en sus rostros, pero la de ella es inconfundible.

Traición.

—Vete —dice, con la voz entrecortada. Se revuelve en los brazos de Ryan y se seca las lágrimas con el dorso de las manos—. ¡Me has vuelto a mentir! Me prometiste que no harías nada y me has mentido, Nathan.

—Stassie, por favor. ¿Podemos hablar? Te prometo que no he hecho nada.

—¡Deja de prometerme cosas! —grita ella, con todo el cuerpo temblando por el llanto. Ryan le acerca la cabeza y murmura algo que no alcanzo a oír, pero tiene los ojos clavados en mí—. ¡El decano se lo ha dicho a los padres de Aaron, Nate! ¡Sé que te han echado! ¡Sé que has sido tú!

No puedo respirar. Me retumba la cabeza y estoy desesperado por contarle todo lo que ha pasado hoy, pero lo único en lo que puedo concentrarme es en la aguda punzada de dolor que tengo en la cabeza y el ardor detrás de los ojos.

Ryan levanta a Stas y la coloca en la cama a su lado.

—¿Estás bien, Hawkins? —pregunta, deslizándose fuera de la cama—. No tienes muy buen aspecto, tío. ¿Quieres sentarte? ¿Necesitas agua?

Me da vueltas la cabeza mientras Ryan me pone los brazos en los hombros y me guía hasta una silla donde me siento.

—¿Qué le pasa? —pregunta Stassie, con la voz llena de pánico.

Me llevo las manos a los ojos y dejo caer la cabeza entre las piernas, respirando profundamente. No puedo tomarme más analgésicos, así que no tiene sentido pedirlos.

Acabar en el despacho del entrenador ha hecho que pase demasiado tiempo entre los efectos de la última dosis y los de la nueva, y ahora lo estoy pagando, además de dejarme a mí mismo en evidencia.

«Qué bien».

Las suaves manos de Anastasia me presionan la frente y no puedo evitar perderme en su tacto. No volverá a dejar que me acerque a ella. Ojalá este momento no se viera arruinado por la punzada violenta que siento en el cerebro y la sensación de que algo está aplastando todo mi cuerpo poco a poco.

—Migraña. Me voy a casa. Volveré cuando podamos hablar —consigo susurrar.

—No puede conducir.

Eso es lo último que oigo.

21

Anastasia

He recolocado el iPad delante de mí varias veces, pero no puedo evitar volver a darle otro empujoncito a la derecha.

Tengo delante todo lo que necesito, alineado en orden de prioridad: la agenda, el agua y los clínex —el paquete más grande que había—. He hecho esto cientos de veces, así que no sé por qué estoy tan nerviosa, pero es como si la inquietud me recorriera de arriba abajo. Lola y Aaron se han ido a por alitas al Kenny's para darme intimidad, así que el silencio que reina en el piso no hace más que aumentar la sensación.

Justo a tiempo, el nombre del doctor Andrews aparece en la pantalla mientras el iPad suena. Le doy a aceptar y me da un vuelco al corazón al ver de fondo las vistas de Seattle, junto a la decoración neutra de la consulta. Está sentado en su escritorio, con una libreta sobre las piernas y un bolígrafo en los dedos.

—Buenas tardes, Anastasia. ¿Cómo estás?

«Nostálgica» es la palabra que tengo en la punta de la lengua. Por primera vez desde que me fui a la universidad, quiero volver a Washington.

He visto Seattle infinidad de veces en películas y series, y nunca me ha afectado, pero hacerlo a través de la ventana por la que he mirado durante casi diez años me dan ganas de pillar el próximo vuelo que salga de Los Ángeles.

Me seco las manos en los pantalones y sonrío a la cámara.

—Bien, gracias.

—¿Estás segura de que esa es la respuesta que quieres que anote?

El doctor Andrews tiene cuarenta y pocos años, pero cuando empecé con él acababa de sacarse el doctorado. No ha envejecido nada: alrededor de los ojos tiene las mismas líneas de expresión y el pelo del mismo tono castaño claro, con algunos destellos grises.

«Canas de estudiante de Medicina», las llamaba cuando a los nueve años le pregunté qué eran, sin ningún tipo de miramiento. En cierto sentido, me consuela un poco que pueda desafiar así el paso del tiempo. Es algo que quizá deba tratar con él en algún momento.

Guarda silencio mientras yo pienso qué decir. No es que me parezca bien ocultarle cosas a mi terapeuta, pero no sé cómo verbalizar lo que siento ahora mismo, la razón de haber vuelto a terapia.

—Esas vistas me han puesto triste.

—¿Puedes especificar qué es exactamente lo que te pone triste de las vistas?

Oigo el rasgueo del bolígrafo sobre el papel, un sonido al que me he acostumbrado con los años.

—Llevo casi un año sin ir a casa. Echo de menos Seattle.

Se acomoda en la silla y se gira ligeramente, no sé si de manera consciente o inconsciente, hasta tapar parcialmente las vistas. Aflojo los puños; no me había dado cuenta de que estaba tan tensa hasta que he notado la marca de las uñas en las palmas de las manos.

—¿Tus padres suelen ir a verte a Los Ángeles?

—Nunca. Me lo han dicho, pero siempre estoy hasta arriba y a ellos no les gustan nada los aviones, así que no quiero obligarlos a coger vuelos. Y yo estoy muy ocupada como para ir.

—Hemos hablado mucho de tus padres, Anastasia. Me has contado que te agobia mucho la necesidad de triunfar por ellos, más que por ti misma. —Se recoloca las gafas en el puente de la nariz y mira a la cámara—. Esa presión, o esa sensación de agobio que describes, ¿disminuye cuando no los has visto?

—Nunca desaparece del todo. Lo primero por lo que preguntan siempre que llaman es por el patinaje. —Se me forma un nudo en la garganta y me esfuerzo por tragármelo—. Cuando no sé nada de ellos, siento… Siento alivio.

Asiente y garabatea unas notas en la libreta.

—¿Y ese alivio te hace sentir culpable?

Ay, Dios. ¿Por qué se me empañan los ojos?

—Sí.

—¿Qué otras aficiones tienes además de patinar, Anastasia?

Intento responder, pero en cuanto abro la boca me doy cuenta de que no tengo nada que decir: el patinaje es mi vida entera.

—No tengo nada más.

—Y si perdieras un campeonato, o si decidieras no volver a patinar nunca, ¿crees que tus padres se enfadarían? Tómate un momento para pensarlo.

No necesito un momento. En cuanto ha hecho la pregunta, he sabido la respuesta instantáneamente.

—No, creo que al principio estarían confusos, pero después querrían que fuera feliz.

—Por lo que he visto en las sesiones que hemos hecho alguna vez con tus padres, y las sesiones entre tú y yo, sé lo mucho que te importan. ¿Sería correcto decir que te apoyan, tanto con respecto a la terapia, como a las clases o a los deportes?

—Sí, claro. Son geniales.

—A los padres, o, mejor dicho, a los buenos padres como los tuyos, con hijos de alto rendimiento en algún campo específico, suele costarles encontrar temas de conversación más allá de ese interés concreto. —Entrelaza las manos, las coloca sobre su abdomen y se inclina hacia atrás en la silla—. Tus padres han dicho en las sesiones conjuntas que entienden que el patinaje es tu prioridad número uno. Que te lo pregunten cada vez que habláis es su modo de mostrarte que te siguen apoyando, a pesar de no verte mucho.

Siento una punzada en el pecho: culpa. Culpa porque sé que

mis padres me apoyan. Culpa porque no he ido a verlos. Culpa porque no les he mostrado mi aprecio.

Mantengo la vista clavada en la pantalla del iPad, en el alfiler de su corbata; si lo miro a la cara, romperé a llorar.

—Sé que solo quieren lo mejor para mí.

—Es normal entender algo de manera lógica, pero sentir algo diferente en lo emocional. Querer a alguien, pero sentir alivio al no hablarle; es un conflicto enorme en la mente de una persona, pero no te hace mala en absoluto, te hace humana. —«Esto es duro»—. Volviendo a las vistas, Anastasia. ¿Crees que quizá estas vistas te molestan, no porque eches de menos Seattle, sino porque echas de menos a tus padres?

Asiento con la cabeza, sin apartar los ojos del alfiler, aunque se me llenen de lágrimas.

—Puede ser.

—Al igual que los niños, los adultos necesitan límites. Me gustaría que les dijeras a tus padres que no quieres hablar de patinaje. Incluso aunque solo sea en una llamada, o en una visita; así verás cómo te sientes al saber que no van a sacar el tema. ¿Crees que podrás?

Parpadeo para ahuyentar las lágrimas que amenazan con caer, vuelvo a mirarlo a la cara y fuerzo una sonrisa.

—Claro.

Dejé de tener sesiones regulares de terapia cuando me mudé a Los Ángeles hace dos años. Estaba tan inmersa en la experiencia universitaria que no las necesitaba. Cuando pasaba algo tenía una sesión *ad hoc* y me prometía que volvería a las sesiones regulares, pero nunca lo hacía.

Una jamás se acostumbra a ir a terapia. Solo aprendes a aceptar que esas conversaciones tan difíciles valen la pena cuando consigues controlar mejor tus sentimientos. A mitad de sesión ya puedo respirar, pero por experiencia, sé que todo puede cambiar antes de que termine.

—En la sesión de la semana pasada me dijiste que la incertidumbre en relación con la competición te estaba provocando mucha ansiedad. ¿Puedes decirme cómo te sientes esta semana?

—Bien —respondo con sinceridad. Se agradece tener algo

bueno que decir por una vez—. Ayer le dieron el alta a Aaron, así que mañana podremos competir.

—Me alegra mucho oírlo. Debes de haberte quitado un peso de encima. —Aaron y yo nos hemos saltado clases para entrenar, y por suerte, todo ha ido bien—. ¿Y cómo es tu relación con Aaron? La semana pasada dijiste que te sentías asfixiada.

«Asfixiada» es más bien un eufemismo. Aaron apenas se ha separado de mí en dos semanas, lo cual ha sido demasiado. En cierta forma, agradezco que a pesar de ser él quien se ha lesionado, me haya dado tiempo para estar triste. Porque es lo que he sentido en las últimas dos semanas: tristeza. Tristeza por la pérdida de todo lo que podría haber tenido.

Pero, aunque tuviera la mejor intención, a veces la preocupación de Aaron se confunde con control. Me permitía llorar, pero solo si era por el patinaje. La ansiedad mejoraría, pero solo si él estaba a mi lado para ayudarme.

—Aaron se ha alejado de mí —digo—. Le dije que necesitaba procesarlo por mi cuenta, sobre todo ahora que tengo dudas sobre lo que ha pasado. Al principio se enfadó, pero creo que ya se le ha olvidado, ahora que ya puede patinar.

—¿Te parece que se enfada contigo a menudo?

—A Aaron le vendría bien ir a terapia, creo que esa es la manera más suave de decirlo. —Lucho contra el impulso de soltar una carcajada nerviosa, porque no sé ni por dónde empezar—. Los padres de Aaron se manipulan el uno al otro todo el tiempo; son muy tóxicos, y Aaron se crio con la certeza de que así es como uno consigue lo que quiere. Él quiere ser mejor que ellos, y lo intenta. La mayor parte del tiempo es un amigo estupendo.

—Pero ¿se enfada contigo a menudo?

—Sin duda yo soy la que se lleva la peor parte de su mal humor, porque paso más tiempo con él que nadie. A veces todo parece perfecto, y de pronto ya no, y no sé lo que he hecho mal.

—Suena complicado.

—Lo es. Me lleva a un nivel diferente, no sé cómo explicarlo. A veces Lola hace algo bien, y entonces yo hago exactamente lo mismo y ya no está bien.

—¿Sientes que las normas son distintas para ti?

—Sí, eso. Cuando está de buen humor no importa, pero si algo va mal es muy difícil de aguantar. Pero yo no abandonaría a Lola si tuviera problemas, y tampoco quiero abandonarlo a él.

—Eso dice mucho de ti, Anastasia. —Anota algo y me dan ganas de leer qué es—. Te animo a recordar que, aunque todo el mundo tiene margen de mejora, es importante que te asegures de priorizar tu bienestar. Las amistades son importantes, pero también lo es un entorno sin toxicidad.

—Entendido.

—Me gustaría hablar de Nathan el próximo día, si quieres. Saber el impacto que tiene en tu vida.

Sabía que este momento iba a llegar, pero aún no estoy preparada. Es imposible que tu terapeuta se olvide de que concluiste una sesión antes de tiempo porque no podías parar de llorar por un hombre que solo conocías desde hacía un par de meses.

La semana pasada le conté al doctor Andrews los acontecimientos que llevaron al fin de mi relación con Nathan. Cuando empecé a hablar de jugar a las casitas me eché a llorar.

—Hace dos semanas que no sé nada de él. Le grité mucho y creo que lo nuestro, bueno, fuera lo que fuera aquello, ya se ha terminado.

Hojea las páginas crujientes y da un golpecito en la libreta.

—Estabas enfadada porque admitió que él fue el responsable del accidente de Aaron, después de haberte prometido que no lo era.

—Sí.

—Él ya había hecho antes una promesa que resultó ser mentira. Para proteger a un compañero de equipo, ¿verdad?

—Así es.

—Pero crees que ahora quizá esté diciendo la verdad, ¿y por eso te hace daño hablar de él?

Hace dos semanas, después de que Ryan se negara a llevar a Nathan a casa, Bobby y Joe vinieron a buscarlo. Nate se había desmayado después de vomitar violentamente varias veces, y me dieron ganas de desmayarme a mí también. Bobby me vio la cara llena de lágrimas e intentó convencerme de que Nate era inocente, a pesar de haberse inculpado. A continuación, Joe saltó también a defender a Nate, explicando que el entrenador Faulkner estaba dispuesto a cancelar todos los partidos de hockey hasta que alguien confesara.

Ambos me prometieron que Nathan jamás haría nada que me hiciera daño, lo cual era difícil de escuchar y aún más difícil de digerir.

El doctor Andrews tiene el dedo apretado en los labios, mientras espera pacientemente a que me explique. Yo solo quiero acabar ya la sesión, pero lo intento.

—Nate siempre es el que tiene que arreglarlo todo. Cuida muy bien de sus amigos; sé que está muy orgulloso de ser el capitán del equipo. Tiene sentido que asuma la culpa para evitar que su equipo sufra.

—Por lo que veo, es una época complicada. ¿Qué es lo que te molesta, más concretamente? ¿Que te haya vuelto a mentir?

Llevo días haciéndome la misma pregunta. Suspiro con más fuerza de lo que pretendía e intento ponerlo en palabras:

—Algo así. Me siento como una ingenua, sobre todo. Alguno de los dos, o Nathan o Aaron, no está diciendo la verdad. Aaron no ha ganado nada, no tiene motivos para mentir.

—¿Y Nathan?

—Nathan... —Ay, Dios, ¿por qué me pongo tan triste?—. Cuando estamos juntos Nathan me hace sentir cuidada. Me hace sentir deseada. No creo que quisiera poner en peligro mi competición, pero ya no me fío de mi juicio porque he empezado a sentir algo por él.

—¿Y se lo has contado?

Niego con la cabeza, y por fin admito la derrota y cojo un clínex.

—Como he dicho, llevo un tiempo sin saber nada de él. He pensado muchas veces en llamarlo, pero me da miedo.

—¿De qué tienes miedo?

—De que sea demasiado tarde. Escuchará lo que tenga que decirle, pero me rechazará de cualquier modo, porque no lo creí.

Duele admitirlo en voz alta. Duele querer estar con él cuando él tal vez no quiera. Duele no confiar en mí misma para arreglar las cosas. Duele echarlo de menos.

He conseguido evitar a todo el mundo entrenando en la pista donde trabajo. A Brady no le hizo ninguna gracia, pero no le quedó otra. Mattie me saludó con tristeza cuando me vio en una de las clases que tenemos en común, pero no se acercó. Lola tiene instrucciones estrictas de no ponerme al corriente de nada.

—El rechazo da miedo, pero también lo da vivir sin saber qué podría haber pasado si hubieras sido sincera. Creo que necesitas expresarle tus sentimientos. Ninguna relación, ya sea de amistad o de algo más, sobrevive si no hay sinceridad.

—Pero es injusto que tenga que ser yo la sincera —resoplo, secándome las mejillas con el pañuelo—. No soy yo la que ha mentido. Son los demás. Yo estoy atrapada en medio, con cara de tonta.

El doctor Andrews sonríe, ahogando una carcajada con la mano.

—Vale, reconozco la ironía, pero nadie piensa que seas tonta, Anastasia. ¿Cómo era la frase aquella? «Debes ser el cambio que quieres ver», o algo así. Lidera con honestidad. Por lo que parece, te rodeas de buena gente, pero es importante recordar que la gente comete errores.

—No me importan los errores. No pretendo que nadie sea perfecto...

—Salvo tú misma.

Pongo cara de exasperación porque me ha pillado, pero ya no nos queda tiempo en esta sesión para abordar el tema. Han pasado más de diez años y aún no han sido suficientes.

—Salvo yo misma. Pero me refería a mis amigos.

De fondo suena un temporizador que nos avisa de que la sesión está llegando a su fin. Hasta que no termino una sesión no recuerdo lo agotadora que es la terapia. Te deja con una resaca emocional muy grande. Siempre necesito dormir, pero cuando me despierto me siento mejor.

—Hemos hablado mucho, pero recapitulemos: ¿qué hemos aprendido de esta conversación?

Parece que hayamos hablado de muchas cosas, pero en realidad podría pasarme varias horas dándole vueltas a todo esto.

—Tengo que establecer límites con mis padres para poder disfrutar del tiempo que paso con ellos, sin preocuparme.

—Bien. ¿Qué más?

—Tengo que priorizarme a mí misma cuando Aaron se pone difícil. Puedo ser buena amiga y priorizar mi bienestar al mismo tiempo.

—¿Y?

—Y tengo que hablar con Nathan. Ser honesta con mis sentimientos.

—¿Y para acabar?

—Todo el mundo comete errores.

Cierra la libreta y me dirige una media sonrisa.

—La primera de la clase, muy bien. Mañana tienes la competición, ¿no?

—Sí, a la hora de comer.

—Te he seguido a lo largo de muchas competiciones y sé que la perspectiva de perder no es admisible para ti, ni para ningún deportista de élite. ¿Cómo te sientes al respecto? ¿Estás lista ante la posibilidad de no clasificarte?

—Sí —miento—. Porque lo he intentado con todas mis fuerzas y preferiría competir y perder que no competir.

—Siempre me dices eso, Anastasia, y debo decir que ya no suenas tan convincente como cuando tenías nueve años. —Deja la libreta y el bolígrafo sobre el escritorio y se alisa la corbata con una carcajada—. De verdad, espero que recibas la recompensa por la que te has esforzado tanto, especialmente después de todos estos disgustos.

—Yo también.

22

Nathan

Los últimos catorce días han sido los más largos de mi vida. Llevo dos semanas enfurruñado y deprimido, celoso hasta la médula de mis compañeros de equipo, suspirando por una chica que me odia.

En resumen: llevo dos semanas siendo un pringado.

Por poco lloro de felicidad cuando Robbie me llamó para decirme que moviera el culo para ir a entrenar, porque al Cretino le acababan de dar el alta. No jugar con el equipo me ha hecho darme cuenta de lo mucho que me gusta el hockey. Sé que suena ridículo, porque lo lógico es que ya lo supiera, ¿no? Creía que sí. Pero estar fuera un tiempo me ha aportado un nuevo enfoque y claridad.

Mi siguiente pensamiento fue para Anastasia y el hecho de que ya pudiera continuar con su sueño. Dios, me muero por verla. Tengo el baño lleno de botes que huelen tan bien como ella. Nunca me había gustado tanto el olor de la miel y las fresas como ahora que llevo un tiempo sin ella. Pero no quiere verme ni en pintura. Lo advertí en su cara cuando creyó que le había vuelto a mentir. Quiero llamarla; he pensado en llamarla una docena de veces, pero me da miedo empeorar aún más las cosas.

Mattie me dijo lo triste que parecía cuando la vio en clase, y odio ser el causante de su tristeza. Debo de importarle un poco, aunque ni siquiera se dé cuenta. Cuando me dio la migraña y me vi a las puertas de la muerte mientras no paraba de vomitar, ella estuvo ahí, acariciándome la espalda.

Cuando me desmayé en su cama y vino a tomarme la temperatura, tenté a la suerte y enterré la cabeza en su regazo. Quería esconderme de la luz que me estaba friendo el cerebro, pero ella me acarició el pelo durante lo que me pareció una eternidad. Traté de mantenerme consciente para apreciarlo, pero no pude.

Lola está harta de que le pregunte cómo está su mejor amiga. Cada vez que menciono a Stassie, me dice que la policía de Los Ángeles tiene montones de casos sin resolver que puedo confesar, y que vaya a darles el coñazo a ellos en vez de a ella. Es una mierda de respuesta, así que suponía que se calmaría después de dos semanas, pero no, está muy comprometida con su labor. Sin embargo, por mucho que le guste putearme, sé que se encuentra atrapada en medio de todo y muy disgustada. Robbie me ha dicho que Anastasia le ha prohibido a Lola que nos mencione a ninguno de nosotros, lo que me hace sentir todavía peor.

Quería mandarle un mensaje para desearle buena suerte en las eliminatorias, pero me eché atrás al darme cuenta de que podría estresarla más. Quiero que las cosas vuelvan a la normalidad más de lo que nunca he querido nada.

Salir de Maple Hills y machacar al UT Austin 8 a 3 fue la mejor manera de aparcar el drama al fondo de mi cerebro. Me preocupaba estar oxidado, pero todo fue perfecto, si quitamos a Joe y JJ, que se quedaron en el área como si estuvieran pagando el alquiler. Dejaré que Robbie se ocupe de ellos porque no quiero perder el buen humor.

Por lo menos de momento. Eso sí, puede que no dure mucho, ya que ahora mismo estoy cruzando a hurtadillas el vestíbulo del hotel con dos bolsas de la tienda de licores.

Técnicamente no es ilegal porque tengo veintiún años, pero no creo que Faulkner opine lo mismo si me pilla repartiendo botellas de Jägermeister a diestro y siniestro. Fui el elegido para correr el riesgo; los chicos dicen que se lo debo, porque mientras yo no estaba han tenido que aguantar la chapa que Robbie normalmente me da a mí.

Acerco mi tarjeta a la puerta y acciono el picaporte cuando la luz se pone verde. La mayoría de los chicos ya están en la habitación que comparto con Robbie y Henry, con los pies sudorosos sobre mi cama.

Esto se parece más a un funeral que a la habitación de un equipo que acaba de ganar un partido.

—¿Quién se ha muerto? —Todos se giran para mirarme con la misma expresión sombría—. Era broma, aunque ahora no estoy seguro. ¿Por qué me miráis así?

Se miran entre ellos, y Kris es el primero en aclararse la garganta.

—Faulkner te está buscando, tío.

—Pero si todavía no he abierto ni una botella. —Me río y dejo la bolsa en una mesa—. ¿Cómo puedo haberme metido ya en un lío?

—No es eso —dice Robbie, pasándose la mano por la cara—. Aaron no puede volver a patinar, Nathan. Vuelves al banquillo.

—¿Qué cojones significa que no puede patinar? —grito. «Me va a dar otra puta migraña»—. ¿Han competido? —Silencio—. ¿Alguien me puede decir qué coño está pasando?

—La ha tirado —dice Henry en tono monocorde, mientras se acerca a las bolsas y saca una botella—. Le ha fallado la muñeca en mitad de la rutina y la ha tirado al hielo.

Llevo media hora en la puerta de Maple Tower y todavía no he conseguido entrar.

Quince de esos minutos han sido al teléfono con Lola, intentando convencerla de que le diera mi nombre al portero y así conseguir el código del ascensor. Los otros quince han sido para prepararme mentalmente para que Anastasia me eche.

Cuando he localizado a Faulkner, me ha confirmado lo que han dicho los chicos. La muñeca de Aaron ha cedido mientras estaban patinando y se ha lesionado aún más.

—Lo siento, Hawkins —ha dicho Faulkner, ofreciéndome una cerveza del minibar—. El lunes sabremos más detalles, pero de momento Skinner te quiere otra vez en el banquillo.

En este instante no me importa mi situación. Me preocupa mi equipo, como siempre, pero sobre todo me preocupa ella. No voy a poder dejar de pensar en ella hasta que vea con mis propios ojos que está bien.

Se me revuelve el estómago durante toda la subida en ascensor. Por suerte, Lola no ha pedido que me echen, y me han dejado pasar al edificio. Toco a la puerta tres veces con los nudillos y doy un paso atrás. El estómago se me encoge y siento como si el corazón me latiera a un ritmo extraño.

Esa inconfundible dureza de Brooklyn a la que estoy acostumbrado resuena al otro lado de la puerta. La puerta se abre y Lola se apoya en el marco.

—Como la hagas llorar, Nathan, te juro que te corto la polla y la meto en un tarro en mi habitación, y me aseguraré personalmente de que no vuelves a ser feliz nunca más.

—Tomo nota.

Me tira de la sudadera, me arrastra y resopla mientras cierra la puerta tras de mí.

—Está en su habitación y no sabe que has venido. Ten paciencia con ella; es fuerte, pero ahora mismo está muy vulnerable.

Detrás de ella, Aaron se asoma a la puerta de su habitación y da un portazo nada más verme.

—Todo está fuera de control, Nate. Y no es una chica a la que le guste estar fuera de control.

—Lo entiendo. Quiero verla porque la he echado de menos y estoy muy preocupado.

Me hace un gesto prudente con la cabeza y me abre paso.

—Ella también te ha echado de menos.

No tengo derecho a desear nada ahora; estoy agradecido por haber llegado hasta aquí. Pero una pequeña parte egoísta de mí espera no encontrarse con Ryan Rothwell al otro lado de esta puerta.

Llamo suavemente con los dedos y escucho su tímido «Adelante» antes de abrirla. Ella me mira de reojo, luego de nuevo y se sienta recta en la cama, haciendo una mueca de dolor por la brusquedad del movimiento.

«Lleva mi camiseta».

—Hola.

«Buen comienzo, Hawkins».

Parpadea varias veces, como si no acabara de procesar que soy yo. Entro en su cuarto y cierro la puerta, manteniendo las distancias.

—Hola —susurra.

—Sé que no querías que viniera, pero me he enterado de lo que ha pasado. Aunque me arranques la cabeza, tenía que verte, Anastasia. Necesitaba comprobar con mis propios ojos que estás bien.

Se hace un ovillo, se cubre las piernas desnudas con la camiseta y asiente. Parece de todo menos que está bien.

—Tienes mejor aspecto que la última vez que estuviste aquí. No sabía que tuvieras migrañas; daba bastante miedo.

Doy un paso hacia su cama y como no reacciona mal, doy otro.

—No pretendía asustarte, y... siento lo del vómito. Y siento todo lo demás. La he cagado totalmente, pero no de la forma que crees.

—Lo sé.

—¿Lo sabes?

Apoya la barbilla sobre las rodillas y suspira.

—Lo sé, Nathan.

Parece rota. La cara pálida e hinchada, los ojos rojos de llorar. Su melena, normalmente brillante y suelta por la espalda, está ahora recogida en una bola en la parte superior de la cabeza, y toda ella tiene un aspecto desinflado.

—Stassie, ¿puedo abrazarte? Parece que lo necesitas y... Bueno, te he echado mucho de menos.

—Me encantaría —dice con un hilo de voz tan débil que apenas la oigo.

Me quito las zapatillas y me acerco a ella. Estira las piernas y enseguida veo los moratones recientes de ayer. Como no sé dónde ponerme, me siento a su lado y me apoyo en sus millones de almohadas, lo bastante cerca para rozarla con la pierna.

Es como si tras dos semanas de separación nos hubiéramos

olvidado de cómo estar el uno con el otro, pero cuando la rodeo con el brazo se acomoda entre mis piernas y hunde la cara en mi pecho.

Mi cuerpo sabe más que mi cerebro. La estrecho con delicadeza entre mis brazos, toda la tensión se desvanece y puedo volver a respirar con normalidad. Hasta que empiezan a temblarle los hombros y se agarra a mi sudadera. Le doy un beso en la frente mientras su llanto se vuelve cada vez más fuerte e intenso.

—Chis, cariño. No pasa nada.

—Todo se ha… —Se le quiebra la voz entre sollozos—. Se ha ido a la mierda.

La sujeto con delicadeza del cuello y le limpio la mejilla con el pulgar hasta que deja de llorar y vuelve a apretarse contra mi pecho.

Me quedo quieto en el abrazo, sin decir nada, sosteniéndola hasta que está lista para hablar. Escucho su respiración pausada hasta que por fin habla.

—Perdón por la llorera.

—Vamos a ver, yo poté y me desmayé delante de ti, Stas. Puedo aguantar unas cuantas lágrimas. ¿Quieres hablar de lo que ha pasado?

Me suelta el cuerpo y, por un segundo, creo que va a salir corriendo, pero en lugar de eso se sienta a horcajadas sobre mi regazo, frente a mí. Le froto los muslos con las palmas de las manos mientras ella se seca los restos de lágrimas de las mejillas.

—¿Alguna vez te has caído desde una gran altura delante de un montón de personas?

—Una vez me caí de un telesilla.

Suelta una carcajada y sacude la cabeza.

—Cómo no. —Juguetea con el cordón de mi pantalón de chándal, sin mirarme a los ojos—. Todo marchaba. Habíamos entrenado muchísimo, y él ya estaba bien. Estábamos terminando la rutina y cuando iba a lanzarme para el salto, se le fue la muñeca. —La forma en que le tiembla la voz al decirlo es como un puñetazo en el estómago. Por fin me mira a los ojos y se le saltan las lágrimas—. Creí que me iba a partir la cabeza.

Fue todo muy rápido; Aaron me agarró al caer, pero cuando me cogió le aplasté la pierna. Está lleno de cortes y moratones, me siento fatal.

Le acaricio un cardenal especialmente feo que tiene en la cara interna del muslo.

—Tú tampoco te has librado.

—Aterricé con las piernas en vez de con la cabeza, Nate. Podría haber sido muchísimo peor. —Le tiembla todo el cuerpo y no puedo hacer nada—. Me ayudó a levantarme, me dijo que siguiera patinando y conseguimos terminar.

—¿Y luego?

—Luego vomité y lloré —dice con sorna—. Esperamos la puntuación y nos clasificamos de milagro. Hasta ese momento había quedado todo perfecto, imagino. —Se ríe sin ganas. Poco a poco, su risa se convierte en llanto hasta que está medio riendo, medio llorando. Se encoge de hombros porque ella tampoco sabe lo que le pasa.

Aprieto su cuerpo contra el mío y le froto la espalda mientras rompe a llorar otra vez. Me rodea el cuello con los brazos y apoya la cabeza en mi hombro. Sus sollozos y suspiros me hacen cosquillas en el cuello, y me siento sobrepasado por la situación.

Apoya la mejilla sobre mí y su respiración se hace más profunda. Luego se acerca y frota la nariz contra la mía y me pone las manos a ambos lados de la cara, donde permanecen hasta que se funde con mis labios.

Todo es mucho más lento que de costumbre. No hay rastro de la prisa habitual, la tensión sexual ni la embriaguez. Solo estamos ella y yo, sobrios, su cuerpo suave bajo mis manos y su lengua moviéndose mansamente contra la mía.

Nos separamos y me roza con cariño la barba incipiente con la mano mientras veo cómo se arremolinan mil preguntas en sus preciosos ojos azules.

—Nathan, ¿quieres jugar a las casitas conmigo?

—Siempre.

Sospecho que lavar el pelo a una mujer no suele llevar tanto tiempo, pero no tengo valor para detenerme.

He intentado no escandalizarme ni quedarme mirando cuando se ha quitado la camiseta y se ha metido bajo el chorro de la ducha. Le he visto profundos moratones púrpuras en las costillas y en el estómago del impacto de la caída sobre Aaron, y se me ha revuelto el estómago.

Estoy acostumbrado a ver golpes y moratones, forma parte de ser jugador de hockey y que en mi grupo de amigos sean todos unos payasos, pero nunca así. Me ha dirigido una sonrisa triste mientras me extendía la mano para entrar con ella en la ducha.

—No duele tanto como parece, te lo prometo.

Jugar a las casitas, es decir, olvidarnos de la vida real durante algunas horas, es lo mejor que se le podría haber ocurrido. Al pensar en lo que dijo Lola sobre el control, le he preguntado a Anastasia qué quería hacer. De inmediato me ha dicho que quería lavarse el pelo porque se veía incapaz de enfrentarse ella sola a sus enredos.

Se me da bien masajearle el cuero cabelludo. Al principio me pasaba un poco de intensidad, pero ahora ya le he pillado el tranquillo y hago mucha espuma. Estar en su ducha es fascinante; está llena de miles de cosas con miles de olores distintos. He descubierto que existe el exfoliante corporal y he flipado.

—¿Por eso siempre estás tan suave?

Joder, me encanta escucharla reír.

—Sí, puede.

Cuando los dos nos colocamos bajo el chorro, su cuerpo se relaja sobre el mío y se queda quieto. No hay nada sexual en esta ducha y no quiero que lo haya. Quiero cuidarla y agradezco que ella quiera que lo haga.

Se gira para mirarme, se pone de puntillas y me frota la cabeza.

—¿Puedo lavarte el pelo?

Ahora tiene los ojos más brillantes y las mejillas sonrojadas, lo que le devuelve el color a la cara. Llevo cinco minutos intentando levantarle el pelo para hacerle una cresta punk. Pero es demasiado largo y cada vez que la enjabono, la espuma se le resbala por la cara. Me da un codazo en el estómago mientras se le llena la boca de champú.

—Ni siquiera me llegas bien a la cabeza —me burlo, entrelazando mis dedos con los suyos—. ¿Quieres que te ayude?

Parece que se va a poner cabezota, pero imagino que se ha dado cuenta de que no le queda otra, porque asiente. La levanto con toda la delicadeza que puedo, y ella me rodea la cintura con las piernas. La agarro con las manos para sujetarla, o más bien para alejarla de mi erección, que no entiende que la mujer desnuda abrazada a mí entre risas no quiere sentarse sobre ella.

Se echa champú en las manos, las sumerge en mi pelo y se me escapa un gemido.

—Gracias, Nathan. Necesitaba esto.

—Yo también.

23

Anastasia

Cuando me desperté esta mañana, me prometí que esta semana no iba a llorar. Y lo decía en serio. Me parecía factible; incluso puse en redes: «Semana nueva, vida nueva». Esa era la seguridad que tenía de que las cosas iban a ir genial. He llorado tanto en las últimas dos semanas que me sorprende que el edificio no se haya inundado. Pero anoche fue el fin definitivo del llanto.

O eso creía.

No empecé con buen pie cuando tuve que salir a rastras de la cama. Nate tenía la cabeza hundida en mi cuello y su cálido cuerpo aferrado al mío. La idea de tener que separarme de él hacía que me entraran ganas de llorar. Anoche fue supercariñoso. No, es supercariñoso *en general*. Dormir con él después de que me lavara el pelo y me lo cepillara fue la experiencia más relajante de mi vida. Así nos fue más fácil hablar de todo lo que había pasado.

—No me creo que pienses que soy capaz de rechazarte, Anastasia —dijo conmocionado—. No tienes ni idea, ¿verdad? No te das cuenta de todo lo que sería capaz de hacer para verte feliz.

Mi corazón hizo una cosa rara que solo había leído en los libros: una mezcla entre un ruido sordo y un aleteo, de esas sensaciones que te hacen preguntarte si sigue funcionando bien.

Estar con Nate me produce una sensación de seguridad abrumadora, como si fuera capaz de lidiar con cualquier problema que le plantee. En un mundo en el que me siento como si me fuera a tragar el oleaje en cualquier momento, él me ancla. Y lo valoro mucho, igual que lo valoro a él.

—Siento haberte gritado —murmuré contra su pecho, donde tenía apoyada la cabeza.

—Me lo merecía —admitió, dándome un beso en la cabeza—. Podría haber hecho más. Podría haberte llamado a ti antes que a los padres de Aaron para explicarte la situación. Podría no haber confesado algo que no hice. —Se rio—. Siento que, aunque solo fuera por un momento, creyeras que había hecho algo para poner en riesgo tus sueños.

—Me gustas, Nathan —dije, mirándolo a la cara—. Y me da mucha rabia estar pillada por un jugador de hockey. Pero es así. Es duro porque Aaron está convencido de que fuiste tú, pero yo me fío de mi instinto.

—Tú también me gustas. Las dos semanas han sido una mierda absoluta.

La conversación quedó interrumpida por los ruidos de Aaron dando tumbos por el piso, supongo que porque no le hacía ninguna gracia que estuviera con Nate.

Aaron también está dolido, física y psicológicamente, pero no ha encontrado la manera de comunicármelo. Me dejó caer al hielo y ahora se odia a sí mismo. He perdido la cuenta de las veces que se ha disculpado. Está obsesionado con un error que ni siquiera fue culpa suya, y no hay forma de que se le pase.

No lo culpo; fue un accidente que ninguno vio venir. Pero aparte de algunos moratones, estoy bien. Le he dicho lo mucho que agradezco que me agarrara a tiempo, pero no es suficiente.

Me da miedo pensar en cómo nos afectará, ya que la idea de hacer el salto ahora me da un miedo que te cagas. Incluso cuando estaba en la ducha con Nathan y me cogió en brazos para que le llegara a la cabeza, por poco se me para el corazón.

Me sorprende no haberlo aplastado; me aferré tanto con las piernas a su cuerpo que probablemente le dejé marca. Pero no pareció importarle. Creo que estaba concentrado en no metérmela sin querer.

Estoy acostumbrada a preocuparme por Aaron, pero no es posible ayudar a alguien si no sabes exactamente lo que le sucede.

Esta mañana me despertaron varios portazos —de Aaron otra vez, seguro— y opté por permanecer tumbada escuchando la respiración de Nate en lugar de volverme a dormir.

—Oigo los engranajes de tu cerebro girando, Stassie. ¿En qué estás pensando a estas horas de la mañana? —dijo entre bostezos mientras me daba un beso dulce en el hombro.

En ese momento ya había prometido lo de no llorar esa semana, así que no quería sacar el tema de Aaron.

—Intento adivinar si has puesto un palo de hockey entre los dos o si solo estás muy contento de despertarte a mi lado.

Se restregó contra mi culo y me gimió al oído. Es de los que gimen, y eso me pone a mil. Es como si tan solo al pulsar un interruptor, mi entrepierna se convirtiera de pronto en las cataratas del Niágara.

—Si te digo que es un palo de hockey, ¿jugarás con él?

—Madre mía, qué cortarrollos. Odio el hockey, ¿sabes?

—Podría hacer que te enamoraras del hockey, Anastasia —susurró, provocándome un escalofrío de pies a cabeza—. Con el guía adecuado, claro, y con una buena práctica.

No creo que estuviera hablando de su polla.

Tras dejarme un reguero de besos por todo el cuello, bajó con la mano hasta la goma de mis bragas, rozando con suavidad el dedo por encima de la tela entre mis muslos. Quería ponerme a jadear como una perra. Algo vergonzoso, pero totalmente justificado. En el fondo sabía que lo que tenía que hacer era salir de la cama y no revolcarme con él.

—A mí me encanta practicar... Pero me temo que no hay mucho tiempo para prácticas, capitán.

—Joder. —Me echó la cabeza para atrás con la mano, atrapando mi boca con la suya—. Vuelve a llamarme capitán.

Me separé de él y entorné los ojos.

—Creo que eso tenemos que explorarlo.

—Estoy cien por cien de acuerdo.

—Me refiero a psicológicamente.

Sonrió.

—Qué pervertida. Me gusta.

En ese momento tendría que haber cancelado el lunes para quedarme en la cama. Podría haberle dicho a Nathan que se pusiera encima de mí y me demostrara lo mucho que me había echado de menos, y refugiarnos juntos del día que estaba por venir.

Pero fui una tonta y una ingenua al pensar que el lunes no iba a ser una mierda monumental.

—¿Me pones otro vodka con Coca-Cola Zero, por favor?

Cuando una no puede echarse a llorar para lidiar con sus problemas, solo le queda darse al alcohol. Nunca creí ser una persona capaz de emborracharse en soledad, pero después de que me dijeran que estaré ocho semanas sin compañero de patinaje me he convertido en ese tipo de chica.

El camarero me pone un posavasos en la barra y coloca la copa encima. Murmuro un «gracias», me llevo la pajita a los labios y pongo una mueca de asco cuando trago un sorbo de vodka sin mezclar.

Ocho semanas. Y lo peor es que ni siquiera me preocupa cómo va a estar él dentro de ocho semanas; me preocupo por mí. Me preocupa mi nueva fobia a los saltos y mi capacidad para seguirle el ritmo. Aaron podría tomarse un año sabático y seguramente al volver seguiría siendo igual de bueno. El campeonato nacional es dentro de ocho semanas y no tengo ni idea de si vamos a poder competir, y eso me aterra. No me coge el teléfono y no se ha presentado a los entrenamientos, aunque solo sea para hablar, así que *fantástico*.

Y la gota que colmó el vaso fue que Nate me llamara para decir que no lo dejaban jugar hasta que Aaron pudiera patinar. Nada más colgar, pedí un Uber. Le dije a Lola que me iba a hacer horas extra a la pista de Simone, pero lo que hice fue irme al bar de mala muerte que hay justo a dos calles.

Llevo una hora enfrascada en mis pensamientos y no he tenido ningún problema, pero un par de asientos más allá hay un grupo de tíos que se han ido volviendo más insoportables a cada trago. Cada vez que me levanto para ir al baño, se acercan un poco más a mi sitio, hasta que poco a poco han acabado a mi lado. Huelo su desesperación, dejo la copa a medias y pido la cuenta.

—Deja que te invite a una, guapa —dice el que se ha sentado más cerca, inclinándose sobre mí—. Pareces muy solita.

—No, gracias. —Intento no sonar muy simpática ni muy borde, como dicen todas esas campañas que responsabilizan a las mujeres de no saber tratar a los borrachos babosos—. Ya me voy.

—No te vayas, mujer. Si acaba de empezar lo bue…

—¿Estás lista, cariño? —Reconozco la voz antes de darme la vuelta, y me invade el alivio cuando veo la cara de bebé de Russ. Se agacha para coger mi mochila del suelo, se la cuelga del hombro y me tiende la mano—. Perdón por llegar tarde.

—No pasa nada…, gordi —digo, cogiéndole de la mano. Dejo unos billetes en la barra y me bajo del taburete de un salto, sin darme cuenta de lo borracha que voy hasta que mis pies aterrizan en el suelo.

Para sorpresa de nadie, ninguno de los tíos vuelve a abrir la boca. Russ tiene una envergadura amenazadora; me imagino que no habría tenido ningún miramiento si me hubieran molestado más de la cuenta.

Al abrir la puerta me golpea la brisa fresca de noviembre, y salgo a la calle agarrada de su brazo.

—Eso ha sido bastante raro.

—Perdona, soy Russ. Nos conocimos hace unas semanas en el ejercicio de romper el hielo. Soy del equipo de hockey.

—Ya sé quién eres, Russ.

Se pone colorado.

—Menudos cerdos. Siempre vienen aquí a beber y a tocar las narices. Te he oído decir que te ibas y no quería que te dieran más el coñazo.

—Te lo agradezco, de verdad.

Se pone más rojo todavía y murmura en voz baja:

—De nada.

—Voy a pedir un Uber.

—Hay una cafetería justo un poco más allá. Si quieres te acompaño mientras lo esperas. Te llevaría, pero suelo volver corriendo a casa.

—Si quieres, quédate, pero no hace falta.

A la vuelta de la esquina, el café Kiley está tranquilo y solo hay algunas personas comiendo y tomando algo. Nos sentamos en una mesa junto a una ventana y pedimos dos cafés.

—Bueno, Russ, ¿cómo has acabado una tarde de lunes solo en un bar, teniendo en cuenta que no tienes edad para beber y que vives lejísimos?

Junto las manos y me desplazo hacia delante con los codos en la mesa como si eso fuera un interrogatorio. Se rasca la nuca y se revuelve en el asiento. La camarera nos sirve el café y desaparece; probablemente damos la impresión de ser una pareja a punto de romper, porque yo tengo los ojos vidriosos y él parece superincómodo. Russ le da un sorbo al café y alarga el silencio hasta que no puede más.

—Trabajo ahí por las tardes. En la cocina… —dice, con aspecto avergonzado.

—Yo trabajo en la pista de Simone, a un par de manzanas. —Que yo sepa, el resto de chicos del equipo no trabajan. Como suele pasar en las universidades de aquí, la brecha económica es grande—. No soy rica, pero tengo amigos ricos, así que necesito la pasta. Les encanta ir a comer a sitios caros y con este curro al menos puedo pagarme mi parte. Tengo suerte de que mis padres me pagan la equipación de patinaje, pero para todo lo demás necesito un sueldo.

Relaja los hombros y la reticencia que percibía en él se desvanece poco a poco.

—Sí, todos los de mi fraternidad tienen fondos de inversión. La beca me cubre casi todo, pero el trabajo también me ayuda a pagar esas cosas que dices.

—Te entiendo —le digo con sinceridad.

—¿Y qué hacías *tú* sola en un bar un lunes?

—Supongo que sabes que Nate está en el banquillo, ¿no? —Asiente—. Y mi compañero de patinaje no me coge el teléfono, y he tenido que prohibirme seguir llorando. Así que solo me quedaba darme al alcohol.

—Yo no suelo beber. Alguna cerveza de vez en cuando, pero mi pa... —Se detiene en seco, coge la taza y le da un largo sorbo para obligarse a no hablar de más. Cuando está vacía, me mira—. Siento mucho lo de tu compañero, aunque esté siendo un cabrón contigo. ¿Qué vas a hacer ahora?

—No está siendo un cabrón conmi... —Entorno los ojos—. No te gusta hablar de ti mismo, ¿verdad? Hiciste lo mismo en el ejercicio de romper el hielo. Me dejaste que hablara de mí y no me contaste nada sobre ti.

—Es que no tengo nada interesante que contar, Anastasia. —La forma en que lo dice me rompe el corazón. Con confianza y práctica. Como si lo hubiera dicho un millón de veces.

—Me niego a creerme eso. A mí me interesa tu vida.

—¿Has pedido el Uber? —pregunta para cambiar de tema.

«Mierda».

—No, se me ha olvidado. —Parece incómodo otra vez, y cuando mira a su móvil de reojo me doy cuenta del motivo—. Se lo has dicho a Nathan, ¿no?

—Le he escrito cuando te he visto en el bar. Perdona.

—Y está de camino, ¿no?

—En mi defensa, no le he dicho dónde estábamos. Pero todos los miembros del equipo tenemos un localizador, por si alguna vez nos metemos en líos y debe venir a buscarnos.

—Joder, Russ. Me estabas cayendo bien. Pero tenías que chivarte.

Se vuelve a sonrojar y se hunde en la silla.

—No impones tanto como el capi. —Al lado aparece el Tesla blanco de Nathan y Russ pone un par de billetes en la mesa—. Creo.

Me cuesta mucho convencer a Russ de que Nathan lo acerque a su casa, pero una vez en el coche, Nathan se queda callado cuando intento que Russ me cuente algo sobre él. Cuando llegamos a la puerta de la fraternidad, le sonríe incómodo.

—Gracias por traerme, capi.

—No hay de qué —dice Nate con seriedad.

Me estiro hacia el asiento trasero para darle un abrazo a Russ.

—Adiós, gordi. Qué pena tener que terminar esta relación.

Él suelta una carcajada nerviosa y mira de reojo a Nate, luego vuelve a mí y sacude la cabeza.

—Adiós, Stassie.

Cuando Russ cierra la puerta y yo me recuesto en mi asiento, me percato de la cara de confusión de Nathan.

—¿Gordi? ¿Relación? Te juro que como te pongas la camiseta de Russ, pido el traslado a la UCLA.

—Nuestro romance ha sido breve pero intenso. —Suspiro—. La conexión que hay entre Russ y yo no sobrevivirá, pero me alegro de que haya ocurrido, en lugar de lamentarme por que termine, ¿sabes?

—Estás borracha. —Sonríe, apartándome un mechón de pelo de la cara—. ¿Qué hacías emborrachándote tú sola, cielo?

—Me he prohibido llorar.

Asiente, baja el coche del bordillo y me apoya la mano en el muslo.

—No entiendo qué tienen que ver esas dos cosas, pero vale. ¿Quieres hablarlo?

—Eso debería preguntártelo yo a ti —murmuro, acariciándole la mano—. Sé que dijiste que estabas bien, pero ¿es verdad?

—Esto es consecuencia de mis propias acciones, Anastasia. Skinner me está usando como chivo expiatorio. No pasa nada. El equipo puede seguir jugando sin mí; y además volveré en un par de meses. Venga, dime qué te guardas en ese cerebro.

—Aaron me está evitando. Y tú no puedes jugar al hockey. Y yo no puedo entrenar y he cogido miedo a los saltos. —Me muerdo la mejilla y me recuerdo que no debo llorar—. No hay nadie que pueda sustituir a Aaron porque todo el mundo ya tiene compromisos o ya tiene compañero, y solo…

—Yo seré tu compañero.

Me atraganto con mis palabras, literalmente. Él me da unos golpecitos suaves en la espalda hasta que recupero el aliento.

—Esto es con todo el respeto, ¿eh?

El camino de casa de Russ a mi casa es corto y Nathan detiene el coche frente al portal. Se gira en el asiento y me mira muy serio.

—He dicho que yo seré tu compañero. De cualquier forma, tengo que patinar y entrenar, así que lo puedo hacer contigo. Cuando tenga partido fuera no podré estar, pero el resto del tiempo soy todo tuyo.

Me paso la mano por el pelo y no puedo evitar sacudir la cabeza al pensar en todas las razones por las que eso sería una idea terrible.

—El patinaje artístico no es como el hockey; no puedes cambiar uno por otro de buenas a primeras. No funcionaría.

—Tengo ocho semanas, Stas. No digo que vaya a ser capaz de dar los saltos que da Aaron, pero puedo ayudarte a entrenar y a hacer tus saltos.

—Pero tú no puedes lanzarme. No estás entrenado.

Descansa la mano en mi cuello y me acaricia la mejilla con el pulgar.

—Tendrías que enseñarme, pero soy más que capaz de cogerte con seguridad. —Suspira y vuelvo a sentir ese extraño aleteo en el corazón—. Soy un patinador excelente y además soy fuerte. Mucho más que Aaron. Me pondría de colchoneta humana antes que dejarte caer sobre el hielo.

Me muerdo el labio, pensando en lo que ha dicho.

—Es un detalle por tu parte, pero no funcionaría.

—Dime una sola razón por la que no funcionaría. —Se lleva mi mano a la boca y la besa con dulzura, dándome la verdadera razón—. Solo una.

—Por esto —respondo en voz baja—. No puedo mezclar el patinaje y esto, sea lo que sea esta relación. Me gustas, y me jode admitirlo en voz alta, pero te has abierto camino dentro de mí y me has hecho disfrutar del tiempo que pasamos juntos. Ahora soy simpática contigo. Es la señal de lo bajo que he caído. Muchos dirían que esto es una catástrofe.

Se ríe y me mira con una adoración que me roba el aliento.

—Hablas mucho, borrachilla, pero no dices nada con sentido.

Eso es verdad.

—Necesito concentración, Nate. Y no puedo hacerlo si acabo todos los días en tu cama.

—¿Y un día sí y otro no?

Pongo un gesto de exasperación, conteniendo la sonrisa que amenaza con traicionarme.

—Nathan…

—Si crees que no voy a ser capaz de dejar la polla quieta, te equivocas. Hace dos meses pensaba que me la ibas a arrancar y a dármela de comer. Y mira lo bien que nos va. —Se me empañan los ojos. Traidores—. Joder, si te flipa darme órdenes. Piensa en lo divertido que puede ser enseñarme patinaje artístico. Por favor, di que sí.

—No creo que sea buena idea…

—Pero di que sí igualmente.

Suelto un suspiro tenso y cansado y asiento con la cabeza.

—Vale. Serás mi compañero. Sí.

24

Nathan

Cuando me desperté esta mañana, la idea de recoger a Stassie y a Russ de una cita en una cafetería parecía tan poco probable como la de ser patinador artístico, y a pesar de ello, aquí estoy.

El pánico me invade en treinta segundos. Ella arruga el gesto, como cada vez que se enfrasca en sus pensamientos.

—Puedo ser difícil, Nate —suelta con la voz temblorosa—. Sé que crees que Aaron me tiene dominada, pero no es así. A veces discutimos a saco en mitad de la pista.

Me acerco a ella, le paso el pelo por detrás de la oreja y le sostengo la cara con delicadeza.

—¿Por qué me dices que eres difícil, como si no lo supiera?

Tuerce el gesto un poco más, aunque se le escapa una sonrisa. El lunes ha empezado genial, luego ha empeorado y ahora creo que va a remontar. No sé de dónde he sacado la propuesta; pero creo que ya me he hartado de verla sufrir.

No tengo nada claro que esto se me vaya a dar bien, pero no dejaré que se caiga, y eso es lo único que importa.

—No te das cuenta del compromiso que estás adquiriendo. —Me aprieta la mano y suspira—. ¿Y si no me soportas cuando terminemos?

—Anastasia, lo que sienta por ti dentro de ocho semanas no

tiene por qué preocuparte ahora. Pero que sepas que, si alguna vez me falta un jugador, espero que te apuntes a hockey. Me da que tu mala leche puede ser una gran aportación al equipo.

Consigo frenar el manotazo que se cierne sobre mí y Stas salta por encima del freno de mano para sentarse a horcajadas en mi regazo.

—Cuando salgas de este coche, ya seremos pareja artística y no podré tocarte hasta enero —explico—. Si hubiera sabido esta mañana que esa sería la última vez que iba a besarte, lo habría hecho mejor. ¿Un último beso?

—Estás de coña.

—Claro que no. Si no hubieras bebido, te diría que folláramos en el asiento de atrás. Así que bastará con un besito.

Pone cara de exasperación, se inclina sobre mí y se detiene a un centímetro de mis labios.

—Tu encanto no se acaba nunca, Hawkins.

Le hundo las manos en la melena y la beso con toda la intensidad. Es un momento extraño que parece al mismo tiempo el inicio y el fin de algo, y cuando restriega las caderas contra mí no sé si llorar o reír.

—Pero todavía puedo pensar en ti al tocarme, ¿vale? —digo mientras retrocede para salir del coche—. ¿O eso también va contra las normas? —«Por favor, no».

Suelta una carcajada que suena como el ronquido de un cerdito.

—Si tú lo haces, yo también. Serás mi fantasía recurrente. ¿Hecho?

«Me cago en mi vida». Asiento, incapaz de articular palabra mientras me imagino una imagen muy indecente.

Las próximas ocho semanas van a ser un infierno.

Cuando llego a casa todo el mundo ya está al tanto de la noticia porque Stassie se lo ha contado a Lola. Yo he llamado a Faulkner desde el coche; me ha dicho que me vendrá bien para hacer méritos y que me confeccionará una dieta para mantenerme en forma. El patinaje artístico me ayudará a seguir entrenando en el hielo, así que *creo* que le ha parecido bien el plan. Solo lo creo, no lo sé, porque luego me ha dicho que soy el tío más raro que ha tenido que aguantar en toda su vida y que buena suerte para ponerme las mallas.

Lola tiene a todos los chicos en la mesa doblando folletos para la función de *Hamilton* del grupo de teatro. Así es más fácil contarles la historia entera a todos, aunque las mofas se multipliquen por diez.

—Ya que se te da tan bien ayudar a los demás, siéntate ahí. —Me tiende una pila de papeles para que los doble y me señala la silla al lado de Mattie—. Estoy deseando ver el culo que te hacen las mallas.

—A mí me preocupa un poco que se empalme —añade Henry, concentrado en alisar bien los pliegues de un folleto—. Al lado de Stassie, se pone como un perro en celo.

—Gracias. Pero no, no podemos caer en la tentación. Quiere asegurarse de que no se distrae. Así que solo amigos.

Estalla una carcajada general. Me imagino que no será la primera a mi costa en los dos próximos meses.

En mi primer acercamiento al patinaje artístico descubro que mi horario de los jueves coincide con el de Anastasia, así que ambos terminamos a las dos. Tendríamos que irnos a estudiar, pero acabamos de llegar al centro comercial de Maple Hills.

¿Sabes cuando en una película hay un botón rojo que está prohibido pulsar, y cuando alguien lo pulsa te pones a gritar a la tele? Anastasia es mi botón rojo. Sé que no debería tocarla, pero quiero, y como lo haga se pondrá a pegarme gritos. Está guapísima mientras me explica apasionadamente la importancia de patinar con la ropa adecuada.

—Deja de mirarme los labios y atiende —dice.

—Estoy atendiendo. Pero sigo sin entender por qué no puedo llevar un pantalón de chándal normal.

—Porque no, ¿vale? Vamos a comprarte unas *mallas*.

«Guapísima».

—Sí, señora.

La primera tienda no tiene nada para hombres, en la segunda no hay nada que me suba más allá de los muslos, pero la tercera es perfecta.

—¿Qué te parecen estas? —pregunta, levantando un par de mi talla.

—Son de leopardo, Anastasia.

—Ya veo. ¿Y qué?

Arqueo una ceja y me apoyo en el estante.

—Vamos a ver, ¿que sean de leopardo no te parece motivo suficiente? Vamos a descartar cualquier estampado animal para ahorrar tiempo, anda.

Está a punto de replicarme cuando me suena el móvil.

«Papá». Cuelgo. Me lo vuelvo a guardar en el bolsillo y ella levanta otro par.

—¿Así que estos de cebra tampoco?

—Correcto.

—¿Estás *completamente* seguro? Estos te harían buenos muslos.

—Si quieres verme los muslos, puedo patinar en calzoncillos. Problema resuelto. ¿Comemos? —Ni me responde—. Me lo tomaré como un no.

Busco entre un mar de alternativas en negro sin estampado animal y encuentro un puñado de mi talla. Mientras pago toda esa ropa «aburrida» y salimos de la tienda, no hace más que refunfuñar y poner cara de desaprobación.

Voy a tenderle la mano, pero enseguida me detengo y la estiro disimuladamente. Caminamos en silencio hacia la zona de restaurantes, pero veo que algo le preocupa por la expresión inquieta de su rostro. Justo cuando estoy a punto de preguntarle, vuelve a sonarme el teléfono.

«Papá». Cuelgo.

Nos sentamos en una mesa lejos del mogollón, para estar más tranquilos, y veo que sigue con la misma cara de pocos amigos.

—¿En qué piensas, gruñona? —le digo.

—En la NHL.

Eso no me lo esperaba.

—Me parece genial la diversidad de cuerpos en el deporte,

Stas, pero creo que eres un poco bajita para jugar al hockey —digo con sorna—. ¿Qué pasa con la NHL?

—Estaba pensando en lo tranquilito que va a ser mi último año, ya que te vas a Canadá a cazar alces o vete tú a saber. —Se encoge de hombros y me dedica una sonrisa forzada—. Es una estupidez, olvídalo.

—Me flipa que me veas capaz de cazar un alce, pero no estoy seguro de que haya muchos en el centro de Vancouver —respondo entre risas—. No sé si lo sabes, pero hay vuelos de Vancouver a Los Ángeles. Por si alguna vez quieres salir de la tranquilidad y venir a verme.

Está a punto de contestarme cuando me suena el puto teléfono de nuevo. «Papá» otra vez. Cuelgo *otra vez*. Ella se pasa la mano por el pelo y suspira.

—Puedes contestar al teléfono, aunque estés conmigo.

—Ya.

—No voy a montarte un pollo si hablas con alguna chica. —Pone los codos en la mesa y descansa la cabeza en las manos—. Solo porque no puedas follar conmigo no significa que no vayas a follar con nadie.

Suspiro y dejo el móvil en su lado de la mesa.

—Tres nueve nueve tres.

Sacude la cabeza e inmediatamente intenta devolverme el móvil.

—Nathan, no necesito...

Marco el código yo mismo, ya que está empeñada en respetar mi intimidad. Veo cómo intenta contenerse para no mirar la pantalla, hasta que sus ojos se posan por fin en la palabra «Papá», mil veces repetida en el registro de llamadas perdidas.

—Es complicado.

—Ah, bueno, vale... —balbucea—. Pero lo decía en serio. No pretendo que te pases dos meses guardando celibato.

Resoplo y la miro a los ojos, llenos de incertidumbre.

—Vamos a pasar mucho tiempo juntos, Anastasia. Pienso cortarle el paso a cualquier moscón que se te acerque. *Obviamente*, tú puedes hacer lo que quieras, pero buena suerte intentando follarte a alguien que no sea yo.

Se le iluminan los ojos y se le encienden las mejillas al instante.

—¿Se supone que eso iba con cariño? A mí me suena más bien posesivo y tóxico.

Esbozo una sonrisa, me encanta cómo se está dando el día.

—No me vengas con gilipolleces. He visto los libros guarros que tienes en la estantería. —Abre la boca—. Y bien, ¿qué quieres comer?

—Nada, gracias. Ya comeré algo en casa, pero tú pídete lo que quieras.

—¿Tienes algo en contra de la comida?

—No, pero no puedo saltarme la dieta.

—¿Dieta? —Es obvio que cualquiera que pase un tiempo con Anastasia sabe que tiene una relación complicada con la comida. Juraría que la mitad del tiempo en que está de mala hostia es porque tiene hambre.

—Aaron y yo tenemos una dieta estricta. Yo preparo la comida durante la semana; tenemos que organizarnos bien.

—Está guay que tengas tanta disciplina —digo con cautela—. Estudio nutrición, así que hago muchas cosas de este tipo. Me encantaría ver esa dieta, si te parece bien.

Rebusca en la mochila y saca a mi peor enemigo: su agenda. Pasa varias páginas, llega a una hoja de papel y me la tiende.

—Mira lo que quieras.

«Joder». Verdura. Verdura. Un poquito de proteína. Verdura. Cojo el móvil y abro la calculadora para hacer números.

—¿Quién te ha hecho esta dieta?

—Aaron.

La respuesta no me sorprende, aunque sí me decepciona. Por primera vez, me quedo sin palabras. Está claro que no tengo la mejor relación con Aaron Carlisle. Pero esto es raro de cojones. O no tiene ni idea de nutrición o lo hace a propósito.

—Anastasia, no estás comiendo ni la mitad de lo que deberías comer.

Intento que no parezca que la estoy regañando o menospreciando; no es culpa suya. Me quita el papel de las manos y revisa la dieta.

—¿A qué te refieres?

—Tu cuerpo consume calorías por el simple hecho de estar vivo. Así que necesitas darle combustible al cuerpo para vivir. Alguien que quema tantas calorías como tú, por el patinaje y el entrenamiento de fuerza, necesita comer más de lo normal para asegurarse de que los músculos se recuperan.

—Estoy bien.

—No comer lo suficiente te hace más propensa a sufrir lesiones y otros problemas graves de salud. ¿Siempre te has hecho moratones tan grandes como ahora?

Creo que su mente va a mil por hora. Se ha quedado paralizada, intentando asimilar lo que le estoy diciendo.

—Puede… Yo qué sé.

Hace tiempo que me di cuenta de que siempre está llena de moratones. Supuse que era por las caídas y todo eso, pero ahora que los he visto de cerca, sé lo graves que son.

—Los moratones pueden ser una señal de déficit de nutrientes. ¿Te cansas mucho? ¿Tienes ansiedad? ¿Estás irascible sin motivo? ¿Has notado cambios en el ciclo menstrual?

—Dios santo, Nate. —Está echando humo, y mira alrededor para asegurarse de que nadie nos escucha. Baja la voz—. Estoy cansada, ansiosa e irascible porque no paro. Probablemente sabes mejor que nadie que son gajes del oficio.

—Stas…

—Y en cuanto a mi ciclo menstrual, aunque no es de tu incumbencia, tomo una píldora que me lo suprime. Llevo años así.

Se cruza de brazos y se reclina en el asiento. Veo en ella desafío, fastidio y un atisbo de incertidumbre. No es mi intención disgustarla, pero tampoco voy a dejar que siga comiendo así.

—Apenas hay hidratos en esta dieta.

—¿Y?

—Que necesitas hidratos, Stassie. No te pido que te atiborres a comida basura, pero necesitas comer más calorías, cariño. Te puedo hacer una nueva dieta; le damos las dos a Brady y que ella elija la que prefiera.

—Venga. —Se encoge de hombros—. Por mí, vale.

—¿Ryan ha visto este plan?

Frunce el ceño.

—¿Qué? No. ¿Por qué?

Al pensar en la videollamada de hace un mes me acuerdo de que llevo queriendo sacar el tema de lo que dijo Ryan desde entonces, pero no he tenido oportunidad con todo lo que ha pasado.

—Ryan dijo una vez que Aaron intentaba controlar todo lo que comías.

Pone cara de hartazgo.

—No hagas caso a Ryan. Si fuera por él, cenaría en el KFC todos los días, lo cual no es muy realista. Yo no tengo su metabolismo sobrehumano. Aaron dice que a veces le cuesta levantarme y eso le da mucha rabia a Ryan.

«No me jodas».

—¿Cómo que le cuesta levantarte?

—Si no hago bien la dieta. A veces mi peso fluctúa un poco.

Me paso la mano por la cara e intento que no me hierva la sangre. El hecho de que compartamos pabellón no solo significa compartir la pista de hielo, sino también el gimnasio. Y he visto a Aaron levantar sin dificultad el doble de lo que pesa Anastasia. Puede que no sea muy alto, pero es fuerte.

—Está trastornado, Stas.

—Qué exagerado.

—No quiero discutir por esto porque no es culpa tuya. Pero este tío te está controlando y te lo voy a demostrar cuando le enseñe esto a Brady.

Resopla y se frota las mejillas con los ojos cerrados.

—Me estás dando dolor de cabeza.

—Es porque me preocupas.

—¿Puedes preocuparte de otra forma que no me cause un millón de problemas, por favor?

—Lo arreglaremos juntos, te lo prometo.

Se inclina sobre la mesa, apoya las manos en las mías y me las aprieta.

—Voy a por comida. Ahora vengo.

Intento no fijarme en cómo se le ha quebrado la voz al decirlo.

25

Anastasia

—¿Por qué tardas tanto?

Lo oigo dando tumbos al otro lado del vestuario, pero todavía no ha hecho acto de presencia. Es nuestra primera sesión, y vamos a llegar tarde a la pista, lo cual no augura nada bueno para los próximos dos meses, ni para que Nathan siga vivo.

—¡Nathan! —grito, aporreando la puerta.

—No puedo salir.

Le gruño a la puerta, consciente de que es ridículo, pero es que no puedo gruñirle a él porque no quiere salir.

—¿Por qué?

—Las mallas. Son muy ajustadas. Se me nota *todo.*

—Como no salgas, entro yo.

Saca la cabeza, con el cuerpo escondido tras la puerta.

—Lo digo en serio. Son... Vamos a ver... Se me nota *todo.*

—Que sí, lo hemos pillado. La tienes muy grande. Bla-bla-bla, ¿ya se te ha subido el ego bastante? Llegamos tarde. Venga, vamos a empezar. —Brady se acerca mientras Nate abre la puerta, con las mallas más ajustadas que he visto en toda mi vida. Parece que se las ha pintado. Se le marca absolutamente todo—. Madre del amor hermoso.

Brady le da un repaso de arriba abajo, y después de abajo

arriba para no perder detalle. Pone los brazos en jarra y sacude la cabeza.

—Lo siento, Hawkins, pero no te puedes poner eso. —Nate parece un conejo delante de los faros de un coche. Vuelve a esconderse tras la puerta—. ¿No tienes otra cosa?

—Tengo los pantalones cortos en la taquilla, ¿me los pongo encima?

—Creo que eso será lo más sensato. —Nate desaparece en el vestuario y noto cómo la entrenadora se cierne sobre mí. Me doy la vuelta y sacude la cabeza—. Mucho cuidadito, Anastasia.

—No sé de qué estás hablando. —«Mentira cochina»—. ¿Voy calentando?

—Usa protección. Pregúntale a Prishi; tu vejiga nunca vuelve a ser la misma.

—No estamos...

Me interrumpe con un manotazo al aire.

—Somos adultas. No soy tonta; sé perfectamente cómo te mira ese hombre. Quiero ver a mi mejor patinadora en el podio, no en un paritorio. ¿Está claro?

—Clarísimo, entrenadora.

Lo que no ha tenido en cuenta con la chapa es que probablemente acaba de matar de vergüenza a su «mejor patinadora». ¿Y por qué solo me llama así cuando no hay testigos?

Por fin, Nate sale del vestuario y me da un codazo en las costillas.

—¿Lista, Allen?

—No, y no me des codazos.

—Prohibidos los codazos, los paritorios... Son muchas normas, Anastasia.

Abro los ojos de par en par y me quedo mirando su sonrisa burlona. Su alegría me reconforta y es señal de que no está tan nervioso como yo. Señal de que no se da cuenta de que como este experimento no funcione, me vendré abajo del todo.

Estoy perdida en mis pensamientos cuando noto sus dedos entrelazándose con los míos.

—Todo irá bien —susurra mientras nos acercamos a la zona de calentamiento—. Puede ser divertido.

Chasqueo la lengua.

—Si es divertido es que no te estás esforzando suficiente.

Se ríe y Brady le chista.

—Hablas como una tirana.

Después de calentar, es hora de descubrir si todo esto ha sido una idea terrible.

—Si vamos a hacer esto de verdad, necesito que memorices la rutina, Nathan —dice la entrenadora mientras se recoloca el abrigo de piel sintética y se cruza de brazos. Nunca se me había ocurrido que quizá yo no voy a ser la única preocupación de Nathan—. No sé hasta qué punto Faulkner te da manga ancha, pero en mi pista harás lo que yo diga.

Nate asiente, ya sin rastro de la sonrisa prepotente de antes.

—Entendido.

—A ver, dadme una vuelta entera a la pista. —Mira a Nate—. Tú, concéntrate en la elegancia, no en la velocidad, pero síguele el ritmo a Stassie.

—Elegancia. Despacio. Lo pillo… ¡Ay! ¿Por qué siempre me pellizcas?

Protesta mientras se frota el abdomen.

—¡Yo no soy lenta! Ya te demostré una vez que soy más rápida que tú. ¿Quieres que te lo vuelva a demostrar?

Nate abre la boca, pero antes de que pueda contestar, Brady da una palmada.

—¿Qué parte de «elegancia» te ha hecho pensar que quiero que echéis una carrera? ¡Haced lo que os mando, ahora!

Nos ponemos en marcha y Nate se las arregla para mantener el ritmo. Cuando ya estamos lo bastante lejos, se acerca a mí.

—¿A qué vienen tantas palmadas?

Me hace gracia ver cómo alguien nuevo reacciona por primera vez a los gestos de Brady. Después de dos años con ella, yo ya ni me doy cuenta.

—A veces imagino que en otra vida debió de ser adiestradora de perros.

Volvemos al punto de inicio y reconozco la cara de desaprobación de Brady. Es fácil distinguir algo que ves seis días a la semana. El pobre Nate parece orgulloso de sí mismo, y hay que admitir que sí me ha igualado el ritmo.

—¿Qué tal ha ido? —pregunta con una sonrisa.

Ella pone cara de malas pulgas.

—Como un cervatillo borracho que se acaba de meter sin querer en un lago helado.

—¿Hay muchos cervatillos borrachos en Montana, entrenadora? —pregunto. Me he acordado de decir «Montana» y no «Rusia» justo en el último segundo.

—No me calientes, Anastasia. Los dos, a primera. Y ahora *con elegancia.* —He dado más vueltas que saltos antes de que Brady esté conforme con el concepto de «elegancia» de Nate—. Mucho mejor, Nathan. Ya no eres jugador de hockey. Nadie va a atacarte en el hielo.

—Con todos los respetos, entrenadora —contesta mientras me mira de reojo—, eso no lo tengo tan claro.

Una vez que entramos en faena, disfruto mucho del entrenamiento, y creo que Brady también.

Vamos al centro de la pista y me sitúo al lado de Nate para enseñarle los saltos básicos. No tiene que hacer nada complicado para ayudarme, más que asegurarse de colocarse en el lugar y la posición correctos, esencial para que yo pueda aplicar toda la parte técnica.

Sobre todo, es imprescindible que se aprenda el nombre de las cosas para saber lo que estoy haciendo en cada momento y no se quede en medio.

—Te lo voy a poner fácil. Tú presta atención a mis pies.

—Stassie —dice—, llevo patinando desde antes de saber andar. No tienes por qué ponérmelo fácil. Probablemente sé más de lo que tú crees.

Arrogancia. No hay nada mejor.

—Perfecto, lumbreras. ¿Desde qué filo hay que despegar para hacer un lutz? —Se pone delante de mí y por su gesto veo que no tiene ni idea—. Te estoy vacilando, pero esto demuestra que tienes que cerrar la boca y escucharme.

—Te estoy vacilando yo a ti —se burla—. No sé ni lo que es un lutz.

—Eres el tío más coñazo que he conocido en mi vida.

—Me la suda que me insultes mientras me mantengas en lo alto de tu lista.

«¿Cómo voy a aguantar esto seis días a la semana?».

Pero a pesar de su arrogancia, me sigue poniendo muchísimo. La camiseta de manga larga que se compró se le pega a los músculos, tiene las mejillas sonrosadas, y cada vez que me mira y pone esa mueca burlona, se me olvida todo lo malo.

Un hombre me ha hecho perder la razón. Me doy vergüenza a mí misma por haberme distraído así, por tirar por la borda todos mis valores feministas para acabar babeando por un par de hoyuelos y unos cuádriceps.

—¿Por qué parece que te esté dando una embolia?

«¿Tal vez porque me está dando?».

—Atiende. No te lo voy a explicar dos veces.

—Oye, no soy yo el que está en la parra.

—Hay seis tipos de saltos en el patinaje artístico. El toe loop, el flip, el lutz, el salchow, el loop y el axel. Y se engloban en dos categorías: los saltos de punta y los saltos de filo. ¿Sabes lo que son los saltos de punta?

—¿Los que se hacen con la puntera inútil esta?

Lo único que no le gusta a Nate son sus patines nuevos. A diferencia de sus patines de hockey, estos tienen punteras. Estuvimos practicando un poco con ellos en la pista de Simone después de ir al centro comercial, y perdí la cuenta de las veces que salió volando. Por no hablar de que estrenar patines es una putada.

—No es inútil. La vas a necesitar. Pero sí, tienes que despegar dando un golpe en el hielo con «la puntera inútil esa». Y los saltos de filo se hacen con el filo interno o el externo. Fácil, ¿no?

Masculla algo parecido a un «sí» y me observa atentamente los pies mientras me doy la vuelta, estiro la pierna izquierda hacia atrás y golpeo la puntera contra el hielo.

—Toe loop simple.

Replica mis movimientos y, a decir verdad, consigue una precisión razonable, a excepción del tambaleo en el aterrizaje. Seguimos.

—¿Qué salto estabas haciendo cuando te la pegaste hace un par de semanas? —pregunta mientras se levanta y se seca el hielo del culo.

—Intentaba hacer el cuádruple lutz. —«Intentar» es la palabra—. El lutz es un salto de punta.

—Parecía chungo.

—Es que es chungo.

—Me da que no quieres hablar de esto.

—No hay nada que decir. —Suspiro—. Brady me hizo quitarlo cuando me di el golpe en la cabeza. No es común en el patinaje femenino y prácticamente insólito en las parejas. Lo veía un riesgo innecesario.

—¿Y para qué querías hacerlo entonces? —No es una salida de tono, sino que parece interesado de verdad—. Solo intento entender tu mentalidad, Stas. No hacerte sentir mal.

No sé cómo explicarlo. Es más bien algo que debería tratar en terapia, no parte de una charla improvisada en medio del entrenamiento. Pero le debo sinceridad.

—Me pasé años patinando con alguien que no estaba a mi altura, solo porque era mi novio. —«Un clásico»—. No me malinterpretes, éramos muy buenos pero no geniales. Con otro compañero habría llegado más lejos. Así que ahora no quiero ser lo mismo para Aaron.

—Y a Aaron sí le sale, ¿no?

—Claro que sí —resoplo—. Se ha pasado horas y horas ayudándome a clavarlo, a pesar de que nunca me ha creído capaz. Sé que el salto no es habitual por algo, pero me empeño. Sigo intentándolo, aunque sé que no me saldrá esta temporada.

—Me gusta tu determinación —dice con suavidad.

—¡Si queréis poneros ojitos, hacedlo en vuestros ratos libres! —grita la entrenadora desde el otro extremo de la pista, recordándonos que deberíamos estar patinando, no de cháchara.

Nate suspira profundamente y pone los brazos en jarra.

—Esta mujer acojona bastante. ¿Y ese abrigo? ¿Sabe que estamos en California?

—Su modelo de referencia es Cruella de Vil. Ya te acostumbrarás.

Nathan gruñe y pone una mueca de dolor al entrar en su coche.

—Qué exagerado. —Me río, tirando la mochila a mis pies—. No ha estado tan mal.

—No estoy hecho para el ballet ni el yoga, Stas —murmura mientras mete marcha atrás—. Me arden las piernas.

—No eres nada flexible, qué gracia. Eres como un tronco de árbol.

Me mira y arquea una ceja.

—No necesito ser flexible porque ya lo eres *tú*, lo cual nos convierte en la pareja perfecta.

—Lo has hecho bien, Nathan. Te lo agradezco mucho. Gracias.

—Pero si me he pasado la mitad del tiempo de rodillas o tirado en el hielo. Joder, nunca me había concentrado tanto como cuando he hecho los saltos esos. Me daba miedo salir volando. ¿Seguro que no puedo ponerme mis patines de siempre?

—Te prometo que acabarás acostumbrándote a estos.

—O tú a verme de rodillas. —Frunce el ceño—. No me refería a *eso*... O bueno, si quieres sí. Yo lo prefiero.

—Un día. —Resoplo—. Has durado un día.

Nate sigue haciéndome reír durante todo el camino de vuelta a casa, me río más de él que con él, pero cuenta igualmente. Salgo del coche y me agacho para coger la mochila—. Hasta mañana.

—¡Trae café! —grita mientras cierro la puerta.

Llevo un rato con miedo a la vuelta a casa, y mientras observo cómo el ascensor sube un piso tras otro, se me van quitando las ganas. No se lo he dicho a Nathan, pero Aaron lleva haciéndome el vacío desde que le conté el nuevo plan de patinar con él cuando llegué anoche a casa.

Por si fuera poco, llevo desde mediodía pensando en lo que me ha dicho Nathan sobre mi dieta. La culpa es mía, nunca he mostrado ningún interés en aprender sobre nutrición. Cuando vivía con mis padres, mi madre se ocupaba, y en la universidad lo dejé en manos de Aaron, confiando en que sabía lo que hacía.

Sé que Lola está en un ensayo, lo que significa que Aaron estará solo y, con suerte, será la ocasión perfecta para hablar con él. Énfasis en «con suerte».

Nada más entrar en el piso, lo veo sentado en el sofá viendo una película.

—Hola. —Vuelve la cabeza y me mira sin decir nada. Me trago el nudo en la garganta y me seco el sudor de las palmas de las manos en la sudadera mientras me acerco a él—. ¿Podemos hablar?

De nuevo no contesta, pero pone la película en pausa y me mira cuando me siento en el sofá y deposito a mis pies la mochila del gimnasio.

—Eh, qué te iba a decir... ¿Tú crees que mi dieta tiene suficientes calorías? Y que es..., bueno... ¿Es lo bastante variada y eso como para ser saludable?

—¿Por qué coño me preguntas esto? —suelta.

Tomo aire profundamente y me encojo de hombros.

—Solo porque hoy ha salido el tema y me han dicho que a lo mejor estaba comiendo poco... Y quería comentártelo para...

—¿Te han dicho? ¿Quién? ¿Hawkins? —La forma en la que pronuncia el apellido de Nate es casi venenosa—. ¿Le chupas la polla un par de veces y de pronto sabe lo que necesitas mejor que yo?

Sus palabras me dejan muda. Balbuceo y me atraganto con mi propia frase, sorprendida. O mejor dicho, *estupefacta*. Y la estupefacción deja paso al dolor.

—¿Qué? ¡No! ¿Por qué eres así? Solo quería revisarlo contigo para poder...

Se levanta del sofá, se pasa la mano por la cara y vuelve a interrumpirme.

—¿Sabes qué, Anastasia? Vete a tomar por culo. Si Nate Nawkins te parece tan listo, confía en él para lo que quieras. —Le tiemblan las manos y echa fuego por los ojos al mirarme—. Pero ¡cuando se aburra de ti, no me vengas llorando porque eres tú la que se ha bajado las bragas por el primer jugador de hockey que ha visto!

El corazón me retumba en el pecho mientras se da la vuelta y se mete en su habitación con un portazo tan fuerte que hace temblar todo el edificio. Me abalanzo a por la mochila y saco el móvil.

—¿Ya me echas de menos? —dice Nate entre risas al otro lado de la línea.

Me seco las lágrimas con el dorso de la mano y me aclaro la garganta.

—¿Puedes venir a recogerme?

26

Nathan

—Una pizca de sal. *No*, una pizca. ¡Una pizca, Robbie! ¡Eso no es una pizca! —Anastasia toma aire profundamente y rescata la montaña de sal que acaba de echar Robbie.

—*Mea culpa* —murmura, ahora sí, echando una pizca de verdad.

—No pasa nada. Perdón por gritarte.

Stassie le está enseñando a cocinar. O, mejor dicho, está intentando enseñarle a cocinar. Me aposté diez pavos con Stas a que perdería la paciencia con él antes de que la sartén llegara a calentarse. Ella aseguró que sería fácil, pero ya la tiene sudando del estrés, y cada vez que está a punto de decirle algo, me mira a mí primero y luego lo dice con calma.

—Tienes que dejar que todos los ingredientes se conozcan en la olla —explica Stassie con paciencia—. Pero no puedes dejar que se queme.

—Prohibido quemar. Amigos en la olla. Lo pillo.

Stassie rodea la encimera y se desliza al lado del asiento donde yo estoy trabajando, coge un libro y se pone a estudiar.

Por extraño que parezca —ahora tendré que darle las gracias a la agenda—, llevo al día todos los trabajos de clase por primera vez desde que empecé en Maple Hills. Entrenamos juntos, nos cepillamos los dientes juntos y cocinamos las mismas comidas. No tengo ni idea de lo que somos, pero me gusta. Nos hemos tomado en serio lo de jugar a las casitas.

Al sentarse a mi lado, no dice nada sobre los diez pavos; se limita a concentrarse en su trabajo y a descansar su pierna al lado de la mía.

Han pasado dos semanas desde que Aaron reaccionó de la manera más «aaronesca» posible, insultándola e insinuando que es una zorra. Cuando fui a buscarla estaba en el portal llorando a mares, destrozada, y se había cogido una mochila con un par de mudas.

Me prometió que solo se quedaría una noche y construimos una barricada de almohadas para respetar el acuerdo de ser solo amigos. Eso fue hace dos semanas, y todavía sigo durmiendo al otro lado de la barricada. Lo bueno es que nos estamos conociendo como es debido. Cuando nos tumbamos uno a cada lado de las almohadas, hablamos de todo y de nada hasta que uno de los dos se queda dormido. Siempre es ella; yo nunca me canso de oírla hablar de sí misma.

Es extraño, pero me gusta. Si las cosas hubieran ido de otra manera, me habría pasado las últimas dos semanas metido dentro de ella, en lugar de descubrir todo lo que se le pasa por la cabeza. No habríamos conseguido nada. Incluso quizá habría dejado la universidad para investigar exactamente cuántas formas hay de hacerle gritar mi nombre...

Pero no puedo pensar en eso porque ahora solo somos amigos, y el único sitio donde grita mi nombre es en la pista de hielo.

—¿Stassie? —dice Robbie—. Creo que ya son todos colegas de olla. ¿Qué hago?

Stas se baja del taburete y al pasar me roza la espalda con los dedos, provocándome un escalofrío. Mira la comida y asiente orgullosa.

—Qué buena pinta. Lo has clavado.

—¿Qué hay de comer, chef? —le pregunto con tono juguetón, cerrando el libro, oficialmente aburrido.

Había hecho bien los cálculos, con la dieta de Aaron estaba comiendo menos de la cuenta. Es una de las pocas veces en mi vida que he odiado tener razón. Brady le dio el visto bueno a mi dieta, y sobre todo flipó con el hecho de que Anastasia comiera tan poco. Stas no quiso señalar a Aaron, con la excusa de que tenía que seguir patinando con él, y delatarlo ante la entrenadora solo le complicaría la vida en el futuro.

Anastasia y Lola no creen que Aaron sea tan cabrón como para haberlo hecho a propósito, y dicen que solo es demasiado terco para admitir que no sabe lo que hace, pero ese debate mejor lo dejamos para otro día.

Parte de los cambios de la dieta de Stassie es proponerle platos más ricos que solo ensalada o pollo. Nos hemos turnado para enseñarle platos diferentes, y a veces también los busca ella en internet y los adapta a sus macros. No creo que ninguno pudiera prever el miedo que tiene a esta forma desordenada de comer.

Hasta cierto punto, es capaz de entender que tiene derecho a una «comida trampa», pero como es lógico, cambiar el noventa y nueve por ciento de su dieta le resulta bastante abrumador. He intentado ir despacio, pero dice que no tiene tiempo para ir despacio y que prefiere lanzarse a por todas. Reconozco las señales de alarma cuando las oigo, pero me ha prometido que lo hablará con su terapeuta, así que no puedo hacer más.

No es que no le guste lo que come ahora, sino que tiene pavor a engordar y pesar mucho para que la levanten en los saltos, o no caber en la ropa de patinaje. Es aterrador y le condiciona mucho, y me hace preguntarme cuántas veces habrá oído eso.

—JJ quiere enseñarme a cocinar platos de curry auténticos. Le he dicho sin querer que nunca he hecho uno que no fuera de bote y me ha dicho no sé qué de que estaba ofendiendo a sus ancestros. —Se saca el teléfono del bolsillo y sin siquiera mirar la pantalla, ya sé que está consultando la app de calorías. Me mira para asegurarse—. Esto va a funcionar, ¿verdad?

—La comida tradicional india te vendrá bien. Básicamente son verduras, especias, carne, lentejas o lo que quieras echarle. Nutricionalmente es bastante completa —explico, destacando primero los beneficios más importantes—. Es la versión occidentalizada la que está llena de mierda. En algún momento se ha demonizado toda la cocina. Pero puede servirte.

—Vale, pues supongo que enseguida volverá del gimnasio.

—Se guarda el teléfono y me tiende la mano—. Vamos a estirarte, pequeña patinadora.

Gruño, le tiendo la mano y dejo que me lleve al salón.

Han sido dos semanas de muslos doloridos, punteras y ballet de los cojones. Dos semanas demostrándome que patina mejor que yo. Dos semanas de Brady mirándome como si me atravesara el alma y descubriendo todos mis secretos. Me duele absolutamente todo: el culo, los muslos, los gemelos. Puede que sea fuerte, pero flexible no tanto.

Me tumbo en el suelo y levanto las dos piernas. Ella usa su cuerpo como pesa, me agarra las piernas y presiona hacia delante, estirándome los tendones.

Siempre que empiezo a gemir patas arriba, a JJ y a Henry les parece un buen momento para aparecer por la puerta. Me cuesta distinguir sus expresiones desde esta postura, pero oigo la risa de JJ.

—Me pido siguiente, Stassie.

Henry se acerca y ladea la cabeza mientras analiza lo que estamos haciendo.

—¿No te parece raro estar en ese lado, Anastasia?

Ella presiona un poco más y mis tendones se estremecen. Me encanta y lo odio a partes iguales, pero la incomodidad hace que no procese lo que ha dicho Henry hasta que ella contesta:

—¿Sabes qué, Hen? Sí que es un poco raro.

Por mucho que me hayan convertido en su saco de mofas, me alegro de que los chicos distraigan a Stas para que no se obsesione con Aaron. Lleva días acribillándola a mensajes de disculpa. Dice que «solo fue un calentón» y que no era su intención gritarle. Pero ella está muy dolida y ya no sabe qué pensar.

—La amistad es importante, pero también lo es vivir en un entorno sano —se dice a sí misma cuando rechaza su llamada por enésima vez—. Todo el mundo tiene que progresar.

Cada día le digo que se puede quedar todo el tiempo que quiera. Aunque suene egoísta, me encanta que pase tanto tiempo aquí, y a los demás también. Están tan a favor de que se quede como yo, y cuando propuse que nos fuéramos los dos a un hotel me dijeron que me dejara de gilipolleces. Tampoco quieren que se vuelva con Aaron.

Cuando Lola llega a casa y se zampa la comida de Robbie, ella y Anastasia dicen que tanta testosterona les está pudriendo el cerebro, así que las acerco al cine para que pasen una tarde de chicas.

No es por seguir metiéndome con la agenda, pero Stassie ahora no para de hacer planes innecesarios. Vivir aquí le ha provocado un shock tremendo, porque esto es un desmadre constante.

Me doy cuenta de cómo se agobia cuando siente que se queda atrás, así que hago lo posible por ajustarme a su horario, mientras que al mismo tiempo le recuerdo que a veces cambiar o improvisar planes viene bien —como ir a ver de pronto una peli romántica—.

Cuando vuelvo después de llevarlas al cine y me dispongo a aparcar en mi plaza, me doy cuenta de que está ocupada por un coche que no reconozco. Un par de minutos después, mientras abro la puerta de casa, me suena el móvil, y nada más abrir descubro quién me está llamando.

—Nathaniel —dice mi padre en tono cortante—. Me alegro de saber que sigues vivo.

—¿Qué coño haces aquí? —pregunto.

—¿Te refieres a qué hago en la casa que he pagado yo, donde vive mi hijo? ¿O qué hago en California?

Su tono de superioridad hace que me suba la bilis a la garganta. La verdad es que no sé cómo Sasha y yo hemos salido medio bien después de habernos criado con un ser tan repulsivo.

Físicamente es como mirarse en un espejo que te muestra el futuro. El mismo pelo, los mismos ojos, la misma cara, en definitiva. Por desgracia no cabe duda de que soy hijo suyo. Pero menuda personalidad, madre mía. Podría ser perfectamente la de Aaron.

—Ambas.

—No me coges el teléfono.

—¿Te has cruzado el país porque no te cogía el teléfono? ¿En serio?

No me había dado cuenta de que los chicos están aquí hasta

que los veo entrar en el salón por el rabillo del ojo. Siempre me ha resultado incómodo, porque sus padres sí que son buena gente. Las madres de Henry viven en Maple Hills y ni siquiera ellas se presentan sin avisar.

—He venido porque tengo unos negocios en California. Y quería verte. —Me encanta la escenita del padre preocupado; si no lo conociera habría estado a punto de tragármela—. Como decía, no me coges el teléfono.

Me siento en el sofá, imitando su postura en el sillón que hay justo enfrente. Todo huele a chamusquina; mi instinto me dice que algo no va bien.

—¿Qué negocios tienes en Los Ángeles? Sabes que aquí no nieva, ¿no?

—No finjas que tienes idea de algo del negocio familiar. —Ya se le ha caído la fachada—. No te importa gastarte el dinero de la familia en la matrícula de la universidad, ni en esta casa, ni en el cochazo que llevas a todas partes. Lo que no te gusta es aportar.

Me inclino para descansar los codos en las rodillas y suspiro, negándome a tener la misma conversación que llevamos repitiendo desde que me gradué en el instituto y le dije que no pensaba estudiar Empresariales en Colorado.

—¿Qué haces aquí, papá?

—Tu hermana no es feliz. —«No jodas»—. Tienes que hablar con ella. Dice que quiere dejar el esquí.

Sasha no quiere dejar el esquí. Debe de ser lo único que se le ha ocurrido decirle para que la escuche.

—¿Y qué más dice?

Frunce el ceño y se frota la mandíbula. Hostia, si incluso hacemos los mismos gestos.

—¿A qué te refieres?

—No me creo que te haya dicho sin más que va a dejar el esquí. ¿Qué te ha pedido que tú le estés negando? ¿Qué es lo que quiere? Joder, no debería ser yo quien te enseñara a ser padre de una chavala de dieciséis años.

—Ese tono, Nathaniel.

—¿Acaso la escuchas? —Levanto la voz mientras me hierve

la sangre—. No es un puto caballo de carreras, es una niña. No es una máquina de ganar trofeos, ¡tiene necesidades! Tienes suerte de que no se haya ido aún de casa.

Quiero que me conteste con otro grito, necesito discutir con él, pero solo se me queda mirando con una expresión vacía.

—Le encanta esquiar, sabes que es su pasión. No sería tan buena si no le encantara. Pero necesita un respiro, papá. Necesita cuidados y atención, y saber que tu amor no depende de lo bien que haga los descensos.

—Quiere irse de vacaciones de Navidad.

No me sorprendería que él la hubiera ignorado después de meses pidiéndoselo.

—¿Ves? Es fácil. Llévala a San Bartolomé o algo así. Deja que tome el sol en la playa, que lea un libro, que se tome una piña colada o dos.

Sin perder un segundo, hace oídos sordos a lo que le digo y señala la escalera.

—Por lo que he visto, tienes a una mujer viviendo en tu cuarto. ¿Dónde está?

Me pilla con la guardia baja, cosa que era claramente su intención. Lo normal es que esa sea su *única* intención, como demuestra el hecho de que se haya presentado aquí sin previo aviso. Cuando se me pasa el shock inicial, me doy cuenta y me alegro de que Anastasia no esté.

—¿Cómo has entrado en mi cuarto?

Se levanta de la silla y se alisa la chaqueta del traje.

—Porque me acuerdo de la fecha del cumpleaños de mi mujer. —El aire cambia. Se enfría. Me ahoga. No sé qué está pasando—. Bueno, por lo que veo tienes cosas que hacer y no quieres visita. Me voy a alojar en el Huntington, en caso de que decidas que puedes soportar al hombre que te ha dado todo, al menos durante el rato que dura una comida. En dos días regreso.

Y con ese último acto de falsa autocompasión, ahora que ya tiene lo que venía buscando, sale por la puerta.

27

Anastasia

Ya sé que están diseñadas para hacerte sentir mejor, pero las afirmaciones positivas son una mierda. No funcionan. No me siento más positiva ni más reafirmada. No sé ni para qué me molesto.

Nate se coloca detrás de mí, de forma que su cuerpo se cierne sobre el mío y me agarra la cintura con fuerza, mientras el calor de sus dedos me abrasa la piel descubierta del vientre. Mantiene su cuerpo pegado al mío, su boca encuentra mi oído, susurrando.

—¿Preparada, Allen?

El corazón se me va a salir del pecho, mis pensamientos son un auténtico caos. Han pasado semanas y aún no sé si estoy preparada. No. Sé que no lo estoy. No quiero.

—Tres, dos, uno…

—¡No! —Le agarro de las muñecas y hago un gesto para que me suelte—. ¡No, no puedo!

Me suelta y deja que me aleje patinando para sacudirme el desagradable cosquilleo que siento en la nuca. Esto es ridículo, soy consciente. Y me doy cuenta de su frustración cuando me detengo justo antes de que me levante. Nunca la toma conmigo, nunca me dice nada, pero sé que la siente.

Nate se aleja patinando en dirección opuesta, con los brazos en jarra, respirando profundamente.

—¡Lo siento, Nate! —grito por enésima vez.

Se desliza hacia mí y me dan ganas de ceder a mis instintos. De dejar que me agarre, me lleve y me dé mimos. Quiero abrazarlo y permitir que me prometa entre susurros que nunca me defraudará.

Me agarra la cara con las dos manos y me levanta la cabeza con suavidad. Quiero que se acerque más y me bese, pero no lo va a hacer porque se lo tengo prohibido.

Otra cosa por la que enfadarme conmigo misma.

—¿Por qué no confías en mí? —Su tono es suave, lo cual me lo pone todo más difícil—. Stas, no voy a dejar que te caigas.

—Sí que… —No me sale ninguna respuesta. Cada vez que noto la ansiedad en la boca del estómago, no puedo respirar. Hemos entrenado en el gimnasio y sé que es capaz de agarrarme; sin embargo, por alguna razón, hacerlo de verdad me cuesta demasiado—. Confío en ti. Pero no sé qué me pasa.

Patina hacia Brady, que nos dedica su habitual gesto de malas pulgas.

—Tenéis que solucionar esto. Anastasia, si quieres patinar en pareja tienes que ser capaz de trabajar con tu pareja.

Lo dice como si no fuera justo eso lo que me obsesiona.

—Ya lo sé, entrenadora.

—Cuanto más dejes que te domine el miedo, peor lo pasarás. Resuélvelo, y rapidito.

Me trago las lágrimas, salgo de la pista con Nate y nos ponemos los protectores de cuchillas. Lo peor es que me lo estoy pasando muy bien entrenando con Nathan, y desde que se ha acostumbrado a los patines nuevos aprende más rápido.

Aunque solo lo esté haciendo para ayudarme, me siento bastante orgullosa cada vez que clava un salto. No me malinterpretéis, se ha caído de culo mil veces, y cada vez me hace más gracia, pero ahora cuando se cae y me acerco a ayudarlo, me sujeta de las piernas y me abraza.

Mi amor por el patinaje se ha revitalizado, y él es el mayor responsable. Me pasa un brazo por los hombros mientras caminamos hacia el vestuario.

—Vamos a hacerlo. Trazaré un plan. Lo conseguiremos juntos.

De pronto se para en seco y sigo su mirada, que se posa en la última persona que esperaba encontrarme aquí.

—Aaron, ¿qué haces aquí?

—¿Podemos hablar? —Mira a Nate y se le tensa todo el cuerpo—. A solas.

—Por supuesto que no —replica Nate.

—Nathan... —Lo último que quiero es que se peleen—. No tengo nada que decir, Aaron.

—Pues no digas nada —dice en voz baja—. Solo escúchame y vete.

Nate me rodea el cuerpo con el brazo. Me desagrada la sensación de estar atrapada entre ellos dos. Aaron y yo nunca habíamos pasado tanto tiempo sin hablarnos; no porque no esté deseando oírlo decir algo que me haga darle sentido a todo esto, sino porque estoy harta de comerme sus desplantes.

—Deja que me cambie primero —digo— y nos vemos en el despacho en dos minutos.

—Anastasia —dice Nathan con firmeza y un atisbo de nerviosismo. Pero no puedo seguir evitando a Aaron toda la vida.

Le aprieto la mano, que me ha puesto en el hombro, para tranquilizarlo.

—No pasa nada, no tardaré.

Me dirijo al vestuario y mi humor mejora nada más oír a varias de las patinadoras más pequeñas cuchichear antes de su entrenamiento.

—Está buenísimo.

—Es el capitán del equipo de hockey.

—Qué suerte tiene la cabrona.

—Fijo que se están liando a escondidas de Aubrey.

—He oído que fue él el que lesionó a Aaron.

—Creía que había sido el del equipo de baloncesto.

—Pues bien por él, porque Aaron da todo el asco.

—No, al otro yo lo sigo y siempre está poniendo cosas con una rubia que se llama Olivia.

—Estos están juntos. Y fijo que Aubrey se ha coscado.

—Yo también me arriesgaría si ese tío me mirara así. ¿Sabéis que se tuvo que poner pantalón corto encima de las mallas porque la tiene enor…?

—Chicas —digo, tratando de contener la risa—, la entrenadora Brady os está esperando.

Se hace tanto silencio que podría oírse el vuelo de una mosca. Todas desfilan delante de mí con cara de terror, sin decir ni pío.

Una parte de mí no tiene ninguna prisa en vestirse, por miedo al enfrentamiento con Aaron. La otra parte quiere quitárselo ya de encima. Cuando por fin salgo del vestuario, Nathan me está esperando.

—Esto no me gusta nada —dice en cuanto me ve. Me acaricia la mejilla y no puedo evitar acurrucarme en su calor—. Quiero que tomes tus propias decisiones, pero, por favor, recuerda que no le debes nada. No dejes que te culpe.

—¿Me esperas en el coche?

Asiente y se inclina hacia mí, pero enseguida cambia de opinión y retrocede. Al final cede y me da un beso rápido en la frente antes de dirigirse a la salida.

El camino al despacho se me hace el doble de largo al saber quién me espera, pero igualmente sigo andando y abro la puerta.

Aaron está sentado a la mesa, con la muñeca lesionada aferrada al pecho y una expresión muy seria. Cierro la puerta tras de mí y tomo asiento frente a él, concentrada en mi respiración.

—Llevo varias semanas queriendo venir —dice en voz baja, mirándose la mano buena que descansa sobre la mesa—. Pero estaba enfadado contigo, y no nos convenía a ninguno de los dos.

Me sorprende que no se me caiga la mandíbula al suelo. Aaron me ha sometido prácticamente a un acoso y derribo para que volviera a casa, pero al parecer, ¿era él quien estaba enfadado?

—¿Y por qué estabas enfadado conmigo, si se puede saber?

—¿Me estás vacilando? ¡Te mudas sin decirme nada, y encima con el responsable de que no pueda patinar!

Me tiembla la mandíbula mientras intento mantener la calma.

—Dice que él no tuvo nada que ver.

—Y tú te crees todo lo que dice. Ese es tu problema, Stassie.

—Se ríe y me mira a la cara—. Eres una ingenua. Te inventas el personaje de doña buen rollo, y viva la comunicación y todo eso, pero no te lo crees ni tú. Eres una mentirosa.

«¿Estoy flipando?». No es posible que lo haya oído bien. No sé qué responderle primero. Debería marcharme y no volver a dirigirle la palabra, pero por desgracia, no puedo.

—Si vas a atacarme, me voy ahora mismo.

—No te estoy atacando. Quiero hablar. Quiero arreglar las cosas.

—¿Cómo que no me estás atacando? Te cabreas conmigo por haberme mudado, pero fuiste tú quien me mandó a tomar por culo. —Intento que no me saque de mis casillas, pero mi cerebro solo me pide que grite y mi corazón, que me eche a llorar—. He estado comiendo poquísimo, Aaron. Llevo *meses* en riesgo de sufrir una lesión grave ¿y tú eres el ofendido? ¡Confiaba en ti!

—Qué puta exagerada. Así dicho parece que te haya matado de hambre. —Resopla, mira al techo y baja la mirada—. ¡Yo creía que la dieta estaba bien! Nunca te has quejado y ya eres mayorcita, Anastasia. ¡Si tienes hambre, come más! ¿Qué culpa tengo yo si no sabes escuchar a tu propio cuerpo?

—¿Y lo de que tengo que caber en la ropa? ¿O lo de soltar un gruñido cada vez que tienes que levantarme?

—¿O sea que soy mala persona porque te recuerdo tus responsabilidades?

—Esto no son mis responsabilidades, Aaron, ¡es tu obsesión! —Se me quiebra la voz, mierda. Odio que se dé cuenta de lo que me está haciendo—. ¡Con tanto afán por controlarme te estás cargando nuestra amistad, o nuestra pareja artística!

—¿Cuándo vas a volver a casa? —dice de sopetón—. Te echo de menos.

El cambio de tercio me pilla desprevenida y me hace ver que, en el fondo, Aaron está perdido.

—No puedo volver a casa hasta que comprendas de verdad lo que has hecho, y quiero creer que cambiarás. —Me levanto de la silla y me echo el bolso al hombro—. Ahora mismo no puedo confiar en ti, Aaron. Pero somos pareja artística, nos guste o no, así que ya encontraré la forma de afrontar esta situación.

Asiente, con el rostro inexpresivo.

—Sé que te crees todo lo que te dice, pero ¿para qué te iba a poner en riesgo, Anastasia? —Suspira y se le hunden los hombros—. Si crees que no me preocupo por ti, vale. Pero sabes que sí que me preocupo de mí mismo, y una lesión tuya pondría en riesgo mis propios objetivos, así que, ¿por qué iba a hacerlo?

Si esta situación no fuera tan lamentable, sus palabras me habrían hecho gracia. No se equivoca; lo que más le importa a Aaron Carlisle es él mismo.

—No sé por qué haces muchas de las cosas que haces. Pero eso no significa que no las hagas.

—No me gustó nada verte patinar con otra persona. Quiero arreglarlo, Stas. Te lo prometo.

—Te creo, pero ahora mismo tu promesa no es suficiente.

Cuando me monté antes en el coche de Nathan, con la adrenalina a tope, le pregunté si le apetecía hacer una locura.

Montar una fiesta la semana previa a los exámenes finales es lo que yo entiendo por locura, así como jugar a juegos de beber con un hombre que me saca una cabeza y cuarenta y cinco kilos. Para equilibrar, la copa de Nate está el doble de cargada que la mía, aunque no se ha dado ni cuenta. Por suerte para mí, el juego es «Yo nunca», y resulta que Nate se ha pasado la mitad de la uni acaparando experiencias de todo tipo.

Mattie se aclara la garganta para captar la atención del grupo en su turno.

—Yo nunca… he llamado a Faulkner sin querer mientras follaba.

—Joder, me cago en la puta —murmura Nate, llevándose la copa a los labios. Ni se molesta en mirarme—. No quieres saberlo.

—Vale, vale. —JJ se frota las manos—. Yo nunca… me he ido de una discoteca con una mujer mayor… —Algunos de los chicos levantan las copas, pero JJ les hace un gesto para que esperen—. Y después he descubierto que también me había liado con su hija al ver las fotos familiares en la pared de su casa al día siguiente.

Nathan suelta una maldición, le hace un gesto de reproche a su amigo y se lleva la copa a los labios otra vez.

—¡Ostras! —Creo que se me ha caído la mandíbula al suelo. Lola se parte de risa a mi lado y Jaiden parece orgullosísimo de sí mismo. Me toca, pero no se me ocurre nada tan descabellado como lo que han dicho ellos, así que digo lo único que sé que le puede hacer beber otra vez—. Yo nunca me he caído de un telesilla.

A Nate se le escapa una carcajada y acto seguido levanta la copa. A su lado, Robbie lo imita.

—¿Tú también? —pregunto entre risas. Él asiente y se estremece al dar un trago a la bebida. La ha preparado Lola, así que a saber cómo está.

—Sí, el cabronazo me arrastró con él.

Seguimos jugando, y por supuesto los chicos usan el juego para airear los trapos sucios de cada uno. Lola y yo nos alejamos para ponernos al día de las novedades, y después de una hora pensando en teorías y básicamente poniendo a parir a Aaron, voy a buscar a Nate.

Está en la sala de estar, ignorando a dos chicas que intentan hablar con él. En cuanto aparezco, me sienta en su regazo y entierra la cabeza en mi cuello.

—¿Dónde estabas? Te echaba de menos.

—Con Lo. ¿Cómo me vas a echar de menos? Si me ves todos los días.

No se molesta en responderme y empieza a mordisquearme la oreja.

—Ya no me acuerdo de por qué no podía besarte, pero tengo muchas, muchas ganas. —Va tan borracho que se le traba la lengua, pero yo tampoco me acuerdo—. Eres guapísima, Stassie.

Me giro para colocarme frente a él, y un gemido me da a entender que no ha sido la mejor decisión. Me pone la mano en la cara y hace pucheros.

—Se nos da muy bien el sexo. Venga, deja que te lo recuerde.

Intento llevarle a la cama, aunque no para eso precisamente.

—Vamos, borrachuzo.

Guiarlo por la escalera es como intentar controlar a un niño muy revoltoso. Nada más llegar a su cuarto, Nathan se desnuda y su ropa queda desperdigada por todas partes. Mientras la recojo, oigo el ruido de la ducha y, acto seguido, por todo el cuarto de baño retumba su propia versión desafinada y a pleno pulmón de *Last Christmas.*

Unos minutos después aparece envuelto en un olor a miel y fresas, así que sé que ha usado mi champú. Tiene la toalla colgada sin apretar a la altura de la cadera, y el pecho macizo lleno de gotas de agua.

«Madre mía».

Sin importarle estar chorreando, atraviesa la habitación dando tumbos y se detiene delante de mí.

—¿Quieres jugar al teto?

—No. Quiero que te metas en la cama y te duermas.

Parece decepcionado de verdad.

—¿Por qué no?

Lo empujo hacia la cama y se desploma en una postura ni remotamente parecida a una postura normal para dormir.

—¿Tú qué crees?

Se pone a pensar y de pronto se da cuenta.

—Porque estás borracha y yo sobrio, así que... —Hace el gesto de la X con los brazos—. Prohibido hacer fiesta de pijamas en pelotas.

No es del todo exacto, pero a grandes rasgos ha acertado.

—Bingo. Túmbate bien, porfa.

Me ignora, bosteza y cierra los ojos.

—Si estás borracha no puedes dar consentimiento, Stas.

—Exacto, amiguito —digo mientras jadeo por el esfuerzo de levantarle las piernas para recolocarlo—. Nate, ¿me has...? Ah, vale, te has dormido. Genial.

Lola me pone una cara rara cuando vuelvo abajo.

—¿Por qué estás sudando?

—Porque Nathan va pedo y pesa un huevo.

—¿Ya te has dado cuenta de que te estás enamorando de él?

—Lo conozco de dos minutos, Lols. No me estoy enamorando, ni siquiera somos novios —contesto, mirando alrededor para comprobar que nadie nos escucha.

—Lo conoces desde hace tres meses y lleváis casi uno viviendo juntos. Creo que decir que no sois novios es ridículo.

Después de una hora de aguantar a Lola dándome la tabarra y haciendo planes de boda, de repente pega un grito que me hace dar un bote del susto.

—¡Antes se me ha olvidado decírtelo porque iba con prisa! ¡Pero Aaron está liado con Kitty Vincent!

Me siento como cuando a un dibujo animado se le salen los ojos de las órbitas.

—Me estás vacilando.

—Nunca te vacilaría con semejante horror. Lo he visto con mis propios ojos. Y esto no tiene nada que ver, pero cuando vuelvas a casa tenemos que quemar el sofá. Rosie sigue siendo maja, pero Kitty no. Kitty es lo peor.

Kitty era amiga nuestra en primero, y por aquel entonces también conocimos un poco a Rosie, su compañera de piso. Rosie es la hija de Simone, mi jefa, y gracias a ella conseguí mi trabajo.

Como decía Lola, Rosie era maja, pero Kitty era una zorra asquerosa y arrogante, y yo no suelo decir eso sobre otra mujer a la ligera. Los científicos deberían estudiar esa amistad, porque han pasado dos años y todavía sigo sin entenderla.

Por desgracia, viven en nuestro edificio, así que a veces nos las cruzamos, y no podemos ser solo amigas de Rosie y no de Kitty, porque son inseparables.

Antes de que pueda procesar la información que me acaba de soltar Lola, alrededor todos estallan en vítores. Lola abre los ojos de par en par y se tapa la boca con la mano en una mezcla de burla y carcajada.

Me doy la vuelta para ver qué es lo que ha desatado el caos, y enseguida veo a Nathan abriéndose paso entre la gente en calzoncillos. Sus amigos se asoman desde la sala de estar, con la misma curiosidad, y sacan los móviles.

Nate atraviesa la habitación a paso decidido, y ojalá fuera

directo a sus amigos. De verdad, ojalá se dirigiera a ellos. Pero no, se detiene justo delante de mí, con gesto tristón y los ojos somnolientos.

—Me he despertado y no estabas.

—Por el amor de Dios, Nate, ¿y tu ropa?

—Vuelve a la cama —gimotea tan alto que todos lo oyen—. No haremos nada raro. Solo mimos.

—Esto es oro —dice Lola a mi espalda, y cuando me doy la vuelta veo que también está grabando con el móvil.

Todos los chicos nos están mirando, algunos doblados de la risa. Uno de ellos está a punto de hiperventilar. A regañadientes, me dejo arrastrar por la escalera y les lanzo una mirada asesina.

—Gracias por la ayuda, chicos.

—¡Pero si lo estás haciendo muy bien! —grita Robbie.

Cuando llegamos a su cuarto, Nate se tira en la cama y me doy cuenta de que ha decidido demoler la barricada de almohadas. Ya está roncando cuando me tumbo a su lado, pero aun así me siente y me abraza.

Después de tres semanas con la barrera de almohadas, volver a estrechar mi cuerpo contra el suyo es increíble. Ni me molesto en mantener los ojos abiertos.

28

Nathan

Tengo el teléfono a rebosar de mensajes, pero no hace falta que los abra porque ya he abierto uno y fijo que el resto son iguales. En todos salgo yo en mitad del salón, borracho y medio desnudo, intentando arrastrar a Anastasia por la escalera como un bebé caprichoso y ebrio.

Ella sigue acurrucada a mi lado, siento su aliento en mi pecho y sus rizos castaños sobre mi bíceps. Por el suelo están tirados los restos de la barricada de almohadas. No me acuerdo, pero me imagino que fue cosa mía.

Diría que este despertar abrazados también ha sido por mi culpa, pero a juzgar por su cara de satisfacción mientras duerme plácidamente, me parece que a ella le gusta esta cercanía tanto como a mí.

No suelo emborracharme tanto porque mis amigos son unos irresponsables, y no puedo dejarlos sin la supervisión de un adulto. Pero anoche me liaron para jugar al juego aquel, contra una mujer que seguramente hizo trampas.

Fue ella la que me cuidó a mí y no al revés, y eso prácticamente confirma mis sospechas. Decido enfrentarme a la situación mientras sigue dormida y abro el grupo del equipo.

CONEJITAS

Jaiden Johal
😆 Nate cuando Stassie habla con alguien que no sea él

Joe Carter
😔 Cuando se despierta y no está

Kris Hudson
😍 Cuando dice que follar no, solo mimos

El siguiente mensaje es de mi hermana Sasha.

SASH HAWKINS

Qué vergüenza, Dios
No pienso ir jamás a la UCMH

Pero cómo te has enterado?

Lo he visto en el perfil de salseos de la UCMH
Y ahora necesito terapia, gracias

Ya, lo habrás pasado muy mal
No sé cómo vas a poder asumirlo en la playa de San Bartolomé
De nada, por cierto

Ya
Pásalo bien en Navidad, friki

Mi padre ha seguido mi consejo y se la ha llevado a pasar las Navidades en San Bartolomé. No sé qué me ha sorprendido más: que Sasha haya conseguido lo que quería o que mi padre me haya hecho caso en algo.

Me encanta pasar las vacaciones de Navidad con Sasha, pero

preferiría bañarme en una piscina llena de tiburones con un traje de foca que pasar dos semanas con papá en otro país.

Me vibra el teléfono con otro mensaje del grupo del equipo.

«Qué bien, ahora soy un meme».

A veces se lo pongo muy fácil, pero esto va más allá. En el tiempo que llevamos de universidad no he tenido nunca novia. No es que Stassie sea mi novia. «¿Por qué me acojono como si pudiera leerme los pensamientos?». Cuando le dije que era una persona de «todo o nada» estaba de broma. No me esperaba en absoluto que fuera a mudarse conmigo.

La idea de que no viva conmigo y los demás ahora se me hace rara, y me preocupa hacia dónde vamos. Dice que en cuanto arregle las cosas con Aaron se volverá a su casa. Me cuesta creerlo, sobre todo ahora que ya llama «casa» a mi casa.

Anastasia cree que empezar esta relación —sí, dijo «relación»— de una manera tan intensa podría llevarnos al fracaso. Después me recuerda que cuando acabe el curso me iré a Canadá, y ella se quedará aquí sola. No le falta razón, pero aun así no me convence nada que vuelva a vivir con Aaron.

Se revuelve entre mis brazos y este sería el momento perfecto para fingir que ronco, pero abre los ojos de par en par y me pilla.

—¿Qué haces mirándome, pervertido? —No me da tiempo ni a contestar—. Ni te molestes en decir que estoy guapísima. Me noto baba seca en la mejilla.

—Me encanta cuando dices guarrerías.

—Estás en un buen lío, señorito —afirma entre bostezos mientras se despereza. No sé si es la resaca o la ansiedad de esperar que me eche la bronca, pero me estoy mareando—. ¿Qué tal la cabeza? ¿Quieres que te haga tortitas?

Joder. No me esperaba eso.

—¿Te dejé en ridículo y quieres hacerme tortitas?

—Te dejaste en ridículo a ti mismo —se ríe—. Y sé a ciencia cierta que tus amigos ya te van a humillar bastante hoy. Puede que incluso el resto de tu vida. En cualquier caso, te hago tortitas porque me das pena. ¿Les pongo trocitos de chocolate?

Se sienta a mi lado, con el pelo revuelto como una leona, y la mirada somnolienta pero dulce. No puedo evitar levantar la mano y acariciarle la cara ruborizada con el pulgar.

—¿Qué habré hecho para merecerte?

Me da un beso rápido en la palma de la mano y pasa por encima de mí para salir de la cama.

—Eres muy amable y muy guapo.

—¿Y si me atacara un león y me devorara la mitad de la cara, te seguiría gustando?

Veo cómo reprime una carcajada y aprieta los labios.

—Pasas demasiado tiempo con JJ. Siempre está preguntándome cosas por el estilo. Vamos a ver... ¿Seguirías siendo amable sin cara?

Lo pienso un momento.

—Sí.

—Entonces me seguirías gustando.

Retomamos la conversación en la cocina, donde todos esperan con impaciencia a que Stassie acabe de hacer las tortitas.

—¿Y qué pasa si le muerde un tiburón, pero sobrevive y le queda cicatriz, y cada vez que hay luna llena se convierte en tiburón? ¿Te seguiría gustando? —pregunta JJ, y a continuación alarga la mano para coger una tortita de la pila de Stassie, ganándose un manotazo.

—Cuando se convierte en tiburón, ¿vive en el mar o en una bañera que tengo que llenar y todo eso?

Sin dudarlo, JJ replica:

—En el mar. Solo tienes que dejarlo en Venice Beach antes de que se ponga el sol.

—Entonces sí, me seguiría gustando.

Emplata las tortitas, las reparte y cubre la suya de fresas y sirope. Las tortitas de proteínas son su nueva obsesión, porque significa que ya no tiene por qué aguantar el sabor asqueroso de los batidos de proteínas.

Henry ha estado extrañamente callado mientras escuchaba a Robbie, JJ y Lola plantear un escenario tras otro para averiguar dónde está el límite de Stassie. Y Henry no suele pasar tanto tiempo callado.

—Entonces, por lo que dices, Stassie, ¿mientras Nathan

sea amable contigo no te dejaría de gustar hiciera lo que hiciera?

Ella se encoge de hombros.

—Mmm... Supongo que no. No sé. No me preocupa demasiado que se meta en la mafia o que solo pueda llevar un traje de payaso el resto de su vida, porque esto no es real, ¿no?

—Eso suena a que estás enamorada de él. —Todo el mundo abre los ojos y se vuelve hacia Henry al mismo tiempo. Nos mira confuso y con la boca llena de tortitas—. ¿Qué *pfasa*?

¿Que si me gusta seguir gustándole a Stas a pesar de tener manos de cangrejo? Pues claro. ¿Que si quiero que Henry la ponga entre la espada y la pared cuando estamos intentando ser pacientes hasta enero? No.

Bebe un trago de agua y carraspea.

—A juzgar por cómo me estáis mirando todos, creo que eso es algo que no debería haber preguntado, ¿no?

—Las tortitas están buenísimas, Stassie —dice JJ en voz alta.

—Son las mejores —murmuro, metiéndome otro trozo en la boca.

Ella mira fijamente las fresas, sin poder esconder el rubor de sus mejillas.

«Interesante».

—Nate, por aquí no se va a la pista de hielo.

—No vamos a la pista.

Brady dijo que teníamos que trabajar los problemas de confianza, así que eso es lo que vamos a hacer. Los llamamos «problemas de confianza» porque somos un equipo. Decir que es el miedo de Stassie solo la carga de más culpa y le da un motivo más para fustigarse.

—No podemos saltarnos el entrenamiento porque estés de resaca —dice.

—Me acabo de tomar tres dónuts con JJ, ya no tengo resaca. Y no nos lo vamos a saltar. Brady está de acuerdo.

—¿Y adónde vamos?

—Vamos a aprender a confiar el uno en el otro.

Como no suelto prenda se enfurruña, y hacemos el resto del

trayecto en silencio. Peor para ella, a mí me encanta cómo tuerce los labios y se le arruga la nariz cuando se enfada.

Dejo el coche en el aparcamiento de la piscina de la UCMH y de inmediato siento cómo me fulmina con la mirada.

—¿Vamos a nadar? Estás de coña, ¿no?

—El equipo de natación está en un campeonato en Filadelfia. Tenemos la piscina para nosotros solos; y te voy a demostrar que puedo con cualquier cosa.

En principio es un buen plan, pero su cara de disgusto hace que se me encoja el corazón.

—Ni siquiera he traído bañador.

—He llevado a Lola a casa y me ha sacado todas tus cosas. Tienes todo lo que necesitas; irá bien.

—Si tú lo dices —gruñe mientras se desabrocha el cinturón.

Llevo quince minutos esperándola en la puerta del vestuario y aún no ha hecho acto de presencia. Empiezo a pensar que se ha escapado en Uber, cuando por fin saca la cabeza.

—¿Le has dicho algo a Lola cuando le has pedido que me cogiera un bañador?

—Solo le he pedido algo para ir a la piscina, ¿por?

Resopla y pone cara de exasperación.

—Porque la última vez que me puse este bikini fue en unas vacaciones de Pascua en Palm Springs.

Esconde la cabeza y por fin sale del vestuario, y me da un ataque de tos. ¿Me he atragantado con el aire? ¿Con mi saliva? No lo sé, pero me falta el oxígeno.

Llamar a eso bikini es un eufemismo. Solo lleva unas tiras finas de tela que no cubren absolutamente nada. Se da la vuelta y, en efecto, se le ve todo el culo, y entre las nalgas una tira ridícula de color rosa.

—¿Creías de verdad que Lo me iba a dar algo práctico?

Se me ha secado la boca y me cuesta tragar. Desde que hicimos el acuerdo siempre se cambia de ropa en el baño, así que no le veía tal cantidad de piel desde que nos duchamos juntos. Incluso la última vez que follamos llevaba más ropa que ahora.

—Eh... —«Tranquilo»—. ¿Vamos a la piscina?

Ella intenta no reírse y yo, no devorarla con los ojos, pero a ninguno de los dos nos sale muy bien. Me alegro muchísimo de que el equipo de natación no esté. No estoy seguro de si sería capaz de partirles la cara a todos los tíos que se atrevieran a mirarla, aunque sí que lo intentaría.

Las instalaciones tienen un par de piscinas, así que vamos a trabajar en la menos profunda. El objetivo es que Stassie se convenza de que no voy a dejar que se caiga, con la seguridad de que, en el peor de los casos, solo tragará un poco de cloro.

—Ah, genial —replica al escuchar el plan, mientras se sumerge en el agua desde un lateral—. Así que no solo me tengo que preocupar de que me tires, sino también de ahogarme.

—No te voy a tirar y jamás dejaría que te ahogaras. Repítemelo para que sepa que me has escuchado —digo mientras me acerco a ella.

—No vas a tirarme.

—¿Y qué más?

—Jamás dejarías que me ahogara.

—Bien. Y ahora, ¿qué hacemos primero?

Nunca me había concentrado tanto en mi vida. Incluso con el elemento añadido del agua, todos los movimientos que hemos practicado hasta ahora —al menos diez veces cada uno— han resultado muy sencillos. La piscina tiene suficiente profundidad como para darle la seguridad que necesita, al tiempo que nos permite trabajar con nuestra diferencia de altura. Me ha dicho que ahora tenemos que empezar con los difíciles y, acto seguido, le ha cambiado todo el estado de ánimo.

—Me inclino hacia delante y empujo el cuerpo hacia arriba desde tus caderas —me dice, colocando ambas manos sobre los huesos de mi cadera—. Mi mejilla tiene que pasar sobre tu hombro, así. Mantén los brazos debajo de mis costillas e inclínate hacia atrás, como si hicieras contrapeso.

Hago exactamente lo que me dice y me inclino despacio hacia atrás mientras su cuerpo emerge del agua, con las piernas perfectamente extendidas. Ahora mismo tengo unas vistas increíbles de su culo, pero también me alegro de que haya salido bien el salto.

Baja el cuerpo y yo me quedo en mi posición hasta que me

dice que pare. Tiene una sonrisa casi contagiosa y me tranquiliza mucho que esto esté funcionando. Lo hacemos unas cuantas veces más hasta que se queda satisfecha.

—¿Y ahora qué, entrenadora?

Le pongo los dedos en los labios y ella se ruboriza y sacude la cabeza.

—No quiero enseñarte este.

—Te prometo que no voy a dejar que te caigas.

Ella da un manotazo al agua, mirando a todas partes menos a mí.

—No es solo eso. Eh... Es que me preocupa que me vayas a ver todo. Tengo que abrirme de piernas por encima de tu cabeza.

Ya se lo he visto hacer alguna vez; y diría que entiendo su preocupación, teniendo en cuenta el tamaño del trocito de tela que lleva puesto.

—No me vas a enseñar nada que no haya visto ya. Te sentaste en mi cara, Anastasia. Soy un gran fan de tu trabajo, probablemente tu mayor fan.

Ella murmura entre dientes un «por el amor de Dios» y se da la vuelta para alejarse de mí.

—¿Listo?

Entrelazamos los dedos de las manos y cuenta hasta tres. Yo la empujo hacia arriba y bloqueo los brazos mientras ella se abre de piernas. Tiembla un poco y me agarra con fuerza.

—Tranquila, te tengo. Y te voy a agarrar antes de caerte al agua. Concéntrate. —La oigo murmurar para sí misma, aunque no entiendo lo que dice. Después de unos segundos, deja de temblar y se echa a reír. Baja las piernas y la devuelvo al agua lentamente—. Bien hecho, ha estado genial.

Lo practicamos unas cuantas veces más hasta que lo clava, y cada vez que la bajo al agua, siento cómo se desvanece el miedo.

—Vaya, eres fuerte —dice casi sorprendida. No digo nada porque me imagino que esta mañana se habrá pesado y no es el momento.

—¿Por qué no hacemos el salto que estabas haciendo cuando te caíste? ¿No es ese el que más te preocupa?

Flota en el agua delante de mí mientras me explica todos los detalles del movimiento, pero no me deja tocarla. Me sumerjo hasta el cuello y la escucho decirme dónde tenemos que colocar las manos. Percibo la ansiedad en su voz, y no puedo imaginar cómo habría sido si hubiera caído contra el hielo.

—Anastasia, escucha. No voy a dejar que te caigas, e incluso aunque lo hiciera, te caerías al agua. Eso es lo peor que puede pasar: mojarte el pelo y tragar un poco de agua de la piscina de Maple Hills.

—Sé que es una tontería, lo siento. Confío en ti, te lo aseguro.

—Venga, se acabó la charla. Vamos a hacerlo. —Nos colocamos en posición y antes de que pueda cambiar de opinión, ya está sobre mi cabeza, haciendo equilibrios sobre mi mano. Aunque solo le estoy agarrando de la cadera con una mano, siento cómo le tiembla todo el cuerpo y puedo oír su respiración errática—. Respira profundamente.

—Bájame. No me gusta.

—Intenta hacerte caer, Stas. Muévete. Muévete todo lo que puedas.

—¡Qué idiotez!

—¡Tú hazlo!

Murmura varios improperios y empieza a agitarse sobre mi cabeza. Tardo un segundo en ponerle la otra mano en la otra cadera, de modo que, por mucho que se mueva, no cae hacia ningún lado. La dejo revolverse otros diez segundos en los que intenta liberarse, antes de devolverla despacio al agua frente a mí, con las manos todavía apresando sus caderas.

—¿Ves? No hay nada que temer.

Su abdomen se aprieta contra el mío mientras mantiene los brazos aferrados a mi cuello y la respiración agitada.

—¿Qué habré hecho para merecerte?

Le doy un beso en la frente, pensando en la mejor manera de responder a esa pregunta. No se me ocurre ninguna, así que me rindo.

—No lo sé. Pero a mí también me gustarías, aunque tuvieras manos de cangrejo.

29

Anastasia

Nunca me había alegrado tanto de decir adiós a los estudios y los exámenes.

La casa de los chicos está en proceso de transformación para convertirse en el mejor taller de Papá Noel de Maple Hills, que es el sueño de Robbie. Para alguien que normalmente está muy tranquilo, ahora está estresadísimo por el tema del taller... del cual él es el único responsable.

JJ dice que es un viejo atrapado en el cuerpo de un joven, y que por tanto tiene permitido ser un gruñón. Henry dice que Robbie necesita una excusa para darles órdenes más allá del equipo de hockey. Lola dice que tiene una personalidad muy fuerte y que está buenísimo.

No tengo claro cuál de ellos tiene razón, pero cuando esta mañana recibimos un paquete con muérdago suficiente como para parar un tren, decidí escaquearme de las labores de decoración.

Lola y yo hemos estado bailando villancicos mientras nos devanábamos los sesos para decidir dónde meterlo todo. Al final hemos tenido que rendirnos, porque era demasiado. Resuelvo volver a mi otra tarea: mirar el portátil y decidir si comprarme o no un vuelo a Seattle para Navidad.

Henry aparece por la puerta principal y se queda quieto mientras observa el nuevo y mejorado salón.

—Sois unas lentas. JJ y yo ya lo habríamos terminado a estas alturas.

Logra esquivar por los pelos el adorno que le lanza Lola a la cabeza y se aparta a tiempo, así que le golpea a Robbie en el pecho mientras cruza la puerta con la silla. Él se lo devuelve.

—Gracias, cielo. Yo también te echaba de menos.

—¡Cariño, ya estoy en casa! —grita JJ mientras aparece por la puerta vestido con la equipación de hockey.

Todos vienen de un partido en Utah, así que han tenido que pasar allí la noche. Pese a que a Nathan no se le permite jugar, sí que puede viajar con ellos y ver los partidos. Aunque ha acabado compartiendo habitación con Mattie y Bobby, así que creo que habría preferido no haber ido. Al parecer intentaron colar a unas chicas en la habitación, y Nate se despertó con los gritos de Faulkner echándoles la bronca.

Nate me dirige una sonrisa al entrar, con la bolsa de viaje colgada del hombro. «Echo de menos mis piernas colgadas de su hombro». Tiene los hombros anchos y le encajan bien en el traje, que le queda genial en general. Estoy pensando en lo bien que se le ajusta a los muslos cuando aterriza en el sofá a mi lado, con la boca entreabierta.

—Deja de devorarme con los ojos, Allen.

Tiene razón, estoy prácticamente babeando y ni siquiera me molesto en disimularlo.

—Perdón, es que esa ropa te queda increíblemente bien. Estoy pensando en cosas.

—Podemos hacerlas y no solo pensarlas —dice en tono burlón, mientras me agarra y me monta sobre su regazo. Le echa un vistazo a mi portátil y me mira con lástima—. ¿Todavía no te has decidido?

—Llevo una hora dándole vueltas.

Me pasa la mano por la pierna mientras le explico por enésima vez que tengo *muchas* ganas de ir a casa de mis padres. Sabe cómo me siento porque hemos hablado de ello largo y tendido, y entiende que solo estoy retrasando el momento, pero por suerte no me lo reprocha.

—¿Por qué no vienes a Colorado conmigo? —me pregunta

cuando vuelvo a enumerar mi lista de excusas—. Mi familia no va a estar; podemos patinar en el lago de la finca e ir todas las veces que quieras al spa del resort de esquí. Diles a tus padres que estás preparando el campeonato.

—¿Por qué buscas vuelos desde Seattle?

—Se me ocurrió que a lo mejor podríamos ir a casa de tus padres un par de días y después volar a Eagle County vía Denver. O podrías ir tú y luego venir conmigo, o algo así. Creo que sí que deberías ir a ver a tus padres. Si no, te dará rabia cuando llegue el Año Nuevo y no los hayas visto.

La idea de ir a casa de mis padres con Nate me parece algo superserio, pero de alguna forma, me libera un poco de la ansiedad.

—Deja que hable primero con mi madre, ¿vale?

—Vale, pero date prisa, que viene Papá Noel.

En la lista de todos los motivos por los que mi agenda es maravillosa, el mejor es que permite organizarme la Navidad.

A lo largo del año tomo notas de las cosas que le gustan a todo el mundo y, en Navidad, la reduzco. Bueno, a todo el mundo menos a Nate.

—¿Qué quieres para Navidad?

—Nada.

—Nate —le riño—, dime lo que quieres o Papá Noel te traerá carbón.

—No quiero nada.

—¡Nathan!

Llevamos varios días con la misma discusión, pero ya se me está acabando el tiempo para comprarle algo. Todos los demás eran muy fáciles, pero Nate nunca me ha dicho nada, así que no tengo nada que escribir.

A Henry le compré unos nuevos lápices y pinturas, y a Robbie algo de parafernalia de hockey. JJ no celebra la Navidad, así que nos regalé un curso de cocina vietnamita para dos para seguir aprendiendo a cocinar el año que viene, ya que nos gusta mucho cocinar juntos.

Pero aún no tengo nada para Nathan.

Nunca volvimos a instalar la barricada de almohadas, así que no me cuesta subirme encima de él para acaparar su atención.

—Por favor, dime qué quieres. Quiero regalarte algo que te haga feliz.

—Tú ya me haces feliz. Quiero tenerte a ti.

—Pero ya me tienes —gimoteo—. Y no puedes desenvolverme.

—Te desenvolvería si me dejaras... —dice mientras me mete mano por debajo de la camiseta y me hace cosquillas en el estómago.

Noto cómo se empalma entre mis muslos y cualquier pensamiento sobre distracciones y conflictos de intereses se me va de la cabeza al instante.

Cuatro semanas no parecen mucho en la inmensidad del espacio-tiempo, pero cuanto más lo conozco, más ganas tengo de trepar por él como si fuera un árbol. Algo sucede cuando descubres que la película favorita de este jugador de hockey duro y fornido es *Coco*.

Algo raro se remueve en tu interior.

Cuando levanto los brazos, él se incorpora y me saca la camiseta por encima de la cabeza. Se le oscurecen los ojos y siento cómo me atraviesa el calor de su mirada, que me provoca un escalofrío por todo el cuerpo. A continuación, me quita el sujetador y recorre con la lengua mi pezón ya duro. Me cubre el pecho de besos, sube hacia mi boca y me atrapa la cara con las manos.

—¿Estamos rompiendo las normas? —pregunta a pocos milímetros de mi boca. Casi nos estamos rozando y juraría que este es el mejor momento que he vivido en varias semanas.

—Sin duda.

Por fin fundimos las bocas y siento su lengua explorando mi interior con fervor mientras mis caderas cobran vida propia y empiezan a restregarse contra él. A cada movimiento me atraviesa una adictiva oleada de placer.

—Dios, cómo te echaba de menos —dice en voz baja y tensa

mientras me muerde suavemente el labio inferior—. Como sigas haciendo eso no voy a aguantar.

—Dime qué quieres para Navidad o no dejaré que te corras —digo con sorna, metiendo la mano entre los dos para agarrarle por encima del bóxer. Su risa nerviosa se convierte en un gemido gutural mientras froto de arriba abajo—. Venga, Hawkins, solo dime un regalito de Navidad.

—¡No lo sé! —Caigo de espaldas sobre el colchón cuando me da la vuelta y me acorrala con los músculos de su cuerpo. Desciende por el mío, deteniéndose a lamer y besar cada rincón hasta que acerca la boca al punto más húmedo de mis bragas. Frunce el ceño entre mis muslos, levanta la vista y aparta el encaje a un lado—. Esto me estorba.

En cuanto hunde la boca levanto las caderas, arqueo la espalda y me sacudo contra su cara. No puedo contener los gemidos de desesperación y deseo, que no parecen importarle una mierda, porque se toma su tiempo mientras me succiona el clítoris con la boca. No puedo más. El placer me atraviesa. En su garganta retumba un gemido de placer mientras me penetra con la lengua, lanzándome al vacío, gritando su nombre.

Lo lógico es pensar que eso sería suficiente para que se rindiera, pero no es así. Me aprisiona las piernas con los brazos, me inmoviliza y me aprieta con más fuerza aún cuando la hipersensibilidad y sobreestimulación me hacen intentar zafarme de él. La sensación es excesiva, y como mi espalda se arquee más sobre la cama, me partiré en dos. Llevo varias semanas sola con la alcachofa de la ducha, así que ver cómo entierra la cabeza entre mis piernas y me devora entre gemidos de placer es más de lo que puedo soportar.

—Otra vez, cariño.

Y por supuesto, mi cuerpo obedece.

—Buena chica —susurra mientras sube por mi cuerpo y me retira el pelo húmedo de la cara. Le quito el bóxer, libero su polla y muevo la mano de arriba abajo, viendo cómo se le ponen los ojos en blanco y se le cae la cabeza hacia atrás.

—Dime qué quieres para Navidad, Nathan.

Se desliza con suavidad dentro de mi mano.

—¿Cómo puedes seguir pensando en la Navidad cuando acabo de hacer que te corras dos veces?

—Porque para mí es importante regalarte algo bonito.

—Solo te quiero a ti, Anastasia. Ningún regalo es mejor que las últimas cuatro semanas contigo. Dame más de eso y seré feliz.

Atraigo su boca hacia la mía, saboreando su lengua. Me he quedado sin palabras, obviamente. Este hombre derriba todas mis ideas preconcebidas sobre la exclusividad. ¿Para qué iba a querer estar con otro, o que él estuviera con otra?

Me besa, me acaricia la cara y me cubre de cariño. Alarga el brazo hacia la mesilla de noche y se me escapa decir:

—No tenemos que usar condón... A menos que tú quieras. Tomo la píldora, y no me acuesto con nadie más. Yo confío en ti. —Respiro hondo—. Y espero que tú confíes en mí.

Creo que nunca lo había visto quedarse sin habla. Al final, después de mirarme durante treinta segundos con la boca abierta, se aclara la garganta.

—¿En serio?

—Sí. Nunca lo he hecho sin condón con nadie, pero no te sientas presionado.

—Yo tampoco... Joder. —Se coloca en posición y siento que las ganas me están matando—. ¿Estás segura?

—*Por favor*, ya hemos esperado bastante.

Nate penetrándome sin protección no se parece a nada de lo haya experimentado jamás; todo es diez veces más intenso y siento cada milímetro de su piel. Él jadea sobre mi hombro, dejando que me ajuste después de metérmela.

—Dios mío. Esto es increíble, Anastasia. Joder, estás empapada y lista para mí.

Echa la cadera hacia atrás y embiste de golpe, y el choque de nuestros cuerpos retumba por toda la habitación. Me siento como si estuviera a punto de explotar y tengo todos los nervios a flor de piel. Quiero más.

—Duro y rápido —susurro, rodeándole con las piernas y entrelazando los pies en su espalda.

—No voy a aguantar —musita—. Esto es increíble. Me está costando la vida no correrme ahora mismo.

Uso los pies para levantar las caderas y me deslizo dentro y fuera de él, retorciéndome cuando la noto entera dentro de mí. Quiero que me embista contra la cama y que pierda el control, pero el señor Generoso está demasiado preocupado en convertirme en un despojo tembloroso. *Otra vez.*

—Me da igual —le digo—. Dámelo todo.

Desliza las manos por mi espalda y se aferra a mis hombros con los dedos. Intento disimular la expresión de emoción, pero él la nota y pone una sonrisa burlona.

—Agárrate y recuerda que tú te lo has buscado.

Nadie puede decir que Nathan Hawkins no sabe obedecer.

Me empuja con las manos mientras se hunde en mí, y con cada embestida me provoca un grito de placer, y le clavo las uñas en los hombros. Me tiemblan las piernas y cada vez que me penetra se me arquea la espalda y las aprieto más.

—*Nathan...*

—Lo sé, cariño, lo sé. —Deja caer la frente sobre mí, me roza con la nariz y nuestras bocas se funden con desesperación—. Mira cómo te la metes entera como una buena chica.

—Estoy a punto —digo entre gemidos, agarrándole con fuerza de la nuca con una mano y frotándome frenéticamente entre las piernas con la otra.

—¿De quién es tu coño, Anastasia? —pregunta, mientras las embestidas se vuelven más duras y torpes.

—*Dios mío.* Tuyo. Es tuyo.

—Córrete para mí. Deja que te sienta.

—Nathan, *oh, joder...*

Todo mi cuerpo se estremece, se sacude, se paraliza y se derrite al mismo tiempo. No sé con qué sensación quedarme, así que simplemente me desintegro. Se desploma sobre mí con el pecho agitado y el cuerpo tembloroso mientras siento cómo palpita y se derrama dentro de mí.

—*Joder.*

Nos quedamos varios minutos tumbados en silencio, con él todavía dentro de mí, mientras nos besamos perezosamente. No sé si puede existir algo mejor que esto, si alguna vez podré conformarme con menos.

Cuando por fin recupero el aliento y se empieza a disipar la neblina posorgasmo, le paso los dedos por el pelo.

—No te he obligado a decirme qué quieres para Navidad —murmuro, decepcionada conmigo misma por haber perdido la cabeza así por una polla.

Él se ríe y me hace cosquillas en el cuello, donde ha apoyado la cabeza.

—Creo que ya me has hecho el mejor regalo de Navidad.

«Pues feliz Navidad».

30

Nathan

—Ni de coña le voy a comprar lencería —digo por enésima vez.

—Hola, ¿puedo ayudarlos?

Nos damos la vuelta en busca de la voz educada que acaba de interrumpir la discusión más estúpida del mundo. Nos quedamos mirándola y la dependienta pone cara de estupefacción porque me imagino que somos un poco intimidantes.

Se ruboriza, pero intenta por todos los medios mantener el contacto visual con una sonrisa amable. No me da ninguna envidia la gente que trabaja de cara al público en estas fechas.

—Sí, por favor. Ayúdanos a zanjar el tema —dice JJ, apartándome de un codazo—. ¿A que comprarle un pijama a tu follamiga es una gilipollez? —Ella pone los ojos como platos, pero disimula rápido—. ¿No crees que le gustará más algo así? —Levanta el corsé de lencería que nos ha tenido discutiendo durante quince minutos y la mira fijamente, con la esperanza de que se ponga de su parte.

Le doy un puñetazo en el bíceps con toda la fuerza que puedo.

—No la llames follamiga. No es eso.

—Tiene razón, Jaiden —dice Henry, con una sonrisa odiosa que me indica que está a punto de sacarme de mis casillas—.

No puedes decir que es su follamiga cuando no ha dejado que la toque en un mes. En todo caso será su amiga.

Obviamente, no le he contado a nadie lo de anoche. Ni lo de esta mañana. Me he pasado la mañana apretándole la mano contra la boca para evitar que despertara a todo el mundo y sintiendo cómo me exprimía hasta dejarme vacío. Que Henry piense que me ha dejado aparcado en la *friendzone* demuestra que cada vez se nos da mejor la discreción.

Después de pasar toda la noche y la mañana compensando las semanas anteriores, me sorprende que aún tenga energía para caminar por el centro comercial.

La chica resopla y se lleva la mano a la boca, horrorizada. Sin embargo, enseguida se recompone y recupera su sonrisa de dependienta.

—Eh... Lo siento, pero la ropa interior es un regalo bastante íntimo, así que si no está seguro, yo diría que un pijama sería la mejor opción para usted.

—¿Y si yo le compro lencería? ¿Qué pasa? —dice JJ en tono burlón, cogiendo el conjunto y sosteniéndolo sobre el cuerpo de Hen.

Henry lleva observando a la dependienta desde que se nos acercó, y ahora creo que le va a costar que ella se quite de la memoria la imagen de él con la lencería superpuesta. Se sonroja, le da un empujón a JJ y le suelta un insulto poco acorde con las fechas.

Me rasco la mandíbula y resoplo, sobre todo porque podría estar en la cama desnudo con Stassie ahora mismo, pero en cambio estoy aquí, en el centro comercial de Maple Hills, con estos dos gilipollas.

—Creo que Faulkner se va a cabrear aún más conmigo si os arranco todos los miembros del cuerpo.

Miro la hilera de pijamas a mi espalda y creo que los que he elegido son los más bonitos. Me ha dicho específicamente que quería un pijama bonito que poder ponerse cuando apareciera ante los chicos. Suele encontrarse cómoda cuando está con ellos en casa, pero a veces, cuando baja a por agua solo con una camiseta puesta, se cruza con algún otro chico del equipo por la planta baja y se siente un poco violenta.

Además, si le fuera a comprar lencería ni de coña lo haría delante de JJ y Henry.

Oigo cómo Henry intimida a la pobre chica, acusándola de asustarse o algo así.

—Déjala en paz, Hen —mascullo, cogiendo un pijama de flores y colocándolo al lado de los que ya he cogido antes.

Los dejo a su aire mientras exploro el resto de opciones. Cuando vuelvo, oigo a Henry contándole que hemos puesto un lazo rojo enorme en la puerta y que sus compañeros de piso no pueden parar de acaparar la atención, lo que me hace soltar una carcajada escéptica, pero Jaiden parece ofendido, lo que lo vuelve aún más gracioso. Ella suspira profundamente.

—Vale.

—¿Vale, en plan «nos vemos luego»? —dice Henry con voz extrañamente alegre.

Miro a JJ disimuladamente, que me observa a su vez con expresión sorprendida. Normalmente no presenciamos cómo se produce la magia, o mejor aún, tenemos que sentarnos a ver cómo las mujeres se arrojan sobre Henry.

Es muy guapa, así que entiendo su interés: alta y delgada, melena castaña larga y sedosa, grandes ojos marrones, labios carnosos y una piel morena resplandeciente. Diría que es su tipo, pero no estoy muy seguro de cuál es su tipo porque nunca lo he visto dos veces con la misma chica, y cada una es diferente.

—¿Cómo te llamas? —grita mientras ella intenta escaparse.

—Eh… —«La pobre se lo va a tener que inventar»—. Gen.

—¡Adiós, Gen! —gritamos JJ y yo, ignorando las miradas del resto de clientes.

Después de otros diez minutos, decido que no soy capaz de decidirme, así que voy a comprarle los dos pijamas, por mucho que le joda a JJ. Les digo que me esperen fuera mientras me acerco a pagar a la caja. Pienso irme a casa en cuanto pague. Ya le he comprado los regalos más importantes, así que estoy listo. Voy al mostrador, pongo la ropa encima y me quedo paralizado cuando veo que la cajera es Summer.

—Hola, desconocido —dice educadamente, cogiendo los pijamas y escaneando las etiquetas—. ¿Para tu hermana?

—No. —«¿Cómo la llamo?»—. Para Anastasia.

—Ah. Vi el vídeo, pero no sabía que estabais saliendo... —dice, dando golpecitos en la caja registradora.

—Estamos... Bueno... Es una chica genial. —Le tiendo la tarjeta de crédito, todavía sin saber muy bien cómo llamarla delante de la gente—. ¿Vienes luego a la fiesta? Creo que Henry está acosando a una compañera tuya para que venga.

—Esta noche no puedo, lo siento. —Mete los pijamas en la bolsa y me la tiende colgando del asa, y todo es bastante incómodo. No parece la Summer que conozco—. Vamos a una misa en la iglesia de Cami con su familia, y Briar se va a Nueva York mañana a pasar la Navidad. Su vuelo sale muy temprano, así que no vamos a beber.

—Creía que B era inglesa.

—Sí. Pero sus padres se mudaron a Nueva York el año pasado. Dos de sus hermanos van al colegio allí. Aunque su hermana Daisy va a Maple Hills.

—Anda. No sabía que eran familia numerosa.

Asiente y fuerza una sonrisa.

—Te he metido el ticket en la bolsa. Espero que le gusten. Feliz Navidad, Nate.

—Igualmente, Summer.

Bueno, eso ha sido bastante incómodo.

Cuando volvemos a casa, parece que Papá Noel ha vomitado por todas partes.

Creo que Lola ha cargado el ponche de huevo más de la cuenta porque Stassie no para de dar saltitos por la sala de estar disfrazada de elfo. Bueno, dice que es un disfraz de elfo, aunque realmente lo que lleva es un vestido corto verde con unos zapatos de elfo que se compró en una tienda de disfraces.

Robbie me ha obligado a poner unos vasos de chupito y unas tazas al azar en un tapete de Twister, y en lugar de ayudar, Henry ha estado de cháchara con Stas y Lola. Antes he cometido lo que ahora considero un error: les he dicho a las chicas que Henry había ligado con una mujer mientras estábamos de compras, y ahora no paran de hablar de ello.

A continuación, Anastasia ha empezado a preguntar por

una tal Daisy, una chica con la que Hen estuvo a punto de liarse de no haber sido por mi culpa. Era la segunda vez esta tarde que oía el nombre de Daisy. «¿Henry tenía algo con la hermana de Briar?». No me sonaba haberla conocido. Entonces caí en la cuenta de que sí que la conocí hace unos meses, cuando le jodí el polvo a Henry y él me amenazó con levantarme a mi chica.

JJ aparece con la nueva chica en cuestión y otro amigo, y veo cómo Stassie la mira de reojo disimuladamente. Rob se coloca en el tapete y se aclara la garganta de una forma muy suya para captar el interés de todos.

Le doy un trago a la cerveza; me encanta verlo en su salsa siendo el centro de atención.

—Bienvenidos a la primera partida oficial de Twister alcohólico. Las reglas del juego son muy sencillas: si tocas, bebes.

Bobby me da un codazo en las costillas y grita:

—¡El título de tu peli porno!

Rob le hace un corte de mangas.

—El juego termina cuando alguien se cae, saca la mano o el pie del tapete o se niega a beber. Juegan Stassie, JJ, Joe... Y necesitamos a dos más —prosigue Robbie.

Henry deja la taza en el alféizar de la ventana a mi lado.

—Me apunto.

Stassie me señala y me dice con los labios: «Tú». Pero antes de que pueda presentarme voluntario, JJ grita:

—¡Gen también juega!

La pobre chica se muere de vergüenza cuando todos se giran para mirarla. Oigo cómo Mattie y Kris susurran que está buenísima, pero ella tiene los ojos clavados en otra persona, y él la mira también. No tengo claro si JJ está jugando a hacer de celestina o si espera que Gen acabe enredada en el tapete con él para tocarle los cojones a Henry.

Robbie da una palmada y me vienen flashbacks de los entrenamientos con Brady. Nunca me había dado cuenta hasta que he pasado un tiempo sin Faulkner, pero Robbie es una miniversión de él. Y no hay duda de que también tiene un poco de Brady.

—Stas, Joe, vosotros a este lado. Henry, tú allí con JJ y Gen.

Que todo el mundo se quite los zapatos y… ¿Deberíais estirar? Igual sí.

Stassie se me acerca con una sonrisa de borracha. Se quita los zapatos de elfo y me rodea el cuello con los brazos, fundiendo su boca con la mía y riéndose para sus adentros.

—Protege mis zapatos con tu vida.

No me da tiempo ni a responderle antes de que se vuelva con los demás y choque los cinco con Joe. Si alguien no se había enterado de lo que pasaba entre nosotros, esta noche se va a enterar. Desde el minuto en que empezó la fiesta hemos estado pegados el uno al otro. A nuestros amigos no les importa, aunque creo que alguien ha debido de perder alguna apuesta.

Vuelvo la atención hacia Robbie.

—¿Vas a dejar de dar órdenes en algún momento?

—Cierra el pico, Hawkins —responde con un gesto de hartazgo. Tocarle las narices a Robbie ha sido mi principal fuente de entretenimiento durante los últimos quince años, y no tengo intención de dejarla.

Al final pasa de discutir conmigo y comienza el juego. A las chicas solo les toca mover los pies, pero Joe y JJ están muy muy enredados.

—¡Stas, mano derecha al amarillo! —grita Robbie por encima de la discusión de JJ y Joe. En cuanto se agacha, me doy cuenta de por qué todos mis amigos han empezado a mirarme. Henry resopla en cuanto su mano cae sobre el amarillo.

—Anastasia, por favor, quita el culo de mi cara.

—¡No te lo he puesto en la cara!

Sí que se lo ha puesto en la cara. Lo que es peor, el vestido apenas le cubre el culo; como se levante más, todo el equipo de hockey —además de cualquiera que esté mirando—, le va a ver los chupetones que le he dejado en los muslos.

—Nathan —grita mientras se gira para buscarme entre la multitud de curiosos—. ¿Cómo tienes la tensión ahora mismo?

El chico me conoce.

—Bastante alta, colega.

—¿Ves? Porque le has puesto el culo en la cara. Vas a matarlo.

El juego continúa hasta que Henry levanta la mano del tapete para tontear con Gen, y Anastasia vuelve inmediatamente hacia mí, reclamando sus zapatos.

Se pone de puntillas, me da un beso en los labios y baja la voz.

—Me arde la entrepierna, pero te deseo muchísimo.

Sí, Henry tiene razón. Me va a matar.

He perdido a mi elfo.

Mientras estaba en el baño, los chicos han ido a espiar a Henry, que ha desaparecido misteriosamente en el cuarto de la lavadora con Gen. Pero han sido tan indiscretos que han asustado a la pobre chica y le han jodido la oportunidad a Henry, que ha jurado venganza. Nunca había sentido tanto alivio de no haber participado en algo.

No tengo el valor de enfrentarme a Henry por Anastasia. Si hubiera estado cuando lo pillaron subiendo al piso de arriba con Gen y ahora no pudiera encontrar a Stas, el primer sitio en donde miraría sería en la habitación de Henry. En su relación no hay nada sexual, pero de verdad pienso que Anastasia sería feliz si acabara casada con él en plan platónico.

Paso un rato charlando con algunas personas a las que hace tiempo que no veo e intento disipar las preguntas sobre mi ausencia de los partidos, pendiente de si vuelve mi chica. Al final, aparece en el último peldaño de la escalera y echa un vistazo a la habitación. Ya no queda rastro del vestido verde porque se ha puesto una camiseta de los Titans que le cubre todo el cuerpo.

Me siento raro mirándola desde el otro lado de la habitación, pero es tan guapa que no podría dejar de contemplarla aunque quisiera. Al final me localiza en la cocina, esboza una sonrisa impresionante, y noto una punzada de satisfacción cuando me doy cuenta de que me estaba buscando.

Está a medio camino del salón cuando unos brazos la rodean, haciendo que se detenga en seco y con una sensación incómoda en el estómago. Le entierra la cabeza en el cuello y me vuelve a subir la tensión. ¿Tengo derecho a estar celoso? A ver, no es mi novia, pero es mi *algo*. ¿Siempre voy a tener celos de Ryan Rothwell? Tal vez, pero espero que no.

Sé que Olivia ha roto con él. Anastasia quedó con Rothwell ayer para tomar un café, y le dijo que Olivia arrastra muchos problemas y nunca llegaba a comprometerse de verdad. ¿Pretende recuperar a Anastasia?

Estoy tratando de no interrumpirlos, pero es difícil quedarse quieto. Me cuesta mucho luchar contra mis instintos, pero nunca he conseguido nada cuando he intentado forzar la exclusividad con ella. Creo que le ha dicho algo al oído, porque ella se desprende de los brazos de él y se aleja.

No he oído nada porque la música está muy alta, pero veo que lleva una cogorza descomunal y no pierde ocasión de manosearla. Ella le da un abrazo amistoso, espero que de despedida, y Rothwell se inclina para plantarle un beso en la coronilla. Cuando Anastasia se aleja un poco más, él vuelve la vista hacia mí y me pilla observándolos; se rasca la mandíbula con nerviosismo y pone cara de cordero degollado.

Sigo observando a Ryan, que parece incómodo, cuando siento cómo Stassie me abraza por la cintura.

—Si me estabas mirando, ¿por qué no me has salvado? —murmura, poniéndose de puntillas para besarme en la comisura de los labios.

—No sabía que querías que te salvara. —Me mira con esos grandes ojos azules y frunce el ceño—. Sé que es muy amigo tuyo. No quería que pensaras que me estaba entrometiendo.

—Ah, bueno, señor Diplomático. —Me rodea el cuello con los brazos—. Pues la próxima vez, sálvame. Me encanta Ryan y es muy amigo mío, pero el único hombre que quiero que me toque eres tú.

«Joder».

—Tomo nota.

—Es bastante sobón y encima ahora va pedo, pero le he puesto en su sitio. No se lo tengas en cuenta; creo que está triste por lo de Liv.

Qué alivio. Podría haberme largado con el cabreo en cuanto le ha puesto la mano encima, o peor aún, haber montado un numerito ahí mismo. Podría haber sacado conclusiones precipitadas y haberlo jodido todo. Le aparto el pelo de la cara, se lo pongo detrás de las orejas, apoyo las manos a ambos lados del cuello y se lo masajeo con suavidad mientras ella me mira.

—¿Qué le has dicho?

—Le he dicho que estoy contigo y que no podía meterme mano porque no quiero que te hagas una idea equivocada. ¿Te parece bien? Lo siento, no sabía qué decir.

Se pone a dar saltitos de los nervios, aún con los zapatos de elfo. Me inclino y le doy un beso en los labios, saboreando el movimiento de su lengua contra la mía.

—Me parece perfecto.

31

Anastasia

Estar sentados alrededor de una hoguera me recuerda a cuando era pequeña e íbamos de camping.

Mis padres invertían todo el dinero que les sobraba en mis clases de patinaje, así que cuando era niña no podíamos permitirnos unas vacaciones muy exóticas ni muy lujosas. Pero todos los veranos acampábamos varias noches en Snoqualmie Pass, y me encantaba.

Yo ayudaba a papá a encender la hoguera y mamá preparaba lo necesario para asar nubes con chocolate, y luego nos pasábamos toda la noche sentados junto a la fogata jugando a las cartas.

Una hoguera en el patio trasero de una casa enorme de Maple Hills no es lo mismo que la naturaleza salvaje de Washington, pero al menos la compañía es buena. La fiesta empezó a animarse de manera natural a medida que la gente se iba emborrachando, así que los chicos pensaron que era buen momento para salir fuera y sentarse en unas sillas de camping enormes, beber cerveza y cotillear como señoras al fresco.

Ya he empezado a recuperar la sobriedad después de haberme metido unos cuantos chupitos entre pecho y espalda. Ahora estoy somnolienta y necesitada de cariño. Robbie está contentísimo con su nuevo juego, pero ha decidido que la próxima vez va a quitar los vasos de refresco para hacerlo más difícil y va a añadir a una persona más al tapete. Ni siquiera sabía que se ofrecían refrescos, porque a mí solo me han dado tequila.

Agradezco que Henry haya hecho que acabara el juego, porque yo ya estaba a punto de vomitar. Cuando me las arreglé para agarrarlo después de lo de Gen, me ha dicho que ha quitado la mano del tapete a propósito porque le preocupaba que se le viera todo. Le he dicho que yo también corría el riesgo de que se me viera todo, y me ha contestado que era cuestión de tiempo que eso ocurriera y que igual debería comprarme unos pantalones.

Ahora está de mal humor porque cuando se ha puesto a buscar a la chica, ella y su amiga ya habían desaparecido. No se le ocurrió pedirle el teléfono, ni siquiera preguntarle su nombre completo.

El crepitar de la hoguera es muy relajante, hasta el punto de que estoy a punto de quedarme frita. No ayuda que esté acurrucada junto a Nathan, debajo de una manta, mientras me hace cosquillitas por la pierna con los dedos y con el otro brazo me mece como a un bebé. Suena extraño, pero estoy extremadamente a gusto. Él se ríe con sus amigos mientras hablan de deportes y se toman unas cervezas. No dejan de mencionar a jugadores que no conozco, lo cual me ayuda a desconectar de la conversación.

Cuando estoy con ellos siento una especie de calor que me llena por dentro. Lo reconozco y al mismo tiempo no, suena a contradicción, ya lo sé, pero es tan específico que parece que estuvieran hechos a mi medida. No sabía cuánto necesitaba sentir algo así hasta que estos chicos entraron en mi vida hace tres meses.

A cada segundo que pasa me cuesta más mantener los ojos abiertos; siento cómo el latido de su corazón retumba suavemente en mi mejilla como una canción de cuna, y al final no soy capaz de resistir y caigo rendida.

No estoy segura de cuánto tiempo llevo dormida cuando el grito me sacude en las profundidades del sueño, pero es Nate el que me despierta del todo al levantarse de un salto.

Es como cuando estás soñando y sientes que te caes, y entonces te despiertas de golpe con la adrenalina a flor de piel. Me vibra todo el cuerpo mientras Nate me sienta con brusquedad en la silla que acaba de dejar libre. Echo un vistazo rápido alrededor y veo a todos los chicos corriendo hacia la casa.

—Quédate aquí y no te muevas —dice Nate, antes de salir disparado hacia allí también.

Me desprendo de la manta que me envuelve el cuerpo y me levanto para seguirlo, pero mientras entra por la puerta trasera, se da la vuelta y grita:

—¡Ni se te ocurra moverte, Anastasia!

Me quedo paralizada, medio dispuesta a entrar corriendo y medio reacia a ignorar a Nathan, ambas cosas porque sé que algo malo ocurre. Me empieza a sonar el teléfono, me apresuro a buscarlo y por fin lo saco de debajo del asiento.

—¿Dónde estás? —grita Lola por encima del ruido.

—En el jardín. ¿Qué pasa? —pregunto mientras voy deprisa hacia la puerta trasera.

—Se están peleando. Quédate fuera, ahora voy a buscarte cuando paren.

—¿Quién se está peleando? —«Por favor, que no sea Nathan».

—¡No lo sé! Yo estoy en el cuarto de Robbie, solo lo oigo de lejos.

Al entrar en la casa no veo a nadie en la sala de estar; están todos arremolinados bajo el arco que da a la cocina y al salón. Los golpes y los gritos me están poniendo muy nerviosa, y también el hecho de no poder ver a ninguno de los chicos, lo que significa que están al otro lado de la multitud. Medir un metro sesenta tiene algunas ventajas, pero ahora mismo, mientras trato de atravesar una multitud de borrachos, no se me ocurre ninguna. Consigo abrirme paso entre la gente y acabo jadeando de esfuerzo.

Cuando por fin descubro el origen del caos, me da un vuelco al corazón.

Kris y Joe están apartando a Bobby de encima de un tío en una esquina, y Mattie y JJ intentan levantar a Henry de encima de otro en la otra esquina. Me arde la sangre, siento cómo me recorre todo el cuerpo mientras mi corazón bombea con un ritmo errático.

Escudriño la habitación frenéticamente y veo a Nathan inmovilizando a alguien por el cuello contra la pared. Tiene la cara en tensión mientras le dice algo al otro con los dientes apretados. No es hasta que JJ suelta a Henry para agarrar a Nathan que me doy cuenta de que el tipo al que Nathan tiene inmovilizado es Aaron.

Me quedo paralizada.

Aaron tiene la cara hinchada y llena de cortes; ni siquiera me ve mientras el tío con el que se peleaba Henry lo arrastra hacia la puerta.

—¡Todo el mundo fuera! —grita JJ cuando alguien apaga la música—. ¡Fuera de aquí de una puta vez!

Me siento como Mufasa en la estampida cuando todos empiezan a empujarme para salir. Tengo que moverme, pero no puedo. «¿Cómo coño ha pasado esto? ¿Qué hace Aaron aquí?». Alguien me da un tirón en la mano y obedezco: es Lola arrastrándome hasta donde Robbie está sentado con la cabeza entre las manos.

Nunca había visto una fiesta vaciarse tan rápido. La última persona se marcha y la puerta se cierra de golpe, lo que parece darle a Robbie la intimidad que desea.

—¿En qué coño estabais pensando? —brama—. ¡Tenéis suerte de que no haya venido la policía, me cago en la puta!

JJ se encoge de hombros mientras se desploma en el sofá, limpiándose la sangre del labio con el dorso de la mano.

—Se la estaba buscando.

Estoy demasiado confusa mirándoles las caras y las manos destrozadas como para darme cuenta de que Nathan se pone delante de mí.

—Te dije que esperaras fuera —dice en tono enfadado.

—Estaba preocupada. —Para ser el taller de Papá Noel, parece sacado de una película de terror. Hay un árbol caído con los adornos esparcidos por el suelo en lugar de por las ramas, y han arrancado la mitad de las luces de las paredes. Joe aparece con una caja de botellines de cerveza y empieza a repartirlos, lo cual me molesta, porque no sé cómo se le ocurre pensar en tomarse una cerveza en este momento.

—¿Tenéis botiquín?

—Podrían haberte hecho daño, Anastasia —grita Nate, haciendo que salte.

—¿A mí? ¡No soy yo la que está sangrando! Por favor, ¿alguien me va a decir qué coño ha pasado? —grito.

—Aaron estaba borracho y metiendo mierda con unos tíos que no conozco —dice Nate, cogiendo la cerveza fría de Joe y apretándosela contra la mandíbula—. Típico de Aaron.

—¿Y por eso le has dado de hostias? ¿En serio, Nathan? Con Skinner encima de ti has pensado: «¡Qué buena idea, voy a empeorar la situación!». —Robbie se pone a mi lado y me da el botiquín, que cojo con las manos temblorosas—. ¡Siéntate! —le grito a Nate, al parecer de una forma lo bastante aterradora como para que lo haga sin rechistar.

Parece que están bien preparados para una situación así, porque Robbie le entrega otro botiquín a Lola y ella empieza a limpiarle a Bobby la sangre de la cara. A cada toque, él pone muecas de dolor, y ella se limita a decir en voz alta:

—A callar, bebé.

—Le estás gritando al hombre equivocado, Stas —dice Nathan, haciendo un gesto de dolor cuando le paso un algodón con alcohol por el corte de la mejilla—. Yo estaba parando la pelea. Por eso deberías haberte quedado fuera, donde te dije. No puedes enfadarte conmigo ahora.

—¡Me enfado porque me has ignorado y te has puesto en peligro!

Quiero besarlo y estrangularlo a la vez. Gritarle y curarlo. Qué irresponsable y qué insensato. Me sujeta con suavidad de las muñecas con las manos y me las baja despacio. No es hasta que nos quedamos quietos que me doy cuenta de que estoy temblando.

—He sido yo el que ha pegado a Aaron. Grítame a mí, Stassie.

Tal vez la única persona de la que no esperaba oír eso es Henry, pero ahí está, dando sorbos a una cerveza y sosteniéndose una bolsa de hielo en la cabeza. No parece sentir la más mínima culpa, no hay ningún atisbo de remordimiento en su voz. Simplemente me está informando de que ha sido él quien ha pegado a Aaron.

—¡No me jodas, Henry! —chillo, retirando las manos de Nate de mí en cuanto me coge de los brazos e intenta acariciarme los hombros.

Sigo enfadada con él y no se va a librar solo porque a Henry le haya dado por convertirse en Mohamed Alí.

—No pienso disculparme.

—Tengo la cara reventada por tu puta culpa —le grita Nate, pegándose una tirita en la mejilla—. Si quiere que te disculpes con ella, te disculpas, me cago en la puta.

—¿Quieres que repita lo que ha dicho de ella? ¿Para que entienda por qué se lo merecía? —dice Henry mientras mira fijamente a Nathan, con la cara inexpresiva—. Es un miserable de mierda, así que no, no lo siento. Solo estás cabreado conmigo porque deberías haberlo hecho tú hace meses.

—Cuidadito, chaval —replica Nate, y se me encoge el estómago.

—Al menos así tu sanción habría valido la pena. Ha venido buscando guerra y ha tenido guerra. Fin de la historia.

—¿Qué quieres decir con «lo que ha dicho de mí»? ¿Podéis dejar de hablar de mí como si no estuviera delante?

Todos me miran, pero nadie dice nada. Es como hablar al vacío. Es como si hubiera un gran secreto y yo fuera la única que no se ha enterado.

—Da igual, Stassie —murmura Robbie—. No puedes pelearte con la gente por decir gilipolleces, Hen.

—No estoy de acuerdo —dice JJ, levantándose del sofá para ir a por otra cerveza—. Pero la próxima vez avísame, ¿vale, Hen? Tenía a una tía en el bote y tu movida me ha jodido el polvo. Así que ya estamos en paz por lo de Gen.

—¡Por favor, que alguien me explique qué coño ha estado diciendo de mí! —grito por encima de ellos, que están de cháchara como si esta situación fuera normal.

Lola se muestra totalmente imperturbable mientras examina a cada uno en busca de heridas, pasando al siguiente en cuanto termina de limpiar los cortes.

—Lols, ¿por qué estás tan tranquila? —Ya es oficial, la adrenalina ha desaparecido; ahora estoy agotada, y ni siquiera he hecho nada que no sea estar confusa y gritar.

Se encoge de hombros y le da un puntapié a Nathan, entonces él capta el mensaje y se desplaza un sitio más allá para que ella se siente a mi lado.

—Tengo hermanos. En casa había movidas así cada dos por tres… Esto no es nada. —Mira a Nathan y frunce el ceño—. Haz algo útil y tráele algo de beber, Rocky. —Me rodea con un brazo y me da un beso en la frente—. A veces es mejor no saber lo que la gente dice a tus espaldas, cariño. Creo que las dos sabemos que Aaron es un cabrón retorcido, y cuando vuelvas de Colorado quizá sea hora de que hablemos de nuestra situación vital. —Dejo caer la cabeza sobre su hombro—. No seas tan dura con él —susurra—. Solo estaba defendiendo a Henry.

Nathan reaparece con dos botellas de agua en una mano y tiende la otra hacia mí.

—Vamos a la cama. —No es una pregunta, sino una afirmación, y por mucho que quiera quedarme aquí abajo, creo que es más probable que obtenga respuestas a solas.

Lola me da otro beso en la cabeza.

—Vete, nos vemos por la mañana.

32

Nathan

¿Cómo coño puedo llevarme yo más culpas que Henry?

Va desnuda de un lado para otro mientras se prepara para ir a la cama, ignorando mi existencia. No me queda más que imaginar cómo debe de estar sintiéndose, con la certeza de que Aaron ha vuelto a liarla otra vez.

Ni siquiera sé lo que ha dicho ahora. Sin embargo, Henry tiene razón: estoy furioso porque debería haber hecho algo hace semanas. Entiendo por qué Anastasia quiere concederle el beneficio de la duda, dejarle espacio para madurar y ser el amigo que cree que puede ser.

Por lo que me ha contado sobre su amistad y los buenos momentos con él, puedo comprender su reticencia a cortar la relación. El problema es que yo sé lo que él va diciendo a sus espaldas y ella no. Tomé una decisión, más o menos justificada, y me lo he guardado todo para mí.

Soy egoísta, no quiero que me asocie a mí con el dolor que casi con seguridad va a sentir. No quiero ver cómo se viene abajo cuando se dé cuenta de lo cabrón que es ese tío.

Stassie estaba profundamente dormida en mi regazo cuando oí el característico ruido de una bronca. En nuestras fiestas no suele haber peleas; ya tenemos bastante durante los partidos, no necesitamos ese tipo de movidas también en nuestro tiempo libre.

Ahora que además están por aquí Anastasia y Lola, la necesidad de mantener la paz es todavía mayor. Cuando por fin me metí en la casa, Henry le estaba partiendo la cara a puñetazos a Aaron, y Bobby y JJ le estaban quitando de encima a otros dos tíos. Ni siquiera creo que Henry se hubiera dado cuenta de que estaban ahí, y en el momento en que lo aparté de Aaron, empezó a darse de hostias con otro tío como un puto gilipollas.

Yo levanté a Aaron del suelo, no para pegarle, sino para que se largara, y entonces se lanzó a por mí. Pega como un chaval que no se ha peleado en su vida, pero me dio un buen golpe en la cara y consiguió hacerme un poco de sangre en la mejilla.

Lola me ha pegado más fuerte alguna vez que me he comido el último paquete de sus cereales favoritos.

Lo agarré por el cuello y lo inmovilicé contra la pared, muy tentado de descargar en él todo mi odio. Al sentir su pulso martillear bajo mis dedos, lo agarré más fuerte y me clavó la mirada. Forcejeó mientras lo amenazaba y le dije que si volvía a verlo por ahí, le daría por fin una razón para meterme en problemas.

Incluso en el fervor del momento, no soy tan tonto como para no ver la trampa que quería tenderme Aaron. Skinner está deseando hacerme responsable de todo; no puedo darle munición.

Stas resopla mientras se pasea alrededor de mi escritorio, apartando los libros que hay esparcidos. Tiene una rutina muy específica, así que sé que está buscando el cepillo, porque siempre se cepilla el pelo después de lavarse los dientes. Es increíble estar con la chica más predecible del mundo.

—No me importa que me ignores, Anastasia —le digo mientras miro cómo se le mueve el culo—. Porque yo también te estoy ignorando. —Suelta una carcajada, pero no muerde el anzuelo—. Y sé dónde está tu cepillo, pero no te lo puedo decir porque te estoy ignorando.

Espero que en cualquier momento venga corriendo y se abalance sobre mí, me inmovilice y me exija información. ¿Quizá me la sonsaque a besos? No lo sé. Soñar es gratis. Pero no lo hace, ni por asomo; solo me dedica un corte de mangas y sigue buscando.

Su frustración va en aumento, así que espero pacientemente a que claudique. Me mira espatarrado en la cama y pienso que se va a derrumbar, pero en lugar de eso, se da cuenta de dónde está el cepillo y se acerca furiosa.

Pone los brazos en jarra y ladea la cadera.

—Deja de mirarme las tetas y enséñame las manos.

—Hola, cariño. Me alegro de volver a oír tu voz.

—Sé que lo tienes escondido, y llevas quince minutos mirándome mientras lo busco, a sabiendas de que lo tienes tú —refunfuña, esforzándose al máximo por reprimir una sonrisa. Disfraza la diversión de frustración porque sabe que he sido más listo que ella—. Te odio.

—Ni lo confirmo ni lo desmiento, porque en este instante te estoy ignorando.

Da un paso hacia mí, lo suficiente para que la atrape y tire de ella, haciendo que su cuerpo caiga sobre el mío.

—Está detrás de la almohada, ¿a que sí? —Le hundo los dedos en los costados para hacerle cosquillas hasta que empieza a retorcerse, chillar y reír, y entonces sé que la he recuperado—. Qué pesado eres.

Siento su cuerpo cálido y suave contra el mío. Me mira con las mejillas sonrosadas y una sonrisa relajada. Le retiro el pelo de la cara y le beso la punta de la nariz.

Suspira y me acaricia la tirita de la mejilla.

—No necesito que me defiendas —susurra.

Conozco bien su carácter insolente y terco, pero a veces me sorprende su vulnerabilidad.

—Ya sé que no, pero merece la pena defenderte. Cualquier corte, cualquier moratón, cualquier punzada de ira o de frustración; todo merece la pena. Mataría por defenderte porque mereces tener a alguien que haga eso por ti, y no hay nadie más preparado para eso que yo.

Se le llenan los ojos de lágrimas que amenazan con caer, pero las aparta con un parpadeo y exhala un suspiro entrecortado.

—Bésame.

No necesito que me lo repita, y cuando la beso, todo parece arreglarse. Hay algo distinto entre nosotros, algo más profundo, algo real. No me puedo imaginar cómo se siente ahora mismo al saber que alguien que le importa ha traicionado su confianza.

—Te prometo que mañana te lo cuento todo, ¿vale?

—Bueno.

Ya está despierta cuando abro los ojos, me pregunto cuánto tiempo lleva comiéndose la cabeza. Yo también le estoy dando vueltas al hecho de que le prometí que se lo contaría todo. Tiene la cabeza hundida en mi pecho, las piernas entrelazadas con las mías, y me hace pensar que no seré capaz de volver a despertarme solo nunca más.

—¿En qué piensas?

—En la alcachofa de tu ducha.

Levanto una ceja.

—¿Por qué?

—Porque tiene mucha presión. Es mi favorita.

Por fin me doy cuenta de lo que dice y salgo de la cama, arrastrándola conmigo. Me echo a reír y le doy un cachete en el culo mientras ella también se ríe. Anoche no se molestó en vestirse, así que la meto directamente en la ducha, bajo el chorro caliente, mientras yo me quito los calzoncillos y me meto con ella.

—Pierna —digo, señalándome el pecho. Ella se apoya en la pared, me mira con un destello travieso en los ojos y levanta la pierna sin esfuerzo. Cojo la alcachofa de la pared y enciendo la ducha, asegurándome de que está a la máxima presión posible—. ¿Lista?

Ella asiente, mordiéndose el labio inferior y acariciándome el pecho. Le coloco el chorro entre los muslos y yo mismo empiezo a jadear de deseo mientras ella pone los ojos en blanco.

—*Ah* —gime, hundiéndome los dedos en la piel.

No le lleva mucho rato, porque la presión es muy intensa.

Empieza a arquear la espalda y me agarra con más fuerza; sé que está a punto, así que retiro la alcachofa y observo su cara de frustración mientras su orgasmo se desvanece.

No dice nada, pero se le escapa otro gemido, probablemente involuntario, así que vuelvo a colocarle la alcachofa, esta vez un poco más lejos, y la muevo en pequeños círculos.

—*Nathan*...

—¿Qué, cariño?

Me roza el ombligo con las uñas y me recorre un escalofrío. Tiene la cabeza hacia atrás, y su boca me busca. La agarro del cuello con la mano libre y le tiro del labio inferior con los dientes. Está a punto otra vez: empieza a temblarle la pierna sobre mi pecho y dice con desesperación:

—Por favor, déjame correrme.

—Mmm... —Retiro la ducha otra vez—. No.

—Me estás torturando —gimotea cuando vuelvo a apuntarle con el chorro de agua al clítoris y recupera el camino al orgasmo. Finalmente, cansado de la expectación, dejo caer su pierna y ella protesta—. Nate, fóllame, por favor.

—¿No era esta tu favorita?

Me rodea el cuello con los brazos y se pone de puntillas.

—Nada me gusta más que tú. Tú eres mi favorito.

La cojo en brazos, la saco de la ducha y agarro una toalla para envolverla. En cuanto la dejo en la cama, ella se tumba boca abajo y levanta el culo con una mejilla apoyada en el colchón, y se vuelve para mirarme. «¿Cómo puedo tener tanta suerte?».

—Estoy a diez segundos de volver a meterme en la ducha, Hawkins. Sola —murmura mientras sacude el culo de un lado para otro con impaciencia.

Me tumbo despacio en la cama sobre ella, ignorando el brazo que me agarra para que vaya más rápido.

—Qué coño más bonito, Anastasia —susurro, rozándole con la polla entre los pliegues, viendo cómo se le eriza toda la piel de la espalda cuando la acaricio con la punta.

—Entonces espabila y fóllatelo —suspira cuando me pongo en posición—. *Por favor.*

—Qué impaciente —canturreo, y entonces la agarro de las caderas y la penetro, jadeando al notar lo mojada que está.

Se me ponen los ojos en blanco mientras me aprieta con fuerza. Empieza a sacudirse, y su culo redondo me golpea las caderas mientras me folla con gemidos entrecortados.

—Joder, eres perfecta —gruño, ladeando la cabeza.

Me pongo de cuclillas y tiro de su cuerpo para acercarlo a mí, penetrándola hasta el último centímetro.

—Es enorme.

—Pero puedes con ella.

Estoy a punto. Casi. El sonido de su piel rebotando contra la mía solo lo supera cuando la oigo gemir mi nombre y veo cómo juguetea con sus tetas. Deslizo la mano entre sus piernas y le froto el clítoris inflamado, utilizando la otra mano para inclinar su cabeza hacia mí.

—¿Vas a correrte para mí?

—Aah.

—¿Eres mi chica?

Me mira y me quedo sin aliento.

—Sí.

—Muy bien, cariño —susurro con orgullo—. Estoy a punto…

Se lo debe de haber tomado como una carrera, porque sus movimientos se vuelven torpes y bruscos mientras la atravieso una y otra vez. Le tiembla todo el cuerpo, levanta los brazos para hundirlos en mi pelo y prácticamente grita:

—*Nathan*, ah, joder, *joder…*

Es lo único que necesito para estallar; mis huevos se contraen y exploto dentro de ella, dejándome caer sobre su hombro empapado en sudor. No quiero dejarla ir, pero tengo que hacerlo porque, por increíble que sea correrse dentro de ella, es un poco sucio y arruina el momento.

—¿Me vas a traer un paño caliente como en las novelas románticas? —bromea.

—Puedo ofrecerte papel higiénico y una toallita húmeda, si tengo.

Se levanta torpemente de la cama canturreando y se dirige al baño mientras mi semen le resbala por el interior del muslo.

—Voy a empezar a obligarte a volver a usar condones. Te estás viniendo arriba.

—¡Deja de decirme que tengo la polla grande si no quieres que me devore mi propio ego! —grito a su espalda, sonriendo ante las carcajadas que salen del baño.

Después de asearse, Stassie quiere volver a la cama y acurrucarse conmigo. ¿Quién soy yo para negarme?

—Bueno, entonces ¿qué implicaciones tiene ser tu chica? —me pregunta con cautela, mientras traza dibujos en mi pecho con el dedo.

Me lo pienso un momento para ir con pies de plomo y no cagarla.

—Es básicamente todo lo que ya eres y haces, solo que puedo decir que eres mi chica sin miedo a espantarte.

—¿Y cómo te llamo yo? No puedo llamarte «mi chico», eso es raro.

—Sí que puedes... O tu novio, si no. O como quieras, lo que te haga sentir más cómoda, señorita con fobia al compromiso. —Se queda callada un rato más de lo que me gustaría—. Me da igual lo que me llames, Stassie. Los nombres no importan, lo importante es estar contigo. Sé que voy un poco a tope y bromeo, pero quiero que sepas que también es la primera vez que hago esto. Nunca he tenido novia y nunca me he comprometido con nadie. Aunque tres meses no parezca mucho tiempo, soy un tío que sabe cuándo está seguro de algo. Y estoy seguro de ti.

—Yo también estoy segura de ti —susurra, acariciándome la mejilla con el pulgar—. Sé que algunas cosas han sido un poco desastrosas y caóticas, pero me alegro de que me hayas apoyado con todo esto.

Se queda callada y pensativa, pero le doy tiempo para ordenar sus pensamientos. Empiezo a quedarme dormido cuando se aclara la garganta.

—Estoy lista para oír lo que ha dicho de mí. ¿Podemos hablar con Henry?

Me lo temía, por eso he querido retozar un poco antes. Estaba claro que ella también buscaba distraerse, pero bueno, tal vez saberlo le venga bien.

—Claro que sí, voy a buscarlo. Aunque igual mejor ponte unos pantalones, para no intimidarlo demasiado.

Me da un golpecito en el brazo y se ríe.

—Creo que todos subestimamos a Henry.

Creo que tiene razón.

33

Anastasia

Teniendo en cuenta que Henry empezó una pelea con tres tíos anoche, está sorprendentemente contento y no tiene ni un rasguño.

Henry irrumpe en la habitación masticando cereales y se tira a los pies de la cama. Nos mira a Nate y a mí y arruga el gesto.

—Aquí huele a sexo.

—Estás jugando con fuego, Turner —gruñe Nate, metiéndose en la cama a mi lado.

—Se supone que el sexo relaja, pero parece ser que no, gruñón —murmura, metiéndose en la boca otra cucharada de cereales de colorines.

—Supongo que sabes por qué le he pedido a Nathan que vengas —digo, interrumpiendo lo que está a punto de convertirse en una discusión demencial.

Deja el bol vacío a su lado y cruza las piernas, apoyado en el canapé de la cama.

—Espero que no sea para hacer un trío, porque no eres mi tipo.

Nate deja caer la cabeza hacia atrás, frotándose la frente con la mano mientras gruñe y mira al techo. Confío en que no sea migraña, aunque si alguien se la puede provocar hoy, será Henry. Nate lo mira.

—*Tío.*

—¿Qué quieres decir con que no soy tu tipo? —canturreo.

—Eres muy bajita —dice sin rodeos—. ¿Cuánto mides? ¿Uno sesenta o poco más? Tienes que medir uno ochenta o así para montar en esta atracción.

Últimamente han pasado muchas cosas malas, pero esta es, con diferencia, la peor de todas. Quiero decir, ahora técnicamente tengo una especie de novio, aunque esa palabra en estos momentos me marea un poco.

—Quiero presentar una denuncia. Esto es discriminación —protesto.

—Hola, estoy aquí —dice Nate, arqueando una ceja.

Henry se ríe y le guiña un ojo.

—Sí, por suerte. Creo que Anastasia me desea.

—¿Te acuerdas de cuando no hablabas? —resopla Nate—. Eso sí que eran buenos tiempos.

Empiezo a hartarme y le doy un empujón a Nate.

—Nos estamos yendo por las ramas. Hen, tienes que contarme qué coño fue lo que provocó lo de anoche.

Me sudan las manos y se me encoge el estómago. Quiero saberlo y, al mismo tiempo, no quiero saberlo.

—No quiero decírtelo, Anastasia —dice Henry—. No porque quiera mentirte, sino porque no veo de qué te sirve saberlo. Estaba metiendo mierda, así que le di de hostias y se fue. No tienes por qué volver a vivir con él; incluso el año que viene, cuando Nate y JJ se hayan ido, yo seguiré aquí para cuidarte.

Me siento como el Grinch cuando el corazón le crece tres tallas; el amor que siento por Henry es abrumador. Creo que ni siquiera él es consciente de lo dulce que es. Pero a pesar de todo, hasta que no me lo cuente, mi cerebro va a seguir dándole vueltas.

—Aun así, me gustaría saberlo, Hen. —Suspiro profundamente—. Vamos a ver, te pegaste con tres tíos; tuvo que ser algo muy malo. Ni siquiera sabía que supieras pelear.

Me mira como si tuviera dos cabezas y arruga el gesto.

—Soy jugador de hockey, estudio arte y tengo dos madres. ¿Crees que nunca he tenido que pegarme con nadie?

—Vale, vale, tío duro —resopla Nate—. No finjas que no creciste en un barrio pijo de Maple Hills. Díselo, tiene derecho a saberlo.

Henry suspira y asiente.

—Estaba buscando a Gen cuando lo vi entrar con otros dos tíos. Llevaban un buen pedo. Aaron me preguntó dónde estabas, así que le dije que se fuera. Él dijo que no, así que le di un puñetazo.

Entorno los ojos mientras él mira a todas partes menos a mí.

—Me estás mintiendo.

—Yo no miento, Anastasia.

—Ya lo sé, así que ¿por qué ahora me mientes? Dime lo que te dijo.

Nathan suspira, me estrecha contra su cuerpo y me da un beso en la sien.

—Empezó a principios de octubre. Fue justo cuando te pedí que llevaras a Lola a la fiesta de cumpleaños de Robbie. Dijo que disfrutaría viendo cómo me dejabas tirado como siempre haces con todos los tíos.

—¿Y luego qué?

Me acaricia la espalda con los dedos de arriba abajo. Henry se sienta en silencio frente a nosotros.

—Cada vez que teníamos entrenamiento después de ti y te ibas a los vestuarios, él le comía la oreja a Brady diciéndole que estabas distraída, que te descontrolabas en las fiestas, que bebías y te liabas con desconocidos. Siguió durante semanas hasta que un día Brady perdió los estribos con él.

—No oímos lo que dijo —interviene Henry—. Pero dijo que si le molestaba tanto tu forma de patinar, que se buscara otra pareja. Esto fue justo antes de que se lesionara.

La entrenadora Brady ha sido mucho más maja conmigo este año, pero supuse que era por lástima después de todas las movidas. Sigue dando mucho miedo, pero me he dado cuenta de que no me machaca como antes. No se me había ocurrido que no quisiera darle bola a Aaron.

—Vale, o sea que estuvo poniéndome a parir hasta Halloween. Se pasó dos semanas pegado a mí, me reconcilié con

Nate y me mudé aquí. Y ya casi es Navidad, así que ¿qué más falta?

Henry suspira y se frota la mandíbula con la mano.

—Tim, un chico del equipo, estaba en un partido de baloncesto de los Titans y se sentó justo detrás de Aaron. Tim dijo que los dos chicos con los que estaba no parecían de Maple Hills.

—Todos los amigos de Aaron van a la UCLA, así que nunca se molestó en hacer amigos aquí —le explico—. Se suponía que iba a ir allí con ellos, pero lo aceptaron aquí. Así es como nos juntamos, los dos éramos patinadores cuyos compañeros no habían conseguido plaza en la UCMH.

—Puede que fueran ellos, no lo sé. Pero Tim lo oía hablar de ti. Y dijo que Ryan te había dejado plantada porque se había dado cuenta de que no eres más que la típica groupie que persigue a los jugadores de hockey.

—Qué original —digo con sorna—. ¿Qué más?

Henry mira de reojo a Nathan, como pidiéndole permiso. Por el rabillo del ojo veo que él le hace un gesto con la cabeza. Henry se revuelve en la cama y me hago daño en las palmas de las manos al clavarme las uñas.

—Tim lo oyó decir que tus padres no tienen un duro y por eso te dedicas a ligar con deportistas fichados por grandes equipos. Dijo que eras una zorra, que siempre lo habías sido, y que ahora intentas lo mismo con Nate.

«No llores».

—Vale. ¿Algo más?

Henry asiente y me da un vuelco al corazón.

—Dijo que ibas a coger a Nate por los huevos quedándote embarazada. Que no tenías talento para dedicarte profesionalmente al patinaje y que eso te daría una excusa para no tener que admitir que no eres lo bastante buena. Dijo que probablemente eso es lo que le pasó a Brady.

Se me atascan las palabras en la garganta. Ni siquiera creo que lo que siento sea dolor; Aaron me ha dicho a la cara cosas peores. Es vergüenza de saber que estos chicos, los amigos de Nate, que lo respetan, han tenido que escuchar que soy una persona horrible que quiere jugársela.

—¿Ya llegamos a lo de anoche?

—Anoche dijo que iba a llevarte a casa, que era donde debías estar. Le contesté que no ibas a ninguna parte, y soltó: «¿Tú también te la estás tirando?». Le dije que se largara, pero siguió. —Vuelve a mirar a Nate, con expresión incómoda.

—Sigue —insisto.

Nate desliza su mano sobre la mía y me acaricia las marcas de las uñas con el pulgar.

—Dijo que nos utilizas para tener un lugar donde vivir, igual que hiciste con él. Que Nate se engañaba si creía que te gustaba de verdad, porque eres una falsa. Luego dijo... *Joder.* —Henry se pasa la mano por la cara y mira fijamente el edredón—. Lo siento, Stassie. Siento tener que repetir esto... Dijo que nadie podrá quererte nunca, si ni siquiera tus propios padres te quisieron, y los que te compraron solo te quieren para llenarles el salón de trofeos.

—Joder... —dice Nate.

—Y ahí es cuando le partí la cara.

—Nathan, me estás haciendo daño —susurro, mirando cómo se me ponen los dedos rosas de lo fuerte que me está apretando—. Gracias por contármelo, Hen —digo con voz calmada—. Y gracias por defenderme. Siento haber provocado este drama.

Parece incómodo y yo también lo noto.

—Lola me ha dicho que no puedo hablar de si vosotros os queréis o no, pero yo te quiero mucho, Anastasia. Hablaba en serio cuando dije que quería que vivieras aquí. Tanto si estáis juntos como si no, si te cansas de Nathan puedes dormir conmigo. Puedo sacar el colchón hinchable.

Estoy a punto de que se me escape un sollozo fuerte y dramático, pero lo reprimo y asiento con la cabeza.

—Yo también te quiero, Henry.

Coge el tazón de cereales vacío y sale de la habitación. Cuando se cierra la puerta, Nathan me abraza y se tumba boca arriba, apoyando mi cabeza en su pecho mientras me acurruco sobre él.

—Desahógate. Estás a salvo. Estoy aquí.

Así que dejo que se rompa el dique y lo abrazo con fuerza, mientras siento el impacto de todas las emociones que he estado reprimiendo.

Nathan me deja llorar hasta que me quedo seca y, cuando por fin recuperamos el silencio, me dice lo que ha estado esperando pacientemente a que estuviera preparada para oír.

—Sé que no me estás utilizando. Sé que no intentas jugármela. Me encanta vivir contigo. A estos les encanta vivir contigo, *todos* te queremos. Sé que te gusto, aunque lo odies —añade, riendo entre dientes mientras me da un beso en la cabeza.

—Lo odio mucho.

—No sé si te importa mi opinión sobre lo siguiente, pero tienes un talento increíble para el patinaje. Estoy absolutamente convencido de que vas a conseguir cualquier cosa que te propongas. No me habría puesto a hacer posturas de yoga con este cuerpo de tronco si no pensara que tú y tu talento valéis la pena.

—Nate...

—No he acabado. Eres buena persona, Anastasia. Siento no recordártelo todos los días. Me das cariño, comprensión y otras cosas que ni siquiera sé cómo expresar con palabras. Me haces sentir valorado por lo que soy, no por ser capitán del equipo o algo así.

—Porque te valoro.

—Pues hacía mucho que no me sentía así. Por lo menos desde que murió mi madre. Quiero mucho a los chicos, pero no es lo mismo. No se me ocurre cómo describirlo... Es como si me reservaras un lugar especial en tu vida que guardas solo para mí. Uno que no tengo que compartir con nadie, donde no esperas nada de mí. ¿Sabes lo increíble que es? ¿La suerte que tengo de haberte conocido? Me haces querer ser mejor.

—Oh...

—Eres lista y decidida, y mereces que te quieran, Anastasia. Lo mereces como la que más. Estás rodeada de gente que te quiere, y todos estamos contigo. Pero Aaron no, y por eso intenta hacerte daño. Siento que hayas tenido que escuchar todo lo que dijo.

—Gracias por decir, bueno…, todo eso. También me haces sentir valorada.

—Es la verdad, y ojalá te lo hubiera dicho antes de esto. Mira, no creo que sea el más indicado para hablar de tus padres, pero por lo que me has contado de ellos, parece que eres lo mejor que les ha pasado nunca.

Asiento sin decir nada. Ha respondido a todas mis preguntas y dudas. No es suficiente para detener el ruido, pero ha bajado un poco el volumen.

Nos quedamos tumbados en la cama un rato, y cuando le prometo que estoy un poco mejor, me da el espacio que necesito para procesar lo que ha pasado. Se va al gimnasio con Robbie y Henry y me deja en casa con JJ y Lola, que tienen la teoría de que «hacer ejercicio es de perdedores». Con sabiduría suprema, han decidido distraerme ampliando mi formación culinaria.

Lola se siente culpable por todo lo de la dieta, y se recrimina no haber estado más atenta. Al igual que yo, no cree que Aaron lo hiciese a propósito, pero piensa que podría haber comido más para evitar toda la movida.

Desde entonces, intenta enseñarme algunos de sus platos favoritos. O, mejor dicho, lo estaba intentando hasta que JJ la ha echado de la cocina y le ha dicho que se sentara al otro lado de la isla cuando ha empezado a criticar mi manera de cortar el pollo. JJ le ha espetado que si no se portaba bien, no podía jugar.

Estamos haciendo pollo con mantequilla porque —palabras textuales de JJ—: «A las básicas les gusta el pollo con mantequilla». JJ ya me ha dicho que igual está malísimo porque no hemos marinado el pollo el tiempo suficiente, pero vamos a seguir adelante porque ni los Johal, ni los Mitchell, ni los Allen se rinden.

Me ha vigilado mientras añadía bicarbonato sódico a los ingredientes secos para los naans, comprobando que me acordaba después de que me enseñara la semana pasada. Ahora que ya estoy dándole la vuelta al quinto naan en el tawa, ha perdido el interés y está ojeando una aplicación de ligar.

Aprender a cocinar platos nuevos está sanando mi relación con la comida. Mentiría si dijera que al mirar la nata que hemos puesto en el plato de pollo no he sentido un impulso en los dedos para abrir la aplicación de calorías, pero me estoy esforzando en disfrutar del momento.

Engordar tres kilos en este último mes ha sido un duro golpe y, como es lógico, he llorado mucho porque al parecer es lo único que hago últimamente, pero Nate se apresuró en decir que es porque he ganado músculo. Estoy más fuerte y a medida que pasan los días supero mis marcas personales en cada entrenamiento. Por primera vez en mucho tiempo, estoy alimentando mi cuerpo como es debido, y por difícil que sea, estoy tratando de no hacer caso a la báscula. Nunca me había dado cuenta de lo tóxica que era mi relación con la comida, pero estoy intentando mejorar cada día, alimentando a mi cuerpo con lo que necesita, no con lo que yo creo que necesita.

Por fin JJ levanta la mirada del teléfono mientras sirvo el último naan.

—¿Os vais a mudar aquí? —pregunta de sopetón.

—¿Es que no tienes filtro, Johal? ¿No es mejor sacar el tema poco a poco? —dice Lola entre risas.

—Soy un hombre ocupado. Tengo que ir al grano.

—No sé qué vamos a hacer. —Suspiro—. Ya lo hablaremos cuando vuelva de Colorado.

—Bueno, fijo que Hawkins te ha soltado el discurso completo y ha prometido dar su vida por ti y todo eso, pero para que conste, a mí me parece bien que los dos os quedéis a vivir aquí. Tengo un instinto infalible para los hombres y te digo que Aaron es una alerta roja como una casa.

La puerta principal se abre y los chicos entran, todos con aspecto sudoroso y cansado.

—Dios, qué bien huele —dice Robbie, que viene a la cocina con nosotros e inmediatamente coge un naan.

Le aparto la mano antes de que llegue al plato.

—Paciencia. —Después de lo que parece una eternidad apartando unas cuantas manos largas y hambrientas, por fin sirvo la comida y les digo que se sienten a la mesa.

—Esto tiene buena pinta, Stassie —dice Henry, sin atisbo de malicia.

—Estoy muy orgulloso de ti —dice Nate, inclinándose para darme un beso en la sien.

—Huele increíble.

Que te jodan, aplicación de calorías.

34

Nathan

¿Me sorprende que mi novia —sí, ya puedo llamarla «novia»— sea la persona más insoportable a la hora de viajar? No.

Está tan despierta que me está poniendo de los nervios. Cogemos el primer vuelo a Washington, lo que significa que ni siquiera ha amanecido todavía, y ya está de un lado para otro.

Por una parte, me alegro de verla tan contenta después del bajón que le dio con lo de Aaron. Pero por otro, nos despertamos juntos todos los días y nunca la había visto tan alterada antes del mediodía, así que estoy muy confuso. Ahora mismo me estoy tomando el segundo café del día, y todavía tengo las típicas náuseas de cuando te pegas un madrugón.

No es exactamente volar a Seattle lo que le hace feliz, podríamos ir a cualquier otro sitio. Resulta que le gusta organizarse para viajar. La versión marimandona de Anastasia es mi favorita; es decidida y descarada, y se pone graciosa de narices cuando no le hago caso y me mira con cara de malas pulgas. Cuando toma el mando en la cama... Joder, tengo mucha suerte. No me costaría ningún esfuerzo convivir a diario con la versión mandona de Anastasia.

Pero la versión viajera de Anastasia es lo peor. Listas, muchas listas. No se fía de nada de lo que hago, tiene que revisar ella todas las maletas porque mi revisión no tiene ni punto de comparación con la suya.

La versión viajera de Anastasia me ha obligado a usar organizadores de maletas, lo que significa que me he pasado una puta hora jugando al Tetris con mi ropa. Cuando iba por el tercer intento de encajarlo todo, en el que volví a fracasar, empecé a lanzar los cubos de las narices por la habitación. Al notar mi frustración, se arrodilló frente a mí, me desabrochó el cinturón y me demostró lo mucho que le gusta viajar. Fue lo único que me impidió cancelar los vuelos.

Le doy un último trago al café y me reclino en el asiento desvencijado del aeropuerto.

—Estás muy gruñón —dice mientras se come la macedonia por la que acaba de pagar unos quince dólares en la tienda del aeropuerto.

—Temprano. Cansado —gruño.

—Pobrecito —dice en tono sarcástico, mientras se ríe y me pellizca la mejilla—. ¿Quieres dormirte en mis tetas en el avión?

—Obviamente quiero dormirme en tus tetas —murmuro, inclinándome para robarle el trozo de piña que tiene en el tenedor—. ¿Cómo puedes estar tan despierta? ¿Y tan contenta?

—Me encantan los aeropuertos. Observar a la gente, organizar el viaje, ir de compras y esas cosas; me flipa. Además, estoy a punto de pasar casi dos semanas siendo el centro de toda tu atención, ¿cómo no voy a estar contenta?

Ay. Parece que supiera exactamente qué decir para que me den ganas de pedirle matrimonio. Me tiende el tenedor y me deja robarle otro trozo de piña. Suspiro y le coloco un mechón suelto detrás de la oreja.

—Eres pesada, pero muy guapa.

—¡Creo que ya está indicada la puerta! —chilla—. ¡Venga!

Se levanta de un salto e intenta coger a toda prisa su mochila con una mano y equilibrar la taza de fruta con la otra. Preveo el desastre.

—Quieta —le digo, quitándole la mochila y colgándomela del hombro. Me mira mientras recojo nuestras cosas con una sonrisa de oreja a oreja—. Vale, vámonos.

—A la orden, capitán.

Nada más despegar el avión, me quedo dormido en el pecho de Stassie. Después de tres horas muy tranquilas, aterrizamos en Washington, donde hace bastante más frío que en Los Ángeles. Subimos a un taxi, Stassie da su dirección y salimos de allí.

Solo vamos a estar dos noches antes de ir a Colorado, donde pasaremos las Navidades y Año Nuevo. Me quedo corto si digo que estoy acojonado por conocer a sus padres. Ella habla muy bien de ellos, pero yo solo tengo una oportunidad para causar buena impresión.

Vuelve a encender el móvil y empiezan a llegarle mensajes llenos de emoción. Entrelazamos los dedos, me coge de la mano y la cubre de besos.

—¿Estás bien, cielo?

—¿Y si no les caigo bien?

—Ya les caes bien, Nathan. Y si, por cualquier motivo, les das mala impresión de primeras, solo los veo una vez al año, así que da igual. Me gustas a mí, y con eso basta.

—¿Te acuerdas de que hace un mes dijiste que dormir en mi cama todas las noches te iba a distraer?

—Perfectamente.

—Me alegro de que me permitas distraerte. Gracias por no dejarme pasar las vacaciones solo.

Me dedica esa sonrisa suya que me vuelve loco. Es una sonrisa cariñosa, que le ilumina la mirada, y me parece que la reserva para mí.

—Creo que me has mejorado más de lo que me has distraído.

Nos instalamos en un cómodo silencio el resto del trayecto, y estoy tranquilo hasta que el taxi gira en un callejón sin salida y se detiene frente a una casa. Stassie me da un último apretón en la mano y empieza a bajarse. Ya no hay vuelta atrás.

Después de sentir que me voy a desmayar de los nervios durante los primeros quince minutos aquí, ya puedo decir con sinceridad que Julia y Colin Allen son las personas más hospitalarias que he conocido.

Ha sido abrumador, pero en el buen sentido. Ya sabía un poco de ellos por Anastasia, pero me ha gustado mucho escuchar cómo hablan de su familia. Y no hace falta que juren que adoran a Anastasia, está claro por la forma en que la han mirado en cuanto han abierto la puerta para vernos atravesar el jardín. Julia no la ha soltado en cinco minutos.

Me hacen un tour rápido por la casa antes de dejarnos guardar las maletas, y me doy cuenta de que toda la casa está repleta de fotos de Stas. Cumpleaños, acampadas, Navidades, y en todas sale con la misma cara traviesa.

«Dios, nuestros hijos van a ser adorables».

Julia me da la tercera galleta de jengibre, se vuelve hacia Stassie y se aclara la garganta.

—No me has contestado a lo de la reserva en la pista de patinaje, cariño. No sabía qué hacer...

El ambiente de la habitación cambia de inmediato, se vuelve más frío, o quizá solo sea cosa de mi imaginación, porque sé que el patinaje es al mismo tiempo el sol y las nubes negras sobre esta familia.

Deslizo la mano libre en la de Anastasia y le doy un apretón empático. Ella se aferra con fuerza.

—No tengo pensado ir a patinar y bueno... Si te parece bien, me gustaría que no habláramos de patinaje estos días. El mes pasado tuve algunas sesiones con el doctor Andrews y cree que me vendría bien encontrar otros temas de conversación.

Colin se inclina hacia delante, con cara de estupefacción.

—¿De verdad?

Ella asiente mirando entre uno y otra. Julia se esfuerza por que no se le note el desconcierto, pero no lo consigue.

—Ayuda con la presión. Cree que es bueno descansar física y mentalmente. Así que si no sacáis el tema, me vendrá bien. Y en el futuro os informaré cuando tenga alguna noticia o algo interesante que contar.

—Claro, Annie. Te lo preguntamos porque sabemos lo importante que es para ti. Solo nos interesa tu felicidad, cariño. Pero no sacaremos el tema, ¿verdad, Col? A menos que tú quieras.

Noto que se relaja la tensión del cuerpo de Anastasia, afloja la mano y se tranquiliza. Cambio de tema para pasar página, preguntando por ese apodo que nunca había oído.

—¿Annie?

Stas me mira, con expresión seria.

—Sí, me llaman Annie porque era huérfana.

Colin se echa a reír y Julia ahoga un grito y se cruza de brazos.

—¡Anastasia Rebecca Allen! —chilla—. ¡Te llamamos Annie porque no supiste deletrear Anastasia hasta los ocho años! —Me mira y niega con la cabeza—. Por favor, no hagas ni caso a mi hija.

No puedo evitar reírme.

—Tengo que hacerlo, señora. Da bastante miedo cuando quiere; incluso tiene aterrorizado a todo mi equipo de hockey.

—Siempre ha sido así —dice Colin con orgullo—. Cuando tenía trece años, a un compañero de clase le hacían bullying unos chicos mayores. Nos llamaron del despacho del director porque Anastasia les hizo llorar a todos.

—Mmm —musita Julia—. Lo que no has dicho es que acabó castigada dos semanas enteras porque le dijo al director que si necesitaba que una adolescente hiciera su trabajo, es que no estaba capacitado para dirigir el colegio.

Stassie se sonroja un poco, pero enseguida dice:

—Pero ¿tenía razón o no? Además, no volvieron a meterse con él.

—Brady lleva semanas metiéndose conmigo y tú no me has defendido ni una sola vez —bromeo.

Me da un codazo y se ríe.

—Soy valiente, pero no tanto.

Un par de horas después de llegar, Julia ya había sacado dos pijamas de cuerpo entero de Navidad: uno de renos para mí y otro de muñecos de nieve para Stas, y es lo más cómodo que me he puesto en mi vida. Tengo la impresión de que conozco a Anastasia mucho mejor, ahora que he oído todas las historias humillantes del repertorio de sus padres.

Como hoy ha sido un día tan tranquilo, Anastasia ha sugerido que saliéramos a cenar esta noche, para que nadie tuviera que cocinar. Lleva una eternidad preparándose, así que me he tumbado en su cama con una bolsa enorme de patatas fritas que me ha dado Julia. Antes me ha rugido el estómago una vez, así que ahora su misión personal es darme de comer todo lo que hay en la casa.

Me encanta ver cómo se arregla Stassie; se riza el pelo mechón a mechón, concentrándose en cada uno de ellos. Se muerde el labio inferior mientras estudia cada rizo. De vez en cuando se acerca al espejo y la luz le ilumina la piel bronceada; no puedo evitar recorrer con la mirada la curva de su cintura, de sus caderas...

—Qué buena estás.

Me mira a través del espejo, sonriendo.

—¿Me hablas a mí o a una patata frita?

—A ti. Las patatas están buenas, pero tú más, obviamente. ¿Me ayudas a levantarme?

Entorna los ojos, suspicaz.

—¿Por qué? ¿Para que me tires en la cama en cuanto te coja de la mano?

—No —miento. Apaga el cacharro de los rizos y se acerca a la cama despacio—. ¿Por qué estás tan lejos? Ven aquí.

Esboza una sonrisa mientras da un pasito hacia mí, suficiente para que me abalance sobre ella y la tire en la cama. Cuando le empiezo a hacer cosquillas en los costados comienza a chillar hasta que se queda sin aire.

Se apoya en mi pecho y sus rizos perfectos se derraman sobre mi piel.

—Tienes que prepararte.

Ya lo sé, pero se la ve tan contenta que no me quiero perder ni un minuto.

—¿Podemos pasar toda la semana así? Pero desnudos —añado—. Bueno, tú desnuda. A mí me gusta este pijama, tengo las pelotas supercalentitas.

—Mientras tus pelotas estén calentitas, obviamente.

—¿Podemos quedarnos así diez minutos? Luego me preparo —digo mientras me enrosco uno de sus rizos en el dedo.

—No.

—¿Cinco minutos?

Resopla y pone los ojos en blanco.

—Podemos meternos mano tres minutos, pero luego tienes que prepararte.

—Hecho.

Antes cometí un error al negociar los minutos. Lo que debería haber negociado es la posibilidad de llevar el pijama de renos al restaurante. Después de pasar la tarde tan cómodo, esta camisa me agobia. Solo me consuela que Anastasia me esté mirando como si se estuviera imaginando haciéndome de todo.

—Deja de mirarme como si quisieras que te follara —murmuro mientras sus padres se alejan por delante de nosotros hacia una mesa.

—Pero es que quiero. Creo que es porque llevas la camisa arremangada. Te queda increíble.

Se me escapa una risa gutural, pero no digo nada. Las camisas arremangadas son un clásico de JJ. Insiste en que es lo más sexy que puede ponerse un hombre, y tiene un cien por cien de cuota de éxito. Odio tener que darle la razón.

Anastasia y yo no solemos salir a comer fuera porque nos estamos esforzando mucho con su nueva dieta, y nos parece un poco contraproducente, teniendo en cuenta que le encanta aprender recetas nuevas.

Pero esta noche es especial, ya que es la primera vez en un año que Stas viene a visitar a sus padres, así que me gusta saber qué tipo de restaurante elige para la ocasión.

Es un sitio demasiado elegante para que me hubiera puesto el pijama, eso lo reconozco. Ambiente tranquilo, luces bajas, íntimo. Echo un vistazo al menú y finjo que es la primera vez que lo miro, a pesar de que Julia, Colin y Stassie me han hecho analizarlo en detalle quince minutos antes de salir.

Tanta preparación y todavía no sabe lo que quiere. Me inclino hacia ella mirando el menú.

—¿Qué vas a pedir?

—No lo sé —dice, confirmando mis sospechas, mientras se muerde el interior de las mejillas y le da la vuelta al menú para leer la parte de atrás.

—¿Qué opciones tienes?

Vuelve a darle la vuelta.

—Ravioli de cangrejo o la pizza de pollo. Pero me apetecen los ravioli en la pizza, ¿es muy raro?

Sus padres la oyen, nos miran y asienten al unísono:

—Sí.

—¿Por qué no pido yo la pizza y tú los ravioli? Y luego, si no te gustan, cambiamos.

Deja el menú sobre la mesa y me mira con los ojos llenos de algo indescriptible.

—¿Te he dicho que hoy eres mi ser humano favorito?

—Buenas noch… Anda, hola, chicos.

Aparto la mirada de Stassie y me giro hacia el camarero que acaba de venir a nuestra mesa. Me suena su cara, a pesar de que nunca he estado aquí.

Miro a Stas en busca de una respuesta y, a juzgar por su expresión de incomodidad, me queda claro que lo conoce. Julia se levanta de la mesa y le da un beso en la mejilla al chico.

—¡James! —dice con alegría—. Me alegro de verte, cielo. No sabía que trabajabas aquí.

Me hace gracia ver la sonrisa forzada de Julia, porque es exactamente igual que la sonrisa forzada de Stassie: muy falsa. En cuanto ha dicho «James» me he dado cuenta de quién es. Llevo toda la tarde viendo fotos de él, más joven pero con la misma cara y el mismo pelo rubio ceniza.

James era la pareja de patinaje de Stassie antes de que se fuera a la universidad. Y también era su pareja de verdad, su primer amor, su primer novio, su primer todo.

«Qué bien». Cómo me alegro de que trabaje aquí.

Colin le estrecha la mano a James, ambos con pinta de estar tan incómodos como yo.

—Voy a estar trabajando aquí durante las vacaciones de Navidad. —Su mirada se detiene en la mujer sentada a mi lado, que aún no ha dicho ni una palabra—. Me alegro de verte, Stassie.

Oír su nombre parece sacarla de pronto del ensimismamiento.

—Lo mismo digo, James. Este es Nathan, mi novio. Nate, este es James. Era mi compañero de patinaje hasta que me fui a Maple Hills.

«Novio».

Es la primera vez que la oigo decirlo, y lo ha dicho con absoluta seguridad. La verdad es que no me lo esperaba.

«Este no es un buen momento para colapsar, Hawkins».

Le estrecho la mano de una manera extrañamente formal, pero es lo que ha hecho Colin, así que me limito a imitarlo.

—Encantado.

—Igualmente —dice, esforzándose al máximo para no parecer demasiado incómodo—. ¿Qué vais a pedir de comer?

Después de tomarnos nota, mi nuevo amigo James desaparece y cuando nos trae las bebidas es una persona completamente distinta.

La comida está buenísima, la conversación fluye con facilidad y no me puedo creer lo diferente que sería la situación si fuera Stas la que hubiera venido a cenar con mi padre. Así que me alegro mucho de que vayamos a volver a Los Ángeles antes de que él regrese de vacaciones.

Me limpio la boca con la servilleta y me armo de valor para decir lo que llevo intentando decir los últimos cinco minutos.

—Me gustaría que me dejarais pagar por la cena, como agradecimiento por la bienvenida que me habéis dado a la familia. —Colin abre la boca para contestar, pero sigo antes de que pueda decir nada—. Sé que vas a decir que no, pero lo que no quería era fingir que voy al baño y pagar a escondidas. Me lo he pasado genial con vosotros y os lo quiero agradecer pagando la cuenta.

—Venga, papá, déjalo —dice Anastasia—. Es tan cabezota que si no se lo permites se pasará horas discutiendo contigo.

Todos la miramos a cámara lenta con la misma expresión ojiplática.

—Perdona, ¿que *yo* soy cabezota?

Entrelaza sus dedos con los míos y su risa suena suave y

musical. Le brillan los ojos mientras intenta reprimir una sonrisa. Es magnética.

—Eh…, obviamente.

«Joder». Estoy enamorado de esta mujer.

35

Anastasia

—¿Hemos llegado ya?

—Te juro que te voy a dejar en este aeropuerto —gruñe Nate, y entonces me da un azote en el culo y se ríe cuando el ruido hace que una pareja de ancianos se dé la vuelta y nos mire. Me sonrojo.

Estamos corriendo para coger el vuelo en Denver, y Nate está tan simpático como siempre después de nuestro vuelo a primera hora de la mañana desde Seattle. No esperaba ponerme triste por irme de Seattle, pero me he puesto. Y todavía lo estoy.

La forma en la que mi madre y mi padre reaccionaron cuando les dije que quería salir a cenar, no a patinar, y cocinar para ellos, me demuestra lo inflexible que he sido en las anteriores visitas. Olvidarme de esos problemas, aunque solo fuera durante los dos días que hemos estado allí, ha hecho más por mi bienestar que cualquier sesión de terapia. Cuando nos hemos ido esta mañana, les he prometido que volvería pronto, y lo he dicho en serio.

Ayer me pasé el día entero haciendo de guía turística de Nate y enseñándole la ciudad hasta que se nos congelaron las narices y no fui capaz de tomarme ni un vaso más de chocolate caliente.

Llevo demasiado tiempo viviendo en Los Ángeles, porque

noto el cambio de temperatura. Nathan me dijo de broma que me iba a llevar un buen susto cuando llegáramos a su casa, y que así aprendería lo que es el frío de verdad. Me ha prometido que pasaremos frente al fuego al menos el noventa por ciento del tiempo, así que creo que aprenderé a sobrellevar el diez restante.

Me encantó hacer de guía, y cuando llegamos a casa estábamos hechos polvo. Ver a Nathan tan encantador y cariñoso y ver cómo mis padres lo conocían ha sido un sueño. Por no hablar de que verlo embutido en un pijama de cuerpo entero ha sido el mejor momento del año.

Este viaje ha consistido en ver mucho a Nathan, lo cual es muy fácil porque es muy guapo.

Anoche se pasó horas hablando de hockey con mi padre, contándole todo sobre su fichaje por el Vancouver en verano, después de graduarse. Papá flipó, claro.

—Qué ganas de verte jugar. No te prometo que me cambie de equipo, pero si ganas la Stanley Cup, puede que me lo plantee —dijo en tono de broma.

Creo que Nathan ha sentido una mezcla muy rara de emociones. Lo único que ha querido siempre ha sido que su propio padre se interesara lo más mínimo por su carrera, y ahora, sin embargo, alguien al que hace cuarenta y ocho horas no conocía de nada es quien está más entusiasmado con él.

Por otra parte, sospecho que mi madre está enamorada de mi novio, lo que me alegra, pero también me asusta un poco por mi padre. Me ofrecí a hacer biryani para cenar, para ayudarla, pero también para lucirme un poco con mis nuevas habilidades culinarias. Se quedó mirándome con los ojos llorosos.

—¿Qué pasa? —pregunté, levantando la ceja.

—No pasa nada, cariño —murmuró, con cara de estar conteniendo las lágrimas—. Que estoy orgullosa de ti. Estás en casa, feliz y sana. Tienes un novio maravilloso. Soy tu madre, así que tengo derecho a emocionarme cuando veo que a mi hija le va bien.

Quería saberlo todo, cómo nos conocimos, cómo nos juntamos y bueno… Tuve que ponerme creativa con las respuestas.

Por desgracia, es imposible hablar de mi relación con Nate sin mencionar a Aaron.

—Menudo miserable —dijo mientras picaba cilantro agresivamente—. Como me lo cruce se va a enterar.

Su accidente y la pelea no fue lo peor de contar; solo hizo alguna mueca y puso cara de exasperación en algunas partes, porque sabe muy bien lo que puede llegar a hacer Aaron a veces. Fue cuando llegué a su pelea con Henry que las cosas se pusieron incómodas.

—Dijo... —Hice una pausa para preguntarme si sería capaz de repetirlo en voz alta. Suspiré, me acerqué y le quité el cuchillo de cocina—. Dijo que nadie sería capaz de quererme porque ni mis padres biológicos me querían.

Abrió los ojos de par en par y se puso pálida mientras se agarraba a la encimera.

—Y, por si fuera poco, dijo que vosotros solo me queríais para llenar el salón de trofeos.

Pronuncié las palabras en tono inexpresivo, porque ya gasté todas mis lágrimas en el pecho de Nate la semana pasada. Pero al ver la cara de terror de mi madre me daban ganas de llorar.

—Dime que no es verdad —dijo con un hilo de voz. Asentí y consentí que me dejara sin oxígeno de un abrazo. Enterró la cara en mi pelo y se atragantó con sus palabras—. ¿Cómo puede alguien pensar eso? ¿Por qué? ¿Cómo? ¿Por qué? ¿Qué coño le pasa?

—Es capaz de hacer mucho daño cuando está dolido —expliqué con un suspiro, separándome de ella con dificultad. Me atrapó la cabeza con sus manos y me dio un beso cariñoso en la frente—. No lo digas. No hace falta que lo digas.

—Lo necesito. Eres lo mejor que nos ha pasado nunca, Anastasia. Absolutamente lo mejor. El talento que tienes se suma a lo que te hace tan especial, pero ya te adoraba antes de que te pusieras tu primer par de patines.

—Ya lo sé. —No mentía. Debajo de la inseguridad y la presión a la que me someto a mí misma, sé que mis padres me quieren. No se metieron en el sistema público de adopción estadounidense con la esperanza de tener una hija deportista. Solo querían completar su familia.

—¿Qué vais a hacer con él? —preguntó.

La pregunta imposible para la que me gustaría tener una respuesta.

Es comprensible que Nate quiera alejarme todo cuanto sea factible de él y se niegue a dejar que Aaron vuelva siquiera a dirigirme una mirada; y Lola tiene más o menos el mismo plan. Pero la realidad de la situación es que no me queda otra, porque es mi pareja artística.

Albergaba la esperanza de tener alguna noticia suya después de la pelea, pero nada. Lola me dijo que se fue a Chicago y que no volvería hasta después de Año Nuevo, y sé que pasar las vacaciones escuchando las discusiones de sus padres solo lo pondrá de peor humor.

Poco a poco voy aceptando que mi amistad con Aaron ya no da más de sí. No puedo seguir siendo el saco en el que una persona tan rota como él descarga toda la carga emocional cuando se niega a ayudarse a sí mismo.

Aaron es una persona absolutamente privilegiada y tiene todos los recursos a su alcance. Estoy deseando que utilice esos recursos y que se convierta en el hombre que sé que es en el fondo, debajo de toda la inseguridad y la rabia, pero me da la sensación de que se aleja de eso cada vez más.

Me duele admitirlo, pero estoy *tirando la toalla* con Aaron.

O al menos así debe de verlo él.

Era capaz de soportar su mal humor y sus sutiles intentos de control. Pero el tiempo que pasábamos riéndonos en casa o llenos de orgullo cuando nos salía bien algo en la pista ya no bastaba para anular lo malo. No puedo dejarlo pasar porque ni siquiera puedo confiar en que no me ponga a parir a mis espaldas.

Sin embargo, a pesar de sentir todas esas emociones en ebullición al mismo tiempo, y de la voz en mi cabeza que me pide a gritos que corte por lo sano la relación, no puedo ser una patinadora en pareja sin pareja. Tengo que empezar a plantearme una asociación estrictamente profesional.

«Compañeros». Nathan odia la idea, *obviamente*, pero esto no tiene nada que ver con él ni con lo que le hace sentir cómodo.

Entiendo su postura, de verdad. La forma en que Nathan se preocupa por mí me provoca una sensación extraña y confusa en el estómago, una sensación que jamás creí que pudiera existir de verdad.

Me trata con respeto y con cariño, y me apoya en todos los sentidos. Si hasta ya digo que es mi novio, por el amor de Dios, una palabra que antes me producía un pánico atroz, pero que ahora me hace feliz. Somos inseparables y los dos somos felices así.

Pero se olvida de que en verano se marchará y se mudará a otro país, así que tiene que hacerse a la idea de que tendré que ocuparme yo sola del tema Aaron.

No es normal que Nate y yo vivamos juntos, aunque nos encante. Siempre me ha agradado vivir con Lola y Aaron, y me gustaría volver al punto en que puedo compartir el mismo espacio que Aaron, aunque ya no seamos amigos. Pero ya ni siquiera saco el tema porque Nathan odia la idea de que vuelva a Maple Tower.

Básicamente, Nathan odia todo lo que tenga que ver con Aaron, pero está bien que sea tan coherente. No tiene los mismos miedos que yo; no se cuestiona si solo funcionamos porque pasamos las veinticuatro horas del día juntos, o si duraremos cuando él se mude y tengamos que separarnos. Espero que duremos. Necesito que duremos. Pasar de rivales a amantes en tres meses era algo que jamás hubiera podido imaginar. Pero a pesar de mis esfuerzos, estoy locamente enamorada de este hombre.

—¿Hemos llegado ya?

Nate se frota el puente de la nariz y emite un suspiro profundo. En este momento no le hago ninguna gracia, pero cuanto más se desespera, más gracia me hace él a mí. ¿No me estaré convirtiendo en... JJ?

Baja la cabeza y me roza suavemente con la nariz. Siento su cálido aliento en la piel, sus labios a un centímetro de los míos, y por un momento pierdo el sentido.

—En cuanto nos quedemos solos —señala con la cabeza a nuestro chófer, que está a lo suyo en el asiento delantero—, voy a darte un azote por cada vez que me has preguntado eso.

Se me corta la respiración, y se me escapa un ruidito a medio camino entre una risa y un grito ahogado, y él se acerca a mí y me derrite con un beso en los labios.

—No me amenaces con cosas que me gustan, Hawkins.

Se recuesta para mirarme, me clava esos ojos marrones y de pronto lo veo claro. Sé que he elegido bien al venir a pasar las vacaciones aquí con él.

—A veces eres una chica muy traviesa.

—Pero ¿estamos cerca?

Me agarra de la mano que tengo apoyada en el regazo y se asoma por la ventanilla.

—Dos minutos. Y este cuenta.

—Eso esperaba.

Son los dos minutos más largos de mi vida, pero por fin nos aproximamos a un gran portón. Intento no impacientarme; más bien trato de no revelar lo nerviosa que estoy, porque sé que es una tontería. Es una casa vacía, ¿cómo puedo estar nerviosa por una casa vacía?

No, rectifico: es una mansión; una gigantesca mansión cubierta de nieve con un largo camino que lleva hasta la puerta principal. No me doy cuenta de que tengo la boca abierta hasta que Nate me da un golpecito bajo la barbilla entre risas, y me obliga a cerrarla.

—Eres rico de narices —susurro, sin dirigirme expresamente a él, solo procurando procesar lo que veo.

Sabía que la familia de Nate tenía dinero, pero nunca se me había ocurrido que fuese *tanto*. El coche se detiene ante la puerta principal, tan grande que podría haber sido diseñada para gigantes.

—*Mi padre* es rico de narices.

Todo me da vueltas mientras cogemos las maletas y me invita a pasar. Me empuja hacia el centro de la sala.

—Ve a husmear, lo estás deseando.

Lleva razón.

—Tengo miedo de perderme, ¿puedes hacerme un tour?

Deja las maletas junto a la puerta y me guía hasta la cocina.

—Esta es la cocina.

—Anda, no había visto el horno y pensaba que era el dormitorio. —Ni siquiera he terminado el suspiro de exasperación cuando él corre a por mí. Me escapo hacia el otro lado de la isla de la cocina con un ataque de risa, y él frunce el ceño y sacude la cabeza.

—Eres una pesada —dice con un gruñido.

—Y tú muy lento. Deberías entrenar un poquito.

El resto del tour apenas me lleva tiempo, porque lo hago correteando entre las habitaciones entre risas mientras Nathan intenta atraparme. Sé que me está dejando escapar, porque un paso suyo son dos míos, pero así es más divertido.

Me fijo distraídamente en los techos altos y la luz natural. Bla-bla-bla. Todo lo que se supone que hay que comentar cuando estás en una casa bonita. Lo que de verdad pienso es que estos grandes arcos hacen que sea muy fácil que no me haga un placaje en el suelo.

Subimos corriendo por la enorme escalera, que debería estar reservada solo para ir con vestido de gala, y Nate me guía sigilosamente hacia una habitación en particular.

Sin aliento, sobreexcitada y dispuesta a admitir mi derrota, abro la puerta de —sorpresa, sorpresa— su dormitorio. Se detiene en el umbral y me abraza por detrás, me lleva adentro y me arroja sobre la cama.

Se tumba a mi lado y me hace rodar sobre él.

—¿Qué te ha parecido el tour por la casa?

—Que creo que tengo que hacer más cardio.

Siento cómo su risa retumba en su pecho contra mi cuerpo, y sus manos me apartan el pelo de la cara.

—Me ponía nervioso traerte aquí.

—¿Por qué?

—No se parece en nada a tu casa. No hay fotos, los únicos trofeos que vas a ver son los de Sasha, y todo es un poco... No sé. Frío.

Incluso aunque haya visto corriendo las habitaciones, ha

sido difícil no notar lo aséptico que es todo. Si no hay ni una sola decoración navideña, por favor.

Sé que su padre es un gilipollas —Nate lo ha dejado perfectamente claro—, pero ¿sabes que tu hijo va a venir a casa y ni siquiera pones el árbol de Navidad? ¿Y qué pasa con Sasha, que ha estado aquí todo el mes? ¿Y si yo me hubiera quedado en Washington o California? Estaría Nate solo en esta casa enorme y vacía.

Se me forma un nudo en la garganta e intento tragármelo, pero es inútil.

Abre los ojos de par en par y se queda paralizado.

—¿Qué te pasa?

—Lo siento —digo, incorporándome en la cama—. No pretendo ser una sensiblera todo el tiempo, pero es que..., joder. No puedo parar de pensar en lo que habría sido para ti venir aquí solo.

—Me hace tan feliz haber venido contigo.

—A mí también.

36

Nathan

¿Cuándo es el mejor momento para decirle a alguien que lo quieres?

Enamorarme no entraba en mis planes este año. Nunca me he enamorado, así que no sé cómo decírselo sin que salga corriendo. Solo hace dos días que se ha referido a mí por primera vez con la palabra «novio», ¿y ahora de pronto se me ocurre soltarle esas dos palabras? Debo de estar loco.

Pero no puedo evitarlo, las tengo todo el rato en la punta de la lengua.

Puede que mi ansiedad se deba a que sé que lo que nos ha traído hasta este punto tan feliz ha sido una serie de catastróficas desdichas, cosa que no sucede muy a menudo. Me siento afortunado. Es la única palabra que me parece apropiada, porque las cosas podrían haber tomado un rumbo completamente opuesto.

Podría pasarme horas hablando de su belleza, describir cada una de sus pecas, cada línea de expresión, cada centímetro de su cuerpo. Anastasia es como el sol, cálida, cegadora y bella. Pero si soy sincero, no es eso lo que hace que sea la mejor.

Estoy enamorado de su valor y su compromiso, de su lado tierno, de la forma en que se las arregla para explicarme exactamente cómo se siente y por qué, por mucho que le cueste al principio.

Me ha enseñado que comunicarse no significa que todo sea perfecto, no significa que no podamos tener desencuentros. Significa que somos capaces de resolver juntos cualquier desacuerdo, y, si no llegamos a un punto en común, al menos sabemos por qué el otro se siente así, aunque no cambiemos de opinión. Seguimos siendo dos individuos distintos, pero dos individuos que se han juntado, y nunca creí que una relación pudiera llegar a ser así.

Por encima de todo, se preocupa por mí y por mi felicidad. Me alienta a estudiar, me anima a hablar de mi madre; podría enumerar un listado larguísimo de todo lo que hace que me motiva a ser la versión de mí mismo que quiero ser. Es mi mejor amiga.

He de dejar de tener miedo de que algo se tuerza, porque sé que las cosas no tienen por qué ser perfectas, y los dos somos lo bastante cabezotas y decididos como para arreglar lo que no funciona.

Tal vez es demasiado pronto para hacer una declaración de este tipo. Joder, tal vez es demasiado pronto para estar enamorado. Tres meses y pico no es mucho, pero teniendo en cuenta que hemos pasado un montón de tiempo juntos, creo que se me puede perdonar el exceso de confianza.

Sí, debería decírselo.

Salgo de mis pensamientos y le acaricio la mejilla con el pulgar.

—Podemos comprar adornos de Navidad si te pone tan triste. Podemos ir ahora mismo.

—No es eso. Eso me da igual. Pero odio la idea de que tu padre sepa que vas a venir y ni siquiera te ponga un árbol de Navidad. ¡O a Sasha! Pobre Sasha.

—Si casi nunca están aquí. Siempre están en el resort —explico—. No me importa tanto, te lo juro. Pero si quieres podemos ir a comprar un árbol de Navidad. No lo había pensado. Sé que no es como la casa de tus padres. Debería haberte avisado. Perdona.

—No, no. Por favor, no me pidas perdón. En todo caso perdóname tú a mí. Ahora me animo, te lo prometo. —Se sacude la tristeza, fuerza una sonrisa y se ríe cuando arrugo la frente. Luego se separa de mí y se deja caer otra vez sobre el colchón.

—¡Dios mío! —dice con un gemido, y siento cómo mi polla se sacude en mi pantalón—. Esta cama es divina. Está calentita. ¿Cómo narices puede estar caliente?

—Le pedí a Betty que pusiera la manta eléctrica cuando dejó la comida.

—¿Betty es tu otra novia? —Levanta el pie en el aire, se tira de la bota y la lanza por encima de la cama.

—Betty es el ama de llaves. Tiene como cien años y lleva un montón de tiempo trabajando para mi familia —digo, al ver cómo Stassie intenta quitarse la otra bota con dificultad—. Se niega a jubilarse y hace el mejor puré de patatas del mundo. Es genial, te va a caer bien. Aunque no vamos a verla; le dije que se tomara unos días libres y que los pasara con su famil... ¿Te ayudo?

Ahora está intentando quitarse la sudadera, donde también se le ha enredado el pelo y se le ha quedado pillado el reloj. Me mira por encima del brazo.

—Intentaba desnudarme para seducirte, pero joder, desnudarse con este frío es agotador. Debería haberme bajado un poco los pantalones y haberme agachado.

Sigue retorciéndose hasta liberarse, aunque debajo lleva otra capa de ropa más. Me quito las botas y tiro de la cremallera, reacio a quedarme atrás. El mayor inconveniente de estar en la montaña es lo que tarda uno en desnudarse. Esta mañana le he dicho a Anastasia que se pusiera varias capas antes de coger el vuelo, pensando que lo primero que querría hacer cuando llegáramos sería ir a ver el lago, pero creo que ni siquiera se le ha pasado por la cabeza.

—¡Hecho! —grita sin aliento, pero con una sonrisa de satisfacción—. Te he ganado.

Solo Anastasia Allen podía convertir el momento de desnudarse antes del sexo en una competición y declararse ganadora. Se sube a la cama, se apoya en el cabecero y me observa con una sonrisa traviesa.

Por fin me quito los calzoncillos y me arrastro hacia ella,

deteniéndome cuando me pone el pie sobre el torso desnudo. Me siento de rodillas, cojo el pie y le beso el tobillo mientras ella suelta una risita.

—¿Cuál es tu premio por ganar?

Salta cuando mis dientes rozan su piel y aprieta los labios mientras finge pensar.

—¿Puedes ser tú mi premio? —canturrea, y cuando asiento con la cabeza le brillan los ojos—. Quiero ver cómo te tocas.

Por poco me atraganto.

Baja el pie y lo deja caer en la cama, ofreciéndome una vista perfecta de su coño rosado y húmedo. Podría pasarme horas intentando predecir lo que Anastasia va a decir y hacer, pero nunca acertaría.

—No me mires así —digo mientras me inclino hacia delante para cernirme sobre su cuerpo—. Con esos ojazos de cervatillo como si no acabaras de decir que quieres mirar cómo me masturbo.

Levanta la barbilla y busca mi boca. Huele increíble, joder. ¿Cómo puede oler tan bien todo el rato? Es un olor dulce, delicioso y enloquecedor. Acerco su cuerpo al mío, ruedo con ella para tumbarme boca arriba y la coloco a horcajadas sobre mis muslos. Ya estoy empalmado; ¿cómo no iba a estarlo después de lo que acaba de decir? Se abalanza para agarrármela, pero antes la sujeto por la muñeca.

—Las manos a la espalda, Allen.

No sabe dónde mirar, y sus ojos se mueven entre mi cara, mi abdomen y la mano con la que empuño mi polla. Murmuro su nombre y disfruto de su cara de sorpresa, que enseguida se transforma en algo más oscuro.

Retuerce las caderas en busca de una fricción que no va a encontrar, abre las piernas contra mis muslos, y se sacude mientras su mirada sigue el movimiento de mi puño arriba y abajo.

—Estás tremendo —susurra, con los ojos oscuros—. Déjame tocarte, por favor.

—Pero te estoy dando lo que querías. —Levanto la mano, le acaricio el pezón con los dedos, y se le escapa un gemido, mezcla de satisfacción y frustración. A medida que acelero el ritmo de la mano, el placer se convierte en un hormigueo que me sube por la columna vertebral.

Arqueo la ceja con curiosidad cuando se aleja de mí. Coloca una mano dubitativa sobre la cama, junto a mis caderas, y se inclina sin apartarme la mirada. Se inclina hacia delante, sin tocarme.

—¿Qué haces? —pregunto, reduciendo la velocidad hasta alcanzar un ritmo lento y desesperante.

—¿Y si no uso las manos? ¿Puedo tocarte?

—Abre la boca, cariño.

Puede parecer que soy yo el que controla la situación, pero no es así. La miro totalmente hipnotizado, mientras me lame y besa desde la base hasta justo antes de la punta, deteniéndose para ver cómo contengo la respiración, desesperado por que me deslice dentro de su boca caliente y húmeda.

Pero no lo hace. Siento su aliento cálido en la punta, a pocos milímetros, pero en cambio empieza a descender con sus besos hasta mis huevos y los lame con suavidad.

Se me escapa el gemido que estaba conteniendo y me paso la mano por el pelo al sentir los círculos de su lengua.

—Joder, qué guapa estás.

Sigue provocándome, tocándome todo menos la punta, que está palpitante y brillante de semen. Sé que va a seguir haciéndolo hasta que esté listo para suplicar.

Ya estoy listo para suplicar.

Dirige una última mirada a mi expresión torturada y sonríe, absolutamente satisfecha de sí misma. Despacio, muy despacio, sumerge la boca, y no puedo evitar levantar las caderas para acelerar el proceso. Un *mmm* de satisfacción vibra contra mi polla, y entonces ahueca las mejillas y me intenta succionar el alma del cuerpo.

«Me cago en la puta».

Le recojo el pelo y me lo enrollo alrededor del puño en una improvisada coleta, y así la sujeto con firmeza y la muevo al ritmo del vaivén controlado de su cabeza que sube y baja. Me clava las uñas el interior del muslo, haciendo que me doble hacia delante y la embista hasta el fondo de la garganta. Por una fracción de segundo me preocupa que sea demasiado, hasta que sus ojos llorosos me miran a través de unas gruesas pestañas oscuras, e incluso cuando se está atragantando ruidosamente con mi polla, parece mantener la cara de arrogancia. Así que sigo con las embestidas, profundas y precisas, mientras ella gime de felicidad, adecuándose a cada movimiento a la perfección.

«No le digas que la quieres mientras te la chupa, puto gilipollas».

Me tiembla todo.

—Cariño, me voy a correr.

Su gemido de aprobación me recorre el cuerpo y ella acelera, con movimientos salvajes y enloquecidos, hasta que mi sangre se prende con un intenso fuego, desintegrando todo mi cuerpo.

—*Joder*... —Es la única palabra que queda en mi vocabulario cuando me derramo en su garganta.

Aturdida y ligeramente mareada, la veo incorporarse y limpiarse la comisura de los labios con el pulgar. Se me revuelve el estómago mientras intento volver a la tierra. Hemos hecho de todo, pero siempre tengo demasiada prisa por meterme dentro de ella, y lo que acaba de hacer... ha sido... Dios. Voy a tener que pedirle matrimonio.

Se tumba a mi lado y se apoya sobre mi pecho con un sonoro suspiro, antes de pasarme la pierna por encima del abdomen. Le doy un beso en la frente, la estrecho contra mí y le doy un azote en el culo, provocando otro chillido.

—¿A qué viene eso?

—¿Cuántas veces me has preguntado si ya habíamos llegado? Las acciones tienen consecuencias, Anastasia.

—Ah, ¿sí?

—Sí —respondo, bajando de nuevo la mano.

Ella se pone boca abajo y levanta un poco el culo, donde aún brilla levemente la forma de mi mano. Gira la cabeza para mirarme, con el mismo tono rosado en las mejillas.

—¿Ya hemos llegado, Nathan?

Una de las cosas buenas de tener la casa para nosotros solos es poder pasearnos desnudos.

Dejo a Anastasia durmiendo plácidamente en mi cama, mientras busco en la nevera algo para comer. Cojo un tetrabrik de zumo de naranja y me apoyo en el ventanal de la cocina, mirando el lago helado de la parte trasera de la finca.

Un manto blanco se extiende a lo largo de kilómetros y kilómetros, inmaculado y resplandeciente, y el contorno difuso del lago se confunde con el blanco de la tierra. Aunque yo no lo confundo; conozco este terreno como la palma de mi mano. He pasado muchos años aquí.

Un cuerpo cálido me abraza por detrás y me da un beso cariñoso en la espalda. Se pone a mi lado, me coge el cartón de zumo, se lo lleva a los labios y se apoya sobre mi cuerpo mientras miramos el paisaje.

—Qué bonito —susurra.

—No tanto como tú.

—Eres un cursi.

—Puede. Pero no me falta razón.

37

Anastasia

Me entran unas ganas irrefrenables de decirle «te quiero» cada vez que me mira, y no sé cómo hacer que paren.

Me da miedo que se me escape sin querer y que, de alguna forma, estalle la burbuja de felicidad en la que estamos flotando.

Estoy segura de que siempre, al principio de las relaciones, todo el mundo piensa que su pareja es perfecta, pero es que la mía lo es. Es atento y cariñoso, me hace sentir valorada y se esfuerza por hacerme feliz. No de una forma frívola o materialista, sino esforzándose activamente, a mi lado, para tratar de mejorar mi vida. No creo que haya muchos hombres, y mucho menos universitarios, que hayan visto la parte más fea de ti y aun así quieran seguir contigo.

Lo más irónico es que, si eso se lo dijera a él, me diría que yo no tengo nada feo.

Pero sí que lo tengo, y me da la impresión de que he pasado demasiadas semanas exhibiendo esa parte de mí y que por poco acaba conmigo. Pero ahora que estoy aquí con Nathan, a kilómetros de distancia del resto del mundo, siento que por fin puedo respirar con la certeza de que no hay nada que vaya a pillarme desprevenida. Una parte de mí desearía no tener que regresar a Los Ángeles, pero creo que la burbuja explotará en cuanto el padre de Nate, mi nuevo archienemigo, vuelva a casa.

No puedo imaginarme cómo habrá sido criarse en un lugar como este; he alucinado al contemplar la extensa finca a través de la ventana de la cocina con Nate. Está toda cubierta de nieve, pero aun así se puede apreciar lo grande que es.

A pesar de que es impresionante, todo parece desolado, y daría cualquier cosa por ver una foto de Nathan de bebé. *Cualquier cosa.*

El resort de la estación de esquí ha pertenecido a su familia paterna durante generaciones, y ha pasado de padres a hijos. Aunque él prefiere Nate o Nathan, su nombre completo es Nathaniel, en honor al bisabuelo que fundó el resort.

Nate no tiene ningún interés en hacerse cargo del negocio; odia tener que heredarlo él solamente porque es un hombre, y dice que para qué quiere él un hotel en una estación de esquí cuando su hermana es un prodigio del esquí. Cuando me lo contó masculló algo sobre que hay que derribar el patriarcado y volvió a lo que estuviera haciendo en ese momento.

El resort solo está a quince minutos; de hecho, desde la habitación de Nate se ven las puntas de los edificios. Nathan me ha dicho que no puedo esquiar mientras esté aquí, porque no lo he hecho nunca. No quiere que corra el riesgo de hacerme daño cuando *se supone* que tengo un campeonato el mes que viene. Dice que ya volveremos en el futuro y que me llevará a las pistas mini de los niños pequeños.

Me siento bien oyéndolo hacer planes para el futuro, y aunque dijera que no sé por qué, es inútil hacerme la tonta a estas alturas. Cualquier cosa que dice hace que se me caiga la baba, y la mitad de las veces no sé cómo reaccionar, así que le doy un beso, luego las cosas se ponen intensas y, antes de darme cuenta, ya estoy gritando su nombre y subiendo a las estrellas.

La polla de Nathan merece una mención honorífica en la lista de sus atributos positivos. Su boca también, y sus dedos. ¿Ya he mencionado su cuerpo? Y su cara.

Dios, tal vez debería contarle todo esto y luego decirle «te quiero» y buscar una de las millones de habitaciones de esta casa megagrande para esconderme.

Sería capaz de pasarme dos días escondida hasta que me encontrara.

—¿Cuántas ganas tienes de vestirte?

No le contesto enseguida; finjo que me lo estoy pensando, y que no sé que la respuesta es «cero ganas».

—No es tanto por lo de vestirme. Es por saber que después tengo que desnudarme.

—Si te prometo que luego te desnudo yo, ¿te pondrías la ropa para venir conmigo a un sitio?

Enlazo mi meñique con el suyo.

—Solo porque me lo has prometido.

Vestirse es mucho más fácil que desvestirse, y en menos de diez minutos Nate ya me está arrastrando hacia el jardín, patines en mano.

—No puedo creer que sea la primera vez que haces esto.

Cuando Nathan me dijo que podíamos patinar en el lago helado de su finca creía que estaba exagerando un poco y que sería un pequeño estanque, pero no debí subestimarlo, porque esto *no* es un pequeño estanque.

No se ve dónde termina, ya que se ramifica en lo que parecen arroyos más pequeños entre los árboles. Nate teclea en el teléfono hasta que empieza a sonar *Clair de Lune* y me dedica una sonrisa que me hace derretirme un poco.

—¿Bailas conmigo?

Practicamos la rutina hasta que me duele todo el cuerpo y no soy capaz de ver nada más que mi aliento delante de mí. Hacerlo al aire libre da una sensación diferente y refrescante, aunque falta algo. Me devano los sesos intentando averiguar qué es, y entonces me doy cuenta.

Brady. Nadie nos grita.

—Espera un momento —dice, patinando hacia la casa otra vez. Reaparece en un minuto con dos palos de hockey y una pequeña portería—. Vamos a sacarle provecho a toda esa rabia que tienes, Allen.

No es que me apetezca mucho descubrir en estas vacaciones

lo mal que se me da el hockey, sobre todo teniendo en cuenta con quién estoy. No estoy acostumbrada a que se me dé mal nada, especialmente si es sobre hielo.

—Deja de poner caras —se burla, hundiendo la cabeza en mi cuello, y su cálido aliento contrasta con el viento helado.

No dejo de poner caras, ni siquiera cuando consiente que le meta un par de goles.

—Qué mal perder tienes, Stas.

—¡Juegas al hockey en primera división, literalmente! Y eres grande de narices, ¡ocupas toda la portería! —grito por encima de sus carcajadas.

Patina hacia mí, me pega el pecho a la espalda y me abraza por detrás para agarrarme las manos que sujetan el palo, con las mejillas sonrosadas a centímetros de mí.

—La práctica hace al maestro, Anastasia —susurra, lanzando el disco directamente al fondo de la red.

«Vale, eso ha sido sexy».

—Vamos para dentro; enseguida va a oscurecer y me huelo que te está entrando hambre. —Me da un beso en la sien y me quita el palo de la mano.

—Empiezo a pensar que me conoces muy bien, Hawkins. —Suspiro y me doy la vuelta para rodearle la cintura con los brazos—. Creo que me limitaré al patinaje artístico.

Tiene la cara cortada del frío, la punta de la nariz de un rojo intenso y los ojos brillantes. Me encanta verlo en la casa de su infancia, sonriendo, enseñándome algo que lo apasiona.

Se agacha para darme un beso en lo alto de la cabeza, cubierta por un gorro de lana.

—Claro que te conozco muy bien, Anastasia. Eres mi asignatura favorita.

Nate ha insistido en preparar la cena, así que me he dedicado a quedarme sentada frente a la chimenea con mi pijama de muñeco de nieve y a beber un vino caro que había en la bodega.

Para cuando termina la cena y nos tiramos en el sofá para ver *Solo en casa 2*, ya estoy un poco achispada. Estar achispada está bien, estar achispada es divertido, estar achispada significa que el carrete de mi cámara está lleno de fotos de Nathan pavoneándose con su pijama de renos y yo no puedo parar de reírme.

Cuando llegue al punto de «estar borracha» es cuando podríamos tener un problema, porque estoy excepcionalmente blandita, y existe un riesgo real de que la Stassie borracha confiese todos sus sentimientos. No se me escapa la ironía de que me paso la vida animando a la gente a comunicarse y compartir lo que siente, pero no soy capaz de decirle a mi propio novio que lo quiero.

Nathan se lleva la cerveza a los labios, inclinando la botella hacia arriba, y yo lo miro fijamente como una pervertida. Debe de sentir mi mirada clavada en él porque levanta una ceja y vuelve a la película. Ahora tiene el pelo un poco largo y en la nuca le están empezando a salir unos tirabuzones castaños. Es monís...

—¿Por qué me miras tanto? —refunfuña, tirando de mí para que me acerque.

Su contacto es más embriagador que el vino. Huele muy bien, increíble y abrumadoramente bien.

—¿Anastasia?

Suspiro y le doy otro trago a la copa, prolongando el silencio. ¿Cómo digo lo que tengo en la cabeza sin parecer obsesionada? Estoy un poco obsesionada, pero no puedo decírselo.

—Joder, es que eres guapísimo, Nathan. A veces es superdifícil concentrarse, ¿sabes? ¿Entiendes lo mucho que me cuesta concentrarme en *cualquier cosa* cuando tú estás simplemente existiendo ahí, con tu belleza?

Abre los ojos de par en par ante mi confesión, y se ruboriza un poco. Dios mío, creo que se muere de vergüenza. Probablemente soy yo la que debería morirme de vergüenza, pero ver cómo le sube la sangre a las mejillas y cómo evita el contacto visual, rascándose la mandíbula con nerviosismo es demasiado tierno.

—Em... —balbucea, mientras me acaricia la mano libre y se la lleva a los labios—. Lo mismo digo, Allen.

Acaba la película y cambia de canal para poner el informativo deportivo. Se estira en el sofá hasta quedar horizontal y me tiende el brazo para que me acurruque a su lado. Siento mariposas en el estómago cuando lo miro, tan relajado y tranquilo. Esto parece un tráiler de mi futuro, acurrucada frente a un partido de hockey, bebiendo vino en una casa rodeada de nieve.

—¿Alguna vez te gustaría volver a Colorado? —pregunto.

—Dios, no.

—¿Por qué odias tanto a tu padre? —«Joder, esta noche voy sin frenos, ¿qué coño me pasa?»—. Perdón, no tienes que contestar a eso. Ya sé que ya me has contado alguna cosa, pero me daba la impresión de que había algo más.

Estira el brazo, me pasa un mechón de pelo por detrás de la oreja y se detiene para acariciarme la mejilla.

—Puedes preguntarme lo que quieras, Stas. No sé si «odio» es la palabra adecuada —explica—. Mi madre estuvo enferma mucho tiempo antes de morir, y él contrató a un montón de enfermeras para que la cuidaran y se encontrara muy cómoda, pero él apenas le hacía caso; se dedicaba a trabajar. Betty hacía la cena y él aparecía para comer y luego desaparecía de nuevo. Veía a Sasha en la estación de esquí, pero aparte de eso, era como un fantasma.

Le aprieto la mano. Ya sé que la madre de Nathan, Mila, murió de una enfermedad sanguínea muy rara cuando él estaba en octavo.

—En resumen, estaba engañando a su mujer moribunda con una monitora de esquí del resort de veinticinco años. —Me dan náuseas mientras trato de asimilar sus palabras, y se me rompe el corazón por el Nate adolescente—. Sospecho que llevaban desde mucho antes de que ella enfermara. Unos años después, cuando Robbie tuvo el accidente, fue en nuestra parte de la estación. Las facturas médicas fueron astronómicas, y los Hamlet son ricos, y tienen un buen seguro, pero papá no quiso ayudar, a pesar de que el seguro de la empresa está para eso.

Ya sabía que lo de Robbie había ocurrido en un accidente de esquí, pero nunca se me había ocurrido que pudiera haber sido aquí. ¿Cómo puedes asumir todo eso de adolescente?

—Estaba convencido de que iban a demandarlo y a arruinarlo; actuaba muy raro. Se pasó varias semanas escondiendo la cabeza hasta que el señor Hamlet no tuvo más remedio que recurrir a un abogado, cosa que nunca quiso hacer. Los Hamlet querían mucho a mi madre y siempre me han tratado como a un hijo.

—Qué horror —susurro, apretándole la mano un poco más.

—Nunca le perdonaré todo eso. Creo que ahora se siente culpable, después de tantos años. No sé si te conté que la casa donde vivimos en Maple Hills es de mi padre, la compró cuando acabamos primero de carrera. Y pagó una obra para convertir el garaje en una habitación para Robbie. Con baño accesible para silla de ruedas y todas esas cosas que necesita. Fue muy raro, llevábamos un montón de tiempo intentando encontrar un lugar adecuado para vivir, y de repente recibí una llamada telefónica para decirme que había comprado una casa en Maple Avenue, y que la renovarían a tiempo para mudarnos en segundo.

—Lo siento, Nathan. Eso es... mucho.

Me dedica mi sonrisa favorita, me estrecha entre sus brazos cálidos y me da un beso en la frente.

—No pasa nada, hay gente que lo pasa mucho peor que yo. No soy tan idiota como para pensar que no soy un completo privilegiado, y que son problemas del primer mundo. Pero todo esto me ha enseñado todo lo que no debo hacer como padre... Así que nuestros hijos estarán bien. Espera, no, un momento, no quería decir eso. Dios mío.

Ahora es mi turno de ruborizarme. Se queda paralizado debajo de mí y ninguno de los dos dice nada. ¿Qué coño se puede responder a eso?

La Stassie borracha de vino no es la persona más indicada para mantener esta conversación porque, por algún motivo, lo que tengo en la cabeza no es lo que sale de mi boca.

—Yo quiero adoptar.

Me abraza un poco más fuerte.

—Me parece bien.

—Siempre he querido hacerlo, pero es que además expulsar

a un bebé tuyo fijo que me destrozaría la vagina. Me la haría polvo.

—Tomo nota.

Todavía estoy medio dormida cuando me doy la vuelta y busco el lado de la cama de Nathan y me encuentro un trozo de papel en su lugar.

Estoy haciendo un recado supersecreto, pero no tardo nada.
Disfruta cotilleando.
N
P. D.: Te he hecho un batido, está en la nevera.

Tengo tantas opciones de cosas que hacer que no sé por dónde empezar. Priorizo el batido y me voy a mi nuevo lugar favorito para mirar al jardín trasero de la casa. Es tan bonito que es como si lo hubieran sacado de una postal navideña. No parece de verdad.

Tardo diez segundos en saber lo que quiero hacer. Me apresuro a buscar los patines y el abrigo y salgo por la puerta hacia mi nueva pista favorita.

Ni siquiera estoy bailando, solo disfruto de las vistas, que consisten en un ciervo observándome a lo lejos desde el bosque. Después de haber vivido en Washington toda mi vida, hacerlo en Los Ángeles durante los últimos años ha sido un rollo; lo más parecido a la vida salvaje en Maple Hills es el barrio de las fraternidades. Camina por la tierra helada y corretea entre los árboles, así que me acerco patinando para verlo más de cerca. Se me olvidó preguntarle a Nathan dónde termina esta parte del lago, pero parece sacada de una película por la forma en que los árboles se ciernen sobre el agua con las ramas repletas de diminutas gotas heladas.

El ciervo sigue observándome desde los árboles cuando llego a la linde del bosque, pero entonces me suena el teléfono y se escapa corriendo. Me quito el guante y me llevo el teléfono a la oreja.

—¿Diga?

—Hola, ¿dónde estás? —pregunta Nate—. Acabo de volver y no te encuentro.

—Estaba intentando hacerme amiga de un ciervo, pero tu llamada lo ha espantado —refunfuño, escudriñando entre los árboles.

—¿Un ciervo? ¿Dónde estás?

—Patinando por la linde del bosque. Estaba a punto de tener un momento Blancanieves y todo.

—Anastasia, no es seguro…

Pero no oigo el resto de lo que dice.

Porque el hielo se resquebraja bajo mis pies y el agua me paraliza todo el cuerpo en el momento en que mi cabeza se sumerge.

38

Nathan

Nunca he querido ser el típico hombre que se mete en una tienda petada de gente el día de Nochebuena, pero aquí estoy: rodeado de un montón de tíos con cara de pánico, señalando frenéticamente a todas partes, comprando cosas que tendrían que haber comprado hace semanas.

Pedí que enviaran el regalo principal de Stassie a esta casa, para no tener que viajar con él, pero el repartidor llegó cuando Sasha no estaba, y mi padre rechazó el pedido pensando que era un error.

Así que llevo dos semanas discutiendo con varias empresas, y al final anoche me mandaron un email diciendo que podía recogerlo en una tienda física, lo que significa que, aunque no me apetezca nada, tengo que ir.

Sé que va a ponerse como una fiera porque los iPads son carísimos, pero lo he pensado bien. Y no puede enfadarse si lo he pensado bien, ¿verdad?

Ahora hace la terapia por videollamada, ya que su médico está en Washington, pero como ella no tiene iPad, tiene que coger prestado el de Lola. No siempre puedo prestarle el mío, porque lo uso para tomar apuntes en clase y tiene toda mi agenda incorporada.

Esto me lleva a la segunda ventaja: una agenda digital. Ya sé que su agenda evolucionó a partir de una tabla de pegatinas, pero creo que es hora de que vuelva a evolucionar. Creo —no, estoy convencido— que si tuviera una herramienta para cambiar fácilmente los planes, como un iPad, estará más dispuesta a ser flexible consigo misma.

Es un truco psicológico, ya lo sé, pero una vez que deje de estresarse y lo utilice, seguro que le sacará mucho partido.

Entiendo su preocupación. Nuestros ingresos no son los mismos, ni siquiera se acercan. Una vez me dijo que no podía dejar de trabajar porque «no todos tenemos un fondo fiduciario», y tiene razón. Pero no espero que me compre nada caro. En realidad, no espero que me compre nada, porque su presencia aquí es más que suficiente.

Se echó a llorar ante la idea de que fuera a pasar la Navidad solo. Tengo una novia que llora por mi hipotética infelicidad. ¿Cómo puede ser real? Debo de importarle mucho, o de eso me he convencido, así que mañana le diré que estoy enamorado de ella. Navidad parece un momento muy apropiado para expresar tus sentimientos, ¿no?

¿No?

El camino de vuelta a casa se me hace demasiado largo. No hay tráfico, estoy impaciente y ansioso por volver con mi chica. Me pregunto en qué parte de la casa habrá husmeado mientras yo no estaba. Espero que cuando vuelva se encuentre en el salón con una colección de cosas por las que pedirme explicaciones. Sé que está deseando ver alguna foto mía de bebé, o al menos alguna prueba de que en algún momento fui niño, ya que no hay ninguna foto mía en casa.

Por suerte, cuando entro por la puerta no la veo por ningún sitio, lo cual me da la oportunidad de esconder el regalo debajo de la cama; ya lo envolveré luego.

La busco por la casa, pero no hay rastro de ella por ninguna parte. Al final pierdo la paciencia, saco el móvil y la llamo.

—¿Diga? —dice, jadeante.

—Hola, ¿dónde estás? —pregunto, tratando de escuchar una respuesta por encima del sonido del viento en su lado de la línea—. Acabo de volver y no te encuentro.

—Estaba intentando hacerme amiga de un ciervo, pero tu llamada lo ha espantado —refunfuña en voz baja.

—¿Un ciervo? ¿Dónde estás?

—Patinando por la linde del bosque —dice, haciendo que me dé un vuelco el corazón—. Estaba a punto de tener un momento Blancanieves y todo.

Se me encoge el estómago mientras me dirijo a la puerta trasera de la casa y echo a correr hacia el lago lo más rápido que me permite el cuerpo.

—Anastasia, no es seguro... Sal de ahí con mucho cuidado.

Pero no creo que me haya oído, porque el teléfono se apaga y, a lo lejos, oigo un grito sobrecogedor.

Dicen que cuando ocurre algo traumático el tiempo se detiene, pero no estoy de acuerdo.

Tengo la impresión de que los segundos vuelan mientras mis botas crujen sobre la nieve. En mi mente bullen un millón de pensamientos a la vez y no puedo concentrarme en mitad del caos.

Es fuerte, es fuerte de cojones, y sabe nadar; la he visto nadar con mis propios ojos. Vislumbro el aro salvavidas naranja reflectante a medida que me aproximo al lago. Mamá obligó a papá a instalarlo cuando Sasha aprendió a andar; la aterrorizaba la idea de que ocurriera algún accidente con tanta agua cerca. Lo saco del soporte y continúo hacia el bosque.

No sabría decir cuánto tiempo ha pasado desde que la oí gritar.

El aro salvavidas me rebota en la cadera y corro más rápido que nunca, con la vista nublada por las bocanadas del aliento delante de mí. Y entonces lo veo, un gran agujero en el hielo y varios pedazos rotos flotando en el agua. Cualquier vídeo de seguridad, artículo o presentación —o cualquier persona con un mínimo de sentido común— diría que no se corre sobre hielo fino o poco seguro. Pero yo no estoy poco seguro, conozco este lago mejor que nadie, y por eso he sabido que estaba en peligro.

Caigo de rodillas donde sé que el hielo es más fino y me arrastro hacia el agujero; con el corazón latiéndome tan fuerte que parece que se me va a salir del pecho. Lo único que puedo pensar es: «Por el amor de Dios, por favor, que esté viva». Me sitúo a pocos centímetros de donde se ha astillado el hielo cuando el agua empieza a ondear y su cabeza emerge con una mirada de terror que se clava en la mía antes de volver a sumergirse. Está en shock. Y yo también mientras meto el brazo en el agua, buscando cualquier parte de ella a la que agarrarme.

Nada.

Trato de mantener mi peso equilibrado, de no inclinarme demasiado, y de todas esas mierdas que se supone que debo hacer mientras lanzo el aro al agua, con la esperanza de que pueda cogerlo de alguna forma. Tirarme a por ella no es la decisión más inteligente, porque mi cuerpo podría entrar en shock también, pero es mi única opción en este momento, por lo que lo mejor para sobrevivir es que la ropa no me suponga un lastre.

Para sobrevivir los dos.

Me acabo de desprender de la chaqueta cuando la cuerda del aro salvavidas empieza a moverse a mi lado. Me doy la vuelta, con cuidado de no romper el hielo que hay debajo de mí, y ahogo un grito cuando veo su mano aferrada al borde del aro, con la piel azul contra la superficie naranja brillante. Saca la otra mano y ya distingo la coronilla, así que tiro de la cuerda y la veo desplazarse hasta el borde.

—Stas, ¿estás bien? ¿Puedes hablar? Tienes que aguantar, ahora mismo te saco —digo frenéticamente, con la voz temblorosa.

Nada.

Retrocedo arrastrando los pies, acercándome a un suelo más seguro, ignorando el frío punzante que me atraviesa a través de la ropa, tirando con fuerza de la cuerda hasta que noto la resistencia de su cuerpo contra el borde. Jadeo sin aliento y al borde del llanto, pero sigo tirando y por fin, *por fin*, su cuerpo empieza a deslizarse por el hielo. Sigo tirando hasta que vislumbro sus patines y confirmo que ya está fuera. Cuando nos distanciamos lo bastante del peligro, me pongo en pie, le quito el aro y la tumbo boca arriba. Tiene los labios azules, los rasgos delicados, pálidos como la muerte y los ojos cerrados con fuerza.

—¿Anastasia? —grito, acercando la oreja a su boca para escuchar un murmullo, una respiración, cualquier cosa.

Pero no respira.

Mi cuerpo se pone en acción solo: le levanto la barbilla y le pellizco la nariz, acerco mi boca a la suya y soplo hasta que se le hincha el pecho. Intento bajarle la cremallera de la chaqueta, pero está congelada, así que doy un tirón hasta que la rasgo en dos y le coloco las manos enlazadas en el esternón, presionando rítmicamente hasta que llega el momento de volver a soplar.

Su pecho sube y baja, y entonces vuelve a subir, y de pronto empieza a balbucir, entre toses y arcadas para expulsar el agua.

—Dios mío, creía que te había perdido —susurro, cogiéndola en brazos. Vuelve a cerrar los ojos, pero respira por sí sola, lo que me da tiempo suficiente para cubrirla con el abrigo que le había quitado antes y salir corriendo hacia la casa.

Subo las escaleras de dos en dos y corro hacia el cuarto de baño, deseando más que nada que deje de tiritar con violencia entre mis brazos. Todavía no ha dicho nada; no tengo más remedio que colocarla en el borde de la bañera para quitarle los patines. Me aseguro de que está estable, me giro hacia la ducha y la enciendo a la temperatura adecuada.

—Nate —susurra, con los labios de un tono ligeramente más humano que el azul de antes.

—Estoy aquí. —Intento tranquilizarla, tratando por todos los medios de que no se me note la emoción de la voz. La meto bajo el agua tibia, focalizando el chorro en el centro de su cuerpo, y me estremezco cuando pone cara de dolor y se echa a llorar—. Sé que escuece. Lo siento mucho, cariño. —La ducha solo está ligeramente templada, pero para ella será como estar debajo de una tetera hirviendo.

Al quitarle el abrigo y la sudadera, deseo más que nunca retroceder en el tiempo hasta ayer, cuando desnudarla era divertido.

Levanta los brazos despacio para dejar que le saque las capas interiores.

—Lo estás haciendo muy bien, Stas, genial. Estoy superorgulloso de ti; todo irá bien. Ahora te calentamos y llamo al médico. Estás bien.

Subo un poco la temperatura y me estiro para retirar los pantalones y los calcetines hasta dejarla desnuda debajo del chorro, con la piel todavía helada bajo mis manos.

La adrenalina empieza a remitir, y la realidad de lo sucedido me golpea mientras ella solloza delante de mí, abrazada a su cuerpo. Yo también me quito la ropa, me quedo desnudo y la estrecho entre mis brazos, subo un poco más la temperatura e intento tranquilizarla mientras llora.

Levanta la cabeza y me mira a los ojos por primera vez. Están inundados de lágrimas, pero el terror ha desaparecido y ahora solo queda la confusión.

—Creí que me iba a morir.

No puedo evitar que se me empañen los ojos, porque yo también lo pensaba. La beso con delicadeza y dejo que mi frente descanse sobre su cabeza cuando nos separamos.

—Te prometí que nunca te abandonaría ni dejaría que te ahogaras, Anastasia. Siempre estaré ahí para salvarte.

Me rodea la cintura con los brazos y su respiración se entrecorta mientras subo un poco la temperatura del agua. El color le vuelve a las mejillas mientras las lágrimas resbalan despacio. Se muerde el labio mientras se las limpio.

—Te quiero, Nathan. —Tose un par de veces, tratando de aclarar el sonido áspero de su garganta—. Y esto no es una reacción al trauma ni nada de eso. Estoy enamorada de ti, y eso fue lo que pensé cuando se rompió el hielo. Que llevo mucho tiempo sabiéndolo y que aún no te lo había dicho. Que me iba a morir sin que lo supieras, y estaba furiosa conmigo misma. Te quiero y siento mucho no habértelo dicho cuando me di cuenta.

Lo ha dicho tres veces y todavía mi cerebro no lo ha procesado.

—Yo también te quiero —consigo balbucir por fin—. Estoy absolutamente enamorado de ti, Anastasia.

Me despierto de la pesadilla de un salto, mirando a todas partes frenéticamente. Stassie está profundamente dormida, conectada a varias máquinas que me dicen que está bien, no muerta como en mi sueño.

El hospital Vail Health no es el lugar donde esperaba despertarme la mañana de Navidad, pero es que tampoco esperaba que mi novia hubiera estado a punto de ahogarse, ni el improvisado viaje a Urgencias.

En cuanto dejó de tiritar, la volví a vestir con todas las capas que pudo aguantar su frágil cuerpo y la metí en el coche para llevarla al hospital.

Esperaba que me riñeran por no haber llamado a una ambulancia, que es lo que tendría que haber hecho, pero creo que me vieron la cara de pánico y se lo pensaron mejor.

El médico me felicitó por haber conseguido subirle la temperatura corporal y cuando terminó de revisarla dijo que todo estaba bien.

En cuanto oyó «todo bien» Anastasia se pensó que ya era hora de volver a casa, sin darse cuenta de que ni yo ni los médicos iban a dejarla marcharse a ningún sitio. No me he separado de ella desde ayer; incluso a golpe de tarjeta conseguí que la cambiaran a una habitación mejor e instalaran una cama para mí, y así no tuviera que irme.

La cama sigue perfectamente hecha, porque en cuanto nos quedamos solos, me subo a la de Stas. Cuando viene la enfermera a comprobar sus constantes vitales me hago el dormido para que no me obliguen a quitarme de ahí.

—Feliz Navidad —susurra Stassie.

—Buenos días, cariño —digo mientras le doy un beso en la sien—. ¿Cómo estás?

—Como si no necesitara estar conectada a un gotero y prefiriera encontrarme en casa contigo en pijama. —Me clava los dedos en el costado con aire juguetón—. Estoy bien, Nathan, te lo prometo. Es Navidad, ¿podemos salir de aquí?

—No hasta que te hayan examinado.

—Ya me han examinado. Soy la viva estampa de la salud; vámonos.

Mis ojos revolotean hacia la vía de suero que le sobresale de la mano.

—Se nota.

—Al menos no estoy muerta. —Se ríe al ver mi cara de sorpresa—. ¿Demasiado pronto?

—Siempre va a ser demasiado pronto.

39

Anastasia

La semana pasada ha sido el epítome de la calma después de la tempestad.

Después de mi debate con Nathan sobre mi estado de salud la mañana de Navidad, me ha cogido la mano y le ha dado un beso.

—Cállate, Anastasia. Deja que te cuide, por favor.

La cama del hospital no era tan cómoda como la cama grande y calentita de Nathan, y los toqueteos y empujones no eran precisamente del tipo al que estaba acostumbrada. Todo el mundo era muy amable y nadie me juzgó por la decisión imprudente de meterme yo sola en un lugar tan poco seguro.

Estaba agotada física y mentalmente, pero de buen humor, dadas las circunstancias. Nate por poco obligó al doctor a examinarme una última vez mientras la enfermera me quitaba la vía.

—Qué protector es, ¿no? —dijo la enfermera entre risas.

—Ya lo creo —asentí—. Es porque le importo, así que no me molesta.

—Ay, el primer amor.

Incluso a pesar de haber pasado un día traumático y una noche bastante movida, cuando me miró desde el mostrador donde estaba recogiendo los papeles del alta, su sonrisa hizo que el cuerpo entero me vibrara de alegría.

El camino de vuelta a casa fue tranquilo, fuimos escuchando a George Michael en la radio mientras Nate repiqueteaba con los dedos en mi muslo al ritmo de las canciones. Me miró mientras nos deteníamos en un semáforo.

—¿Por qué sonríes?

—¿Te acuerdas de cuando la cantaste borracho en la ducha? —dije, acordándome de cuando Nathan se puso a berrear *Last Christmas* a pleno pulmón dos semanas antes.

—¡Oye! —Me aprieta el muslo—. Lo que pasa en Las Vegas se queda en Las Vegas; esas son las reglas, Allen. —Vuelve a mirarme furtivamente, con una gran sonrisa—. Te quiero.

Le pongo una mano sobre la suya.

—Te quiero.

Llegamos a casa a última hora de la mañana, ambos demasiado cansados para celebrar la Navidad, y me convertí en el tema de la semana. El alivio de volver a la cama de Nate no duró tanto como esperaba, y enseguida me golpeó el impacto de la gravedad de lo ocurrido.

Lo primero que hice fue llamar a mis padres desde el teléfono de Nate. Me di cuenta de que el mío se había quedado en el fondo del lago y de que estarían intentando localizarme para felicitarme la Navidad. Mamá y papá se asustaron muchísimo, y tuve que convencerlos de que estaba bien y que no hacía falta que vinieran.

Las pesadillas son intensas, pero cuando me despierto en un charco de sudor, aterrorizada, Nathan siempre está ahí para arrullarme y devolverme al sueño. Si lo del hockey no le sale bien, sería un gran enfermero. Me ha llevado todos los días al spa del resort, me ha reservado todos los tratamientos y se ha asegurado de que no quede ni un centímetro de mí sin relajar por completo.

Incluso ahora, una semana después, todas las chimeneas de la casa están encendidas porque le preocupa que me ponga enferma. Lo bueno es que él es un radiador humano, y tanto calor lo ha obligado a pasarse todo el día en calzoncillos.

Así que tengo unas vistas increíbles, y contemplar cómo Nate se pasea por la casa me ayuda a volver a sentirme yo misma.

—Deja de mirarme el culo —grita desde dentro de la nevera. Tiene la cabeza prácticamente apoyada en la balda y finge que busca algo de comer, pero en realidad creo que solo está intentando refrescarse. No lo pensó bien cuando decidió convertir la casa en un horno, pero no me hace caso cuando le digo que estoy bien.

—El lago está fresquito, en caso de que quieras refrescarte —le digo.

Cierra de un golpe la puerta de la nevera y se vuelve hacia mí, con cara de enfado. Su cara de enfado es monísima. ¿Se supone que me tiene que dar miedo con esos morritos y ese ceño fruncido? Si esto es lo que hace en los partidos, no creo que asuste a nadie.

—No tiene gracia.

Cruza el arco que separa la cocina del salón y se tumba a mi lado en el sofá. Me arrastro hasta su regazo, le peino el pelo hacia atrás y le planto un beso en la frente.

—A ver, gruñón. Ya está, ¿vale? Estoy a salvo. Me salvaste y estoy perfectamente. Me estoy asando como un pollo con este calor, pero estoy bien.

—¿Me lo prometes?

—Te lo prometo. ¿Quieres abrir los regalos de Navidad? Quizá deberíamos hacerlo antes de que acabe el año. —Ninguno de los dos hemos estado especialmente festivos, así que todos los regalos siguen en la maleta.

—Creía que ya me habías dado mi regalo.

Pongo los ojos en blanco y me separo de él.

—A ver, correrte dentro de mí no es un regalo de Navidad, Nathan.

—Pero me pone igual de contento.

Evita por los pelos el cojín que le lanzo a la cabeza y murmura algo sobre que no me admitirían en ningún equipo de balón prisionero. Pongo los brazos en jarra y resoplo:

—¿Puedes ir a por la maleta de los regalos, por favor? Tengo que hacer una cosa arriba.

Ignoro su mirada de suspicacia, corro hacia las escaleras y subo cada escalón a toda velocidad hasta llegar a su habitación, donde rebusco en su armario la maleta que escondí el primer día.

Hago lo que tengo que hacer, me pongo una bata y bajo corriendo. Ha desempaquetado todos los regalos y los ha colocado en montones, y ahora espera pacientemente junto a su montón con las piernas cruzadas.

—¿Estás lista?

Lo hacemos al mismo tiempo: arrancamos el papel de envolver y nos ahogamos en una pila de regalos de nuestros familiares hasta que solo quedan los que nos hemos comprado el uno al otro.

—No te he comprado mucho —anticipo, entregándole la bolsa—. Empieza por el del lazo azul, pero... En fin, eso. Es muy difícil regalarte cosas, ¿te lo han dicho alguna vez?

Me entrega una bolsa idéntica y se inclina sobre el montón de jirones de papel de regalo, dándome un beso en los labios.

—Tú eres el mejor regalo, Anastasia.

Abro el primer regalo y me encuentro los dos pares de pijamas más bonitos que he visto nunca.

—Dijiste que querías algo para ponerte por casa y no fui capaz de decidirme...

—Me encantan, Nathan. Gracias —digo pasando los dedos por el satén—. Tu turno.

Rompe el papel hasta que el regalo le cae en el regazo. Levanta las mallas de leopardo y las de cebra y arquea una ceja.

—Yo tampoco fui capaz de decidirme...

Vamos de un lado para otro, desenvolviendo regalos y riéndonos hasta que se lleva las manos a la espalda.

—Se me había olvidado esto y no he tenido tiempo de envolverlo, así que cierra los ojos y extiende las manos.

—Como sea tu polla, Na...

—Calla y hazme caso, por favor —refunfuña. Sigo sus instrucciones y extiendo ambas manos mientras me coloca algo pesado en las palmas—. Vale, abre los ojos.

Abro los ojos de inmediato y me quedo mirando fijamente la caja del iPad. Se mordisquea la yema del pulgar muy nervioso y me mira expectante con un tic en la rodilla. No sé qué decir, así que sigo mirándolo.

—¿Te has enfadado?

Sacudo deprisa la cabeza y se me quiebra la voz al hablar.

—No.

—¿Te gusta? Es para que lo tengas siempre para terapia, y hay una aplicación muy chula que te voy a descargar. Es una agenda digital y puedes tomar apuntes en clase y…

—Nate, me encanta. Es solo que estoy flipando con lo generoso que eres. No sé qué decir. Muchas gracias. —Me ha comprado un puto iPad para que siempre pueda hablar con mi terapeuta, ¿cómo puede ser real?—. En serio, gracias.

—De nada, cariño. Joder, qué alivio que te guste —admite, soltando un suspiro—. Bueno, el último regalo. Vamos a ver.

Por última vez, contemplo cómo arranca el papel de regalo y quita la tapa de la caja. Tuerce el gesto y me mira inquisitivamente.

—¿Está vacía?

Me pongo de rodillas y me desato lentamente la bata que llevo puesta hasta que se me resbala de los hombros y se cae al suelo a mi espalda.

—He hecho un poco de trampa, es más bien un regalo para mí, pero pensé que te gustaría. —La camiseta de los Titans me queda un poco grande, pero solo lo suficiente como para cubrirme la parte superior de los muslos. Sus ojos están casi negros y me miran de arriba abajo—. Y todavía no has visto lo mejor. —Le doy la espalda y me recojo el pelo por encima de los hombros.

—«Hawkins» —dice, con una suavidad en la voz que no había oído antes—. Llevas mi nombre en la camiseta.

Me inclino hacia delante para que la camiseta se me suba por el culo, lo suficiente como para que entre en acción.

—Estás tremenda, Anastasia. *Joder.*

Después de una semana tratándome como si fuera de cristal, sentir su cuerpo contra el mío es un cambio *muy* bienvenido. Me recorre todo el cuello con la boca mientras desliza la mano por debajo de la camiseta.

—Quiero follarte con esto puesto, ¿vale?

—Sí, capitán. —Me agarra el culo y siento una descarga de excitación—. Tengo una idea. ¿Puedes tumbarte en la isla de la cocina?

40

Nathan

Cuando esta mañana Anastasia ha subido una foto motivacional en la que ponía «El día de hoy será tan bueno como tú quieras que sea», he pensado que mi gruñona favorita estaba otra vez intentando engañar a todo el mundo haciéndose la optimista en internet. Pero al parecer, le encanta la Nochevieja, así que ahora estoy tumbado desnudo en la isla de la cocina, con las manos atadas por encima de la cabeza con uno de los lazos de los regalos de Navidad.

Para ser sincero, no estoy seguro de cómo he acabado en esta situación. Mi novia es una visionaria creativa, según ella, así que cuando me ha dicho que me quitara los calzoncillos y me tumbara en la encimera, he obedecido sin dudarlo.

¿Y qué le hago? Soy un hombre débil.

Dudo que exista algún tío que se haya parado a hacer preguntas cuando su chica se pone su camiseta y va sin bragas. Ahora soy básicamente arcilla en sus manos.

La oigo rebuscar en la nevera.

—Stassie, ¿qué haces?

—La paciencia es una virtud, Hawkins —dice, y a su lado suena lo que parece el tintineo de unos tarros.

—Ahora mismo no me siento muy virtuoso, Anastasia —protesto, tirando de la cinta—. Más bien todo lo contrario.

Oigo sus pasos suaves contra las baldosas. Coloca lo que ha cogido en un sitio fuera de mi campo de visión, se sube a la encimera y luego encima de mí, a horcajadas sobre mis caderas. Ni siquiera ha hecho nada y ya la tengo dura, apoyada en el calor del vértice de sus muslos. Se contonea, gime en voz baja y me mira con los ojos brillantes. Me mira todo el cuerpo.

—Qué bueno estás.

Stassie me llama guapo todo el tiempo, incluso recién levantado. Al principio, me sorprendía un poco. No sabía muy bien qué estaba pasando; tenía metido en la cabeza que debía ser yo el que la piropeara, y no paro de hacerlo, pero resulta que también me gusta oírlo. No solo me dice que soy guapo; también me dice que soy amable e inteligente, entre otras muchas cosas. Oírla divagar sobre lo mucho que le gusto por cómo soy y por lo especial que soy para ella va más allá de lo que jamás pensé que sería una relación.

Pero oírla decirme que estoy bueno mientras me tiene atado y froto mi polla dura entre sus piernas es otro nivel, *joder.*

Al salir de mi campo de visión, oigo el característico sonido de abrir una tapa. Todo el cuerpo me vibra de excitación cuando le veo el bote de nata montada en la mano. Se lleva la boquilla a los labios, pone los ojos en blanco y se echa un chorro en la lengua.

—Mmm.

Levanto las caderas para rozar su humedad. Su boca baja hasta la mía y siento el dulce residuo de la nata en su lengua.

Vuelve a sentarse, coge el bote de nata y me la echa entre los huecos de los abdominales. Antes de que pueda quejarme de lo fría que está, baja la boca y me lame todo el cuerpo, sonriendo al sentir cómo se me pone aún más dura.

Mueve las caderas adelante y atrás, deslizando sus pliegues. Se me tensan las manos dentro del lazo y mi cuerpo se retuerce con impaciencia.

—Necesito estar dentro de ti.

Hace una mueca y coge otro tarro.

—No hasta que me lo supliques, Hawkins.

Cuando estoy a punto de responderle, suena la alarma para avisar de que acaba de abrirse la puerta principal.

—¿Nate? —grita Sasha, y su voz resuena con fuerza por toda la casa.

Anastasia abre los ojos de par en par, y todo el color desaparece de su cara en un segundo.

—¡No me jodas!

Forcejeo para liberarme del lazo que me ata las manos, nos tiramos al suelo y me vuelvo a poner los calzoncillos.

—¡Espera un momento, Sash! —grito, poniendo a Stassie delante de mí. La puerta de la cocina se abre de golpe y Sasha pasa la mirada de uno a otro frenéticamente.

—¡Puaj! —chilla—. ¿Estabais…? ¡Qué asco! ¡Nate! ¡Yo cocino aquí! ¡Dios mío! —Arruga la nariz y pone cara de asco. Se da la vuelta para mirar hacia otro lado y se estremece—. Tú debes de ser Stassie. Te abrazaría, pero creo que sería bastante incómodo para todos.

Stas se revuelve nerviosa, con la cabeza gacha para ocultar la cara detrás de la melena, pero asiente y levanta una mano para saludar. No era así como quería que se conocieran las dos mujeres más importantes de mi vida.

—¿Qué coño haces aquí, Sasha? Se supone que deberías estar en San Bartolomé.

—Te he estado llamando y mandando mensajes, imbécil. No me has contestado —resopla ella, cruzándose de brazos, sin dejar de mirar hacia otro lado—. ¿Quieres que te aburra con los detalles de la última traición de nuestro padre, o prefieres dejar que tu novia se ponga unos pantalones antes de que papá traiga las maletas del coche?

«¿Traición?».

—Dame cinco minutos. Enseguida volvemos —le digo mientras empujo a Anastasia, muerta de vergüenza, hacia la escalera para apartarla de la línea de visión de mi padre.

—Eres tan rico que tienes dos escaleras —susurra Stassie.

—Si quieres algún día me rebajaré y compraré una casa con una sola escalera. ¿Eso te haría feliz? —le digo con sorna, apretándole el culo cuando rebota delante de mi cara mientras subimos las escaleras—. Lo siento mucho, cariño. No recuerdo la última vez que miré el teléfono.

En cuanto llegamos a mi habitación, se pone las bragas y unos vaqueros y se recoge el pelo en una coleta. Me acerco a ella por detrás, la abrazo por la cintura y hundo la cabeza en su cuello, aspirando el olor a miel y fresas que tanto me gusta.

Suspira, se acurruca sobre mi pecho y levanta la cabeza para besarme.

—Tu padre va a odiarme, ¿verdad?

Noto la ansiedad en su rostro, en su postura, en la desesperación de su beso.

—Anastasia, escúchame. No tienes que preocuparte por la opinión de ese tío. Te quiero y estaré contando los minutos hasta que consiga alejarte de él.

—Entonces, eso es un sí —dice, deshaciéndose de mi abrazo.

Espera en la cama y me ve ponerme unos vaqueros y un jersey. Odio que mi padre haya vuelto, que haya conseguido reventar nuestra burbuja. Mañana por la noche volvemos a Maple Hills, y estábamos *a punto* de disfrutar de una semana perfecta. Sin agobios, sin peleas y sin padres.

—¿Te vas a cambiar? —pregunto, señalándole la camiseta.

—¿Tu padre ha visto alguna vez uno de tus partidos? —Cuando niego con la cabeza ella asiente—. Entonces no, no me voy a cambiar. En fin, acabemos con esto. Y Nate, yo también te quiero.

Cuando volvemos abajo y entramos en el salón cogidos de la mano, Sasha está comiendo patatas fritas mientras ve *Mentes criminales* a todo volumen en la tele.

—Se ha ido al resort —dice, sin apartar la vista del programa—. Dice que comamos todos juntos dentro de una hora.

«Genial».

—Anastasia, esta es Sasha, mi hermana pequeña —digo, tratando de normalizar la situación—. Sash, esta es mi novia, Stassie.

Por fin aparta la vista de la tele, aunque me arrepiento en cuanto veo cómo levanta la ceja.

—¿Por qué actúas como si no nos conociéramos? Os he pillado haciéndolo en la cocina hace como diez minutos…

—Joder, Sasha —protesto, pasándome una mano por el

pelo—. No estábamos haciéndolo... ¿Puedes ser un poco amable?

—Eso díselo a los botes de nata montada, Nutella y mermelada de fresa que había en la encimera —dice mientras resopla.

En cuanto enumera todos los botes, me cabreo aún más al darme cuenta de lo que acaba de interrumpir.

—Y estoy siendo amable. Tienes suerte de que haya sido yo y no papá. —Se vuelve hacia Stassie—. Soy amable, lo prometo. No te estoy juzgando por nada... Bueno, sí, por salir con mi hermano.

Me tiro en el sofá enfrente de Sasha y Anastasia se queda quieta en el sitio. Doy unas palmaditas en el asiento de al lado para que se siente, pero no está de humor; parece incómoda. Odio que esté así después de lo bien que lo hemos pasado esta semana.

—¿Por qué habéis vuelto? Creía que no volvíais hasta pasado mañana. Por eso cogimos los vuelos para mañana.

—Qué majo —refunfuña, y entonces baja el volumen de la tele y cruza las piernas—. No eran vacaciones, era un retiro de tonificación muscular para «ponerme más fuerte» y no sé qué chorradas sobre ser mejor atleta. Pasé una hora en la playa en total. Ayer le dije que si no me llevaba a casa no volvería a esquiar, así que cambió los billetes para el siguiente vuelo disponible.

Ojalá pudiera fingir que me sorprende, pero no es así; de hecho, es justo la típica putada de mi padre, que habría adivinado si no hubiera estado tan preocupado esta semana. Pero fui tonto y me creí que me había hecho caso cuando le di el consejo.

Mi padre siempre tiene un plan. Fijo que lo de luego es otro complot, porque si no, ¿por qué conocer a alguien por primera vez en un lugar público cuando ya está en tu casa?

—¿De qué humor está?

—El de siempre. Como si alguien le hubiera metido un palo muy grande por el culo y no pudiera sacárselo. —Le dedica a Stassie una sonrisa casi amenazadora—. ¿Tienes experiencia con padres prepotentes?

Se ríe por primera vez desde que ha llegado Sash.

—Mis padres son supermajos, lo siento.

Sasha se sienta e interroga a Stas sobre lo humano y lo divino, y para su orgullo, Stas responde a todo con sinceridad. Cuando llegamos al resort, ya son mejores amigas. Me alegro de que tengan un interés común; ahora, me gustaría que fuera por ser dos prodigios del deporte, no porque les encante tocarme las narices.

No veo a Sasha lo suficiente sin papá y la echo mucho de menos. Echo de menos a la persona que es cuando él no está; y me da mucha pena por Anastasia, porque la persona de la que acaba de hacerse amiga desaparecerá en cuanto papá se siente a la mesa. Espero que lo entienda y que sepa que no es nada personal.

—¿Estás bien? —le pregunto a Anastasia en voz baja, mientras noto cómo me corta la circulación al clavarme los dedos en la mano. El *maître* nos acompaña a la mesa favorita de papá y nos reparte los menús. Como era de esperar, llega tarde a un almuerzo que él mismo ha organizado.

—Tomaré una copa de Dom Pérignon, por favor —dice Sasha, hojeando el menú con desgana.

El camarero me mira asustado, porque sabe perfectamente quiénes somos y no tiene muy claro qué contestarle. Enseguida lo rescato, le arranco el menú a Sasha y le doy un golpe en la cabeza con él.

—Tiene dieciséis años. Tráele un zumo o algo así.

—Tomará agua —dice una voz profunda y familiar detrás de mí—. Hola, Nathaniel —añade con frialdad—. ¿Y a quién tenemos aquí?

41

Anastasia

¿Cómo me llamo? ¿Por qué no me acuerdo de mi puto nombre?

Ian Hawkins está de pie a mi lado en plan Darth Vader, con la mano extendida dispuesto a saludarme por primera vez, y yo no me acuerdo ni de cómo me llamo. Nate me aprieta la rodilla; debería ser un consuelo, pero me está recordando que no he contestado a la pregunta de su padre.

—Esta es Anastasia Allen, mi novia. Stas, este es mi padre, Ian Hawkins —dice Nate con calma, acercándome la mano para entrelazarla con la mía.

El padre de Nate se parece a lo que imagino que será Nate dentro de treinta años. Es alto, de mandíbula afilada, pelo castaño oscuro y grandes ojos castaños. Si no fuera mi nueva némesis, incluso podría admitir que es muy guapo, pero en fin.

—Señor Hawkins, encantada de conocerlo por fin —consigo decir con la sonrisa más falsa del mundo, estrechándole la mano como si fuéramos políticos o algo así.

Se sienta justo enfrente de mí, qué ganas de pasarme toda la comida incómoda cada vez que haga contacto visual con él. Aunque ahora mismo está más preocupado por el atuendo de Sasha.

—¿No te has cambiado de ropa después del vuelo? —dice Ian con aspereza. No parece que acabe de hacer un viaje de quince horas; va hecho un pincel y tiene el pelo perfectamente peinado. Pero solo con esa frase, ese desdén hacia su hija adolescente, ya sé todo lo que necesito saber sobre Ian Hawkins.

Ella cambia de postura, se encoge y baja la barbilla. «No puedo ver esto».

—Parece muy cómodo, Sasha. Ojalá me hubiera puesto yo también mi chándal —digo tan alegremente como puedo.

Es suficiente para volver a captar la atención de Ian. Nos miramos y me esfuerzo todo lo posible en no apartar la vista. Me siento como si le hubiera abierto las puertas a mi interior, para criticarme y juzgarme. Puedo ver cómo me analiza, lo noto en el modo en que aparta la vista para escrutar mi cara y bajar la mirada hacia mi ropa. Abre la boca.

—Háblame de ti, Anastasia.

—¿Qué le gustaría saber, señor Hawkins?

—Llámame Ian, no hay por qué andarse con formalidades. A juzgar por la manera en que mi hijo te está cortando la circulación de los dedos, me atrevería a decir que está bastante encariñado contigo —dice con una risita sin humor—. ¿Qué tal si empiezas diciéndome de dónde eres?

—De Seattle, Washington. Aunque desde hace un par de años vivo y estudio en Maple Hills.

Las bebidas aparecen casi por arte de magia en la mesa, ya que el personal se esfuerza en trabajar eficaz y silenciosamente en presencia de su jefe. Nate no aparta la mirada de su padre, creo que por temor a algo, pero murmura un «gracias» y coge su Sprite con la mano que no está estrujando la mía.

—De nada, Nate —dice una voz empalagosa. Los dos levantamos la vista al mismo tiempo y vemos a una rubia espectacular que está colocando un jarrón de agua delante de Ian.

Si tuviera que adivinar su edad, diría que es como nosotros, y tiene unos ojos verdes muy bonitos y una sonrisa deslumbrante. Mira a Nate con familiaridad, con algo que hace que se me erice la piel. Siento una sensación incómoda en el estómago, y me quedo sin aliento cuando me doy cuenta de que ese sentimiento son celos.

—No sabía que estabas por aquí —continúa, ignorando por completo mi existencia—. Tendrías que haberme avisado.

Él afloja los dedos y se me encoge el corazón cuando me suelta la mano, pero entonces se aproxima y me pasa el pelo por detrás de la oreja, coloca el brazo en el respaldo de la silla y me hace cosquillas en el hombro.

—La has pedido sin hielo, ¿no? —me pregunta, señalando con la cabeza la bebida que me han puesto delante.

Me concentro en los cubitos de hielo que flotan y en la condensación que se forma en el cristal del vaso, en lugar de en la mujer con la que Nathan se ha acostado en algún momento.

Tengo que parar, esto no puede ser. Nunca me pongo así en Maple Hills. Allí me da igual con quién se haya liado, pero aquí, delante de su padre y su hermana, siento que la envidia me corroe.

—¿Qué? Sí, pero no pasa nada.

Coge la copa y se la ofrece a la chica.

—No quería hielo. —Su tono es cortante, mucho más de lo que le he oído nunca, y me resulta extraño verlo tan brusco.

La chica parece sorprendida mientras coge el vaso, y sigue sin mirarme, pero se las arregla para mirar a Sasha, que intenta taparse para disimular la risa. Pasa una eternidad sin que nadie diga nada.

—Eso es todo, Ashley —dice Ian, aburrido de esta extraña situación que se está produciendo—. Tráele a Anastasia un vaso sin hielo, como ha pedido, y avisa a Mark de que estamos listos para pedir la comida.

Su tono áspero la saca de su ensoñación.

—Sí, señor.

—Por cierto, Ashley.

—¿Sí, señor Hawkins? —responde ella al instante, girando sobre sí misma para mirarlo.

—Anastasia es parte de esta familia y una invitada. Voy a fingir que has tenido la cortesía de mirarla y de disculparte por el error, como harías con cualquier otro cliente. Que no vuelva a ocurrir o empezarás el nuevo año buscando trabajo.

Me está costando una barbaridad que no se me caiga la mandíbula al suelo. Nathan se revuelve en su asiento y me agarra de la mano. Ian se sirve un vaso de agua y le da un sorbo.

—¿Por dónde íbamos? Ah, la universidad. ¿Qué estudias?

Le cuento que estudio Empresariales, que soy hija única, que tengo veintiún años porque empecé el colegio un año más tarde de lo normal, ya que me adoptaron a los cinco años, y hay que reconocer que no dice nada fuera de lugar mientras me sigue haciendo preguntas.

Me traen un vaso nuevo. Nate y Sasha están en silencio, probablemente agradecidos de no llevar el peso de la conversación. Tengo un pequeño respiro cuando nos toman nota de la comida. Nate se inclina y me da un beso en la sien.

—¿Qué vas a pedir? —pregunta, y a continuación añade en voz baja—: Estoy orgulloso, cariño. Lo estás haciendo genial.

No me da tiempo a contestarle porque Sasha intenta pedir una hamburguesa con patatas fritas y su padre le dice que no.

—Tomará el pollo con ensalada de anacardos, con el aliño aparte.

—Pero papá, quier…

—No, Sasha.

Odio esto, y de pronto siento el peso de todas las quejas que he tenido alguna vez de mis padres, aplastándome de culpa, porque mis padres nunca me han tratado ni con una ínfima parte del desprecio que muestra Ian hacia Sasha. Las palabras salen de mi boca antes de que pueda contenerlas.

—El mundo no se va a acabar si se come una hamburguesa.

Por primera vez desde que nos hemos sentado, veo un destello de emoción en la cara de indiferencia perpetua de Ian. Levanta una ceja y frunce los labios, y de pronto no se parece en nada a Nathan. No hay rastro de la mirada tierna de Nathan ni la sonrisa traviesa que suele poner cuando levanta la ceja con sorpresa.

—No es que te importe, pero Sasha tiene una competición a la vuelta de la esquina. Tiene que ceñirse a la dieta —replica Ian.

—Y yo también, pero una hamburguesa no va a tirar por tierra su carrera. Si quiere una hamburguesa, que se tome una hamburguesa. Yo voy a pedir una también —digo.

No sé por qué hago esto, por qué estoy tocándole las narices a propósito a un hombre al que intento caerle bien —a pesar de que a mí no me caiga bien él—. Pero no puedo evitarlo. Quiero protegerla de todos los pensamientos que la atormentarán cada vez que vaya a comer, hasta mucho tiempo después de que él deje de controlarle la dieta.

Joder, si ni siquiera quiero la hamburguesa. Iba a pedir la ensalada.

Nate me aprieta la rodilla, en señal de apoyo.

—¿Nos pones tres hamburguesas de pollo, por favor, Mark? No hace falta ensalada.

Mark mira a Ian, que vuelve a dejar la carta sobre la mesa y hace un pequeño gesto de aprobación. Cuando Mark se vuelve a la cocina, dejando escapar un sonoro suspiro de alivio, siento inmediatamente el peso de lo que acabo de hacer. Sasha mira su bebida mientras se mordisquea la piel del pulgar.

—No me gusta tu insolencia delante de mi personal —dice Ian con rotundidad.

—Papá... —interviene Nathan.

—Esto va para los dos —gruñe—. Supongo que esta semana habéis hecho lo que os venía en gana, pero mientras estéis en *mi* restaurante y durmiendo bajo *mi* techo, exijo respeto.

El cuerpo de Nate se pone rígido y noto que la tensión va en aumento, pero antes de que vaya a más, Sasha dice:

—Eres patinadora artística, ¿verdad? ¿Tu disciplina es esa, Stassie?

Es suficiente para captar la atención de Ian, así que volvemos a empezar.

La habitación de Nathan parece el único lugar seguro de la casa ahora mismo.

La comida podría haber sido peor, supongo, pero sin duda también podría haber sido mejor. Nathan piensa que ha ido bien, lo que me parece raro y me hace pensar seriamente en lo mal que podría haber ido todo si opina que esto es «ir bien».

Esta noche el padre de Nate organiza una gran fiesta de Nochevieja en el resort que se celebra todos los años para los huéspedes que pasan allí las vacaciones, y *se espera nuestra presencia.*

Mientras Nate duerme abrazado a mí, no puedo evitar pensar en Mila Hawkins, la madre de Nate y Sasha. Tuvo que haber sido una mujer maravillosa, para tener unos hijos así con un padre como ese.

Recuerdo que hace semanas —antes de que me diera cuenta de que no me quedaba otra que enamorarme perdidamente de este hombre— me dijo que él era así por la forma en la que lo crio su madre: poniendo atención al corazón igual que a la cabeza. Nate dice que me habría querido mucho —y a Lola también—, porque adoraba a las mujeres fuertes y decididas.

Así es también como crio a Sasha antes de fallecer. Puedo ver esos destellos en ella cuando su padre no está, y desearía que hubiera una manera de poder llevarme a Sash con nosotros a Los Ángeles.

—A veces tus pensamientos hacen mucho ruido —refunfuña Nate. Levanta la vista, con la mirada somnolienta y las mejillas sonrosadas—. ¿En qué piensas?

—En la fiesta —miento.

—No vamos a ir. Es muy ostentosa, la vas a odiar —dice mientras me da besos en el ombligo—. Además, la mejor vista de los fuegos artificiales es desde esta habitación.

—Y seguro que tu novia me escupe en la bebida.

Suspira pesadamente, apoyando la cabeza contra mi piel antes de volver a mirarme con expresión triste.

—Ojalá no hubiera habido nadie antes que tú, pero no puedo cambiar el pasado. Lo que sí puedo prometerte es que no habrá nadie después de ti. Pero nunca fue mi novia. Éramos críos. Fuimos juntos al instituto, nos enrollábamos a veces cuando venía a casa por vacaciones.

—Era una broma, de verdad. Lo siento, no sé por qué me pongo celosa. Te juro que normalmente no soy así, y no me importa lo que hicieras antes de mí; te aseguro que me da igual. Ni siquiera creo que sea por el sexo, creo que es porque ella forma parte de la versión de ti que existe aquí. El Nate con botas de nieve que juega al hockey en el lago de la finca. Se te ve superrelajado, y además he provocado la situación más estresante de la historia y…

—Anastasia —dice con suavidad, interrumpiendo mi perorata—. Estoy relajado porque estoy contigo. Es la primera vez en años que disfruto estando aquí, y eso se debe solamente a que has venido tú. No hay una versión de mí que sea mejor sin ti a mi lado.

—Estaba pensando en tus padres —admito a regañadientes—. En lo buena que debió de ser tu madre para que tú hayas salido así.

Sube por mi cuerpo hasta que estamos cara a cara y me acaricia la nariz con la suya.

—Era la mejor. No tengo nada que ver con mi padre, Stas. Te juro que seré muy bueno contigo. No tienes nada de lo que preocuparte. —La seriedad de su rostro hace que se me encoja el corazón, y la idea de que Nathan pueda rebajarse al nivel de su padre es absurda.

—Ya lo sé, Nate. Te prometo que lo sé, y no lo dudo ni un segundo. Tengo mucha suerte y no lo doy por sentado.

Su boca se funde con la mía, de forma suave al principio, luego más intensamente, con urgencia, mientras hundo los dedos en su pelo y dejo que acurruque su cuerpo entre mis piernas. Es como si desbordara amor, cada caricia es suave y dulce, cada mirada y cada movimiento parecen diseñados específicamente para mí, para nosotros. Y cuando se hunde en mí, haciendo que me retuerza bajo su cuerpo, me susurra al oído lo mucho que me quiere, lo perfecta que soy para él, lo afortunado que es.

Pierdo la cuenta de las veces que mi cuerpo se aprieta contra el suyo, de las veces que entierro la cara en su pecho, en su cuello, en su almohada, de las veces que tengo que contenerme para no gritar su nombre. Sus dedos se hunden en la carne de mis caderas, guiándome mientras me penetra profundamente. Agita el pecho, contrae el abdomen y noto cómo le retumba el pulso cuando le poso los labios en la garganta.

Y cuando se derrama en mí, me agarra con tanta fuerza que no tengo ni idea de cómo podremos volver a existir como dos seres separados.

42

Nathan

Dejo que Stassie haga Tetris con nuestras maletas y voy a la cocina a cogerle algo de beber, ansioso por quitarme de en medio y que así no me pida ayuda.

Abro la puerta y aparece la última persona que esperaba encontrarme, que no sé por qué, es mi padre. Suena ridículo, teniendo en cuenta que estoy en su casa, pero es que él nunca está aquí.

Sospecho que no me ha visto porque se encuentra demasiado enfrascado en su lectura, pero entonces habla.

—¿A qué hora os vais?

—Dentro de un par de horas.

—Me cae bien. Tiene carácter. Eso es bueno. Lo necesitará si quiere llegar a alguna parte. ¿La quieres?

—Sí.

Asiente para sí mismo y por fin me mira, juntando las manos y apoyando la barbilla en ellas.

—Me recuerda a tu madre cuando la conocí. Atrevida, guapa, sin miedo a nada. Una vez llamó «cabezón misógino» a tu abuelo. —Sonríe, y por primera vez en mucho tiempo, su sonrisa parece auténtica—. En toda la cara. Casi me atraganto con la bebida, me morí de vergüenza, y cuando discutimos después, me retó a demostrarle que no era un cabezón misógino.

Me apoyo en la encimera, prestándole toda mi atención, ansioso por descubrir cosas sobre mamá.

—No lo sabía.

—Yo no pude demostrárselo, obviamente. Tu abuelo era un cabrón, por no decir otra cosa. Era muy estricto, y a tu madre eso no le gustaba nada. Creo que fue la única persona que le plantó cara en toda su vida. O fue la única persona que me defendió, al menos. —Levanta los papeles que estaba leyendo y parece que da por terminada la conversación, pero entonces los vuelve a soltar con un suspiro—. Anastasia también te quiere, eso está claro. Una mujer como ella, como tu madre... Será absolutamente leal y protectora. Tienes suerte.

—Si mamá era tan buena, ¿por qué le hiciste eso?

No necesito aclarar a qué me refiero con «eso». Ya sabe de lo que hablo, aunque no haya dicho la palabra.

—Las personas cometemos errores, Nate.

—Algunos errores son imperdonables.

Asiente.

—Ya lo sé.

Stassie irrumpe en la cocina y nada más vernos, sentados en la isla, reduce la velocidad.

—Perdón por interrumpir, solo quer...

—¿Todo bien, Stas? —pregunto con suavidad, para que no entre en pánico al ver que estoy hablando con mi padre.

—Necesito que te sientes en la maleta. No se cierra y Sasha no pesa lo suficiente.

—Ahora voy a ayudarte.

Asiente y se va tan rápido como ha venido. Miro a mi padre, pero ya ha vuelto al papel que estaba leyendo.

Ahora mismo, con esa caída derrotada de hombros y esa expresión de vacío que tiene en la cara, me doy cuenta de que, a pesar de todos sus defectos, nadie puede odiarlo más de lo que él se odia a sí mismo.

Es agridulce volver a Los Ángeles. Obviamente, distanciarnos mil seiscientos kilómetros de mi padre es lo mejor, por el bien de todos, pero tenía ganas de seguir viendo a Stassie comportarse como la hermana mayor de Sasha.

Sé que debería estar agradecido solo por el hecho de que se hayan conocido, ya que se suponía que no íbamos a coincidir con ella, pero quiero más. Me muero de ganas de verlas tan contentas la una con la otra.

El propósito de Año Nuevo de Stassie es leer más, así que se pasa todo el vuelo de vuelta a California con la nariz metida de lleno en el libro que se ha comprado en el aeropuerto.

—Es una versión a la inversa de *Pretty Woman* —me cuenta, emocionada—. La protagonista es autista y contrata a un escort para que la ayude a mejorar en la cama. Es muy bueno y Stella es superdivertida y adorable.

Le quito el libro de las manos, examino la cubierta turquesa y luego hojeo unas páginas al azar.

—¿Estás leyendo porno en público? ¡Qué poca vergüenza!

Me pone la mano en la boca y me manda callar mientras echo la cabeza hacia atrás entre carcajadas.

—Deja de pegar gritos —susurra, mirando a su alrededor para comprobar si alguien nos ha oído. Baja la voz y se acerca—. No es *porno*. Es un libro romántico con un poquito de sexo.

Intenta taparse la cara, pero le pongo un dedo en la barbilla y la atraigo hacia mí. Le doy un beso suave en los labios y me arrimo a su oído para susurrarle.

—Todo lo que leas te lo haré cuando lleguemos a casa.

Cuando me separo, me parece ver cómo se imagina un millón de posibilidades.

—A ver, no es ese tipo de libro... Pero tengo algún otro en casa que quizá te interese. —Se ruboriza aún más.

—Me encantan las mujeres que leen.

—Vete a la mierda, Hawkins. La has tenido durante varias semanas, ¿no puedes compartirla dos minutos, joder?

Ni siquiera estaba haciendo nada cuando Lola ha empezado a insultarme. Bueno, me he inclinado para darle un beso en la cabeza a Stassie al pasar a su lado, pero aparte de eso no he hecho nada. Henry, en cambio…

—No eres la única que necesita hablar con ella, Lola —refunfuña, cruzándose de brazos y poniendo los pies sobre la mesa como un niño caprichoso—. Yo también tengo cosas.

Atravieso la habitación, le guiño un ojo a Stassie sin acercarme a ella, porque Lola me aterroriza, y me tiro al suelo junto a Hen.

—¿Qué pasa contigo? —Le tiendo una cerveza mientras me mira como si tuviera dos cabezas—. ¿Qué cosas? ¿Puedo hacer algo?

—No tengo cosas…, pero podría tenerlas si quisiera. Podría tener más cosas que Lola. Podría tener más cosas que todos vosotros.

—Nadie tiene más cosas que Lola —susurra Robbie, mirándola de reojo para comprobar que no está escuchando—. Metafórica y literalmente.

Cuando llegamos a casa tardamos solo quince minutos en ponernos al día con los chicos, pero Lola no puede hacer nada en quince minutos. Quince minutos es su tiempo mínimo de calentamiento.

Después de una hora de conversación en voz baja en la cocina, Anastasia se acerca y aposenta el culo entre Henry y yo.

—¿Has pasado unas buenas Navidades, Henry?

—Te caíste al lago —dice por respuesta.

Se queda un poco aturdida, gira la cabeza para mirarme y enseguida vuelve la vista hacia Henry.

—Lo sé, pero ya estoy bien. Nathan me sacó.

—Podrías haber muerto ahogada. —En lugar de mirarla a los ojos mantiene la vista clavada en sus propias manos, y no sé por qué me sorprende. Henry quiere a Stas como a una hermana, y todos los días me ha escrito para comprobar que estaba bien. Pensaba que eso habría sido suficiente, pero está claro que no.

—Pero no me ahogué, estoy aquí —dice con suavidad, apoyando la cabeza en su hombro.

Él se levanta de golpe, se dirige a la cocina y se queda mirando la nevera más tiempo del necesario.

—¿Podemos irnos a la cama? Estoy cansada —me dice Stas en voz baja. Echo una última mirada en dirección a Henry y le hago un gesto con la cabeza, suponiendo que necesita un poco de espacio.

La sigo escaleras arriba y trabajamos en equipo para desvestirnos, ducharnos y lavarnos los dientes hasta que, finalmente, nos metemos en la cama. Se acurruca a mi lado y me acaricia el pecho con los dedos.

—Añoro tu cama.

—¿Quieres que compre el mismo colchón?

—No —dice, alargando la o como si quisiera decir que sí—. No hace falta, en seis meses te gradúas. Será otro bulto más para la mudanza.

—Ya, pero tú te quedarás aquí.

Tengo la tentación de suspender este año para así tener que repetir las asignaturas y graduarme a la vez que ella. ¿Es raro? Sí. ¿Me importa mucho? No. Aunque creo que a los Vancouver Vipers sí les importará, y es la única razón por la que voy a clase.

Anastasia se separa de mi cuerpo y se sienta delante de mí con las piernas cruzadas.

—Nathan... No quiero vivir aquí el año que viene. Especialmente si tú te vas a Canadá.

—¿Por qué no? —Me da un vuelco al estómago y me arrepiento instantáneamente de haber empezado esta conversación—. ¿Por qué tengo la impresión de que estás a punto de decirme algo que no quiero escuchar?

—Imagino que no quieres escucharlo, pero eso no significa que no debamos hablarlo. —Se ríe mientras me pone la mano en el muslo—. Me encanta que os parezca tan bien que me quede a vivir aquí. Y sinceramente, no sé qué habría hecho sin vosotros. Pero como os he dicho mil veces, quiero volver a mi piso.

—¿Quieres vivir con el tío que se pasa el día ladrándote? —digo con más dureza de la que pretendía.

—Mira, puede que no lo entiendas, y no tienes por qué, pero Lo me ha estado informando de todo lo que me he perdido mientras estaba sin teléfono, y creo que Aaron por fin está preparado para arreglar las cosas.

—Anastasia, se ha portado como un cabrón contigo. Es un mentiroso y un acosador. No lo necesitas.

—¡Ya, soy muy consciente! Tengo eso en bucle permanentemente en la cabeza, pero eso no quiere decir que vuelva a ser amiga suya. Lo necesito, es mi pareja artística y a menos que quiera empezar de cero, cosa que después de dos años no estoy dispuesta a hacer, necesito encontrar la manera de que podamos volver a trabajar juntos.

—Odio esto.

—Ya lo sé, cariño. Y me encanta lo protector que eres, pero se suponía que lo de vivir aquí iba a ser temporal. ¿Sabes lo duro que es convivir aquí contigo sabiendo que te vas a ir en seis meses?

—¡A mí tampoco me gusta la idea de irme, pero sabes que no tengo elección!

—No quiero decir eso, Nathan. Claro que quiero que juegues en el equipo de tus sueños. Incluso aunque no estuvieras ya fichado, te apoyaría para que te marcharas a donde fuera. —Suspira, y ese ruido, el que oigo tan a menudo, el que me dice lo mentalmente agotada que está con esta situación, me hace odiar este fin de vacaciones—. Lo que quiero decir es que dentro de seis meses quiero estar contenta por ti, no llorando porque no soporto que te vayas. Y creo que me será mucho más fácil si vuelvo a vivir en mi propia casa.

Se da golpecitos con los dedos en los labios y sacude la pierna; está nerviosa. El corazón me da un vuelco.

—¿Hay algo que no me estás contando?

Me frota la mano en el muslo de arriba abajo para consolarme antes incluso de soltarme la noticia de mierda que está a punto de soltarme.

—A Aaron ya le han dado el alta y puede patinar. Iba a decírtelo mañana por la mañana, porque hoy ha sido un día muy largo, pero creo que eso significa que ya puedes volver a jugar al hockey.

Volver a jugar al hockey debería ser un notición, pero lo cierto es que lo único que siento es que la estoy perdiendo.

—Así que no vamos a patinar más juntos y te vas a mudar —digo en tono cortante—. Entonces ¿seré solo tu ligue de los jueves por la noche? ¿O cuando me hagas un hueco en la agenda?

Me arrepiento en cuanto las palabras salen de mi boca. Abre los ojos de par en par y veo cómo se le tensa todo el cuerpo.

—Estás enfadado, Nathan, pero, por favor, no me hables así.

Me disculpo, pero la vergüenza no me permite hablar más que en susurros.

—Eres mi novio, y te quiero. Te veré lo máximo que pueda, pero estás sacando conclusiones precipitadas. Voy a hacer como que no las he oído. Y punto.

—Tienes un corazón muy grande, Stas —murmuro, atrayéndola hacia mí y sintiéndome instantáneamente mejor cuando vuelve a mis brazos—. No quiero que te lo rompa más de lo que ya lo ha hecho. No me fío de él, pero sí de ti y de tu buen criterio. Y te apoyaré decidas lo que decidas.

Enseguida se duerme. Yo me quedo escuchando su respiración pausada y dejo que me relaje todo lo posible. Pero no funciona, y un rato después me duermo pensando en que no me fío ni un pelo de Aaron Carlisle.

El olor a flores frescas me invade todos los sentidos y estoy deseando volver al coche. La florista se está tomando su tiempo para envolver las peonías que he elegido, y tengo a JJ dando vueltas detrás de mí, mientras masculla algo en voz baja para sí mismo.

—¿Qué dices?

Se mete las manos en los bolsillos y se encoge de hombros.

—Quiero que un tío buenorro me compre flores.

Lo miro fijamente, esperando a que se le escape su característica sonrisa, para saber que está bromeando.

—¿Me estás vacilando?

—Solo digo que unas flores estarían bien, ¿no? Las personas con las que salgo siempre esperan que sea yo el que les compre flores. Siempre es: «Guau, qué polla tan grande, JJ», o «Qué inteligente eres», o «JJ, ha sido el mejor polvo de mi vida». Nunca dicen: «JJ, te he comprado unas flores». Pero da igual, no me importa. —Da una patada a algo invisible con el pie y se va a mirar unos girasoles.

Cuando me vuelvo hacia la florista, veo que ha dejado de trabajar para escuchar también la tragedia de JJ. Sacudo la cabeza mientras rebusco más dinero en el bolsillo.

—¿Podrían ser dos ramos, por favor?

En mi nariz todavía persiste el olor dulzón de las flores en el camino de vuelta a casa. JJ va con una sonrisa de tonto en la cara aferrado a su ramo de peonías azul claro, y entre las rodillas lleva las rosas de Anastasia para evitar que se estropeen.

«Cabrón manipulador».

Me encantaría decir que he ido a comprarle flores a mi novia solo porque la quiero, pero si soy sincero, son flores de disculpa.

Preciosas y carísimas flores de disculpa.

No estoy orgulloso de cómo le hablé anoche, y aunque le pedí perdón y me arrepentí de lo que dije de inmediato, en realidad en mi cabeza quería decirle algo mucho peor. Quería zarandearla y recordarle todas las cosas horribles que Aaron ha dicho sobre ella, todas las veces que la ha hecho sentir fatal. Quería que fuera consciente del motivo por el que debería sacarlo de su vida lo antes posible.

Pero no es justo, porque ella ya sabe todo eso. La he abrazado cuando él la ha hecho llorar; tiene claro por qué debe alejarse de él. No puedo fingir que no hay una parte de mí que no quiere compartirla con él.

Me he malacostumbrado a patinar con ella prácticamente todos los días durante seis semanas, a despertarme a su lado, a cocinar con ella, incluso a hacer ejercicio y a estudiar con ella.

¿Y si se reconcilia con Aaron y ya no me necesita?

Quiero construir una vida con ella —una vida que exista cuando Maple Hills solo sea un recuerdo—, pero me siento como si estuviéramos a punto de retroceder. Todos mis instintos me dicen que me aferre a ella, que me meta en medio, que la proteja, pero sé que no es lo correcto. No pienso ser ese tipo de tío; no voy a ceder ante mí mismo después de que Anastasia se haya esforzado tanto. Ella se merece la mejor versión de mí, y esa versión confía en su novia y la apoya.

Y también le compra flores cuando se porta como un capullo.

He ido con JJ a ver al entrenador Faulkner, y por suerte, estaba de buen humor. Siempre aparece así después de dos semanas sin nosotros. Es un tío familiar a más no poder y, a pesar de lo que nos acojona, al final solo es un padre blandito, así que le encanta pasar las vacaciones con su mujer y sus hijas.

No habla mucho de sus chicas. Imogen y Thea ya deben de ser adolescentes, pero me da miedo preguntárselo, aunque sea por educación.

Faulkner ha confirmado lo que dijo Lols, lo cual ha sido un alivio y un estrés al mismo tiempo. A Aaron le dieron el alta cuando volvió a Chicago por Navidad; Brady le ha enviado un correo electrónico esta mañana para decirle que todo volverá a la normalidad mañana.

—Anímate de una puta vez —me exige el entrenador cuando no me alegro tanto como esperaba—. Como sea por algo de esa chica, Hawkins, te juro por Dios…

—Es mi novia, señor.

Suspira pesadamente y se pellizca el puente de la nariz.

—Justo lo que necesitabas en tu último año: una novia. Por lo que más quieras, asegúrate de usar protección. Lo digo en serio, por el bien de los dos, envuélvetela.

A JJ se le escapa una carcajada a mi lado, hasta que Faulkner le lanza una de sus famosas miradas.

—No me hagas hablar de ti, Johal.

43

Anastasia

Por primera vez, me alegro de despertarme sola.

Mientras intentaba conciliar el sueño anoche, le di mil vueltas a la conversación que mantuve con Nate. Cuando esta mañana me ha despertado para decirme que se iba a ver a Faulkner, no le he pedido que se quedara en la cama.

Incluso sin haber mantenido una conversación como es debido, me di cuenta de que estaba raro y de mal humor, probablemente lleno de remordimientos. Desde que se ha ido, no ha parado de bombardearme con mensajes de disculpas, justificaciones, disculpas, desvaríos, disculpas. Es agotador. Pero intento dejar de lado a Nate y sus preocupaciones mientras me ocupo de mi segundo —o quizá primer— hombre favorito.

Pulso el código cuando grita «Adelante» y me encuentro a Henry en el suelo rodeado de botes de pintura y un lienzo enorme. Mientras me siento a su lado, intento no interrumpir su proceso, pero me pongo lo bastante cerca como para que tenga que mirarme.

—Henry, ¿hay algo de lo que quieras hablar?

Mueve la cabeza con un «no» rotundo. Es un «no» muy decidido pero poco convincente; no obstante, al cabo de un rato sus miradas se hacen tan frecuentes que finalmente deja el pincel.

—No puedo parar de darle vueltas.

—Dime por qué. Me han examinado mil veces, te prometo que estoy bien.

—Empecé a buscar en Google estadísticas de gente que se cae en lagos helados, y luego de los que mueren de eso. Entonces, no sé cómo, acabé encontrando datos de lesiones graves en el patinaje artístico, y fui incapaz de dejar de leer todo lo que podría ocurrirte.

—Ay, Henry.

—No puedo parar con esta obsesión, Anastasia. Estuviste a punto de morir. Y ahora no sé cómo dejar de pensarlo.

—Siento haberte asustado. Yo también me asusté, pero te aseguro que estoy bien y que no volverá a pasar.

—Por favor, no vuelvas a patinar sobre cosas congeladas al aire libre.

—Te prometo que no lo haré, pero tú tienes que prometerme que dejarás de mirar esas estadísticas. ¿Necesitas un abrazo?

Valora mi oferta mientras se muerde un poco el labio, pero vuelve a negar con la cabeza.

—No. Prometo intentar dejar de mirarlas, pero a veces soy incapaz. Es como si se me metiera en la cabeza y empezara a hundirse más y más adentro, y fuera imposible sacarlo. Odio ser así, no sé por qué me sucede.

—Sabes que te quiero, ¿verdad? Y que no hay una sola cosa que odie de ti.

—Ya lo sé, y por eso me preocupo por ti. Nunca he tenido una relación así con nadie. —Su confesión me da un vuelco al corazón—. No quiero perderlo.

Me quedo mirando cómo pinta hasta que no tengo más remedio que prepararme para mi reunión con Aaron, e incluso entonces, me cuesta dejarlo solo.

Me siento como si fuera a una entrevista de trabajo mientras cruzo el umbral del despacho de Brady.

Aaron parece igual de incómodo y nervioso que yo, lo que me hace sentir algo mejor. El despacho de Brady es pequeño, pero la mesa es lo bastante grande para que Aaron y yo nos sentemos uno frente al otro, con la entrenadora a nuestro lado como si fuera la abogada de nuestro divorcio.

—Gracias por venir, Stassie. Sé que no merezco tu tiempo.

Brady suelta un gruñido de inmediato.

—No nos pongamos dramáticos antes de empezar, Aaron.

Trato de mantener una expresión de indiferencia y no reacciono.

—Vamos a ver. ¿Qué me querías decir?

—He sido cruel contigo y no te lo merecías. —Se endereza en la silla y se aprieta los dedos—. No he sido el compañero ni el amigo que te mereces.

—¿Sabes lo que aún no me has dicho a la cara? —«Mantén la calma»—. No me has pedido perdón. No me has dicho: «Lo siento, Stassie. Siento haberte llamado puta. Siento haber creado una situación tan tóxica que tuviste que mudarte de casa. Siento haber metido mierda sobre ti en todas partes».

—Anastasia, por favor —dice Brady, aclarándose la garganta—. Estamos aquí para solucionar las cosas. Sé lo mucho que os importáis el uno al otro, así que centrémonos en eso.

—Dijo que nadie sería capaz... —Se me quiebra la voz—. Dijo que nadie sería capaz de quererme porque ni mis padres biológicos me querían. ¿Le contó eso, entrenadora, cuando dijo que quería arreglar las cosas?

—Aaron. —El rostro de Brady palidece, su voz se tensa—. Por favor, dime que no dij...

Él entierra la cabeza entre las manos.

—Es verdad, entrenadora. Dije todo eso y cosas peores. Lo siento mucho, Anastasia.

—Te he defendido a muerte, Aaron —le digo sin rodeos—. Cuando tu comportamiento le hacía pensar a la gente que eras tóxico, yo les decía que en realidad eras un incomprendido. Y mientras tanto, tú ibas diciendo por ahí que soy una mala patinadora y que estaba intentando quedarme embarazada para agarrar a Nate por los huevos, porque soy pobre. ¿Te das cuenta de lo retorcido que es eso? ¿Qué te he hecho para que me odies?

Eso es suficiente para llamar su atención y que por fin vuelva a mirarme a la cara. Tiene el rostro inexpresivo; está calculando la reacción apropiada, porque está claro que no sabía que yo lo sabía.

—Mi padre tiene otra amante. La ha dejado embarazada y mi madre le ha echado de casa por fin. Tiene nuestra edad, Stas. ¿Sabes lo asqueroso que es? Voy a tener un hermano y su madre tiene edad como para salir conmigo.

—Tu madre no merece que la traten de ese modo. Nunca se ha merecido nada así, pero no sé qué tiene que ver eso conmigo.

—¡Que no has estado a mi lado! Te necesitaba, necesitaba tu apoyo, y no estabas por ninguna parte. Estabas de fiesta y liándote con tíos que ni siquiera te gustaban. Me sentía solo y me puse furioso contigo.

Toda la angustia, todas las lágrimas y el dolor, la sensación de no ser lo suficientemente buena, las dudas sobre si me merezco lo que tengo, todo porque nunca me contó lo que le pasaba.

—Estaba tan jodido porque no fueras una buena amiga que quise ser peor aún. No espero tu perdón, pero quiero ganármelo. Soy consciente de que llevará tiempo y tengo una idea de cómo solucionar esto.

«Mantén la calma, joder».

—Eso son solo palabras, Aaron. No significan nada.

—Hay una terapeuta aquí en Los Ángeles, la doctora Robeska. Está especializada en parejas, pero no románticas —aclara rápidamente—, sino en gente como nosotros, compañeros de equipo. Cuando le conté a mi madre lo que había hecho, se ofreció a pagárnoslo. Y dijo que podría suponer un nuevo comienzo para todos.

Brady asiente entusiasmada, lo que me toca las narices, ya que era con ella con quien Aaron me ponía a parir durante vete tú a saber cuánto tiempo.

—La buena comunicación es clave en la relación de una pareja artística. Habéis pasado unos meses muy duros, así que, si queremos que esta pareja continúe, tenemos que volver a encarrilaros.

Aaron sabe exactamente lo que está haciendo, que es lo que más me irrita. Sabe que ha lanzado un órdago que yo no puedo rechazar. Llevo desde que lo conozco alabando las ventajas de ir a terapia, sobre todo para que vaya él y resuelva sus problemas. E incluso después de todo lo que ha pasado, intenta manipularme para que yo haga algo.

—Lola dijo que te han dado el alta para volver a patinar. ¿Es verdad?

Asiente con la cabeza antes de que termine la frase y estira y flexiona el brazo para demostrar que ha recuperado el movimiento que perdió.

—El médico me ha dado el visto bueno. Estoy listo para ir cuando... Entonces ¿te parece bien lo de la terapia?

—Voy a tener que pensármelo, Aaron. Es un gran compromiso, y me has hecho daño. Has hecho mucho daño a la gente que me rodea, gente a la que quiero.

—Tú también me querías hace tiempo —dice con rotundidad—. Y yo te quiero, como amigo, obviamente.

—Creo que sería mejor invertir el tiempo en prepararnos para el campeonato nacional. No sé muy bien si tiene sentido volver a ser tu amiga, pero podemos trabajar como profesionales.

—Si pudiera retroceder, lo haría sin dudarlo, Stassie. Pero no puedo, y sigo queriendo recuperar la amistad contigo, igual que nuestra pareja artística, pero necesito ganarme tu perdón de la forma correcta. —Deja escapar un sonoro suspiro con dramatismo—. Demostrando que soy mejor que cuando hice todo aquello. Te dejo tiempo para que te pienses lo de la terapia. Espero que tomes la decisión correcta. Lo siento de verdad, y te pediré perdón las veces que haga falta.

Brady nos da a los dos una charla sobre deportividad y, para cuando salgo del despacho, estoy agotada e irritada, y maldigo el día en que decidí dedicarme al patinaje en pareja. Me agobian mucho los problemas y las emociones de los demás, me cuesta mucho lidiar con ellos porque yo misma ya tengo mis propios problemas y emociones que gestionar.

No soy perfecta. Estoy tan lejos de la perfección que da risa, pero hago todo lo que puedo por ser buena amiga. Por eso me cuesta tragarme que Aaron me diga que toda esta movida es porque supuestamente le he fallado como amiga.

Como es lógico, sé que no es verdad, pero Aaron no iba a sentarse allí y admitir que ni siquiera hizo el intento de hablar conmigo de lo que lo preocupaba. Emocionalmente, me pregunto si podría haber hecho algo más. Y ahora estoy disgustada conmigo misma porque eso es lo que él quiere; estoy cayendo en la trampa.

Ese es el problema. Nada es fácil; todo el mundo tiene cosas buenas y malas. Pienso en gente como el padre de Nate; ¿es el padre que Nate y Sasha necesitan? No. Pero ¿es una mala persona? Tampoco. Con Aaron pasa lo mismo. No estaría tan jodida por alguien si fuese una malísima persona.

Aquí es donde Nate y yo discrepamos, porque él solo se fija en lo bueno y lo malo. No presta atención a la turbia y controvertida zona gris entre esos dos puntos. Y ahora he descubierto que cuando a Nate lo molesta algo, lo manifiesta en forma de frustración.

Cuando llego a casa, Nathan me está esperando con un precioso ramo de peonías y ni siquiera puedo fingir que me alegro. Me tiende el ramo.

—¿Qué tal ha ido?

—No tengo energía para afrontar el momento en que te lo cuente y me hagas sentir fatal. ¿Podemos hablarlo mañana cuando lo haya procesado? Necesito una copa. Creo que voy a salir con Lola.

Pone cara de sorpresa y se inclina para darme un beso en la sien.

—Me lo merezco. Claro... Tómate el tiempo que necesites. Te quiero.

—Yo también te quiero.

Creo que me estoy muriendo.

Una melena pelirroja me cubre la cara cuando abro los ojos de mala gana. Huele a naranjas frescas y, a pesar de que me encantan, la idea de comerme una naranja ahora mismo hace que me den arcadas.

Estoy embutida en un pequeño armazón de lentejuelas, tengo la piel pálida y no tengo ni idea de dónde estoy, pero no es con Nathan, eso seguro.

Me tumbo boca arriba, me separo de quien espero que sea Lola, y observo la habitación. Una parte de mí se asusta por un segundo al pensar que quizá estemos en el apartamento, pero este cuarto está demasiado ordenado para ser de ninguna de nosotras dos.

Un profundo ronquido en la cama me hace incorporarme, y a continuación me tapo la boca cuando el movimiento me produce náuseas. La visión de la cara dormida de Robbie no hace más que aumentar mi confusión, pero mi cerebro empapado en alcohol deduce que estoy en la cama de Robbie, y aunque suene raro, entre Lola y Robbie.

No me acuerdo de cómo llegué a casa anoche. Bueno, solo me acuerdo de destellos borrosos que en este momento no me sirven de ayuda.

Después del día de mierda, me tomé unos cuantos chupitos y al fin me liberé del estrés y de la tensión; pero tras unos cuantos más, todo empezó a ponerse borroso. Cada movimiento hace que mi cuerpo palpite, se sacuda y se revuelva por dentro, y por mucho que quiera subir las escaleras y meterme en la cama con mi novio, no creo que sea capaz de reunir la fuerza ni la coordinación para hacerlo.

Cojo el teléfono y rezo para que Nate esté despierto.

NATE

Estás despierto?

Hola, borrachilla. Sí, me acabo de levantar

Creo que me estoy muriendo

Es lo que pasa cuando te bebes una botella
de tequila

Qué hago en la cama con Lo y Robbie?

Intenté traerte conmigo, pero me dijiste que
quería interponerme entre Lola y tú. Queríais
dormir abrazadas

De solo pensar en moverme me dan ganas de
potar. Tengo náuseas. Ayuda

Quieres que te suba por la escalera?
Pero no vale potarme encima

Puedes subirme muy despacito?
Eso se puede hacer?
Estoy muy delicada

Ahora mismo voy para allá y te subo muy
despacito

Oigo la puerta de su habitación y después pasos pesados en la escalera, y ni por esas soy capaz de ordenarle a mi cuerpo que se mueva. Suena el pitido de la cerradura cuando introduce el código de cuatro dígitos y entra en calzoncillos, guapísimo. Quiero contemplarlo, admirarlo, pero cuanto más se mueve, peor me encuentro, así que cierro los ojos.

—Intentaré no ofenderme por tu mueca.

—Eres una obra de arte, cariño, de verdad que lo eres. Un absoluto dios del sexo, diez sobre diez. Pero te mueves tan rápido que me entran ganas de vomitar —murmuro con los labios apretados.

—¿Dios del sexo, diez sobre diez? Creo que alguien todavía está un poco achispada. —Pasa sus fuertes brazos por debajo de mi cuerpo y me atrae hacia su pecho con un movimiento suave.

—Dios mío, deja de moverte —gimoteo a través de la palma de la mano que tengo pegada a la boca—. ¿Cómo puedo estar borracha y tener resaca al mismo tiempo?

—Te sentirás mejor después de un paracetamol y una ducha. ¿Supongo que no quieres venir a hacer ejercicio conmigo?

Cuando lo fulmino con la mirada, él intenta controlar sus

preciosas facciones para no reírse, lo cual es sensato, porque el movimiento de su risa podría hacerme potarle en el pecho.

Vamos despacio a la cocina y me sienta en la encimera con cuidado.

—Hueles a McDonald's y a culpa. —Busca en el cajón y saca un bote de analgésicos.

—¿Comí McDonald's anoche? ¿O huelo a Big Mac porque sí?

Me aparta el pelo enmarañado de la cara y me mira con tanto cariño que, por un segundo, me olvido de que ahora mismo soy un auténtico gremlin de las cloacas.

—Te comiste veinte nuggets de pollo en cuatro minutos. Parecía que estuvieras en un concurso de comida en el que tú eras la única concursante. Nunca he estado más enamorado de ti. —Me da un vaso de agua y me pone dos pastillas en la palma de la mano—. ¿No te acuerdas de cómo volviste a casa? Russ os recogió porque estaba sobrio. Lo obligaste a ir a por comida.

—Me cae bien Russ.

Nate se ríe y se frota las manos en mis piernas mientras me meto las pastillas entre pecho y espalda.

—Ya lo sé, lo dijiste varias veces. Y lo llamaste «gordi» delante de todo el mundo. Te puedes imaginar el mote que le han puesto los chicos.

«Ay, no. Pobre gordi».

—Oh, oh.

Vuelve a levantarme y se dirige a las escaleras, con cuidado de no zarandearme demasiado.

—Eso digo yo. Oh, oh. Pobre chaval, pero ya se le pasará, no te preocupes. Creo que va a mudarse aquí el año que viene, así que tendrás muchas oportunidades de compensarlo. Russ y Henry se están haciendo amigos, creo.

Nate me deposita en su cama y me envuelve en las sábanas hasta que me convierto en un burrito humano. Está siendo supercariñoso y ahora mismo me cuesta pensar en la discusión de ayer.

—¿Nathan?

—¿Qué?

—Tengo que vomitar, pero no puedo mover los brazos ni las piernas...

Me desenvuelve frenéticamente y me observa mientras corro hacia el baño, y no sé qué hace mientras expulso con violencia todo lo que hay en mi cuerpo, pero imagino que algo parecido a dar las gracias por tener una novia tan sofisticada.

Nate me ducha, me vuelve a meter en la cama, me hace la comida y se va al gimnasio; y yo me quedo en la cama, compadeciéndome de mí misma, con un libro.

Debo de haberme quedado dormida, porque pego un grito cuando entra por la puerta de la habitación, con la cara sudorosa y pinta de llevar fuera un buen rato.

—¿Estás bien? —me pregunta mientras deja caer la bolsa de deporte al pie de la cama.

Justo antes de mi siesta espontánea, he estado reflexionando sobre las últimas veinticuatro horas y he llegado a la conclusión de que tengo que disculparme.

—Siento haber sido tan borde contigo ayer.

—Te disculpaste anoche, no te preocupes.

—Ah, ¿sí?

—Sí, unas treinta veces. Y luego intentaste seducirme y tuve que rechazarte educadamente, perdón. Estabas demasiado borracha como para hacer otra cosa que no fuera dormir.

Me hundo más en el edredón y siento cómo me sube el calor a las mejillas.

—No sé yo, ¿seguro que hice eso?

Asiente con una sonrisa burlona.

—Sip. Fuiste muy gráfica al describirme lo que querías hacerme. Me dijiste que tengo la polla más bonita que has visto en tu vida.

Se asoma por encima de mi escudo nórdico con cara de felicidad.

—Bueno, es que la tienes, para ser justos.

Se sienta a mi lado y me pasa la mano por la espinilla con suavidad.

—Escucha, siempre quieres que sea sincero contigo, así que

voy a serlo. Me molesta no saber cómo te fue ayer con Aaron. ¿Podemos hablarlo, por favor?

—Por supuesto.

Nathan no me interrumpe mientras se lo cuento; solo se queda en silencio, escuchando con atención. Cuando por fin termino, sigue sin decir nada. Me revuelvo en la cama con nerviosismo y le doy un puntapié.

—¿Y bien?

—¿Terapia de pareja?

—Terapia de pareja deportiva.

—Trama algo. —Nate se arrastra entre mis piernas y se recoloca para apoyar la cabeza sobre mi estómago—. Pero no quiero disgustarte otra vez. Nunca es culpa tuya, cariño. Siento haberte hecho sentir que lo era.

—Lo sé.

—Pero esto no me gusta.

—También lo sé.

—Voy a intentar que no cause más problemas entre nosotros. Pero me molesta y es difícil dejarlo pasar.

—Nate…

—¿Qué?

—Quítate de mi estómago, voy a potar otra vez.

44

Nathan

Las dos primeras semanas del trimestre han sido un torbellino de palos de hockey, trabajos de clase y pánico a que Aaron se la juegue a Stassie otra vez.

Empezaron la terapia de pareja que no es para parejas unos días después de su borrachera con Lola, y cada vez que la acaba vuelve a casa llorosa, agotada y abrumada.

«Es normal», me repite una y otra vez. «Todas las terapias cuestan mucho al principio», dice en un tono decidido, y su desesperación por hacerme ver que tiene el control se huele a kilómetros. Pero sigue sin convencerme; se está haciendo daño a sí misma para perdonarlo y eso me pone enfermo.

Intentamos hablarlo, pero enseguida pierdo los papeles y ella se pone a la defensiva. Así que lo dejamos estar, porque no pienso pasarme las pocas tardes libres que tengo con ella discutiendo sobre Aaron Carlisle. Sigue viviendo conmigo y sigue considerando que mi casa es su hogar, pero tiene la agenda repleta de entrenamientos extra, sesiones de gimnasio, terapia con Aaron, terapia individual... Es infinito.

No puedo decir que yo esté mucho mejor. Casi dos meses sin hockey me han vuelto torpe, aunque el tiempo que he pasado con Stas me ha hecho ser mejor patinador. Mis movimientos son más limpios, más suaves. La mejora es bastante notable.

Ojalá Stas pudiera verlo, pero la semana pasada reabrieron la pista dos tras las obras, así que recogimos todas las cosas y nos volvimos a nuestra propia pista.

Echo de menos los momentos de antes o después de entrenar, cuando la veía y pasaba a su lado para rozarle el codo o ponerle una mano impaciente en la cadera. Pero tiene el campeonato en una semana, así que es una buena noticia que ya se haya aliviado la presión de compartir la pista.

Dice que no la sorprende que Aaron haya vuelto a patinar con la misma perfección como cuando lo dejó; que lo lleva en la sangre y que, a pesar de todos sus defectos, no la ha defraudado en ese sentido. Y murmura que puede hacer frente a lo demás si al menos la parte del patinaje sigue así de bien.

No puedo fingir que no extraño ser su compañero. No, no estoy pensando en dejar el hockey para ser un patinador artístico mediocre, pero era divertido, y echo de menos pasar tanto tiempo con ella. Me ha quedado claro cuánto tiempo pasan juntas las parejas artísticas, sobre todo si conviven. La idea de que comparta tanto tiempo con Aaron o de que vuelva a meterse así en nuestras vidas me aterroriza. *Ya sé* que no puedo ser yo, pero ojalá pudiese serlo.

JJ y Robbie me han dicho que debo controlarme, y llevan razón, pero tengo un mal presentimiento que no me puedo quitar de encima. Henry dice que estoy obsesionado con Aaron de la misma forma en la que él está obsesionado con Anastasia, pero al menos me ha dado la razón por una vez.

Por eso sé que hay algo turbio.

Me he obligado a dejar de lado todas las movidas de Aaron, porque hoy era mi primer partido de vuelta con los Titans, y tenía que cumplir. No la he cagado de milagro y hemos ganado. No estoy seguro de si estaba nervioso por volver, nervioso porque Stassie me estuviera viendo jugar por primera vez o porque, quince segundos antes de pisar el hielo, Faulkner me ha dicho que me mandaría con Brady si la cagaba.

Los chicos están encantados de que haya vuelto, y su entusiasmo es contagioso. O al menos cuando no pienso en lo rápido que está pasando mi último año y en que no nos quedan tantos partidos juntos.

Esta mañana Stassie se fue a trabajar y después tenía terapia con el Cretino y la doctora Robeska, así que no la he visto antes del partido, pero he reservado los mejores asientos para Lola y para ella. Cuando se estaba guardando la ropa para cambiarse, dijo que se iba a poner la camiseta de «Hawkins».

—No me creo que hayas conseguido convencerme para que vea el partido de hockey —me dijo en tono juguetón, aunque sé que estaba emocionada.

He sentido algo extraño al saber que había alguien en las gradas que estaba ahí solo por mí. Llevo jugando en Maple Hills desde primero y he oído gritar mi nombre muchas veces, pero esta vez era diferente.

Cada vez que pasaba por donde sabía que estaba sentada, me sentía bien. Ha valido la pena que Robbie me insultara cuando he patinado hacia ella, le he apretado la mano contra el plexiglás y ella ha hecho lo mismo al otro lado.

Cuando he metido gol dos minutos después, Robbie ha tenido que callarse la boca.

Por si fuera poco, esta mañana el padre de Stassie me escribió para desearme suerte. Dijo que encontró un bar donde echaban el partido, así que iba a tomarse una cerveza —o cinco— después de decorar el dormitorio de invitados con Julia. Y que presumiría ante todo el que quisiera escucharlo, así que más me valía estar a tope. Me quedé diez minutos mirando el móvil hasta que conseguí escribirle una respuesta agradeciéndole su apoyo. Por suerte, al final sí que le he dado una razón para presumir.

Estoy desesperado por que Faulkner termine la reunión posterior al partido. Le gusta hacerlo mientras todos lo tenemos fresco en la cabeza, sin tener en cuenta que queremos ir a celebrarlo. Eso demuestra lo mucho que ha cambiado todo, porque recuerdo estar sentado aquí hace un par de meses, en la misma situación, pero pensando en lo concentrado que estaba en el hockey.

—Vale, he terminado, podéis dejar de poner cara de seta —ladra Faulkner—. No lo celebréis demasiado, no pienso pagarle a nadie la fianza del calabozo. Nos vemos el lunes.

Stassie está apoyada contra la pared mirando el móvil cuando por fin me libero de Faulkner.

Al darse cuenta de que me acerco, levanta la vista del teléfono, me dedica una sonrisa radiante y echa a correr hacia mí. La agarro con un brazo cuando salta y dejo que se me resbale la bolsa del hombro y se caiga al suelo a mis pies.

—Estoy muy orgullosa de ti —chilla, abrazándome con las piernas mientras me cubre toda la cara de besos—. Quiero dejarlo todo y dedicarme solo a ser la típica mujer de un jugador de hockey. Por poco se me sale el corazón, y cuando el tío ese le ha dado el empujón a Bobby, ¡casi me muero! He chillado tanto que la mayor parte del tiempo ni siquiera entendía lo que pasaba... Pero ¡habéis ganado!

La devuelvo al suelo y la miro de arriba abajo. Joder, qué bien le queda esa camiseta; realmente ha sido mi mejor regalo.

—Estás borracha. Por favor, no lo dejes todo...

—Perdona, he dicho la mujer de *un jugador*, no tuya —bromea—. ¡Y no estoy borracha! Bueno, hace un rato lo estaba, pero ya se me ha pasado con todo el estrés y la emoción. Eres increíble, Nathan. No sé nada de hockey, pero *todo* el mundo a nuestro alrededor hablaba de ti... Y papá me ha estado mandando mensajes durante todo el partido.

No sé qué decirle mientras caminamos hacia el coche, así que dejo que rememore cada minuto del partido que le ha hecho levantarse del asiento o querer insultar al árbitro cada vez que hacía algo para joder a sus chicos, a pesar de no estar segura de qué pasaba exactamente.

—¿Te ha gustado, entonces?

—Me ha encantado, cariño.

El resto de los chicos se han ido con Lola antes de que yo saliera del vestuario, y el plan es salir a tomar algo y comer. Una parte de mí desearía que nos fuéramos a casa, pero los chicos se lo merecen; no es culpa suya que últimamente sea un coñazo de persona. El camino hasta el coche dura el doble porque todo el mundo me da palmaditas en la espalda y me felicita, pero al final llegamos. Espero hasta que estamos en la intimidad del coche antes de preguntarle a Stassie la cuestión que me lleva rondando toda la tarde.

—¿Qué tal la terapia con Aaron?

Ella mira al frente, se encoge de hombros y se le quiebra la voz cuando dice:

—Bien, luego lo hablamos. Ahora a celebrar.

Irradia una ansiedad casi palpable. Anastasia no sabe disimular cuando la preocupa algo, no sabe poner cara de póquer. Sé que le ocurre algo que no me está diciendo, por la postura rígida, por la forma en la que no me mira a los ojos o por cómo se muerde el labio. Me inclino hacia ella y la cojo de la mano, intentando mantener la voz calmada.

—Quiero saberlo ahora. Los chicos pueden esperar... Quiero saber cómo te ha ido el día.

Se gira hacia mí en el asiento y se lleva mi mano a la boca para darme un beso dulce en los nudillos. En sus ojos azules, esos que hace un momento estaban tan contentos y tan llenos de alegría, ahora hay una especie de incertidumbre.

—Por favor, Nathan. No quiero hablarlo ahora. Vamos a divertirnos.

—¿Por qué no me lo cuentas?

—Porque no te va a gustar —susurra. Relaja la cara, exhala un profundo suspiro y se pasa una mano por el pelo—. Y sé cómo vas a reaccionar. Y me da ansiedad hablarlo contigo. Solo quiero ir a celebrar tu victoria.

Me está diciendo que no quiere hablar de ello. La oigo alto y claro, pero algo en mi interior me dice lo que está pensando. Si no lo confirmo ahora mismo, no podré hacer nada esta noche.

—Vas a mudarte, ¿no?

Suspira y sé que estoy en lo cierto.

—A la doctora Robeska le parece buena idea. La semana que viene tenemos el campeonato nacional y cree que nos vendrá bien, a Aaron y a mí, irnos acostumbrando durante esta semana. Cuando vivíamos juntos estábamos muy sincronizados, y ahora lo hemos perdido. Ha dicho que, aunque solo sea para probar, ahora es buen momento.

Siento el impacto de los celos, la amargura, la rabia, la preocupación y el dolor, todo al mismo tiempo.

—Entonces la doctora que él ha elegido y él ha pagado es la

que cree que deberías mudarte otra vez con él. Joder, qué sorpresa. No me creo que hayas caído.

—No me hables como si fuera una ingenua, Nathan.

—¡Es que no entiendo cómo no te das cuenta de lo que te está haciendo! ¿Cómo puedes perdonarlo después de todo lo que te ha hecho? ¡De todo lo que ha dicho!

Me siento como un disco rayado.

—No lo entiendes. Ni siquiera has intentado entenderme, solo quieres que le mande a la mierda y no puedo. ¡Esto no es como el hockey, Nate! No hay nadie que pueda cubrir el hueco, solo estamos Aaron y yo, y punto. No estoy perdonándolo y olvidándome de todo; solo intento estar por encima de esto y no tirar mis sueños por la borda solo por estar dolida con él.

—Anas…

—No, escúchame por una vez —interrumpe, sin dejar que me defienda—. *Ya sé* que Aaron ha sido un amigo terrible, pero a veces ser la mejor exige sacrificios. Y yo no puedo ser la mejor sin él, pero estás tan empeñado en levantar un muro entre nosotros que no me escuchas cuando te digo que sé perfectamente lo que estoy haciendo. He tomado la decisión de solucionar las cosas *profesionalmente*.

—Y una mierda. Siempre hay otras opciones, Stas. No tienes que mudarte, no tienes que ir a terapia, no tienes que hacer nada que no quieras por ese tío. ¿Por qué ibas a hacer sacrificios por él? Le importas tres cojones, y me hace gracia la casualidad: él me odia, y de pronto su terapeuta te dice que dejes de vivir conmigo.

—Esto no va sobre ti, Nathan. Es tu problema si no lo entiendes —dice en voz baja—. No estás haciendo ni el más mínimo esfuerzo por ver la situación desde mi punto de vista. Tú te sacrificaste por tu equipo, y yo lo hago por mí misma, por lo que será *nuestro* futuro. Tienes que separar al Aaron amigo del Aaron patinador. Tienes que sacarte ya de la cabeza que me está manipulando, porque no es así.

Odio todo esto. Odio parecer yo el irracional y que Aaron se salga con la suya. No quiero que pase tiempo con él. Entiendo que tiene que hacerlo para patinar, aunque preferiría que no lo hiciera. Pero ya tiene demasiados compromisos como para que tenga que compartirla con él.

—¿Va a dejarte comer cuando vuelvas a vivir con él?

Se tapa la cara con las manos y cuanto más tiempo pasa sin contestar, más me arrepiento de lo que he dicho. Al final, cuando me revuelvo de incomodidad en el asiento, vuelve a levantar la vista.

—Intento ser paciente contigo porque te quiero y sé que en el fondo te preocupas por mí, pero si no puedes hablarme con el mismo respeto con el que yo te hablo a ti, no me hables. Dentro de una semana tengo el campeonato más importante de mi carrera como patinadora, y no puedo permitirme estar más preocupada por proteger tu ego, porque crees que Aaron Carlisle es capaz de joder lo mucho que te quiero.

Cuando termina me siento como un niño al que han echado una bronca, y no me queda otra que asentir en silencio. Se inclina sobre el freno de mano y me da un beso en los labios y, cuando por fin nos separamos, apoya su frente sobre la mía y me acaricia la mandíbula con la mano. Todo lo que ha dicho es cierto, y en mi cabeza soy capaz de admitirlo, pero cuando llega el momento de expresarlo, no me salen las palabras. Al fin consigo decir algo, aunque no es la disculpa que ella se merece.

—Es que no quiero que te haga daño.

Vuelve a cogerme de la mano y se la lleva al pecho. Le noto el dolor en la cara y ni siquiera puedo culpar a Aaron por ello, porque esto es todo por mi culpa.

—¿Podemos irnos ya a celebrarlo, por favor? Por favor, Nate. Quiero disfrutar de esta noche contigo —suplica con un hilo de voz.

Arranco el coche y hago lo que me pide, aunque ya no siento que tenga nada que celebrar.

45

Anastasia

Siempre pensé que patinar sería el compromiso más difícil de mi vida.

Me equivocaba.

—¿Crees que esa actitud viene incluida con la polla o es algo que desarrollan con el tiempo? —pregunta Lola, llevándose a la boca una cucharada de Ben & Jerry's. Le echa un ojo al vestido que se supone que estamos arreglando, frunce el ceño y le da otra cucharada al helado—. Los hombres son lo peor.

Lola interpreta a Angelica Schuyler en la función de primavera de *Hamilton*, y hoy ha discutido con el tío que hace del marqués de Lafayette. No quería quedarse en el teatro para que le arreglaran el vestido, así que se lo ha traído a casa, porque sabe que llevo cosiendo y ajustando trajes de patinadora desde que era niña.

Aún no le hemos hecho nada al vestido, pero hemos visto tres episodios de *Mentes criminales.* Tengo una agenda llena de cosas que hacer, pero no soy capaz de afrontarla y estoy demasiado agotada para preocuparme por el hecho de que me da igual.

No sé si estoy evolucionando o involucionando.

—Creo que viene con la edad. No recuerdo estar tan enfadada hace diez años —refunfuño con la boca llena de manzana.

Volver a nuestro piso hace tres noches ha supuesto un bienvenido descanso de las discusiones en bucle con Nathan, pero también lo echo de menos. Es una situación muy difícil, porque sé que nunca haría nada para hacerme daño a propósito, pero cuando no me escucha me hace daño.

Nathan es protector y siempre adopta el rol de apaciguador. Es una parte fundamental de lo que es como persona y me encanta que tenga esa cualidad. Y me gusta aún más que esté tan orgulloso de ello y de que sea tan bueno con todos. Cuando discutimos por primera vez y quise evitarlo, no me dejó. Después de la fiesta de Robbie, cuando estaba tan avergonzada por lo que había pasado en el coche, me buscó a propósito para comprobar que estaba bien.

Intentó proteger a Russ cuando se supo la verdad sobre lo que pasó con la pista de hielo, asumió la culpa de lo de Aaron para proteger a su equipo, aunque fuera una decisión ridícula. Discutió conmigo por algo tan serio como un trastorno alimentario, porque mi salud era más importante para él que mis sentimientos. Nate me ha demostrado una y otra vez lo que es capaz de aportar, a mí y a todos.

Por eso sé que, por mucho que me quiera, esta movida de Aaron es por algo mucho más profundo que porque crea que no confío en él. Tiene más que ver con su autoestima y con el lugar que ocupa en mi vida.

Lo que parece que no consigo que entienda es que Aaron no lo está sustituyendo. Nadie podría sustituirlo, pero cuanto más tiempo paso con Aaron, más posibilidades hay de que este se convierta en mi apoyo cuando lo necesite, y eso es lo que de verdad le preocupa a Nathan.

Él mismo me ha dicho que hay una parte egoísta y celosa de él que no quiere compartirme con Aaron, y aunque esto normalmente sería una señal de alarma, cuando lo hablamos y lo analizamos, averigüé que es porque Nate me tiene en tan alta estima que no cree que Aaron me merezca.

Nathan no sabe cómo procesar lo que siente porque no lleva encima cientos de sesiones de terapia como yo, así que no estoy enfadada con él por no saber expresar sus pensamientos. Pero sí que sabe escuchar, y ahora mismo no lo está haciendo.

Para él, y para el resto de los chicos, Aaron es un villano. Es el malo de la película, una pesadilla impredecible que viene a joderlo todo. Cuando en realidad, Aaron solo está equivocado y es una persona muy inmadura a nivel emocional. He dicho mil veces que la gente herida se defiende haciendo daño, y es totalmente cierto. Miente y manipula a la gente porque es lo único que sabe hacer.

Me he pasado todo lo que llevamos de universidad justificando el mal comportamiento de Aaron, solamente porque era lo más fácil de hacer, y deseaba de verdad que en el fondo fuera una buena persona. Eso no me convierte en una ingenua; significa que me he fijado en las partes buenas que me ha mostrado y he tenido fe en que esa fuera su verdadera cara. Pero he ignorado todas las alertas y eso ha sido estúpido por mi parte, porque al final me ha hecho mucho daño. Pero ahora mismo tengo los ojos bien abiertos y veo nuestra relación como un medio para conseguir un fin: somos patinadores que necesitamos un compañero para patinar.

No necesito ni quiero su opinión ni su aprobación. No se me ha olvidado misteriosamente que lo que hizo provocó que el hombre más tranquilo que conozco le estampara un puñetazo en la cara. No se me ha olvidado el daño que me hicieron sus palabras, y aunque aparentemente esas heridas ya están cicatrizando, voy a tener que trabajarlas en terapia durante quién sabe cuánto tiempo.

No debería tener que gritar que no soy una ingenua o que no me están manipulando para que Nathan confíe en mi juicio. No debería tener que suplicarle que entienda que hay una diferencia entre una amistad y una pareja profesional.

Y si Aaron hace de villano en esta película, Nathan es el típico héroe de manual, y sí, puede quedarse con el cargo, porque es el héroe de mi historia. Pero esta es una de esas historias complejas de fantasía, no un cuento de hadas. Yo no soy una princesa —nunca lo he sido—, pero no se puede negar que él me ha hecho más fuerte durante el tiempo que hemos estado juntos, y me ha dado el valor para enfrentarme a todo esto.

Creo que quiero que Nate esté orgulloso de mí. Él siempre

afronta los problemas de cara, y eso es lo que intento hacer, por eso me ha sorprendido tanto que desde que decidí hacer frente a Aaron, no haya parado de discutir con Nathan.

Y digo «hacer frente» porque la terapia con Aaron no es fácil. Es agotadora y casi corrosiva. Sin embargo, la doctora Robeska es justa. No se traga sus tonterías ni sus falsos pucheros cuando intenta que se le salten las lágrimas. Lo pone en su sitio, lo cual me encanta. Como cuando repitió lo que dijo en la intervención de Brady sobre que me necesitaba y yo no estaba... Y la primera pregunta de la doctora fue cuántas veces intentó ponerse en contacto conmigo para que lo apoyara. Enseguida preguntó también cuántas veces hicimos algún plan en el que yo lo hubiera dejado plantado. Por supuesto, la respuesta a ambas fue cero, lo que la llevó a hablar de por qué no podríamos usar nuestras emociones como armas.

Desde que he vuelto al piso, siento que Aaron cuenta cada trocito de comida que me meto en la boca. Sigo creyéndolo cuando dice que no me hizo aquella dieta a propósito, y a Nate le ha faltado suplicarme que saque el tema en la terapia con Robeska.

Nate quiere llevar la razón, pero también es el mismo hombre que me recuerda que la recuperación no consiste en ganar; consiste en aprender y perdonarse a uno mismo, olvidar los malos hábitos y confiar en el proceso. Lo que siempre repite es que nada es lineal, y no puedo ignorar la ironía de que lo mismo podría decirse de esta situación con Aaron.

He acabado enviándole fotos de mi comida a Nate varias veces al día, buscando la seguridad de que no la he cagado monumentalmente. Pero Aaron ya nunca opina sobre mi nueva dieta, y cuando intento sostenerle la mirada, él mira su propio plato. Puede que me lo esté imaginando. Puede que me esté haciendo luz de gas. Puede, puede, puede. Otro día más en Maple Hills lleno de dudas, joder.

—No quiero vivir aquí el año que viene —suelto, y pillo a Lola desprevenida. Deja el helado en la mesita y se vuelve hacia mí, prestándome toda su atención—. No quiero vivir en la casa del equipo de hockey, porque no creo que sea justo para Henry y Russ, pero tampoco quiero vivir aquí. Aunque lo entiendo si tú quieres quedarte; no puedo permitirme nada tan bonito como Maple Tower.

—Pues nos iremos las dos.

—¿Qué?

—Yo tampoco quiero vivir aquí. Vamos a empezar de cero.

Aaron suelta un bufido cuando caigo entre sus brazos.

—¡Para la música! —le grito a Brady, poniendo distancia entre Aaron y yo para no darle una patada en la cabeza.

—¿Qué te pasa ahora? —refunfuña, siguiéndome hasta el borde de la pista.

—¡Tú! ¡Tú eres lo que me pasa, Aaron! ¿Cómo diablos voy a concentrarme si no paras de resoplar cada vez que tienes que tocarme?

Por fin se apaga la música y Brady no parece impresionada en absoluto, pero me da igual. Ya no quiero seguir siendo simpática. Me niego a aguantar las gilipolleces de este imbécil integral ni un segundo más.

—¿Qué pasa ahora? —dice Brady con exasperación, pasándose una mano por el pelo.

Aaron se encoge de hombros y me lanza una mirada incrédula.

—No lo sé, entrenadora. Es problema de Anastasia. *Otra vez.*

Siento una punzada de calor en la nuca mientras me esfuerzo por que no me hierva la sangre. Siempre he asociado mi impaciencia y mi mal genio con lo que soy como patinadora. Siempre he asumido que todo es debido a mi competitividad, a la necesidad imperiosa de ser la mejor, pero está claro que no es así. Ni una sola vez he sentido esa oleada de rabia cuando entrenaba con Nate. Ni siquiera cuando nos caíamos al suelo o nos chocábamos por enésima vez. Incluso entonces me lo tomaba con calma y humor.

Tengo los brazos en jarra en un intento de no darle un puñetazo en la garganta, pero ya me empieza a doler la piel de debajo de las yemas de los dedos de tanto apretar. Sé lo que está haciendo y probablemente por eso estoy tan alterada.

—¿Te cuesta levantarme? ¿Por eso no dejas de resoplar? ¿Necesitas hacer más pesas? —digo, llena de furia.

—¿Qué? No —suelta, mientras se pone rojo con un tomate. Entonces su expresión se endurece—. Venga ya, Stas. No puedes ganar peso y pretender que no necesite un tiempo para reajustarme.

Ahí está.

—En el gimnasio levantas sin problema más de cuarenta y cinco kilos más de lo que yo peso. ¡Te he visto esta mañana! ¡Has añadido más peso, joder! He ganado cinco kilos de músculo, ¡punto! ¿A qué necesitas adaptarte?

—Necesito adaptarme a tu actitud de mierda, eso para empezar.

—Eres un gilipollas.

—No puedo entrenar contigo si te pones así. Me voy a casa; tenemos que perfeccionar esto y me estás haciendo perder el tiempo.

—¡Pues adiós!

—¡Chicos, por favor! —grita Brady.

No oigo si dice algo más, porque me voy patinando hacia el centro de la pista, sacudiéndome la rabia. Si elige la crueldad por encima del entrenamiento, no voy a interponerme en su camino.

46

Nathan

Estoy tumbado boca abajo en el sofá cuando unos susurros interrumpen mi letargo.

Levanto la vista y veo a JJ, Henry y Robbie cada uno con una taza de café en la mano, cuchicheando entre ellos como viejas en un bingo.

—¿Qué? —ladro.

—¿Te ha dejado? —dice JJ, separándose del corrillo para sentarse en la silla frente a mí.

—No —replico, incorporándome en el sofá, ya que, al parecer, esto se está convirtiendo en una cuestión doméstica. Sabía que tenía que haberme quedado en mi puta habitación, pero me he pegado una paliza en el gimnasio esta mañana y no podía ni subir las escaleras.

JJ deja la taza en la mesita y levanta las manos a la defensiva.

—Bueno, bueno, no llores —dice con sorna—. Si no te ha dejado, ¿qué coño te pasa, que pareces un alma en pena?

Henry se tira al suelo a mi lado y me lanza una mirada con una mezcla de suspicacia y empatía, y Robbie aparece a los pocos segundos con una taza de café para mí.

Me siento como si me hubieran tendido una emboscada, pero supongo que debería dar las gracias por tener unos amigos a los que les importa un bledo que esté de mala hostia. Me hundo en el sofá, suspiro pesadamente y bebo del café para retrasar el momento de hablar, porque no sé ni por dónde coño empezar.

—Dice que no la escucho. Está enfadada conmigo, pero también es comprensiva de narices cuando la cago, lo cual me hace sentir aún peor. Y la echo de menos.

—Pero si no la escuchas, ¿por qué te sorprende que se enfade contigo? —pregunta Robbie sin rodeos.

—¡Sí que la escucho! —insisto—. La escuché alto y claro cuando me dijo que le va a dar otra oportunidad al imbécil de los cojones. La escuché cuando me dijo que se mudaba. Y la escuché cuando me dijo que iría a la puta terapia de pareja con él.

—Para ser tan listo, a veces pareces un puto loco, Hawkins —me dice JJ, negando con la cabeza, sin su sonrisa traviesa habitual. Por una vez, va totalmente en serio—. Es la persona más decidida que conozco. No me cabe la menor duda de que va a conseguir todo lo que quiera en la vida, porque está dispuesta a hacer sacrificios. ¿Qué habría pasado si no te hubieran convocado para jugar?

—Que...

—No, no me vengas con historias —dice con una carcajada—. Habrías utilizado tu fondo fiduciario para hacer lo que te saliera de los huevos y, por si fuera poco, tienes un negocio familiar al que recurrir. Stassie no tiene un fondo fiduciario. Ni un negocio familiar. Si no consigue que le salga bien lo del patinaje, probablemente acabará dando clases, o peor, en un trabajo de mierda.

—¿Por qué me estás dando un sermón sobre mi propia novia, Johal?

—¡Porque solo estás pensando en el ahora y estás siendo un puto egoísta! Stassie no puede patinar en pareja sin un compañero. Está siendo lista, Nate. Está usando a Aaron para lograr sus objetivos porque no le queda otra. Deberías estar orgulloso de ella por ser tan fuerte, pero lo único que has hecho es ponerte celoso y tocar los cojones, haciéndola sentir como una mierda por algo que es ya es bastante difícil para ella.

Henry y Robbie permanecen dolorosamente callados mientras JJ me echa la bronca. Henry examina con detenimiento su taza y le da vueltas al líquido para no tener que mirarme. Robbie me observa, inexpresivo.

—¿No vais a decir nada? —gruño.

Rob se encoge de hombros.

—Pues a ver, tiene razón. Sabes que tiene razón, por eso te jode tanto. Y sabes que todos la queremos. ¿Crees que a mí me gusta que Lola esté con él? Pues obviamente no, pero ya son mayorcitas. Mayorcitas y cabezotas. Por lo que nos has dicho, y bueno, por lo que Lo me ha contado, te ha dejado clarísimo que no quiere ser su amiga. Creo que tienes que decidir si estás dispuesto a perderla por culpa de tu ego.

—¡Esto no lo hago por mi puto ego! Me preocupa que la mujer de la que estoy enamorado pase tiempo con alguien que se porta fatal con ella.

—*Sí* que es por tu ego —murmura Henry a mi lado, sin levantar la vista del café, al que sigue dando vueltas—. Crees que va a manipularla para que lo perdone y entonces ya no te necesitará. Y te gusta que te necesite. Te hace sentir importante. Sabes que Aaron te odia y crees que va a alejarla de ti. Lo que demuestra que no sabes lo fuerte que es ella, o que no entiendes lo mucho que te quiere.

Me cago en la puta, esta es una de las peores intervenciones de la historia.

—Así que todos pensáis que soy un imbécil, ¿me estáis diciendo eso?

Robbie carraspea y se ríe.

—Yo llevo pensando que eres un imbécil desde la guardería, que conste.

—Yo no te conocía en la guardería —interviene JJ—. Pero me imagino que también lo habría pensado. Tío, te queremos, pero tú la trajiste aquí, la metiste a vivir con nosotros y dejaste que la conociéramos, y ahora la queremos mucho también a ella. Y no queremos que jodas algo que es tan especial. Eso es lo que quiere Aaron.

—Yo no creo que seas un imbécil, Nathan —dice Henry en voz baja—. Creo que solo tienes que ponerte en su lugar. Si JJ y tú os pelearais, pero tuviéramos un partido y necesitaras un defensa para poder ganarlo, lo dejarías jugar. Te olvidarías del drama y te concentrarías en ganar. Pues eso es lo que está haciendo ella.

—Luego habéis quedado, ¿no? —dice Robbie, sonriendo cuando asiento—. Háblalo con ella. Necesita saber que estás de su parte en esto.

—¿No tenéis otra cosa que hacer que darme la turra mítica?

Se rompe la tensión de la habitación y los tres se echan a reír. JJ le da un codazo travieso a Henry.

—Se agradece el cambio después de ver cómo Henry lleva desde Navidad intentando localizar a la tal Jenny o como se llame.

—¿*Todavía* no la has encontrado? ¿Qué le dijiste a la pobre? ¿Se ha metido en protección de testigos o algo así? —bromeo, sonriendo más cuando Henry me fulmina con la mirada.

—Lo siento, Nathan. No todos acosamos a las chicas para que salgan con nosotros. Algunos necesitamos un tiempo para descubrir quiénes son, ¿vale? He...

No oigo nada más porque su frase queda ahogada por el sonido de mis carcajadas y las de JJ y Robbie.

No sé por qué me pone nervioso quedar con mi propia novia. La veo despedirse educadamente del portero en el portal de su edificio y dirigirse hacia mi coche en la zona de recogida. Está increíble. Tan increíble que puede que no lleguemos a la reserva que hice para cenar en el Octopus.

Octopus es una marisquería que ha abierto hace poco en Malibú y, por suerte, un tío al que le gusta JJ trabaja allí y me ha conseguido la reserva. No es que esté a favor de prostituir a mi compañero de piso para reservar mesa en un restaurante superexclusivo, pero tampoco estoy exactamente en contra.

En cuanto Stassie se sube, el aroma dulce de su perfume inunda todo mi coche. Siempre huele bien, pero esto es otro nivel. ¿Esto es lo que pasa cuando no la veo durante un par de días? Se lo diría, pero sé que me va a decir que soy un vampiro con los sentidos agudizados.

—¿De qué te ríes? —sonríe, inclinándose para besarme. Dios, hasta sabe bien. Le acerco la mano a la cara, pero ella la detiene antes de que pueda tocarla y murmura—: Maquillaje.

—Los vampiros... Bah, no importa. Te he echado de menos. Estás guapísima.

—Y tú también, Hawkins. ¿Qué tal el entrenamiento?

Charlamos tranquilamente durante todo el trayecto hasta Malibú, mientras nos ponemos al tanto de las pequeñas cosas que han pasado durante estos días, ahora que no pasamos juntos la mayor parte del tiempo. Me cuenta de que ha batido su marca personal haciendo sentadillas y que Brady va a volver a aumentarle la cantidad de calorías diarias después de la competición.

Le hablo de la incipiente amistad entre Henry y Russ y de cómo a algunos de los miembros más inmaduros del equipo no les hace mucha gracia, así que he tenido que darles la charla para que maduren de una puta vez. La cultura de las fraternidades es muy rara y, en mi opinión, puede ser un poco sectaria; por eso nunca me interesó. Prefiero salir con gente que me cae bien a estar obligado a caerles bien a determinadas personas en nombre de la hermandad.

—Yo por mis chicos mato —dice muy seria. Sé que no está de broma; a pesar de su metro sesenta y dos sería capaz de enfrentarse a cualquiera con tal de proteger a Henry, y ahora a Russ.

El chico debe de estar *muy* interesado en JJ, porque nos ha reservado una mesa fuera, en la terraza que da al mar. Le mando un mensaje a JJ para informarle de lo buena que es nuestra mesa y que así el chico se gane unos puntos, ya que está claro que tiene ganas de dar buena impresión.

Sé que tengo que hablar con Anastasia sobre mi actitud últimamente, pero no sé muy bien cómo sacar el tema. Dejo que nos tomen nota y ella llena el silencio con anécdotas graciosas sobre Lola y una clase que fue un desastre. Pero llegado un momento me dedica una sonrisa comprensiva, una que dice que sabe lo que me pasa por la cabeza.

—Nate, ¿estás bien?

El tiempo que hemos pasado separados ha sido un poco como una ruptura, aunque no se trate de eso, y hemos seguido hablando, pero me ha confirmado que romper no es una realidad que quiera vivir nunca. Sé que es raro conocer a alguien que de pronto ilumine tu vida. Sé que tengo suerte de tener a mi lado a alguien que se pelearía a muerte por la gente a la que quiere, y me ha hecho darme cuenta de que ahora va a pelear a muerte por sí misma.

Y tengo que estar de su parte, no atacarla desde otro punto.

—Te debo una disculpa —suelto de golpe, aunque no con el tono calmado y tranquilo que me hubiera gustado—. No he sido justo contigo y lo siento, Anastasia. De verdad.

Desliza la mano por la mesa y la entrelaza con la mía.

—No pasa nada. Gracias por disculparte.

—Eres lo más importante que tengo en la vida. No estoy seguro de si lo sabes o no, pero lo eres, y he sido un egoísta. Te he puesto en una situación muy complicada, y te he hecho sentir que tenías que elegir entre los dos o algo por el estilo. Pero no tienes por qué, y quiero que sepas que apoyo todos tus sueños. —Ella no para de asentir, dejando que se me traben las palabras y divague sin rumbo, diciéndole lo que siento. No me interrumpe ni dice nada; me da el espacio que necesito para intentar expresarme—. Ahora te escucho. Te prometo que te escucho; te oigo y entiendo que tengo que dejar que gestiones el tema de Aaron como mejor te parezca.

Cuando se da cuenta de que he terminado, se lleva mi mano a los labios y me da un beso en los nudillos. La expresión de alivio que tiene en la cara es abrumadora, lo que, para ser sincero, me hace sentir peor, porque debe de haber estado pasándolo mal por esto más tiempo del que creía.

Yo también siento mucho alivio; es curioso, porque Stassie puede ser la persona más cabezota del mundo, pero a la hora de hablar las cosas tiene la paciencia de un santo. Y necesitaba esa paciencia para arreglar esto.

—Nadie te va a sustituir, Nathan. Cada minuto que paso patinando con él, pienso en lo mucho que me hubiera gustado que tú te hubieras apuntado a patinaje artístico de pequeño en vez de a hockey. La terapia siempre me ha ayudado mucho, con él o sin él. Lo que pase fuera de la pista ya no es asunto mío.

—Siento haberte hablado mal últimamente.

No lo reconoce, pero me aprieta la mano.

—¿Quieres oír una cosa graciosa?

—¿Ahora? Sí, por favor. —Cualquier cosa por dejar de hablar de que soy un mal novio.

—Hoy en el entrenamiento le he montado un pollo a Aaron. —Se ríe entre dientes y se lleva la copa de vino a los labios—. Se ha metido en el coche en medio de la práctica y se ha ido a casa. Yo he tenido que pedirme un Uber, pero ha merecido la pena.

—¿Qué ha pasado?

—No paraba de resoplar y quejarse cada vez que tenía que levantarme o agarrarme, así que le he preguntado si tenía que hacer más pesas en el gimnasio. Le he dicho que sabía que levantaba mucho más peso de lo que peso yo, así que cuál era el problema. Y no le ha hecho ninguna gracia. —Arruga la nariz mientras se encoge de hombros, con cara de que le importa una mierda Aaron.

—No tengo nada de qué preocuparme, ¿verdad? —digo, hablando más conmigo mismo que con ella.

—Ni siquiera un poco. Lo tengo todo bajo control. Tú me has ayudado a ser lo bastante fuerte para afrontarlo. —Mira a mi espalda y sonríe con tanta alegría que parece que ha entrado un famoso, pero no, empieza a revolverse y a dar saltitos en la silla—. ¡Oh! ¡Creo que ya viene nuestra comida!

Me resisto a dejarla bajar del coche cuando llego a Maple Tower, pero tengo que hacerlo.

—Volveré el sábado por la noche —murmura—. Podemos pasar todo el domingo juntos, te lo prometo.

Stassie se va a San Diego por la mañana para el campeonato nacional y hemos decidido que lo más sensato era dormir cada uno en su cama. Ninguno de los dos quiere, pero esta noche necesita estar concentrada y relajada, y eso no va a ser posible en mi casa. Y si me quedara con ella aquí, se pasaría toda la noche inquieta por vernos compartir espacio a Aaron y a mí.

Es la mejor opción, aunque no nos guste a ninguno.

Sobrevuela el freno de mano para sentarse a horcajadas sobre mí, me rodea el cuello con los brazos y me roza con la frente.

—Te quiero —susurra, aproximando su boca a la mía—. Tengo que irme o acabaré dejando que me folles en cualquier aparcamiento.

Abre la puerta y se baja, dándome un último beso antes de dirigirse al portal. La miro para asegurarme de que entra sin problemas y pongo el coche en marcha, con la esperanza de que se me haya pasado la erección para cuando llegue a casa.

47

Anastasia

Desde que he llegado a casa siento un dolor raro en el pecho que no se me pasa.

Quizá sean los nervios por la competición. No creo que nadie me lo reproche, teniendo en cuenta que mañana tengo el campeonato más importante que he tenido nunca. Los Juegos Olímpicos no son hasta dentro de dos años, pero hay muchas otras competiciones internacionales en las que puedo participar. Así es como demuestro al equipo de Estados Unidos de lo que soy capaz, lo que puedo ofrecer, lo que *ambos* tenemos que ofrecer.

Todo lo que me ha costado prepararme para este fin de semana tiene que significar algo.

Tiene que valer la pena.

Lola sabe que es mejor dejarme sola cuando estoy así; no hay nada que pueda decir o hacer que pueda hacerme sentir mejor y, de cualquier forma, prefiero estar sola con mis pensamientos. He hecho todas las tareas que me había apuntado en el iPad, me he duchado, me he tumbado en la cama con mi camiseta favorita de los Titans, y eso debería ser suficiente, pero… no lo es.

La camiseta acaba de salir de la lavadora, así que huele mucho a detergente. Es un olor que siempre me ha gustado; el olor a ropa limpia significa que he hecho la colada, y eso significa que he tachado una tarea de mi agenda. Pero, no sé por qué, el olor aumenta el dolor.

Ya no huele a Nathan.

Y así, de pronto, siento la cama insoportablemente vacía, y noto el picor de la camiseta sobre la piel.

Entiendo la lógica de la doctora Robeska cuando sugirió que me mudara otra vez al piso. Pensó que mi relación con Aaron mejoraría más rápido si pasábamos esta semana juntos en casa, como antes. Cuando le hablamos de todo lo que solíamos hacer además de patinar, quedó muy claro que nos gustaba estar juntos.

Necesitábamos volver a sincronizarnos y, quitando el berrinche de Aaron en el entrenamiento, ha funcionado. Yo también quería volver, y se lo dije a Nate antes de que Robeska sacara el tema. Me preocupaba que Nathan y yo solo fuéramos capaces de funcionar si estábamos todo el día juntos y que, en cuanto empiece su carrera en la NHL, yo no pueda ofrecerle el apoyo que necesita, lo que tal vez nos distancie.

Pero no soy feliz aquí y echo de menos a mis chicos.

Sobre todo a uno.

Después de unos cuantos tonos, me preocupa que no vaya a descolgar el teléfono, que esté ocupado con sus amigos o que tenga el móvil en modo estudio, pero justo antes de que la llamada se corte, aparece su cara en mi pantalla.

—Lo siento, tenía el móvil cargando al lado de mi cama. ¿Va todo bien? —dice con cautela, y la pequeña arruga entre sus ojos se hace más profunda cuando mira la pantalla.

—La ropa que te robé ya no huele a ti.

—¿Eso es bueno o malo?

—Malo. Es horrible, terrible, catastrófico. Te echo de menos y eso me inquieta.

—Cariño, acabas de verme *ahora mismo*, por favor, no estés inquieta. ¿Qué necesitas que haga?

—¿Puedes quedarte aquí esta noche? Sé que no quieres ni ver a Aaron, pero él estará en su habitación y nosotros en la mía —me apresuro a decir—. No tienes por qué verlo. Pero te necesito, Nate. Necesito que hagas lo que siempre haces; por arte de magia, logras que todo mejore.

Levanta la comisura de los labios y me muestra mi sonrisa favorita. Es la sonrisa que le sale cuando lo pillo por sorpresa, en el buen sentido. No me pasa muy a menudo porque me conoce muy bien. Es difícil sorprenderlo, por eso es aún más especial cuando lo hago.

—No sé cómo, pero voy ahora mismo. ¿Quieres que te pille algo por el camino?

Niego con la cabeza, viéndolo levantarse de la cama y coger una bolsa de viaje.

—No, cariño. Solo tú. Eres lo único que necesito.

No puedo concentrarme en el libro que se supone que estoy leyendo.

Leo uno o dos párrafos y de inmediato mis ojos vuelven al punto que se mueve en el mapa de la pantalla. No sé si es bonito o patético que me emocione tanto por ver su coche entrando en el aparcamiento de mi edificio.

Me pongo a dar vueltas junto a la puerta como un cachorro ansioso, escuchando el característico tintineo del ascensor, mientras Lola me juzga desde el sofá, donde está viendo *Hamilton* por décima vez esta semana.

Ni siquiera ha rozado la puerta cuando ya estoy abriéndola de un tirón para arrastrarlo adentro.

—Hola —dice entre risas cuando le abrazo todo el cuerpo e inhalo profundamente.

—Joder, hueles increíble —murmuro con la cabeza enterrada en su pecho. Me estrecha entre sus brazos, hunde la cabeza en mi pelo y me da un beso en la cabeza.

—Por muy guapos que estéis cuando folláis, ¿podéis no hacerlo delante de mí, por favor? Hay una habitación ahí mismo, y yo tengo aquí una guerra de la Independencia en la que concentrarme —grita Lola desde el salón.

Arrastro a Nate a mi dormitorio antes de que Aaron salga de su habitación para averiguar por qué grita y de dónde sale la estruendosa carcajada que resuena por todo el apartamento cuando Lola le hace un corte de mangas a Nathan por decirle que no sea tan pervertida.

A cada segundo que pasa me resulta más fácil soportar la punzada de dolor en el pecho, a cada segundo que lo siento bajo mis dedos. Me levanta la barbilla y me atrae la cara hacia sí.

—¿Seguro que estás bien?

—Tenía una especie de punzada de dolor en el pecho que no se me pasaba. Siento mucho haberte hecho venir, pero, aunque sea egoísta, tenerte cerca me hace sentirme mejor. ¿Soy una empalagosa?

Él sacude la cabeza, me pasa suavemente los dedos por el pelo y me da un beso en la frente.

—Haría cualquier cosa para que te sintieras mejor, Anastasia. Aunque no estoy seguro de cómo puedo impregnarte con mi olor... —Se quita las zapatillas, se sube a mi cama y veo cómo se pelea con todas mis almohadas hasta que se pone cómodo. Me subo sobre su cuerpo y descanso las piernas a ambos lados.

—Levanta los brazos —digo mientras jugueteo con el dobladillo de la camiseta que lleva puesta. Él obedece, se echa un poco hacia delante y levanta los brazos por encima de la cabeza para que pueda sacarle la camiseta. Vuelve a recostarse sobre las almohadas y me deja que le recorra con los dedos la superficie lisa y cálida del vientre hasta llegar al pantalón de chándal.

Gris, obviamente, porque Nathan Hawkins es un hombre que parece escrito por una mujer.

Mueve las manos rápido para agarrarme las muñecas y levantarlas.

—Tu turno, Allen.

Mantengo los brazos en el aire mientras él me agarra de la camiseta y se deshace de ella. Se me endurecen los pezones bajo el calor de su mirada, y cuando se lame los labios y me pasa las manos sobre los muslos, se me pone la piel de gallina.

El deseo me está matando. Me acaricia las caderas con las manos, que a continuación pasan por mi cintura y se detienen justo debajo de mis pechos. Nathan me ha visto desnuda en innumerables ocasiones, pero nunca me había sentido tan expuesta.

—Eres perfecta —susurra, incorporándose para besarme el valle entre los pechos.

Ya casi estoy jadeando cuando me lame el pezón con la lengua y se le escapa un gemido de satisfacción mientras lo succiona con la boca. Me agarro a sus hombros y echo la cabeza hacia atrás cuando pasa al otro pecho, al que colma de las mismas atenciones. Me lame y me besa la piel hasta llegar al cuello y vuelve a gemir cuando me restriego contra él; y cuando llega a mi boca, estoy a punto de explotar.

—No sabes cómo te deseo —susurro.

Su risa es oscura, le brillan los ojos.

—Pídemelo por favor.

—Nathan... —gimoteo de impaciencia.

—Buen inicio, ¿y qué más? Dime qué quieres, cariño.

Aprieto mi cuerpo contra el suyo, desesperada por la fricción, o *cualquier cosa* que alivie el ardor entre mis piernas, así que queda claro lo que estoy buscando. Me rodea la espalda con el brazo y me estrecha contra él mientras damos la vuelta y nos tumbamos boca arriba. Si solo pudiera quedarme con un recuerdo para el resto de mi vida, sería la imagen de Nate arrodillado entre mis piernas abiertas. Tiene el cuerpo fuerte y duro, pero la piel suave y tersa. Al mirarme ni siquiera pestañea, ebrio de deseo.

—Quiero tu boca.

—¿Dónde quieres mi boca?

Acaricio con el dedo la parte delantera de mis bragas y siento el calor y la humedad que desprenden. Sigue mi mano con la mirada y se le dibuja una sonrisa de satisfacción en los labios.

—Tienes que decirlo.

Toda la sangre del cuerpo se me sube de golpe a la cara. Me muerdo el interior de la mejilla y miro cómo me observa. Sus manos me masajean las pantorrillas, así que está claro que no se va a dar ninguna prisa en darme lo que quiero. Mi pecho se agita, deseoso e impaciente.

—Quiero tu boca en mi coño.

Me tira de las bragas y me las quita, me abre las piernas y se acomoda entre ellas. Parece que se acabaron las bromas, porque no duda en enterrar la cabeza y devorarme. En cuestión de segundos ya me estoy retorciendo, desesperada por más pero abrumada por el placer.

—¿Te gusta? —susurra, aunque sabe perfectamente que la respuesta es sí. Le hundo las manos en el pelo para acercarlo, alejarlo, colocarlo, usarlo como ancla para amarrarme a esta cama.

—¡Nate! —grito, sin saber muy bien por qué.

—Lo sé, cariño, sé que te gusta. —Me desliza un dedo dentro, luego otro, y empieza a moverlos, y estoy a punto—. ¿Vas a correrte para mí?

Me tiemblan las piernas y floto mientras empiezo a sentir cómo me recorren los espasmos por todo el cuerpo.

—*Nathan*... Ah, joder...

Me quedo tirada en la cama, aturdida y sin aliento, mientras él se levanta y deja caer al suelo su bóxer y su pantalón de chándal. Las manos de Nathan me agarran de los muslos desnudos, me arrastran hasta el borde de la cama y me colocan los tobillos sobre sus hombros. Agarra con fuerza la base de su polla y desliza la punta entre mis pliegues.

—Buena chica —dice con orgullo, empujando la punta hacia dentro—. *Joder*, deja de apretar o esto se va a terminar en treinta segundos.

Me clava los dedos en los muslos para mantenerme en mi sitio y me penetra hasta el fondo.

—Deja de llamarme «buena chica» y dejaré de apretar —le respondo. Esta relación funciona tan bien porque a Nathan le encanta piropearme y a mí me encanta que me piropeen.

Al principio me lo hace suave, con caricias lentas y profundas que me llevan a retorcer los dedos de los pies, pero luego me quita la mano del muslo y empieza a embestirme con fuerza mientras mantiene el pulgar sobre mi clítoris.

—Eres demasiado bueno.

Jadeo y estiro la mano para intentar tocarlo, pero está demasiado lejos. Me baja las piernas de los hombros a sus caderas, me levanta, me lleva en volandas hasta la puerta de mi habitación y me aprieta contra ella.

—¿Así llegas mejor? —Sonríe, me besa y me mordisquea la mandíbula.

Me aferro a él, armándome de toda la energía que me queda mientras me penetra una y otra vez. La sensación se inicia en mi estómago y se vuelve más intensa cuando Nate gime y me susurra de todo al oído, y le clavo las uñas en los tensos músculos de su espalda. Sus embestidas se vuelven más agresivas y noto cómo se le tensan las manos en mis muslos. Y cuando ya no puede aguantar más, la excitación de mi estómago estalla, desatando el caos por todas las terminaciones nerviosas de mi cuerpo. Me embiste unas cuantas veces más y se desploma, masculando una retahíla de maldiciones contra mi cuello.

—Joder, te quiero.

Me retiro el pelo que se me ha quedado pegado a la frente húmeda y le agarro la cara con las manos.

—Ajá —digo con la respiración agitada—. Yo también te quiero.

48

Nathan

Lo único malo de dormir como nunca es que en algún momento te tienes que despertar.

Aquí las mañanas son tranquilas, al contrario que en mi casa, que todo el mundo sube y baja las escaleras dando pisotones. Por no mencionar las discusiones sobre quién se ha bebido el último culín de café. Stassie se despereza entre mis brazos cuando empieza a sonarle el despertador, se queja y refunfuña al comprobar que no se para solo y maldice en voz baja mientras busca el teléfono.

Cuando vivíamos juntos, se me daba bien fingir que dormía —también llamado «modo sigilo»—. Sin embargo, después de unas cuantas noches separados me he vuelto descuidado, porque cuando le grita al teléfono «bastardo de Satán» no puedo contener una carcajada.

—Tú sigue riéndote, Hawkins, a ver qué pasa —dice en medio de un bostezo mientras le da un manotazo agresivo a la pantalla del móvil.

—Ven aquí, gruñona. —Sonrío y atraigo su cuerpo hacia el mío—. ¿Cómo te encuentras? ¿Puedo hacer algo para ayudarte a prepararte?

Se tumba encima de mí y apoya la cara en las manos sobre mi pecho.

—¿Quieres patinar por mí? Yo me vuelvo a dormir y tú me mandas un mensaje contándome qué tal ha ido.

—A ver, puedo intentar sobornar a los jueces, pero no estoy seguro de que tus mallitas me quepan si quieres que me las ponga.

Hoy es un día importantísimo, y la verdad es que me sorprende que no esté muerta de angustia, pero nada más pensarlo se despega de mí, se lanza al baño y vacía todo el contenido de su estómago en el retrete.

Por suerte, ya me había advertido de que cuando tiene competición le entra una ansiedad por las mañanas que la hace vomitar nueve de cada diez veces, y que no me asustara, que eran náuseas matutinas. También me dijo que el vómito era la señal para que me fuera, porque a partir de ese momento se convertiría en una pesadilla nerviosa y no quería que yo estuviera allí.

Para cuando me visto y le llevo un vaso de agua de la cocina, ella sale del baño, afortunadamente envuelta en un olor a menta que eclipsa todo lo demás.

—Esa es la señal para que me vaya, ¿no? —pregunto, inclinándome para darle un beso en la frente.

—Gracias por quedarte aquí anoche. —Me abraza con fuerza—. Estaría mucho peor si no te hubieras quedado. Buena suerte con el partido de hoy. No estaré al teléfono, pero te hago videollamada cuando vuelva al hotel, ¿vale? Tú también escríbeme para saber cómo habéis quedado vosotros.

Estaba tan concentrado en la competición de Stas que casi se me olvida que hoy jugamos contra el UCLA. Espero que la movida de la pista de hielo sea agua pasada, porque el equipo de la UCLA son buenos chicos, en general. Al estar tan cerca, a veces nos los encontramos en discotecas o fiestas, y aparte de una rivalidad sana, son uno de los equipos más divertidos contra los que jugar.

El campeonato nacional de patinaje artístico se celebra en San Diego durante todo el fin de semana. La primera rutina es hoy y, si consiguen suficiente puntuación, mañana harán la otra. Anastasia entendió perfectamente que no podía acompañarla porque tenía partido de hockey. Lo que no le dije es que, en cuanto acabe el partido, pienso subirme al coche para salir pitando por la I-5 y llegar a tiempo para verla.

Le doy ánimos otra vez, le digo lo mucho que la quiero y lo orgulloso que estoy de ella y me voy.

Para contrastar con la calma de la casa de Stassie, cuando llego a casa los chicos están haciendo el payaso.

JJ, Henry, Mattie y Russ están ya totalmente vestidos y subidos al sofá cuando entro en el salón. Mattie está usando la mesa como trampolín para saltar a una silla al otro lado de la habitación; la mesa cruje bajo su peso, pero no se rompe de milagro. Miro a los cuatro, a la espera de que alguien diga algo.

Robbie sale de la sala de estar con una taza de café en una mano y dirigiendo la silla de ruedas con la otra. Ya se ha puesto el traje y presiento el inminente sermón sobre hacer el imbécil antes de un partido. Pero en lugar de eso, se encoge de hombros y me explica qué coño están haciendo.

—El suelo es lava.

—Estás jodido, entonces.

—No tan jodido como tú. Ve a vestirte, no podemos llegar tarde a un partido en casa.

No tardo mucho en prepararme, y cuando estoy a punto de entrar en el coche, me vibra el teléfono.

ZORRA DEL UBER

Acabamos de salir y Brady ya nos ha puesto ABBA

Ni tan mal

Y también está cantando

JJ dice que lo llames para hacer un dueto

Me seguirás queriendo si me la pego y quedo como el culo delante de toda la élite del patinaje artístico americano?

...

Probablemente sí

Te odio

No te la vas a pegar
Vas a clavarlo, y te quiero
independientemente del resultado

Tengo náuseas

Respira hondo. Si vas a potar, asegúrate
de que sea encima de Aaron

JJ conduce mi coche para que pueda mandarle mensajes a mi chica, que está de los nervios. Aparcamos y Robbie se pone en plan entrenador gilipollas y me exige que deje el móvil para entrar en el recinto.

—La vas a ver en unas horas, contrólate un poco, ¿vale? —gruñe con voz de Faulkner—. Yo también estoy nervioso por ella, pero, en fin, hay que aguantarse.

—Sí, entrenador.

En cuanto cruzamos las puertas del estadio, me pongo en modo capitán.

Vale la pena porque, después del que fácilmente ha sido nuestro mejor partido en lo que va de temporada, hemos ganado al UCLA por un cómodo 9-3. Faulkner me dijo ayer que, si ganábamos, me dejaría retrasar el análisis posterior al partido para que pudiera ir directamente a San Diego a tiempo para el programa corto de parejas. Estoy a punto de salir por la puerta cuando me cruzo con Cory O'Neill, el capitán del UCLA.

—Me alegro de verte, tío —dice, dándome una palmada en el bíceps—. Me alegro de verte de nuevo sobre el hielo. Oí un rumor de que estabas haciendo patinaje artístico.

—Sí, lo estuve, durante seis semanas. Otro drama. En Maple Hills no descansamos, ¿eh? —Me rasco la nuca con torpeza—. El director deportivo me mandó al banquillo porque un chico del equipo de patinaje se lesionó y me echó la culpa a mí. Iban a vetar a todo el equipo hasta que encontraran al responsable, así que yo asumí la culpa. No me dejaron jugar hasta que él pudo volver a patinar.

—¡Qué putada!

—Bueno, no estuvo tan mal. Mi novia es la compañera del chico, así que fueron seis semanas de patinaje y entrenamiento con ella. Me gustó, menos la parte de que cada vez que entrenaba me dolía todo el cuerpo. De hecho, hoy tienen una competición; ahora voy para allá.

Cory frunce el ceño.

—Un momento, ¿estás hablando de Aaron y Stas?

No es buena señal.

—Sí, ¿los conoces?

Asiente con la cabeza, muy confuso.

—Fui al colegio con Aaron, en Chicago. Lo conozco desde que éramos pequeños. ¿Te echaron la culpa a ti de que Aaron se lesionara? ¿Y Stassie es tu novia?

—Fue en Halloween. Se presentó en el Honeypot con la muñeca destrozada y dijo que yo le había gastado una broma pesada y lo había lesionado. Ya sabes que tenemos una reput…

—¿En Halloween? Tío —interrumpe, levantando la mano—, Aaron se lesionó jugando al fútbol con nosotros. Estábamos bebiendo y haciendo el idiota en la playa, alrededor de una hoguera. Davey lo placó y se le cayó encima del brazo… No sabía que te hubiera echado la culpa. ¡No me jodas! No nos había dicho nada de eso…

Lo veo mover la boca delante de mí, pero su voz queda amortiguada por el zumbido en mis oídos.

Todo parece ralentizarse cuando las piezas empiezan a encajar. Había intentado olvidar el hecho de que soy la primera persona a la que Aaron culparía tras un accidente desafortunado. Llevaba casi cuatro años luchando por la reputación de este equipo y ya no quería enfadarme más.

Pero él lo sabía. Joder, sabía cómo se había lesionado, e igualmente intentó echarme el muerto a mí.

¿Por qué? ¿Por Anastasia? Lleva años soltera y él nunca ha hecho ni un solo acercamiento. ¿Para que me echaran de la universidad? No tiene sentido, porque lo que hizo no tiene puto sentido.

—¿Hawkins? —pregunta Cory.

—Me tengo que ir.

Estoy a mitad de camino a San Diego cuando me doy cuenta de que llevo todo este rato conduciendo en silencio. Subo el volumen de la radio; cualquier cosa para aplacar mis pensamientos, que ahora mismo están desatados. Y mi pensamiento principal es qué voy a hacer cuando llegue. Quiero irrumpir allí, contarle a todo el mundo lo que hizo, cómo engañó a las personas más cercanas a él. Pero *ella* no se merece esto. Este es el campeonato más importante de su vida hasta el momento. «¿Cómo voy a soltar la bomba cuando necesita máxima concentración?».

He respondido a mi propia pregunta antes incluso de terminar de formularla. Tengo que esperar.

No me imagino un futuro sin Stassie y, por desgracia, su futuro también está unido al de él. Más incluso si ganan este fin de semana.

Sus nombres van a estar grabados uno al lado del otro.

Sabe que lo necesita más de lo que lo detesta. De ahí la terapia de los cojones; Aaron le ha estado recordando que lo precisa como compañero.

Como si no lo supiéramos ya todos.

El resto del trayecto se me pasa volando y, antes de darme cuenta, estoy entrando en el aparcamiento del Spirit Center. Stas dice que es la primera vez en años que los nacionales se celebran en la Costa Oeste, y doy las gracias por que no esté en la otra punta del país. Pero por encima de todo, me alegro de haber venido a apoyarla, y me concentro en eso.

La gente se agolpa en los pasillos cuando entro en el edificio. Entrenadores con sus deportistas, padres con hijos nerviosos y familias enteras con diferentes emblemas de equipos de patinaje en los abrigos.

Es increíble que los mejores patinadores artísticos del país estén ahora mismo en este recinto y que Stassie sea una de ellos. Sin duda, practicar patinaje artístico durante seis semanas me ha dado una nueva perspectiva de lo jodido que es.

Probablemente todavía tenga moratones en el culo y en las rodillas de tanto caerme.

Tengo unos diez minutos antes de que empiece el programa corto por parejas, lo que me da tiempo suficiente para comprarme una bebida e ir al baño. No sé por qué estoy tan nervioso, si es ella la que tiene que patinar.

Tengo suerte de conseguir un asiento al final de una fila, junto a una familia numerosa con camisetas a juego. Stassie y Aaron son los segundos de su grupo, pero me he perdido el calentamiento, así que ni siquiera la he visto. Estoy tan inquieto que no consigo prestar atención a la primera pareja que actúa. Mi asiento está justo encima del túnel de acceso a la pista de hielo, y en mi línea de visión veo la nuca de Brady, así que seguro que Stas anda cerca.

Prácticamente todo el contorno de la pista está lleno de cámaras, porque la competición se retransmite en streaming. Los chicos están viéndola desde casa y han bombardeado el chat grupal con mensajes de apoyo —y también de terror cuando un chico del último grupo tuvo una caída muy fea—.

«Aaron Carlisle y Anastasia Allen, del equipo de patinaje de Maple Hills, son los siguientes en saltar a la pista…».

Oigo retumbar los latidos de mi corazón en mis oídos mientras veo cómo se desliza sobre el hielo. Está preciosa, con la melena castaña clara rizada y recogida hacia atrás para lucir el delicado bordado de diamantes que le atraviesa el pecho y los brazos y que recorre la parte delantera de su traje azul marino. Se dirigen al centro de la pista, cogidos de la mano, esperando a que comience la música.

Empieza a sonar una versión acústica ralentizada de *Kiss Me*, de Sixpence None the Richer, y hacen el primer paso. He escuchado esta canción y *Clair de Lune* más veces de las que puedo contar en el tiempo que llevamos juntos.

En los entrenamientos, cuando la miraba deslizarse por el hielo, me parecía tan cercana a la perfección que me costaba creer que no hubiera venido a este mundo solo para eso. Luego, en casa, se deslizaba por las baldosas de la cocina y me arrastraba con ella, riendo, fingiendo que entrenábamos de nuevo.

Esta canción siempre me transportará a esos momentos.

No puedo apartar los ojos de la pareja mientras ejecutan a la perfección cada movimiento. Me suena el teléfono sin cesar en el bolsillo, pero lo ignoro, no quiero perderme ni una fracción de segundo. Se acercan al final del programa, dos minutos y casi cuarenta segundos que pasan en un abrir y cerrar de ojos. Aaron la levanta para hacer el último movimiento, Anastasia vuela de una forma impecable y aterriza con tanta suavidad que parece imposible que un segundo antes estuviera dando vueltas en el aire.

Los dos se dirigen hacia el centro de la pista, hacen sus últimos pasos de baile y terminan enrollados el uno en el otro mientras la música se apaga. Cada segundo ha sido perfecto. Ni un pelo fuera de lugar. Y cuando arrancan los aplausos, es cuando Aaron retiene la cara de Stassie entre las manos y la besa.

49

Anastasia

Alrededor todo son destellos de luz, y siento una punzada tan fuerte en el pecho que no puedo respirar. Intento separarme de él, pero me agarra demasiado fuerte, y no quiero montar un numerito en medio de la pista, porque hay unas treinta cámaras grabándolo todo desde diferentes ángulos.

«Grabándolo todo». Esto va a quedar grabado para la posteridad. Y, de hecho, mucha gente lo está viendo en directo. Nathan lo está viendo ahora mismo desde casa. Está viendo cómo nos besamos.

«Voy a vomitar».

Por fin Aaron me suelta y se separa, con expresión triunfante. Levanta un brazo para saludar al público y me cuesta una barbaridad no romper a llorar aquí mismo delante de la multitud. Mi cuerpo se pone en marcha solo y sale del hielo, hacia la cara sonriente de Brady.

Más le vale sonreír, lo hemos hecho perfecto. Lo he notado en cada movimiento, en cada giro y cada paso, cada detalle ha estado absolutamente sincronizado. Solo al final, cuando Aaron me ha metido boca sin consentimiento, es cuando *todo* se ha ido a la mierda.

Cojo los protectores de cuchillas de la mano extendida de la entrenadora, esquivando el abrazo en el que intenta atraparme, y me escabullo por el túnel, lo más lejos posible de las cámaras y de Aaron.

Apenas veo la salida a unos metros delante de mí porque las lágrimas me empañan los ojos y me nublan la vista.

—¡Stas! —grita Aaron a mi espalda, y en su voz percibo la confusión. No entiende por qué he salido huyendo de él cuando deberíamos estar celebrando nuestra actuación estelar.

Una actuación impresionante, el tipo de actuación que te pone en el radar de ciertas personas; justo las personas sobre las que queremos llamar la atención.

Me agarra del bíceps con la mano, deteniéndome en seco, y no tengo más remedio que darme la vuelta para mirarlo a la cara. Quiero parecer fuerte, dar la impresión de que no me ha impactado lo que ha hecho, pero soy incapaz, porque las lágrimas me resbalan por la cara.

—Hemos terminado, Aaron. Esta vez has ido demasiado lejos.

Levanta las cejas, absolutamente perplejo.

—¿Cómo que hemos terminado? Joder, pero si lo hemos clavado.

Brady aparece detrás de él, con los ojos rebotando de uno a otro con cautela.

—Hay que esperar a que den la puntuación. Anastasia, sé que estás enfadada, y luego me haré cargo de esto, pero antes tienes que secarte las lágrimas y poner cara de valiente ante las cámaras. —Noto las sacudidas en mi pecho mientras ambos me asfixian con sus miradas—. Lo sé, cariño —susurra—. Lo siento mucho. Pero tienes que pensar en tu carrera; nos ocuparemos de esto después, te lo prometo.

—No entiendo qué he hecho —dice Aaron con rotundidad—. No lo entiendo. Deja de llorar, tenemos que ir a ver en qué posición nos han puesto.

—¡No! Ya he terminado —digo entre sollozos—. No he podido quitármelo de encima. No paraba. Y yo no quería. Pero *tú* no me soltabas. No pienso hacerlo más, entrenadora. No quiero, no quiero, *no quiero*.

Unas puertas se abren detrás de nosotros y me llevo el susto de mi vida cuando Nathan las atraviesa a toda velocidad. Lo veo acercarse mientras me doy la vuelta, y le basta una mirada a mis ojos desorbitados para darse cuenta de que no se trataba de una artimaña. No formaba parte de nuestra rutina. No estábamos vendiendo nuestro amor a las cámaras y a los jueces.

—Bueno, el que faltaba —gruñe Aaron.

—¿Estás bien? —me pregunta Nate mientras me estrecha entre sus brazos. Cuando levanto la vista para mirarlo y niego con la cabeza, me seca las lágrimas suavemente con los pulgares.

—Quiero irme a casa —logro decir entre sollozos.

—Esto es una puta ridiculez. Anastasia, lo siento si te ha molestado, ¿de acuerdo? Me ha salido así. La gente lo pedía y yo solo quería cumplir. Pero no volveré a hacerlo si te vas a poner así por un gesto estúpido.

—No lo comprendes, ¿verdad? —ruge Nathan, que me suelta y se abalanza hacia Aaron. Antes de que me dé tiempo a decirle que no haga nada, su puño estalla contra la cara de Aaron y lo tira al suelo. Brady agarra el brazo de Nate antes de que pueda hacer nada más y grita su nombre.

—¡La has forzado, pedazo de mierda! —le grita Nate a Aaron, que se lleva la mano a la mejilla hinchada.

—¡Ay, Dios! ¡Tranquilizaos de una vez! —chilla Brady—. Hawkins, fuera de aquí. Aaron, levántate. —Se tira del pelo, perdiendo por fin la calma—. Anastasia, aguanta solo quince minutos, por favor. Luego hablaremos, te lo prometo.

Aaron y yo debemos de parecer un auténtico cuadro cuando nos sentamos a esperar los resultados en el banco, delante de la cámara.

Tengo los ojos hinchados y Aaron tiene la mitad de la cara inflada, aunque está parcialmente cubierta por la bolsa de hielo que le ha preparado un médico. Brady se ha sentado entre los dos, con las manos entrelazadas con cada uno de nosotros, y no existe nadie con menos ganas de salir delante de una cámara que nosotros tres en este momento.

Las puntuaciones nos colocan en primer lugar entre los patinadores que ya han actuado, pero no soy capaz de sentir ni un ápice de alegría. Se acabó. Me quedo inmóvil, ignorando los gritos de Brady y Aaron. Ella me aprieta de los hombros en señal de consuelo, pero cuando se apaga la luz de la cámara, indicando que ha dejado de grabar, me levanto y voy a buscar a Nathan.

—¡Anastasia, espera! —grita la entrenadora, y el sonido de sus pisadas retumba a mi espalda. Reduzco el paso y me doy la vuelta para mirarla mientras corre hacia mí con los brazos abiertos.

—Siento que te haya hecho eso.

—Lo dejo.

—No paras de decir eso, pero ¿qué significa? —pregunta con cautela. Veo cómo Aaron se acerca desde la sala de resultados, a paso tranquilo, como si esto no fuera con él—. No puedes dejar de patinar por un beso. No te lo permitiré.

—No voy a dejar de patinar —digo, mirando a Aaron mientras se aproxima por detrás de ella—. Voy a dejar de patinar con él.

Él suelta una carcajada y me entran unas ganas incontrolables de meterle otro puñetazo en la cara.

—Nunca conseguirás otro compañero, y aunque lo consigas, no podrías prepararte en los próximos dos años. ¿O es que piensas debutar en los Juegos Olímpicos a los veintisiete? Joder, sé realista. Acepta mis disculpas, Stas. Ya lo hablaremos con la doctora Robeska la semana que viene. Ahora tenemos que mentalizarnos para mañana. ¡Mira lo bien que nos va juntos, hostia! Tenem...

Le dejo hablar y hablar, divagar solo como un comercial de seguros. Y cuando por fin termina y sonríe para sí mismo, porque está convencido de que su sarta de mentiras ha vuelto a funcionar, miro a Brady.

—Patinaré sola. Si pasamos a la final, por favor, diles que me retiro.

Aaron se agarra el pelo con las manos cuando la realidad empieza a imponerse.

—No puedes patinar sola. No me hagas esto, Anastasia. Después de *todo* lo que he hecho por ti, hostia. ¡No puedes ser así de zorra! Ni siquiera eres lo bastante buena como para competir sola. Dios mío. Me cago en la puta. Me estás arruinando la vida.

—¡Ya basta! —grita Brady.

—Voy a buscar a mi novio y luego me voy a casa. Adiós, Aaron.

—Stas, *por favor* —suplica.

—No he hecho más que confiar en ti, Aaron. Durante casi dos años y medio, he puesto todo lo que tengo en este proyecto, en esta amistad. Y tú no has dejado de usarme y manipularme, humillarme, decirme que no soy lo bastante buena como para ser tu compañera. Pues muy bien, ya te estoy escuchando alto y claro. No quieres estar conmigo, y me parece bien, porque yo tampoco quiero estar contigo. Prefiero patinar sola y arriesgarme a fracasar antes que triunfar contigo. Ganar no vale absolutamente para nada cuando es a costa de tener que odiarme a mí misma cuando estoy a tu lado.

No le doy ni la oportunidad de responder y me dirijo a la sala de espera principal en busca de Nate. Una parte de mí se siente liberada, ligera, libre, pero otra mucho más grande y prominente siente vergüenza y decepción por haber pensado en algún momento que podríamos tener una relación de compañeros.

En cuanto me ve aparecer, Nate se levanta de un salto y corre hacia mí. No le doy la oportunidad de preguntarme si estoy bien, sobre todo porque me preocupa volver a echarme a llorar, y simplemente le pido que me lleve al hotel a recoger mis cosas.

No me atrevo a mirar el móvil en el trayecto entre el estadio y el hotel, pero sé que va a estallar. Por suerte, aún no he deshecho las maletas, así que las cojo y devuelvo la tarjeta de la habitación en recepción antes de tomar la autopista de vuelta a Maple Hills.

Miro el nombre de mi madre por enésima vez en la pantalla y lo ignoro hasta que salta el buzón de voz. Nathan no ha dicho nada, pero lleva desde que nos montamos en el coche acariciándome la pierna y la nuca alternativamente, con algún que otro apretón de apoyo para hacerme saber que está de mi parte.

La radio se corta cuando el nombre de mi padre parpadea en la pantalla del coche, avisando de una llamada entrante.

—Se van a enfadar conmigo. Se han gastado tanto dinero en este traje que…

—No se van a enfadar, cariño. Obviamente están preocupados por ti. ¿Puedo contestar?

Asiento con la cabeza y descuelga la llamada.

—Hola.

—Nate, perdona que te moleste. ¿No habrás hablado con Annie, por un casual? Julia lleva un rato llamándola, pero no contesta. Estábamos viendo la emisión en directo y parecía muy alterada. Y entre tú y yo, Julia está muy preocupada.

—Está conmigo. —Me mira de reojo y vuelve la vista a la carretera—. Está dormida. Estaba muy disgustada y agotada. Ahora estamos volviendo a Maple Hills. No… No le ha hecho mucha gracia que Aaron la besara. No era parte de la rutina y bueno… No sé si quiere seguir siendo su compañera.

No me gusta tener que obligar a Nate a mentir a mis padres, pero no estoy preparada para enfrentarme a ellos.

—No me extraña —gruñe—. ¿Y la bolsa de hielo…?

Nate se aclara la garganta.

—Le he dado un puñetazo. Pero quiero que sepas que…

Antes de que pueda terminar de explicar que no es una persona violenta, papá lo interrumpe.

—No hace falta explicación. Me parece totalmente justificado. Estamos muy orgullosos de ella; le iba genial hasta que él lo estropeó todo. Dile que nos llame cuando se despierte, por favor. Queremos asegurarnos de que está bien. Podemos ir a Los Ángeles si quiere, pero sin presiones.

Mis padres detestan los aviones, así que su propuesta me ha puesto al borde de las lágrimas otra vez. Lo único que me contiene es que se supone que estoy dormida y, por tanto, no puedo dejar que me oigan lamentándome de fondo.

Nate me da un apretón en el muslo.

—Se lo diré. Gracias por llamar.

—No parecen enfadados —digo, casi para mí misma.

—No están enfadados —confirma Nate.

Al final sí que me quedo dormida en el coche, y solo me despierto cuando pasa por encima de un badén al entrar en el aparcamiento de mi bloque.

La semana pasada cometí el error de traerme todas mis cosas de casa de Nathan, pero quiero coger algunas para estar cómoda antes de volver allí. Oigo ruidos y voces antes de abrir la puerta, y una parte de mí está preocupada por si estoy a punto de pillar a Lola y Robbie haciendo cosas raras en el sofá, pero en lugar de eso, al abrir me encuentro a Russ en el salón, con cara de pasmarote, sosteniendo una caja con una etiqueta donde pone LIBROS GUARROS en letras gigantes.

—¿Qué haces? —murmuro al darme cuenta de que mi apartamento está lleno de jugadores de hockey. Nathan me agarra por la cintura, me mete dentro de la casa y cierra la puerta tras nosotros.

—¡Ponle un poco de ganas! —grita Lola a nadie en particular mientras sale de mi cuarto a trompicones. En cuanto me ve se abalanza hacia mí y me abraza hasta dejarme sin oxígeno.

—¿Qué pasa? —consigo chillar con el aliento que me queda.

—Nos mudamos —dice con indiferencia.

—¿«Nos»? ¿Tú y yo? ¿Adónde?

Parezco tonta, se me traba la lengua mientras todos los chicos trabajan a nuestro alrededor, siguiendo lo que imagino que fueron estrictas instrucciones de Lola. Nathan me rodea los hombros con el brazo, hunde la cabeza en mi cuello y me da un beso debajo la oreja.

—¿Adónde crees?

—Tranquilito, cavernícola —dice Lola—. Con los chicos. Solo hasta que encontremos un sitio donde vivir. No podemos quedarnos aquí con él.

Se oye un estruendo en su habitación y veo claramente cómo le sube la tensión.

—¡JJ! —grita mientras sale corriendo furiosa hacia el ruido.

Se supone que debería sentirme abrumada, pero la verdad es que lo único que siento es alivio. Hoy ya he tomado una gran decisión; no tenía ganas de tomar ninguna más. Me acurruco en los brazos de Nathan, dejando que el caos a mi espalda se desvanezca. Me da un beso en la cabeza y se ríe.

—¿Estás preparada para jugar a las casitas todos los días?

—Siempre que sea contigo.

50

Nathan

Tres meses después

—Deja de intentar seducirme. Tengo una reunión con Skinner en media hora y necesito ducharme.

Anastasia deja de darme besos en el pecho y me mira desde mi ombligo con esos ojos azules que tanto adoro. ¿Cómo alguien puede parecer tan inocente y al mismo tiempo dar tantos problemas? Se incorpora un poco con una sonrisa traviesa en los labios y vuelve a subirse encima de mí para darme un beso casto en los labios antes de retirarse y tumbarse a mi lado.

—¿Qué crees que querrá? —pregunta mientras se tapa el cuerpo con las sábanas para que yo pueda responder sin distraerme con sus tetas en mi campo de visión.

—No lo sé —murmuro, acercándome a ella y acariciándole la piel suave—. Probablemente quiere hacer un sacrificio humano conmigo o algo así.

Asiente y vuelve a abrazarme.

—Me lo puedo imaginar. ¿Crees que tu padre me dejará quedarme aquí cuando te vayas? No podemos mudarnos al sitio nuevo hasta que termine el curso, y no me apetece vivir debajo de un puente de Maple Hills.

—Creo que prefiere mandarte debajo de un puente, pero existe la posibilidad de que no dé señales de vida en seis meses, así que no creo que haya problema.

Las cosas con papá van tan bien como siempre. Lo único medio decente que ha hecho últimamente ha sido darle unos días libres a Sasha para que los Hamlet la llevaran a Denver a vernos jugar en el campeonato de la NCAA a primeros de mes.

Ganamos el campeonato, pero bueno, creo que él no se habría dado cuenta ni aunque hubiera estado allí. Me alegro de que Sasha pudiera vernos ganar. Y a su lado estuvieron Anastasia y sus padres. Todavía recuerdo cómo Colin no paró de decirme —a mí y a todo el que se le cruzaba— lo orgulloso que estaba. Fue un día muy emotivo; incluso Faulkner y Robbie tuvieron sus momentos de debilidad.

Fue una forma perfecta de terminar mi carrera universitaria en el hockey, más perfecta todavía por la compañía.

—Si te sacrifican, ¿me puedo quedar con tu fondo fiduciario, o se lo dan a tu padre? —pregunta mi novia entre carcajadas cuando le clavo los dedos en el costado—. Ah, y otra cosa, ¿me das tu bendición para casarme con Henry?

—No y no —digo con el tono más severo que puedo—. Quiero que vistas de luto el resto de tu vida y que no lo superes nunca.

—Bah —dice mientras suelta un ruido a medio camino entre una risa y un gruñido—. Eso no me viene bien para mis planes de las vacaciones de Pascua del año que viene.

Chilla y se ríe cuando la saco de la cama, me la echo al hombro y me la llevo a la ducha.

El trayecto hasta el despacho del director Skinner parece durar el doble de lo normal.

Ayer le envié un mensaje a Faulkner para ver si sabía de qué se trataba, pero no me sirvió de gran ayuda.

ENTRENADOR

Hola, entrenador.
Me han pedido que vaya a ver
a Skinner mañana.
¿No sabrá para qué?

¿Tengo cara de ser su puta secretaria?

Bueno, nunca los he visto en el mismo sitio a
usted y a su secretaria...
Así que...

Cuando termines con Skinner
ven a mi despacho
Y no me traigas malas noticias
Qué a gusto me voy a quedar cuando te
gradúes en dos meses

Yo también lo echaré de menos,
entrenador

El despacho de Skinner no está en el pabellón deportivo con los del resto de entrenadores y personal deportivo. Por alguna razón, el suyo está en el edificio principal, cerca del despacho del decano. Imagino que así le es más fácil lamerle el culo. Cuando su secretaria de verdad me hace pasar a su despacho, él está al teléfono, lo que me da la oportunidad de echar un vistazo y confirmar que es tan deprimente como me temía.

—Perdona. Nathan, hola, gracias por venir. Seguro que te estás preguntando de qué va todo esto.

—¿He hecho algo?

—No exactamente —dice con parsimonia, reclinándose en su silla—. Hace dos meses, una alumna se dirigió a mí con relación al incidente en el que estabais implicados tú y Aaron Carlisle.

—Ya...

—Me explicó que el señor Carlisle tenía una cruzada contra ti y que se lesionó fuera del campus mientras estaba borracho con sus amigos. Utilizó el accidente como una oportunidad para minar tu reputación.

—Eso es lo que me han dicho las personas que iban con él, sí.

—Por supuesto, tú admitiste haber sido el responsable, cosa que no deberías haber hecho... Pero me han informado de que fue porque el entrenador Faulkner amenazó con mandar a todo el equipo al banquillo. En fin, que estabas haciendo todo lo posible para proteger a tu equipo.

No fue mi decisión más inteligente.

—Así es, señor.

—Se ha llevado a cabo una investigación independiente y nos han confirmado que todo lo que contó la alumna era verdad. Fue muy meticulosa e insistió mucho en que su nombre quedara limpio de cualquier culpa.

—¿Era esta alumna Anastasia Allen por un casual, señor?

Se encoge de hombros, pero en los labios le asoma una leve sonrisa.

—La alumna en cuestión pidió permanecer en el anonimato, pero yo quería verte cara a cara para asegurarte que el incidente se borrará de tu expediente universitario. Entiendo que te graduarás pronto, pero para tu información, y la de cualquier parte interesada, el señor Carlisle ha sido trasladado a la UCLA, con efecto inmediato.

«Oh».

—Estoy seguro de que a Aaron le irá genial allí. ¿Eso es todo? —pregunto con cuidado, con ganas de escapar con buena nota.

—Sí, eso es todo. Ah, y enhorabuena por haber ganado el campeonato.

Le hago un gesto de agradecimiento y salgo de allí lo más rápido que puedo. Debería haber sabido que Stassie no dejaría que Aaron quedara impune.

ZORRA DEL UBER

Te vas a enterar

Soy yo el sacrificio?
No puedo. Soy muy importante y tengo mucho que hacer

Fuiste a ver a Skinner

No me suena

Fuiste a ver a Skinner y delataste a Aaron
Solo para defender mi honor

No tienes honor 🙄
Lo que me hiciste anoche no tiene nada de honorable

Pero te gustó

Pues claro. Yo tampoco tengo honor

Van a trasladar a Aaron a la UCLA

No jodas!! En serio?

Sip. Me lo acaba de decir Skinner

Habría preferido Alaska, pero me vale con que no se quede en Maple

Saber que no voy a estar aquí el año que viene ha sido una realidad difícil de asumir, pero el hecho de que Stassie no vaya a tener que verlo más en la pista ni encontrárselo en las fiestas me sirve de consuelo.

La siguiente parada de la lista es en el pabellón deportivo

para ver al entrenador. Cuando entro, está comiendo lo que parece un bagel relleno de todo. Entorna la vista nada más verme y puedo visualizar que grita en su interior. Al final, traga el bocado y me gruñe:

—Ya ni siquiera me dejáis desayunar en paz. Entre vuestras gilipolleces y mis hijas, se me está poniendo el pelo blanco antes de tiempo.

Le miro la cabeza completamente rapada y asiento.

—¿Quería verme?

Se limpia las manos en una servilleta y aparta el bagel a medio comer.

—Tenemos que hablar de tu sustitución como capitán. Es hora de empezar a pensar en pasar el testigo al siguiente, como hizo Lewinski contigo. ¿Lo has pensado?

Llevo pensando en quién puede sustituirme desde que me mandaron al banquillo el año pasado. Estar fuera de la pista me dio tiempo para observar al equipo, de la misma forma en la que lo hacen Faulkner y Robbie, y vi muchas cosas.

—Se va a reír…

—No me río, pero dime.

—Creo que Henry sería un gran capitán —digo con sinceridad—. Es tranquilo y, una vez que yo no esté, va a ser el mejor jugador del equipo; siempre será honesto, y no va a liarla. Va a empezar tercero, lo que significa que el equipo podrá tener dos años al mismo capitán.

Se lo piensa un momento y murmura en voz baja:

—Vale. Déjame hablar con Robbie, a ver qué opina.

—Ya lo hemos hablado y está de acuerdo en que Turner es la mejor opción.

Robbie se quedará en la UCMH para hacer el máster, así que seguirá entrenando al equipo. Dado que el puesto de ayudante de entrenador suele ser un trabajo remunerado en la facultad, todos tenemos la esperanza de que cuando acabe la carrera se quede con el cargo.

Hace un par de semanas, mientras nos tomábamos un montón de cervezas, nos sentamos a hablar de quién debía sucederme. Henry ha ganado mucha confianza en sí mismo durante el tiempo que lleva viviendo con nosotros, así que creo que sería capaz de soportar la presión que conlleva ser el líder. Aparte de eso, nadie puede discutir que es el mejor jugador.

—Déjame pensarlo —dice Faulkner, volviendo a su bagel, lo que significa que es hora de irme y dejarlo solo—. Nos vemos luego en el entrenamiento.

Como ya estoy en el campus, voy a la biblioteca, cojo algunos libros que necesito para los exámenes finales y regreso a casa.

La casa está llena cuando vuelvo, demasiados jugadores de hockey esparcidos por todos mis muebles.

—¿Es que no tenéis casa donde ir en vez de estar aquí comiéndoos toda mi comida y sudando en mi salón?

Recibo un montón de cortes de mangas, algún que otro gruñido y, finalmente, una respuesta de Kris.

—Tu chica nos prometió pad thai.

JJ y Anastasia hicieron el curso de cocina vietnamita hace unas semanas y, desde entonces, mi casa parece un restaurante. Están empeñados en probar todos los platos y recetas diferentes que puedan. Cocinan codo con codo, compitiendo en secreto para ver quién prepara el mejor plato principal o el mejor entrante, o quién hace la mejor guarnición. Luego, a la hora de comer, se sientan ahí con aires de arrogancia mientras todo el mundo les hace la pelota.

No le digo a Stas que estoy seguro de que Bobby y Mattie viven exclusivamente de pizzas congeladas, así que seguirán viniendo a comer mucho después de que JJ y yo nos hayamos graduado.

Me abro paso entre la gente y el caos del salón y me dirijo a la cocina. Stassie está masticando unos brotes de soja, mirando el wok intensamente.

—Hola, cielo. —Sonríe—. La comida ya está casi lista.

Le echo la cabeza hacia atrás y le doy un beso en los labios, disfrutando de la forma en que su cuerpo se sumerge en mí.

—Sabes que no tienes que dar de comer a todo el mundo, ¿no? No espero que lo hagas.

Suelta una risita y vuelve al wok.

—Pero si ya sabes que me encanta. Es como tener un montón de hijos, pero en vez de ser monos y pequeñitos, son supergrandes y beben y dicen palabrotas. Está bien que paséis tiempo juntos, ya que algunos os vais pronto. Creo que la comida tailandesa es su favorita, porque han venido corriendo.

—Anastasia Allen, ¿se te ha activado el reloj biológico?

Abre la boca, se le sonroja toda la cara y empieza a parpadear frenéticamente como si no pudiera creer que la esté acusando de eso.

—¡No! Estoy siendo buena novia y mejor compañera de piso.

Se me escapa una carcajada. A veces es tan adorable que no sé qué hacer con ella, joder.

—Eres la mejor novia y sin duda la mejor compañera de piso. Me encanta…

—¿Cómo que la mejor compañera de piso? —interrumpe JJ mientras me empuja para quitarme de en medio y se acerca a los fuegos—. Sal de nuestra cocina, Hawkins. Estás contaminando nuestra excelencia culinaria con tus energías sosas.

Stas me mira con las cejas levantadas mientras salgo de la cocina. Me susurra «energías sosas», intentando contener la risa cuando JJ empieza a darle instrucciones para el emplatado. Los observo desde una distancia prudencial mientras sirven todo en boles y lo ponen en la mesa del comedor —que también sirve de mesa de ping pong—.

—¡A comer! —grita JJ a pleno pulmón, y todos los chicos aparecen correteando.

Lola y Robbie ya están sentados a la mesa, asegurándose los mejores sitios, y a medida que los demás van entrando se les salen los ojos de las órbitas al contemplar la comida. Enseguida la habitación se llena de mmms, aaahs y ooohs y del tintineo de los cubiertos. Stassie saca el último plato de rollitos de huevo y no puedo apartar los ojos de ella mientras mira a todo el mundo y sonríe para sus adentros.

No hay rastro de la chica que solo comía ensalada, que no quería novios y que no soportaba a los jugadores de hockey.

Se acomoda en el asiento a mi lado y se sirve la comida en el plato, gimiendo de felicidad cuando se llena la boca de fideos. Cuando Bobby intenta robarle un rollito de su plato, le da un manotazo y lo fulmina con la mirada hasta que él se aparta. Suaviza la expresión cuando se vuelve hacia mí y ve que me estoy partiendo de risa. Se encoge de hombros, sin lamentar en absoluto haber aumentado el miedo que le infunde a Bobby.

—Los rollitos de huevo son mis favoritos.

—Tú sí que eres mi favorita —susurro mientras me inclino para darle un beso en la mejilla sonrojada.

—¿Incluso aunque tuviera manos de cangrejo?

—Incluso aunque tuvieras manos de cangrejo, Anastasia.

Epílogo

Anastasia

Dos años (y pico) después

El horizonte de Seattle resplandece bajo la cálida luz del sol de primera hora de la tarde. El doctor Andrews llega tarde, pero no me importa, porque así tengo más tiempo para admirar el paisaje.

A veces echo de menos el clima de Los Ángeles cuando estoy atrapada bajo la lluvia, pero ahora mismo estoy más que satisfecha.

—Pasa, Anastasia. —El doctor Andrews me abre la puerta—. Siento el retraso.

—No te preocupes —lo tranquilizo, levantándome de la silla—. Tengo los tobillos tan hinchados que da gusto sentarse.

—Bueno, a mí me parece que estás radiante, si eso te hace sentir mejor. El embarazo te sienta bien.

—Es sudor, no te creas. —Tomo asiento frente a su escritorio, me paso la mano por la barriga, haciendo un leve gesto de dolor cuando noto un diminuto pie en mi caja torácica—. Creemos que la niña va a ser futbolista. Le gusta dar patadas.

—Estoy segura de que, con una madre medallista de oro y un padre ganador de la Copa Stanley, sea lo que sea de mayor, será la mejor.

—Ahora mismo lo que mejor se le da es que me entren ganas de hacer pis todo el rato.

Después de graduarme y volver a Washington para estar con Nathan, decidí empezar con sesiones de terapia semirregulares. La terapia ya no me cuesta nada, sino que más bien me hace sentir agradecida. Me ayuda a poner en orden mis sentimientos, lo que he hecho, lo que espero con ilusión e incluso lo que me pone nerviosa. Y todo me hace recordar la suerte que tengo.

Cuando llego a casa, la bebé Hawkins se pone a dar volteretas, tan entusiasmada como yo por ver a su padre. Bueno, eso es lo que le diré a Nate, aunque omitiré el hecho de que se puso a bailar break dance en mis órganos cuando abrí la segunda bolsa de Cheetos picantes.

Cuando me compró el Range Rover, también conocido como el coche de «perdón por haberte dejado preñada sin querer», me llenó de ganchitos todos los compartimentos disponibles.

Una sabia elección, ya que su hija tiene hambre constantemente.

Sí, estoy echándole la culpa a mi bebé no nato de la cantidad de mierda que como cada vez me quedo atrapada en un atasco.

Nada más llegar a casa y aparcar junto al coche de mis padres, antes de salir del todo, oigo el característico ladrido de Bunny en el jardín trasero.

—Deja de molestar a mi bebé —grito por encima de los ladridos mientras me acerco a Nathan y a mi padre, que están disparando a Bunny con una pistola de agua.

—¡Mamá está en casa! —grita Nate, haciendo que una bola de pelo dorado y mojado de veinte kilos se abalance sobre mí, moviendo la cola con entusiasmo.

Cuando supo que lo trasladarían a Seattle al final de la temporada, Nathan me prometió que después de las Olimpiadas de febrero adoptaríamos un golden retriever. Lo que ninguno de los dos habíamos planeado cuando decidimos ser padres de un perro era que mi ansiedad previa al debut olímpico me hiciera vomitar la píldora anticonceptiva.

Gané la medalla de oro en individual femenino.

Lo celebramos.

Mucho.

En todas las mesas que pudimos.

Seis meses después, tengo una sandía gigante donde estaba mi tripa... y el cachorro más caótico del mundo.

Nate da varias zancadas hacia mí, acortando la distancia que nos separa, y me apunta con la pistola de agua mientras veo un destello travieso en sus ojos marrones. Lleva los pantalones cortos caídos por debajo de las caderas y los últimos rayos del día le iluminan la piel bronceada. «Dios, qué bueno está».

—Ni se te ocurra, Hawkins.

—Bienvenida a casa. —Tira el arma al suelo y por poco le cae encima a Bunny, que da vueltas a nuestros pies. Pone las manos a ambos lados de mi cara y acerca su boca a la mía, haciendo que cada célula de mi cuerpo vibre de felicidad.

El embarazo lo ha agudizado todo, así que si antes pensaba que me ponía..., no tenía *ni idea*. El único motivo por el que no me abalanzo sobre él es porque están mis padres delante.

—¿Cómo están hoy mis chicas favoritas? —Las manos de Nate me acarician los brazos suavemente hasta llegar a mi tripa. La bebé se vuelve loca, como cada vez que Nate se acerca—. ¿Quieres que haga eso?

—Dios, sí. Estamos bien. Hambrientas. —Da un paso detrás de mí y me abraza, colocando los brazos en la parte baja de mi barriga y la levanta para liberarme del peso, e instantáneamente me derrito.

—Oh, Dios, sí.

Siempre sospeché que un bebé Hawkins sería enorme, pero lo he notado desde la concepción.

DEP mi vagina en unos meses.

Soy todo barriga y tetas. Tetas gigantes que hacen que todo el mundo se me quede mirando el escote. Fui a Nueva York con mi madre a ver a Lola, y se pasó todo el viaje mirándome y planteándose si operarse las tetas.

Mamá aparece con un vaso de limonada y, teniendo en cuenta cómo me cuidan los dos, me pregunto por qué me he molestado hoy en salir de casa.

—¿Has hecho las maletas, cariño?

Asiento con la cabeza.

—No me cabe nada, así que llevaré camisetas cortas durante toda la semana.

Nate me da un beso en la mejilla por detrás.

—A Winnie-the-Pooh le funciona.

Cuando Alex, la pareja de JJ, se ofreció a ayudarnos a planear el viaje prebebé, creía que estaba de coña. Pero resulta que hay un montón de cosas relacionadas con los bebés que aún no conozco. Las que tienen que ver con regalos y viajes son mis favoritas.

—¿Ya están guardadas las cosas de la niña? —pregunto, agachándome para rascarle las orejas a Bunny.

Mamá suspira.

—Sabes que cuando nazca tendrás que dejar de llamarla «la niña», ¿no?

Frunzo el ceño instintivamente.

—No, no tengo por qué. Primogénito —digo, señalando la cara peluda que me lame intensamente el tobillo. A continuación, señalo mi barriga hinchada—. Hija dos.

Ella pone cara de exasperación, se agacha para acariciarla y evita por los pelos la enorme lengua babosa que se dirige hacia su cara.

—¡Vamos, pequeñín, que tú también te vas de vacaciones!

El entusiasmo que antes me provocaban los viajes se ha reducido ahora que estoy hecha una bola del mundo, pero disfruto dando órdenes a Nathan desde una postura cómoda con los pies en alto.

Más de dos años y medio juntos y el hombre todavía no sabe utilizar bien los organizadores de maletas.

El viaje de Seattle a Cabo es muy tranquilo, y solo nos paran para pedirnos fotos alrededor de un millón de veces. Mis fans favoritos son los que no tienen ni idea de hockey, así que cuando me piden una foto, le dan el teléfono o la cámara a Nate. Él dice que no le importa que la gente piense que solo es famoso por ser mi novio.

No puedo evitar reírme cuando lo dice porque parece que lo dice en serio. Le digo que antes de que gane la siguiente medalla podemos trabajar en lo de su imagen pública; así quizá se ahorraría el papel de fotógrafo.

Nuestra villa no es tanto una villa, sino más bien una mansión de playa, pero Nate dice que la extravagancia es necesaria porque quiere un lugar privado donde yo pueda estar cómoda.

Desnuda. Desnuda es como quiere que esté.

Pasamos el día en la playa, leyendo y echándonos la siesta, refrescándonos en el mar. Nate ha hecho un agujero del tamaño de la bebé Hawkins en la arena, perfecto para meter la barriga, así que por primera vez en meses puedo dormir boca abajo. «Qué maravilla».

—Stassie, ¿estás lista?

—¡Deja de meterme prisa!

Le oigo reírse en el salón.

—Bueno, ¿puedes darte vida, por lo menos? Tenemos reserva.

Después de lavarme el pelo para quitarme la sal, cometí el grave error de tirarme en la cama en toalla a mirar el móvil con una bolsa de Lays barbacoa. Ahora estoy al día de lo que hacen todas las personas a las que sigo en redes, pero por desgracia, no llevo ropa y aún tengo el cabello húmedo y encrespado.

Me recojo el pelo en una coleta, me pongo un vestido de verano, me echo un poco de iluminador en varios puntos de la cara y me pongo máscara de pestañas. Lo bueno de estar de vacaciones es que puedo fingir que este es el look que quería y nadie puede decirme lo contrario.

Cuando por fin salgo del dormitorio, Nate está viendo la Fórmula 1 con una cerveza.

—Venga, que llegamos tarde —digo.

Abre la boca con incredulidad y gira la cabeza para mirarme.

—¡Si te estoy esperando! ¡Llevo un siglo esperándote!

—Tampoco hay que exagerar —murmuro, guardando el móvil en el bolso—. ¿Nos vamos?

Se levanta y se bebe de un trago el resto de la cerveza, sin dejar de negar con la cabeza y maldiciéndome en voz baja.

—Tengo que comprobar una cosa, ahora voy.

—Date vida, Nathan. —Intento contener la sonrisa—. Tenemos reserva.

Abre los ojos de par en par y los cierra para tomar aire profundamente.

—Lo sé. Llevo un rato diciéndotelo.

El camino al restaurante es corto y allí nos conducen a través del comedor principal hasta la parte trasera, donde hay una playa privada. Hay un sendero de pétalos de rosa que lleva a una mesa solitaria en la playa.

Nathan me ayuda a acomodarme en la silla antes de sentarse frente a mí.

—Voy a comerme todo lo que haya en el menú —le advierto—. No va a ser bonito.

—Todo lo que haces es bonito.

—Eso me lo dirás luego…

No consigo comerme todo lo que hay en el menú, pero logro zamparme mi plato, parte del de Nate y la cesta de pan. Lo contemplo mientras se bebe una copa de vino y observa a su alrededor. Esta noche está extrañamente callado, pero a veces se pone así en su tiempo libre. Estar siempre rodeado de ruido y caos en el trabajo es agotador, y algunos de los momentos más especiales entre nosotros consisten simplemente en estar en silencio en compañía del otro.

Al notar que lo observo, gira la cabeza hacia mí y sus ojos se cruzan con los míos y me dejan sin aliento. Tiene la punta de la nariz rosada por el sol de hoy y su barba, normalmente corta y arreglada, es ahora más larga. Cada vez que lo miro se me acelera el pulso y el corazón me martillea en el pecho, y cuando creo que he alcanzado el nivel máximo de amor, pasa algo que me demuestra lo contrario.

Enamorarme de Nathan Hawkins no entraba en mis planes.

Ni una agenda, ni un iPad, ni una maldita tabla de pegatinas podrían haberme preparado para mi futuro.

Mi mente no era capaz de imaginar siquiera este nivel de felicidad.

—Me estás mirando con esa cara de boba que pones cuando le das muchas vueltas a algo —dice Nate en tono juguetón.

Pongo cara de exasperación y me río por su grosera interrupción de mi monólogo interior.

—Estoy pensando en lo mucho que te quiero.

—Es gracioso. Yo también estaba pensando en ti.

Empuja la silla hacia atrás, se levanta de la mesa y lo miro con curiosidad.

—¿Qué haces...? —Hinca una rodilla en la arena a mi lado—. Dios mío.

Cuando se mete la mano en el bolsillo, se me ralentiza el corazón y se me forma un nudo en la garganta, grande, pero no tanto como el diamante que pone frente a mí. La bebé empieza a montar una fiesta en mi barriga y se me llenan los ojos de lágrimas.

—Anastasia, eres lo mejor que me ha pasado nunca, y decir que eres el amor de mi vida no le hace justicia a lo mucho que te quiero. Mi existencia no tendría sentido sin ti a mi lado. En lo que nos queda de vida, en la próxima vida, en cada realidad alternativa, seré tuyo si me aceptas. Eres mi mejor amiga, mi mayor regalo, y Mila y Bunny tienen mucha suerte de tenerte como madre.

«Bueno, pues ya estoy llorando».

—¿Quieres casarte conmigo?

Asiento frenéticamente y me abalanzo sobre él, tirándolo sobre la arena.

—¡Sí, sí, sí! —Me tiemblan las manos mientras me desliza el anillo en el dedo. Acto seguido me agarra la cara y me besa apasionadamente—. Anastasia Hawkins. Guau. Y yo que pensaba que esto era una tontería pasajera, sin compromisos ni celos.

Resopla y me da otro beso en los labios.

—Cállate, Anastasia.

Agradecimientos

A mi marido, por creer en mí, por dejar que me gastara nuestros ahorros en financiar mi sueño —aun siendo muy caro— y, a pesar de ser un bocazas, mantener mi afición en secreto, tal y como me prometió.

A Marcy, por convencerme de que era capaz de escribir mi propio libro. Gracias por ayudarme a encontrar mi pasión.

A Ha-Le, la persona que sin duda conoce *Romper el hielo* mejor que yo misma. Gracias por tu apoyo infinito.

A Paisley y Leni, por sostenerme la mano virtualmente en la publicación de mi primer libro. Vuestro esfuerzo y vuestra creatividad han convertido esta novela en lo que es, y ojalá vuelva a trabajar con vosotros en muchos más proyectos.

Por último, a mi comité de crisis, al que quiero infinitamente:

A Erin, por ser mi apoyo emocional. Gracias por tu amistad, por estar ahí para escuchar todas mis ideas raras y a medias, y por animarme activamente a realizarlas todas. Eres la culpable de que mi lista de libros por escribir tenga cuarenta y cinco libros. Así vuelco la energía BookBar en el universo.

A Kiley, por ser la primera persona que leyó el borrador de la trama de *Romper el hielo*. Gracias por estar siempre a mi lado, por pedirme capítulos cuando tengo bloqueo de escritora —lo que extrañamente funciona— y, lo más importante, por responder a todos mis mensajes de «Ki, en Estados Unidos…». Tu calma equilibra mi caos; eres una amiga maravillosa.

A Rebecca, por ser mi versión canadiense. Gracias por hacerme sentir que la autoedición era posible, por escuchar mis idas de olla de las cuatro de la mañana y por tranquilizarme cuando me acecha el síndrome de la impostora. Tengo mucha suerte de tenerte como amiga.